古典文獻研究輯刊

三 編

潘美月・杜潔祥 主編

第 14 冊

詩 序 闡 微

張 成 秋 著

孫星衍《尚書今古文注疏》研究

吳 國 宏 著

國家圖書館出版品預行編目資料

詩序闡微 張成秋著／孫星衍《尚書今古文注疏》研究 吳國宏著
— 初版 — 台北縣永和市：花木蘭文化出版社，2006〔民95〕
序 1 目 2+194 面＋目 1+95 面；19×26 公分
（古典文獻研究輯刊 三編；第 14 冊）

ISBN：978-986-7128-46-1（精裝）
ISBN：986-7128-46-X（精裝）

1. 詩經－研究與考訂 2. 書經－研究與考訂

831.18   95015428

ISBN 986712846-X

9 789867 128461

古典文獻研究輯刊   ISBN：978-986-7128-46-1

三 編 第十四冊   ISBN：986-7128-46-X

詩序闡微
孫星衍《尚書今古文注疏》研究

作　　者　張成秋／吳國宏
主　　編　潘美月　杜潔祥
企劃出版　北京大學文化資源研究中心
出　　版　花木蘭文化出版社
發 行 所　花木蘭文化出版社
發 行 人　高小娟
聯絡地址　台北縣永和市中正路五九五號七樓之三
　　　　　電話：02-2923-1455／傳眞：02-2923-1452
電子信箱　sut81518@ms59.hinet.net
初　　版　2006 年 9 月
定　　價　三編 30 冊（精裝）新台幣 46,500 元

詩序闡微

張成秋　著

作者簡介

張成秋教授，男，六十五歲。原籍中國、遼北省西豐縣，一九四一年生，一九六四年畢業於國立臺灣師範大學國文系，一九七六年獲國家文學博士學位（文大中文所推薦），同時取得國立新竹教育大學的教授資格。他是易經學會、孔孟學會會友，老莊學會會員兼理事。執教中國文哲凡四十年，二〇〇六年教授屆齡退休。著有《詩序闡微》、《關於詩經與詩序的幾個問題》，《先秦道家思想研究》，《莊子篇目考》等書，另有《易經》方面論文十餘篇。

提　　要

　　《詩經》之前，有一個《序》，是謂《詩序》。今日所見之《詩序》，含全本《詩經》前面的一篇，解說《詩經》的第一篇《關雎》的用意及由來，更有絕大部分文字，說到詩與《詩經》的理論以及整本《詩經》的介紹，這是《大序》。另有《小序》，是在《詩經》每一篇前面的序；第一、二句往往說這首詩的要旨，以下或又有一些補充的說明，這是《小序》。

　　以前的經學家，非常看重《詩序》。甚至看重的程度，會超過《詩經》的原文。但是後來的學者，從文學的角度看《詩經》，卻不能接受《詩序》的說法，認為《詩序》許多地方是無根據的胡扯。於是《信序派》和《疑序派》在歷史上展開了漫長的討論或爭辯，發生了許多複雜而有意義的相關話題。

　　本書，把有關《詩序》的問題，條分縷析，作有系統的研究。認為，如果我們真地要把《詩經》當一部經書看的話，那就不能忽略《詩序》的價值。《詩序》其實是以儒家思想的角度來詮釋《詩經》的。所謂經書，自然是指儒家思想的教科書。那麼以儒家思想的角度來詮釋《詩經》，自然也就是順理成章的事。

　　當然，若就詩的本來意思說，《詩序》實不足信。

　　本書第十章歸結出《詩序》的思想，大家可與孔孟思想互相驗看。

　　作者另有《關於詩經與詩序的幾個問題》，有興趣參研者，請洽：300 新竹市食品路 510 號

目

錄

自 序

　　《詩序》自宋以後，頗引起學者之爭論，問題多端。若作者問題、大序與小序問題、可信可廢，種種爭議，不一而足，於詩之本義，關係至大。宋以後之學者，苟不研究《詩經》則已；否則，必對《詩序》表示其意見，故《詩序》誠為了解《詩經》之一重要問題，不可不明辨者也。

　　綜歷代對於《詩序》之意見，大體可分為兩類：一為信序派，一為疑序派。信序派者，以序之所言，合於史實，合於詩義之正解，乃時人所作或孔門所傳，當為說詩之依據而無疑惑者也。疑序派者，以序之所言，不合史實，不合詩義之正解，乃後世學者所製作，難以貿然相信者也。各持己見，背道而馳。

　　據本人研究之結果，認為此二派之主張，皆有所長，亦各有所偏。何則？《詩序》凡三百餘篇，未必完全可信，亦未必完全可疑。其有合於詩義、史實者，亦有與詩義、史實未盡相合者。當以客觀之態度，歸納眾說，予以逐一討論，分別觀察。

　　本人認為《詩序》之作者為後漢之衛宏，又認定《詩序》之寫作態度係「以述為作」。所謂「以述為作」者，即表面上在敘述史實、解釋詩義，實則乃利用此一方式，發表作序者個人之思想、見解；故《詩序》亦可視為一種思想史料加以歸納分析。「《詩序》之思想系統」一章，即係根據此種看法所作之新嘗試。是否有當，尚祈　學者專家惠予指正。

第一章　導　言

一、《詩經》之本質與《詩序》問題之重要

　　《詩經》之名，由來甚晚。古時但稱之為「詩」，或「詩三百」，並無「經」之稱號。逮乎戰國末年，於詩書禮樂易春秋諸書，始有「經」名，如《禮記·經解篇》，稱述易詩書禮樂春秋，《莊子·天運篇》亦有六經之言，〈天道篇〉稱十二經，《荀子·勸學篇》言「始乎誦經，終乎讀禮」，可為其證。此時雖有經名，而在書名之下加一經字，則為時更晚。

　　屈萬里先生曰：「『經』這個名詞，是起於戰國晚年⋯⋯把經字連在書名之下的事實，不會早到西晉以前。⋯⋯用作書的籤題，以我所知，似乎以宋人廖剛的《詩經講義》為最早。他這部書，約成於南宋初年。到了元代，這種風氣漸盛，明代以後，《詩經》、《書經》、《易經》⋯⋯等，幾乎成了定名了。」（《詩經釋義》）

　　故就《詩經》最初之本質言，但謂之「詩」而已矣，但謂之「三百篇」而已矣，並不稱「經」。「詩」「三百篇」，本為有周一代之詩篇總集，純係文學作品；其時代自周初至定王之世，約當西曆紀元前一千一百年至六百年間。詩篇之作者，多不可考，但不外平民與貴族兩類。至其內容，則可分為民間歌謠及貴族與廟堂樂歌。

　　「詩」之編成，在孔子之前，孔子屢曰「詩三百」；但其本人對詩亦有整理與傳授之功。孔子之後，詩篇有無散失及錯亂，亦難言也。

　　詩所以言志。然詩之志，又有作詩立志，有採詩之志，有用詩授詩之志。作詩之志：詩在創作之時，惟情動於中，而歌詠之耳。採詩之志：採為官書，王者所以觀風俗，知得失，自考正也。用詩之志，即春秋戰國之時，聘使往來，引詩賦詩，作為言語之工具，作為外交辭令，所謂「賦詩斷章，余取所求焉。（左襄二八年傳）斷章取義之結果，遂使詩意泛濫而無歸宿。至授詩之志，乃以詩篇為傳

達學術思想之工具，以詩為政治教化之課本，未必注重詩篇之原來解釋，故門派不同，說亦異趣，此孔子以下之儒者已然，不待《詩序》為之創始矣。

泊乎西京之會，傳詩者分為齊魯韓毛四家，其說各有同異。考其原因，一則春秋戰國時之引詩賦詩用詩，已使詩義泛濫而無定說；二則文字與時代不同，解釋互異；三則詩篇作者，並未另記其作詩之原因及當時之情況；四則詩篇之題目，皆取詩中一二字充之，並無若何之意義，非若後世之簡明確切者；五則或漢代學者好附會史實，以示其學問淵源有自，而提高其地位，於是自創奇說，黨同伐異。

漢代之四家詩說，各有異同。然而齊魯韓三家詩先後亡佚；傳之最久，亦且最為後世學者所重視者，厥為《毛詩》。《毛詩》之中，尤其有關於詩義者，為《毛詩》之序。三家詩已亡，故後世言《詩序》，皆就《毛詩》之序而言。

自漢代以後，言詩者，不尊《詩序》，即反《詩序》；雖有掙脫《詩序》而己意為說者，亦多少受其影響。可謂漢以後之言詩者，無不須面對《詩序》存在之事實，而表示其一己之意見。可見《詩序》對於讀詩之影響極大，為詩篇解說之根本，誠為研究《詩經》之一大問題，豈可不予討論？茲將歷來說詩家對於《詩序》之有關意見，予以綜合分析，並參以己意，發掘《詩序》之意義與價值。希望對此問題，能稍有所得。

二、歷代學者對於《詩序》之態度

《詩序》流傳之後，後世諸家之態度，可略而言之：

漢代學者，有鄭眾、賈逵傳《毛詩》，馬融作《毛詩傳》，今皆不傳。

所傳而重要者，僅《鄭箋》一書而已。

《鄭箋》為鄭玄所作。其對詩義之主張，與《毛傳》時有異同。

三國至六朝，佛入中華，儒學漸衰，經術不振，說詩者，或申毛難鄭，或申鄭攻毛，斷斷焉而未有已。及唐太宗詔諸儒修《五經正義》，孔穎達獨取《毛詩‧鄭箋》作疏，自是唐代言詩，皆不出正義之範圍。惟成伯璵（《毛詩指說》），常以己意說詩，不專依毛鄭，實為宋人說詩之先鋒，惜未為時人所重視耳。

大體言之，《鄭箋》孔疏皆屬尊崇《詩序》，即有爭論，亦不致超出範圍；故自漢至三國、六朝，以迄於有唐之世，皆為尊序（亦即信序）一派之天下。

宋代學者，對於《詩序》，漸起懷疑之風。所以然者，《詩序》在基本上，多就詩篇本身之外，附會歷史事實，而發為委曲牽強之說，其與詩篇本身，多有違離矛盾之處。易言之，若根據《詩序》說詩，則往往牽附甚遠，糾纏繁複，令人難信。疑序者若離序言詩，雖未必能得詩人之真意，然簡明順暢，義理鮮明，則

有不可否認者焉。(詳見第六章〈《詩序》與詩義之關係〉)

宋代學者之中,歐陽修之《毛詩本義》,不輕易議論毛鄭,但亦不確守毛鄭之說,實開宋人不遵《毛傳》之始。其後蘇轍作《詩集傳》,謂〈小序〉反復繁重,非出一人之手,開始懷疑《詩序》。及鄭樵作《詩辨妄》,專斥毛鄭,反駁《詩序》,文才辯捷,成一家之言。王質作《詩總聞》,亦在《詩序》之外,別立新義。逮乎朱子,乃確開一詩學之新局面。朱熹作《詩集傳》凡八卷。是書曾兩易其稿,初稿用〈小序〉,再稿取鄭樵說,不用〈小序〉,直斷鄭風諸篇爲淫詩。其說詩雖多少采取當時學者之議論,但朱子名高學博,故後之攻〈小序〉、攻毛鄭者,必引朱子爲根據。此外如王得臣、程大昌(考古編)、楊簡(《慈湖詩傳》)等,亦皆新派。其時有呂祖謙《呂氏家塾讀詩記》,仍墨守毛鄭;嚴粲《詩緝》,又宗呂氏,然終不勝新派。至王柏《詩疑》,不獨攻擊毛鄭,並且刪削經文,乃疑古派過火之作。要之古代詩學,至北宋即破壞無遺。或疑《毛詩》、疑《鄭箋》、疑〈小序〉;乃至從古所信之六義四始大小正變等說,無一不發生問題。朱子出,爲之折衷去取,議論稍定,自是朱註大行,毛鄭之學,漸趨衰微。

元明兩代之詩學,爲朱子集傳全盛時期。元儒說詩,馬端臨力主存序,而無專著;其餘則大都本於朱傳。延祐間,行科舉法,規定經義須用朱註,故許謙(《詩集傳名物鈔》),劉瑾(《詩傳通釋》),梁益(《詩集旁通》),朱公遷(《詩經疏義》),劉玉汝(《詩纘緒》),梁寅(《詩演義》)等人論詩,皆宗朱傳。

明代《詩經》之學,主流仍爲朱子一派:永樂間,胡廣奉敕撰《詩經大全》,悉以劉瑾之書爲主。羽翼朱傳,備當代舉業參考之用。頒爲功令,一時大行。其他如季本(《詩解頤》),李先芳(《讀詩私記》),何楷(《詩經世本古義》),朱謀瑋(《詩故》),郝敬(《毛詩原解》)等,則並取漢宋之說,然皆不若胡廣所著之盛行也。總之,自南宋至明,又爲朱傳一派之全盛時期;《毛傳》於此時黯然失色,不足與新說抗也。

清代詩學,在乾嘉以前,承前代餘緒,一時家法未立。如錢澄(《田間詩學》),並采漢唐宋明。至朱鶴齡(《詩經通義》),力駁廢序之非,已趨漢學。至陳啓源(《毛詩·稽古篇》),訓詁準《爾雅》,篇義準〈小序〉,詮釋經旨準毛鄭,名物多主陸璣,辨正朱子、歐陽修、呂祖謙、嚴粲,攻擊劉瑾、輔廣等說,已開漢學之門,然亦間采朱說。戴震,(《毛鄭詩考正》),中間仍偶采朱義。迨馬瑞辰(《毛詩傳箋通釋》),胡承珙(《毛詩後箋》),陳奐(《毛詩傳疏》),專宗《毛詩》,純乎漢學。此外亦有自立門戶,不受漢宋所囿者,如崔述(《讀風偶識》),姚際恒(《詩經通論》),方玉潤(《詩經原始》)等。總之,詩學至於清代,漢學大盛,然宋學亦復

不絕，又有超越漢宋若崔述姚際恒方玉潤等之新說，乃使此一時期，成為詩學承先啓後之大時代。

民國以後，學者援用清代考據家之嚴謹態度，以及西方之科學方法，整理故籍，其成就之方面極為廣泛。然主要者，在探究詩篇之本來面目，對於《詩序》，僅作有選擇之接受，或竟完全拋棄不用。若王國維、屈萬里、王靜芝、李辰冬、糜文開諸先生，皆有其特殊之成就。本書乃參考古今各說，加以探討，以求《詩序》之價值。

第二章　三百篇之作者本事與編成

　　《詩序》因《詩經》而有，是以窮本溯源，當追究《詩經》之來歷，即論《三百篇》之作者、本事與編成。

一、三百篇之作者

　　論及《三百篇》之作者，一般皆主張《三百篇》之作者爲多人，乃係集體創作；然亦有主張爲一人所作者。

（1）主張三百篇之作者為一人

　　主張三百篇爲一人所作者，有康有爲及李辰冬二位先生。

　　康有爲曰：《詩》舊名，有三千餘篇，今三百五篇，爲孔子作，齊、魯、韓三家所傳是也。

　　《詩》皆孔子作也，古詩三千，孔子間有採取之者。然〈清廟、生民〉皆經塗改，〈堯典〉、〈舜典〉僅備點竄。既經聖學陶鑄，亦爲聖作。況六經同條，《詩》、《春秋》表裏。一字一義，皆大道所託。觀墨氏所攻，及儒者所循，可知爲孔子之辭矣。

　　墨子曰：「子墨子謂公孟子曰：『喪禮君與父母妻後子死三年喪服，伯父叔父兄弟期，族人五月，姑姊舅甥皆有數月之喪。或以不喪之間誦詩三百，弦詩三百，歌詩三百，舞詩三百。若用子之言，則君子何日以聽治？庶人何日以從事？』」（《墨子‧公孟》）墨子開口便稱禹、湯、文、武，而力攻喪禮三年期月之服。〈非儒篇〉稱「爲其禮，」以此禮專屬之儒者。而儒在當時與楊、墨對舉，爲孔子教號，則此禮及《詩》非孔子所作而何？三百之數亦符。弦誦歌舞與禮記王制、世子學禮學詩「可興可立，」乃孔門雅言，而墨子攻之，以爲君子無暇聽治，庶人無暇從事。反面觀之，則詩三百爲孔子所作，至明據矣。

淮南子曰：「《詩》、《春秋》，學之美者也，皆衰世之造也。儒者循之以教導於世，豈若三代之盛哉？以《詩》、《春秋》爲古之道而貴之，又有未作《詩》、《春秋》之時。」（淮南子・氾論訓）《春秋》之爲孔子作，人皆知之；《詩》亦爲孔子作，人不知也。儒者多以三學爲教，蓋《詩》與《春秋》尤爲表裏也。儒者乃循之以教導于世，則老、墨諸子不循之以教可知也。《詩》作于文、武、周公、成、康之盛，又有商湯、伊尹、高宗，而以爲「衰世之造，非三代之盛，」故以爲非古。非孔子所作而何？（《孔子改制考》）

康有爲係今文派之經學家，今文經學主張孔子托古改制，主張孔子爲受天之命不得其位之素王，主張六經皆孔子所作，故其發爲此論，自不足爲奇。

李辰冬博士爲筆者《詩經學》之啓蒙老師。彼之主張《詩經》爲一人——即尹吉甫所作，其說可略爲綜述如下：

李博士研究《詩經》，係以「統計法」入手。所謂「統計法」，即將《詩經》中之字詞，予以徹底歸納，以求其統一之意義。次則由於某種字詞出現之次數，而追究作詩當時之文物、制度、思想、情感。由於詩義之徹底瞭解，李博士更將有關之詩篇予以繫聯，發現《三百篇》人、事、時、地之一致，認爲《三百篇》爲一整體。更由於「鑰匙詩」之發現，《三百篇》相互之聯絡息息相關，遂認爲《詩經》爲一人（即尹吉甫）所作。

李博士之研究與發現，固然極其新奇，而信者不多。余亦認其研究之方法有欠周密，而不敢輕從。（詳見拙作〈評李辰冬博士的《詩經》研究〉，刊於中國世紀月刊80～82期，民53.2.15.及3.25.出版）

（2）《詩序》對於詩篇作者之說法

《詩序》之中，往往言及作詩之人者，如：

　　都人士序：「周人刺衣服無常也。」

　　小瑟序：「嗣王求助也。」

　　何草不黃序：「下國刺幽王也。」

　　敬之序：「群臣進戒嗣王。」

　　式微序：「黎侯寓於衛，其臣勸以歸也。」

　　青蠅序：「大夫刺幽王也。」

　　苕之華序：「大夫閔時也。」

　　角弓序：「父兄刺幽王也。」

　　竹竿序：「衛女思歸也。」

　　泉水序：「衛女思歸也。」

大東序：「東國困於役而傷於財，譚大夫作是詩以告病焉。」

以上言周人、嗣王、下國、群臣、黎侯之臣、大夫、父兄、衛女、譚大夫，皆未明言何人。又如：

卷阿序：「召康公戒成王也。」

民勞序：「召康公刺厲王。」

蕩序：「召穆公傷周室大壞也。」

民勞序：「召穆公刺厲王也。」

抑序：「衛武公刺厲王亦以自警也。」

賓之初筵序：「衛武公刺幽王也。」

載馳序：「許穆夫人作也。」

鄘風柏舟序：「共姜自誓也。」

綠衣序：「衛莊姜傷己也。」

河廣序：「宋襄公母歸於衛，思而不止，故作是詩也。」

以上言召康公、召穆公、衛武公、許穆夫人、共姜、莊姜、宋襄公母，雖確指某人，而皆無徵。故金公亮云：「《詩序》雖然指出某詩為某人所作，卻又不可靠。」（《詩經學 ABC》）王師大安曰：「《詩序》指出為某人所作，而並無實據……皆不足信也。」（《詩經通釋》）

（3）《鄭箋》或孔疏所言三百篇作者

箋疏及史料所言，常有紛岐互異者，似亦可疑。如小雅常棣，序云：「常棣，燕兄弟也。閔管蔡之失道，故作常棣焉。」箋云：「周公弔二叔之不咸，而使兄弟之恩疏，召公為作此詩而歌之，以親之。」正義云：「作常棣詩者，言燕兄弟也。謂王者以兄弟至親，宜加恩惠，以時燕而樂之，周公述其事而作此詩焉。」又云：「外傳云：『周文公之詩曰：「兄弟鬩於牆，外禦其侮。」』則此詩自是成王之時，周公所作，以親兄弟也。但召穆公見厲王之時，兄弟恩疏，重歌此周公所作之詩，以親之耳。」《左傳》僖公廿四年富辰之語：謂召穆公作詩。杜預注，謂召穆公作周公之樂歌。而國語・周語，亦富辰之語，請為周公之詩。古書竟已分歧如此，其不可確信，亦可見矣。（王師大安說）

（4）謹慎而客觀之推斷

《三百篇》之作者為一人之說，既不可信，《詩序》及傳箋之所言，又不可從，則推論《詩序》之作者，誠難乎其難矣。惟金公亮之言，竊以為不失為謹慎、公正而客觀之推斷。

金公亮以《詩序》雖指某詩為某作，卻不可靠。正義中所述作者姓名，亦未見較《詩序》為可信。欲知作者何人，惟有從本文鈎稽，再與其他古籍參證。在詩中作者自言姓名者，最為可信：如小雅、節南山「家父作誦，以究王詾。式訛爾心，以畜萬邦。」巷伯「寺人孟子，作為此詩。凡百君子，敬而聽之。」大雅、崧高「吉甫作誦，其詩孔碩。其風肆好，以贈申伯。」烝民「吉甫作誦，穆如清風。仲山甫永懷，以慰其心。」魯頌、閟宮「奚斯所作。」（按王師大安引本篇上文「新廟奕奕」，認奚斯所作者為廟，而非此篇閟宮之詩）其次雖不言作者姓名，但說明作詩緣由；如《魏風‧葛屨》「維是褊心，是以為刺。」小雅、何人斯「作此好歌，以極反側。」四月「君子作歌，維以告哀。」《大雅‧民勞》「王欲玉女，是用大諫。」尚有未說明緣由，而文義明顯可知者：如召南、甘棠「蔽芾甘棠，勿翦勿敗，召伯所憩。」此三類皆可信。其次從古籍考查可以推知作者，但可信之程度已減少矣。如《周頌‧時邁、思文》兩詩，曾見《國語》「周文公之頌曰：『載戢干戈，』」（時邁）「周文公之為頌曰：『思文后稷，克配彼天。』」（思文）可知兩詩為周公作。又如《尚書‧金縢》：「武王既喪，管叔及其群弟乃流言於國，曰：『公將不利於孺子。』……周公居東二年，則罪人斯得。於後公乃為詩以貽王。」知〈鴟鴞〉為周公作。尚有見他書記載，而詞有歧義，訓詁不同，其可信程度更低者：如魯語「昔正考父校商之名頌十二篇於周太師，以那為首，其輯之亂曰：『自古在昔，先民有作。溫恭朝夕，執事有恪。』如「校」字依魏源說，作「審校音節」解，則商頌即正考父作；若依王國維說，讀「校」為「效」，而訓「獻」，則正考父以前作。（《詩經學 ABC》。）

由是觀之，三百篇之作者，已大半無可稽考。所以然者，蓋作詩之人既未著其姓氏，而編詩之人又未能考究諸篇之作者為誰。今吾人據詩篇之內容觀之，有貴族之作，有平民之作，有婦人之作，有軍士之作，作者之範圍極廣，可謂各職業各階層之人皆有。但亦不能完全根據詩中語氣而斷定詩篇之作者，蓋詩人或假貴族、平民、婦人、軍士……之口氣而作詩，容或有之；而各人之原作，再經文人學者之潤飾，亦有可能也。

二、《三百篇》之本事

詩篇初創立時，既無題目，又無作詩之緣由，故吾人對於詩篇之本事背景，無從知曉。所可言者，《三百篇》之本來面目，為詩篇之總集，為純粹敘事抒情之文學作品，並無若何教戒之作用與高深之哲理。今人根據詩篇之性質，加以分類，僅得其內容之大要而己，其詳則難以稽考。

英人魏理（A-Waley）之《詩經》譯本（The Book of Songs）分三百五篇為十七類，其目如下：

一、戀愛（Courtship）　六十九篇
二、婚姻（Marriage）　四十七篇
三、戰士和戰爭（Warriors & Battles）　三十六篇
四、農事（Agriculture）　十篇
五、祝頌（Blessings on Gentle Folk）　十四篇
六、歡迎（Welcome）　十七篇
七、賽會（Feasting）　五篇
八、鄉黨（The Clan Feast）　五篇
九、祭祀（Sacrifice）　六篇
十、樂舞（Music and Dancing）　九篇
十一、君王之歌（Dynastic Songs）　二十四篇
十二、君王事蹟（Dynastic Legend）　十八篇
十三、建造（Building）　二篇
十四、田獵（Hunting）　五篇
十五、友情（Friendship）　十三篇
十六、教訓（Moral Pieces）　六篇
十七、哀悼（Lamentations）　十篇

（見何定生《詩經今論》所引，商務印書館出版）

王師大安先生之分類，則為：

甲、民間歌謠

一、戀歌：如靜女、桑中等。
二、結婚之歌：如桃夭、鵲巢等。
三、感傷之歌：如氓、谷風等。
四、和樂之歌：如君子陽陽、蘀兮。
五、祝賀之歌：如螽斯、麟趾等。
六、悼歌：如蓼莪、葛生等。
七、讚美之歌：如淇奧、碩人等。
八、農歌：如七月、大田等。
九、諷刺之歌：如相鼠、株林等。

十、勞人思婦之歌：如小戎、小雅杕杜等。

十一、其他。

乙、貴族與廟堂樂歌

　　一、宴樂之歌：如鹿鳴、伐木等。

　　二、頌禱之歌：如閟宮、殷武等。

　　三、祀宗廟之歌：如玄鳥、長發等。

　　四、祀神之歌：如豐年、載芟等。

　　五、田獵之歌：如車攻、吉日等。

　　六、頌美之歌：如泂酌、卷阿、酌、桓等。

　　七、述先王功績聖德之歌：如文王有聲、生民等。

　　八、記戰事之歌：如常武、采芑。

　　九、諷刺之歌：如瞻卬、召旻等。

　　十、其他。（見《詩經通釋》，輔大文學院出版）

　　漢代說詩者，齊魯韓毛四家，對於詩篇之本事背景，往往言之鑿鑿，但或附會史實，或違背詩義，或雜以陰陽五行之迷信成份，多不可信從。試舉《毛詩序》言詩之本事者數條，以見其說之一斑。如：

　　日月序云：「日月，衛莊姜傷己也。遭州吁之難，傷己不見答於先君，以至困窮之詩也。」

　　凱風序云：「凱風，美孝子也。衛之淫風盛行，雖有七子之母，猶不能安其室。故美七子，能盡其孝道，以慰其母心，而成其志爾。」

　　載馳序云：「載馳，許穆夫人作也。閔其宗國顛覆，自傷不能救也。衛懿公為狄人所滅，國人分散，露於漕邑。許穆夫人閔衛之亡衰，許之力小，不能救。思歸言其兄，又義不得，故作是詩也。」

　　氓序云：「氓，刺時也。宣公之時，禮義消亡，男女無別，遂相奔誘；華落色衰，復相棄背。或乃困而自悔，喪其妃耦，故序其事以風焉。美反正，刺淫泆也。」

　　鄭風揚之水序云：「揚之水，閔無臣也。君子閔忽之無忠臣良士，終以死亡，而作是詩也。」

　　至序說之是非，與可否信從，筆者另有評論。詳見本書第五章〈詩序抉疑〉、第六章〈詩序與詩義之關係〉、第七章〈詩序與史實之關係〉，茲不贅述。

三、《三百篇》之編成

　　《三百篇》之作者、本事，係討論詩篇創作之情況，而輯成專書，則另屬一事。

　　大抵詩篇作成之時，皆雜然散置。昔言古有采詩之官，巡行各地，訪求詩篇。故班固曰：「古有采詩之官，王者所以觀風俗，知得失，自考正也。」（《漢書・藝文志》）此說雖有人表示懷疑〔註1〕，然就情理言，散於各地之詩篇（尤其是民間歌謠），倘若無人搜求採訪，則必難集中於一處，是可斷言。故謝无量曰：「……倘周太史宮，巡行天下，在民間訪求三千餘篇之詩，在事實上似非絕對辦不到。即各國不盡在周室統治之下，太史官如往訪詩，亦未必遽加拒絕。」（《詩經研究》）是采詩之事容亦有之。

　　採詩之後爲獻詩。各人所採之詩獻於官府，集中一處，亦理之宜然。《國語》有「瞽獻詩」之言，或即指此。然獻詩之人未必皆爲官吏，亦可能有民間自動獻上者。

　　初步採得之詩，必然極爲龐雜，亦可能有重複及欠雅馴者，則大量之刪削選編潤飾修正，而成三百篇之面目，亦理所當然。或謂刪詩者爲孔子。《史記》言「古者詩千餘篇，及至孔子，去其重，取可施於禮義……，三百五篇，孔子皆弦歌之。」（《孔子世家》）即爲此說之首倡者。

　　孔子刪詩之說，後人多有疑之者。以吾之見，孔子大量刪詩，或未必可信，但孔子整理修正之說，則未必不可考慮。若然，則孔子以前，詩已刪削輯集，而近乎《三百篇》之面目矣。故

　　錢玄同以詩爲一部最古之總集，其中小部份爲西周詩，大部份爲東周（孔丘以前）詩。何人所輯，不可考。輯集之時，在孔丘以前。孔丘云：「詩三百」「誦詩三百，」則其所見者已屬編成之本。顧頡剛謂《詩經》之輯集必在孔子後孟子

〔註1〕反對太史采詩之說者，如崔述即是。其言曰：「蓋說周太史掌采列國之風。今自邶鄘以下十二國風，皆周太史巡行之所采也。余按克商以後，下逮陳靈，近五百年，何以前三百年所采殊少，後三百年所采甚多？周之諸侯千八百國，何以獨此九國有風可采，而其餘皆無之？曰孔子之所刪也。然成康之世，治化大行，刑措不用，諸侯賢者必多，其民豈無稱功頌德之詞，何爲盡刪其盛而獨存其衰？伯禽之治，郇伯之功，亦卓卓者，豈尚不如鄭衛，而反刪此存彼，意何居焉？且十二國風中，東遷以後之詩居其太半，而春秋之策，王人至魯，雖微賤無不書者，何以絕不見有采風之使？乃至《左傳》廣搜博采，而亦無之。則此言出於後人臆度無疑也。蓋凡文章一道，美斯愛，愛斯傳，乃天下之常理。故有作者，即有傳者。但世近則人多誦習，世遠則漸就湮沒。其國崇尚文學而鮮忌諱，則傳者多；反是，則傳者少。小邦弱國，偶遇文學之士，錄而傳之，亦有行於世者；否則失傳耳。不然，兩漢、六朝、唐、宋以來，並無采風太史，何以其詩亦傳於後世也？大抵漢以降之言詩者，多揣度而爲之說，其初本無之據，而遞相沿襲，遞相祖述，遂成牢不可破之解，無復有人肯考其首尾，而正其失者。迨於有宋諸儒，甚且以後漢人所作之序，命爲周太史之所題。古人已往，一任後人之加之於誰，良可概也！」（《讀風偶識》）

前；引今本無「素以爲絢兮」一句及唐棣之華全首，爲輯於《論語》後之證。似未必然。子夏所問，並非碩人之詩。碩人第二章句：皆描寫莊姜身體之美，其末決不能有「素以爲絢兮」一句。此爲別一詩，但巧笑二句，與碩人偶同耳。此詩後全首亡逸。〈唐棣〉一詩亦全首亡逸。〈素絢〉爲孔丘所稱道，固不應刪。即〈唐棣〉雖爲孔丘所不取，然今本無有，亦非有意刪去，乃偶然亡逸耳。然有亡逸則亦難免有增竄。例如〈都人士〉首章，惟《毛詩》有之，而三家均無。（見《禮記・緇衣釋文》）不知係本有而三家亡逸，或本無而《毛詩》據《左傳》（襄十四）《禮記》（緇衣）《賈誼新書》（等齊篇）而增竄耶？無論眞相如何，總可作《詩經》傳寫必有亡逸或增竄之竅。但雖有亡佚或增竄，皆爲原始本之變相，不能謂爲屬於兩本。（《答顧頡剛書》）

至孔子與《詩經》之關係，梁啓超有云：

> （一）孔子殆對於詩篇次序曾經釐定，後來漢人最重詩之四始，或因孔子有意，故孔門傳習之。（二）《商頌》或係孔子所增入，因作者爲孔子之祖。（三）孔子非刪詩而正樂，漢儒本未言孔子刪詩。司馬遷作《史記》，見《論語》有「孔子自衛返魯，然後樂正，雅、頌各得其所。」故生刪詩之說。《論語》此段可證明孔子反魯後改良詩詞之樂譜，卻不能證明曾刪詩也。（古也眞僞及其年代）

大概《三百篇》在孔子以前已具雛形，孔子雖未大量刪削，然其整理修正傳授之事，尚大致可信。惟孔子之後，再有小規模之增減或更動，恐亦不免。王柏三變之說，雖有其立設立原因，而無可考徵。但其孔子後，詩有變動之主張，則仍有參考之價值。王柏曰：

> 愚嘗求《三百篇》之詩矣，固非唐虞夏商之詩也，固非盡出於周公之所定也，亦非盡出於夫子之所制也。周公之舊詩不滿百篇，先儒以爲正風正雅是也。夫子之刪，固非刪周公所已定，刪周公之後龐雜之詩，存者止二百有餘篇，先儒以爲變風變雅是也。頌雖無正變之分，實有正變之體。周公、夫子合而爲三百篇，而總系之以周也。然今之所謂《三百篇》者，果周公、夫子之舊乎？愚不得而知也。昔成康既沒之後，至孔子時未五百年，雖經幽厲之暴亂，而賢人君子之隱於下者未絕也，太史冊府之掌藏未亡也，太師蒙瞽之音調未久也，而雅頌龐雜，已荒周公之舊制。夫子自衛反魯，然後正之。況東遷之後，周室已極衰微，夫子既沒，而大義已乖，樂工入河入海，而聲益廢，功利攘奪，干戈相尋，觀禮樂爲無用之器。至於秦政，而天下之勢大亂極壞，始與吾道爲夙怨

大儺,遂舉詩書而焚滅之。名儒生者,又從而坑戮之。偶語詩書者,復屬以大禁。其禍慘烈,振古所無。漢定之後,詩忽出於魯,出於齊燕。國風雅頌之序,篇什章句之分,吾安知其果無脫簡散亂,而盡復乎周公孔子之舊也?

夫《書》授於伏生之口止有二十八篇,參之以孔壁之藏又二十有五篇,然其亡失終不可復見者,猶有四十餘篇:其存者且不勝其錯亂訛舛爲萬世之深恨。今不知《詩》之爲經,藏於何所,乃如是之秘;傳於何人,乃如是之的?遭焚禁之大禍,而《三百篇》之目,宛然如二聖人之舊,無一篇之亡,一章之失。《詩》《書》同禍而存亡之異遼絕乃如此,吾斯之未能信。(《詩疑》)

第三章　《詩序》之時代與作者

　　《詩序》作於何代？作者爲誰？此一問題，甚關緊要。就歷史之觀點言，由作者可以推究時代；由時代之早晚，又可推究其思想上之承襲關係。明此承襲之關係，始可言其淵源及影響，而不致因果倒置。如吾人能決定《詩序》之作，不在戰國以前，則《左傳》之引詩賦詩，皆爲《詩序》之淵源；否則自然另當別論也。至於史料方面，倘有二書，其所載有關《詩》之問題有相同者，則既明作者之先後，其因襲關係，亦可以昭然大白。易言之，倘吾人以《詩序》爲漢代作品，則其中有與《史記》、《左傳》相合者，正爲其抄襲《左傳》《史記》之證；否則，如認《詩序》之作者，爲春秋時代之人，而其內容有與《春秋》以後典籍相合者，則《春秋》以後書籍當係因襲《詩序》。

　　又就其可信之程度言，倘以《詩序》之作爲甚早，則序之所云，當較可信，以其時代接近也。不然，則可信之程度較小。反言之，《詩序》可信之程度，亦往往可以決定作者時代之早晚。於此，亦可見《詩序》作者之時代，與《詩序》可信之程度，二者之間相互關係之密切矣。

　　《詩序》之作者，爲多人，抑爲一人，則說又不一。因此，又引出另一問題，即〈大序〉、〈小序〉之分，以及〈前序〉（序之首句，又稱〈古序〉、〈小序〉）、〈續序〉（序之其他部份，又稱〈宏序〉、〈大序〉）之區分也。

　　《詩序》作者所牽涉之問題，既繁雜已如上述；而《詩序》作者本身之問題，更爲糾纏盤錯，難窮究竟。四庫提要云：

　　　　案《詩序》之說，紛如聚訟。以爲〈大序〉子夏作，〈小序〉子夏
　　　毛公合作者，鄭元《詩譜》也。以爲子夏所序詩即今《毛詩序》者，王
　　　肅《家語》注也。以爲衛宏受學謝曼卿作《詩序》者，後《漢書·儒林
　　　傳》也。以爲子夏所創，毛公及衛宏又加潤益者，《隋書·經籍志》也。

以爲子夏不序詩者，韓愈也。以爲子夏惟裁初句，以下出於毛公者，成伯璵也。以爲詩人所自製者，王安石也。以〈小序〉爲國史之舊文，以〈大序〉爲孔子作者，明道程子也。以首句即爲孔子所題者，王得臣也。以爲《毛傳》初行，尚未有序，其後門人互相傳授，各記其師説者，曹粹中也。以爲村野妄人所作，昌言排擊而不顧者，則倡之者鄭樵、王質，和之者朱子也。然樵所作《詩辨妄》一出，周孚即作《非詩辨妄》一卷，摘其四十二事攻之。質作《詩總聞》亦不甚行於世。朱子同時如呂祖謙、陳傅良、葉適，皆以同志之交，各持異議。黃震篤信朱學，而所作《日抄》，亦申序説。馬端臨作《經籍考》，於他書無所考辨，惟《詩序》一事，反覆攻結至數千言。自元明以至今日，越數百年，儒者尚各分左右袒也，豈非説經之家第一爭訟之端乎？

歷代關於《詩序》作者之意見，大別可爲六類：一、以爲詩人或國史所作；二、以爲孔子所作；三、以爲子夏所作；四、以爲漢之學者所作；五、以爲毛公所作；六、以爲衛宏所作。茲分別列敘之。

一、以爲詩人或國史所作

此派主張，大致認爲《詩序》爲詩篇之本義；以爲作者倘非詩人或國史，則不能得知詩意之本眞：

王安石曰：「《詩序》，詩人所自製。」此主張詩人自作者也。

程顥曰：「詩〈前序〉必是當時人所傳，國史明乎得失之迹者是也。不得此，則何緣知得此篇是甚意思？」程頤曰：「安節問，〈小序〉何人所作？曰：但看〈大序〉即可見矣。序中分明言國史明乎得失之迹，如非國史，則何以知其所美所刺之人？使當時無〈小序〉，雖聖人亦辨不得。」

姜炳璋曰：「〈古序〉爲國史之定論，學詩之津梁。」（《詩序補義》）

今人王禮卿先生云：「序義與詩並時而有，出於國史。考諸詩之體製，準之周禮職掌，其證一也。以四家序及孔叢子所記，參伍比勘，而知其義同詞異者，爲同出一源；更溯其用其源於采詩合樂之初，教詩傳詩之際，而知序義出於國史，其證二也。據古書同序之多證，知四家序同出一源，而其義源於國史。徵之載籍，其證三也。」（詳見《詩序辨》，《孔孟月刊》八卷四期）

以上對《詩序》之作者，或主張爲詩人、或主張爲國史，但均屬臆斷，並無證據，歷來對此説持反對之意見者甚多：

晁公武曰：「毛公《詩》世謂其解經最密，其序蕭統以爲卜子夏所

作。韓愈嘗以三事疑其非，蓋本於《東漢・儒林傳》及《隋志》所言。王介甫獨謂詩人所自製。《韓詩》序〈茉莒〉曰：『傷夫也。』漢廣曰：『悅人也。』序若詩人所自製，《毛詩》猶《韓詩》也，不應不同若是。況文章繁雜，其非出一人手明甚。不知介甫何以言之，殆臆論歟？

而崔述之《讀風偶識》，則以為非太史所題，其說有云：

至於各篇之序，失詩意者甚多，其文亦殊不類三代之文；況變風多在春秋之世，當時王室微弱，太史何嘗有至列國而採風者？《春秋》經傳概可見也，以為太史所題誣矣。

林礽乾曰：

王安石謂〈小序〉係詩人自製，吾人可由下二證以明其說之謬。（一）詩三百篇，作者數百人，有出於士大夫者，有出於平民者；歷時數百年，有文王時詩，有平王時詩，時空皆有不同，苟《詩序》係詩人自製，其體格詞意，安能似〈毛序〉之整齊畫一？此王氏之說不足信之一也。（二）《韓詩》序〈茉莒〉曰：「傷夫也」。〈毛序〉則曰：「后妃之美也」。漢廣曰：「悅人也」。〈毛序〉則謂「德廣所及也」。苟序係詩人自製，《毛詩》猶《韓詩》，不應二序相馳若是。此足證王氏〈小序〉詩人自作說之謬也。（《詩序作者考》）

以上若晁公武之說，舉證甚為有力；崔述之說，亦頗近理；而林礽乾之說，更可採信。故《詩序》出於詩人或國史所作之說似難成立。

二、以為孔子所作

持此派之主張者，如范處義曰：

觀貲序合於《論語》……柏舟、湛澳諸篇合於《孔叢子》者甚多，是以知《詩序》為孔子之言也。（《詩補傳》）

又有雖主孔子而有所修正之意見，如：

程頤曰：「詩〈大序〉，其文似繫辭，其義非子夏所能言也，分明是聖人作此以教學者。蓋聖人慮後世之不知詩也，故序〈關雎〉以示之。學詩而不求序，猶欲入室而不出戶也。」

程顥曰：「〈大序〉則是仲尼所作，其餘則未必然。要之皆得大意，只是後人觀詩者亦深入。」（按程氏之〈大序〉，指〈續序〉而言）

王得臣曰：「《詩序》非出於子夏。聖人刪次風雅頌，其曰美、曰刺、曰惡、曰規、曰誨、曰誘、曰懼之類，蓋出於孔子，非門弟子所能與也。若『關雎，后

妃之德也。」『葛覃，后妃之本也。』此一句孔子所題，其下乃毛公發明之。」（《經義考引》）

反對此說之意見，以蘇轍、崔述爲代表。

蘇轍曰：「孔子之序書也，舉其所爲作書之故；其贊易也，發其所以推易之端；未嘗詳言之也。非不能詳，以爲詳之則陋，是以常舉其略，以待學者自推之。故其言曰：『仁者見之謂之仁，知者見之謂之知。』夫惟不詳，故學者有以推而自得之。今《毛詩》之序，何其詳之甚也？……然使誠出於孔氏也，則不若是詳矣。」（《詩集傳》）

崔述曰：「夫《論語》所載孔子論詩之言多矣，若〈關雎〉章，「思無邪」章，誦詩三百，以及興觀群怨，周南召南等章，莫不言簡意賅，義深詞潔，而《詩序》獨平衍淺弱，雖有精粹之言，亦多支蔓之語，絕與《論語》之言不類，豈得強屬之於孔子？」（《讀風偶識》）

按：孔子作序之說，實難相信。黃以周微季雜著辟經說二論《詩序》一文辯之甚詳，其言曰：

> 詩有四家，《毛詩》有序，《齊魯詩》不聞有序，《韓詩》之序，又不與毛同。如《詩序》出國史孔聖，則齊魯二家當與正經並傳，不應刪削序說；《韓詩》亦當與毛合一，不應別生異議。何以〈關雎〉一篇，《毛詩序》以爲美，而三家皆以爲刺乎？〈采苢〉、〈汝墳〉諸篇，韓毛兩序不歸於一乎？謂《詩序》出於國史孔聖，可以知其非矣。

三、以爲子夏所作

持此說者，以王肅、晁說之爲代表。

王肅曰：「子夏序詩義，今之《毛詩》是。」（《孔子家語註》）

晁說之曰：「說《毛詩》者，謂其序子夏所作。」（《經義考引》）

其修正之意見，以爲子夏秉孔子之意而作序。

陸德明曰：「動天地，感鬼神，厚人倫，美教化，移風俗，莫近乎詩，是以孔子最先刪錄。既取周詩，上兼《商頌》，凡三百一十一篇，以授子夏，子夏遂作序焉。（或曰毛公作序）口以相傳，未有章句。」（《經典釋文》）

葉夢得曰：「世以《詩序》爲孔子作，初無據，口耳之傳也。惟《隋書·經籍志》以爲子夏作，先儒相承，云毛公及衛宏潤益之。今定爲孔子作，固不可；若孔子授子夏而傳之，是亦嘗經孔子所取，亦何傷乎？大抵古書未有序者，皆繫之於篇末，蓋以總其凡也。凡詩皆記其先王之政與列國之事，非見序，蓋有全篇莫

知所主意者。孔子雖聖人，人事之實，亦安能臆斷於數百載之下？吾謂古者凡有是詩，則有是序，如今之題目者。故太師陳之，則可以觀風俗；遒人采之，則可以知訓戒；學者誦之，則可以興可以觀可以群可以怨。其藏在有司，孔子刪詩既取其辭，因以其序命子夏之徒爲之，則於理爲近矣。」（《僞書通考引》）

朱彝尊則以爲子夏作序，而後儒有所增益。其言曰：

> 《毛詩》之序本乎子夏，子夏習詩而明其義，又能推原國史明乎得失之故。試稽之尚書、儀禮、左氏內外傳、孟子，其說無不合。《毛詩》出，學者舍齊、魯、韓三家而從之，以其有子夏之序，不同乎三家也。惟其序作於子夏，子夏授詩於高行子，此〈絲衣序〉有高子之言。又子夏授曾申，申授李克，克授孟仲子，此〈維天之命〉注有孟仲子之言，皆以補師說之所未及，毛公因而存之不廢。若夫南陔六詩，有其義而亡其辭，則出自毛公足成之。所謂有其義者，據子夏之序也。（《曝書亭集》）

《隋書・經籍志》曰：「漢初又有趙人毛萇，善詩。自云子夏所傳，作詁訓傳，是爲《毛詩》古學，而未得立。後漢有九江謝曼卿善《毛詩》，又爲之訓。東海衛敬仲受學於曼卿。先儒相承，謂《毛詩序》子夏所創，毛公及敬仲又加潤益。」

鄭玄曰：「〈大序〉是子夏作，〈小序〉是子夏、毛公合作。卜商意有不盡，毛公更足成之。」（《經典釋文》引《詩譜序》）

又鄭樵云：「毛公之時，左氏傳未出，孟子、《國語》、儀禮未甚行，而毛氏之說先與之合，不謂之源流子夏可乎？」（崔述《讀風偶識引》。按鄭樵作《詩辨妄》，痛斥《詩序》，乃不信《毛詩》者，崔書引此，已疑之，竊以說與鄭玄主張相近，故鄭樵或爲鄭玄之誤）

沈重曰：「據《詩譜》意，〈大序〉是子夏作，〈小序〉是子夏毛公合作，不得援范氏《後漢書》『衛宏作序』一語爲證也。傳說皆子夏所傳，而毛公述之，則序亦子夏所傳，而毛公述之。正猶《韓詩》芣苢、漢廣、汝墳、賓之初筵諸序，散見於唐人所引者，今與毛異，亦必韓嬰所自述也。序爲毛公自述，故傳詩而不傳序也。」（《經典釋文引》）

成伯璵曰：「學者以詩〈大、小序〉皆是子夏所作，未能無惑……〈大序〉是子夏全制，其餘眾篇之〈小序〉，子夏惟裁初句耳。……毛公作傳之日，……已亡其六篇……毛既不見詩體，無由措其辭也。……又高子是戰國時人，子夏無爲取引。一句之下，多是毛公，非子夏明矣。」（《毛詩指說》）

依《隋志》之說，則爲子夏所創，毛公敬仲加以潤飾；依鄭玄、沈重、成伯璵之說，則以爲〈大序〉子夏所作，〈小序〉子夏毛公合作。

反對子夏作序之說者，以昌黎韓愈發其端，其言曰：

> 子夏不序《詩》有三焉：知不及，一也；暴揚中冓之私，《春秋》
> 所不道，二也；諸侯猶世，不敢以云，三也。(《楊慎經説引》)

其他持反對之議者，則有程大昌、蘇轍、歐陽修、崔述、鄭樵諸家。

程大昌曰：「謂序詩爲子夏者，毛公、鄭玄、蕭統輩也。謂子夏有不序之道三，疑其爲漢儒附託者，韓氏愈也。詩之作，托興而不言其所從興，美刺雖有指著，而不斥其爲何人。子夏之生，去詩已甚遠，安能臆度而補著之歟？韓氏所謂知不及者，至理也。」

又曰：「班固之傳毛也，曰：『毛公之學，自謂出於子夏。』則亦以〈古序〉之來，不在秦後，故以子夏名之云耳！毛亦未必得其的傳，而眞知其何人也。若夫鄭玄直指〈古序〉以爲子夏，則實因仍毛語，無可疑也。子夏之在聖門，固嘗因言詩而得褒予矣。曰：『起予者商也』，則漢世共信〈古序〉之所由出者，必以此。然子貢亦因當切磋琢磨而有會於夫子之意，其曰：『賜也始可與言詩已矣』，是亦夫子語也。而獨以序歸之子夏，其亦何所本哉？」(《考古篇詩論》)

蘇轍曰：「世傳以爲出於子夏，予竊疑之。子夏嘗言詩於仲尼，仲尼稱之，故後世之爲詩者附之。要之，豈必子夏爲之？」(《詩集傳》)

歐陽修曰：「詩之序，非子夏之作。子夏親受學於孔子，宜得詩之大旨。其言風雅有正變，而論關雎、鵲巢繫之周公、召公；使子夏而序詩，不爲此言也。」(《毛詩本義序問》)

崔述曰：「先儒多謂《毛詩傳》自子夏，今《詩序》乃子夏所作。余按西漢以前書未有言及《毛詩》之序者，惟後《漢書》衛宏傳言爲《毛詩》作序；則是《詩序》乃宏所作。且序之不合於經義者甚多，參之傳記亦多舛誤，而文辭亦不逮《論語》遠甚，其非子夏所作顯然；不過漢末魏晉之人傳《毛詩》者，借子夏名以爲重耳。後人震於其名，遂相視莫敢議。雖以朱子之詳陳縷辨，而人猶不信也。甚矣！識古書之眞僞非易事也。」(《洙泗考信錄・餘錄》)

其《讀風偶識》卷一曰：「子夏之門人，多在魯國，齊魯既傳其詩，亦必並傳其序，然後世所傳魯詩遺序與齊詩解說，皆與〈毛序〉義絕異。子夏作序之說，亦不見於史漢傳記中，實乃無徵之言」。

《讀風偶識》又曰：「余按左氏春秋在西漢時但未立學官耳，張蒼、賈誼皆傳左氏春秋，不得謂之未出；況毛公之詩傳之貫長卿，長卿又從父貫公受左氏春秋，長卿父子既可以受左氏春秋，安見毛公遂不見左氏春秋也？且又安知非長卿取《左傳》之事以附會詩篇，而傳之日久，遂以爲出於毛公乎？至於孟子、儀禮亦非隱

僻之書人所不能見者，而序以『昊天有成命』爲郊祀天地，與《國語》之言正相左，（《國語》謂稱成王之德。）乃鄭氏反以爲先與之合，抑又誣矣。又按鄭氏作《詩辨妄》，痛斥序說，乃不信《毛詩》者，不知何以其言如此，豈所傳異詞耶？抑其說有初年晚年之別耶？惜乎！余之學淺居僻，見書不多，未能一一細考之也。」

鄭樵曰：「或謂〈大序〉（即〈關雎序〉）作于子夏（王肅、鄭玄、蕭統皆云），〈小序〉作於毛公，此說非也。序有鄭註而無《鄭箋》，其不作於子夏明矣。」（《詩辨妄》）

姚際恆除反對子夏作序之外，更反對鄭玄「《詩序》本一篇，毛公分置篇首」之說，其言曰：

> 謂子夏作者，徒以孔子有『起予者商也』一語，此明係附會，絕不可信。謂毛公作者，亦妄也。毛公作傳，何嘗作序乎！鄭玄又謂《詩序》本一篇，毛公始分以置諸篇之首，則亦信序而爲此說，未必然也。（《古今僞書考》）

總括反對子夏作序之意見：（一）子夏時代甚晚，不能了解詩人作詩之原因及背景。（二）《詩序》多言男女之私，非子夏所當言。（三）子夏之時，諸侯猶世，有得罪諸侯之語，非子夏所敢言。（四）主張子夏作序，未有確據。倘以子夏嘗言詩於仲尼爲其論據，則孔門弟子言詩，又不僅子夏一人。（五）《詩序》多不合經義，且風雅正變之說，關雎鵲巢繫之周公召公，皆不無疑問，使子夏作序，必不言此。（六）西漢以前書，未有言及《毛詩》之序者，使子夏作序，何以自後漢以後，方始流行？據以上六項理由，則子夏作序之說，似亦成問題。沈重、陸德明謂鄭《詩譜》意，〈小序〉是子夏毛公合作，今者鄭玄詩譜，並無子夏毛公合作《詩序》之意。沈陸二氏臆測之說，亦不可據信。

四、以爲漢之學者所作

持此說者，有章如愚、韓愈。

章如愚曰：「《詩序》非子夏所作，實出於漢之諸儒也。」（《山堂考索》）

韓愈曰：「察夫《詩序》，其漢之學者欲顯立其傳，因藉之子夏。故其序大國詳，小國略，斯可見矣。」（《毛詩集解引》）

鄭西蒂以《後漢書・儒林傳》明言衛宏作《毛詩序》，范蔚宗離衛宏未遠，所言想不至無據。且即使非宏作，而其作者決不在毛公衛宏以前，其證如下：

（一）非出秦以前　鄭樵云：「據六亡詩，明言有其義而亡其辭，何得是秦以前人語？裳裳者華『古之仕者世祿』，則知非三代之語。」

（二）非出毛公作故訓傳以前《詩序》如在毛公以前，則毛公之傳，不應不釋序。尤可怪者，序與傳往往有絕不相合者。如靜女，序以爲刺衰，言「衛君無道夫人無德」，而傳中並無此意，所釋反皆美辭。又如，《東方之日》，序以爲刺衰，言「君臣失道男女淫奔不能以禮化」，而傳中絕無此意。且釋東方之日爲人君晦盛無不照察也，釋姝爲初婚之貌，與序意正相違背。如以序在毛公前，或爲毛公所作或潤色，皆不應相岐如此。故知《詩序》決出於毛公之後。

（三）在《左傳》《國語》諸書流行以後　爲《毛詩序》辯護者，皆以爲其與史相證，決非後人之作；而不知其所舉事實，乃皆鈔襲諸書，強合經文。范處義以《詩序》與《春秋》相合，而不知〈十月之交〉一詩，序以爲刺幽王，鄭玄已疑之，以爲當作厲王。其他之不足信亦類比。凡《詩序》與《左傳》諸書合者，正序從其剽竊之證。鄭樵云：「諸風皆有指言當代之某君者，惟魏、檜二風，無一篇指言某君者，以此二國，《史記·世家、年表、列傳》不見所說，故二風無指也。」如《詩序》出在諸書之前，則不應諸書所言者，序亦言之，所不言者，序即缺之。

（四）出於劉歆以後　鄭樵云：「劉歆《三統曆》妄謂文王受命九年而崩，致誤衛宏言文王受命作周也。」文王受命作周之說，不見他書，作《詩序》者如不生劉歆之後，無從引用此說。

　　有以上諸證，可斷定《詩序》爲後漢贗物。（小說月報第十四卷第一號讀《毛詩序》）

　　鄭說以序爲漢人所作，而不遽然指出其人，不失爲審慎之態度。

五、以爲毛公所作

　　主《詩序》爲毛公所作者，大抵皆以子夏作〈小序〉首句，毛公更足成之。（見本章三節：以爲子夏所作）惟四庫提要則以毛公爲分水嶺，主張序之首句在毛公之前，〈續序〉則毛後弟子所爲；《詩序》蓋眞贗相半之物也。其言曰：

　　　　考鄭元之釋南陔曰：『子夏序詩，篇義各編，遭戰國至秦，而南陔六詩亡。毛公作傳，各引其序冠之篇首，故詩雖亡，而義猶在也。』程大昌《考古編》亦曰：『今六序兩語之下，明言有義無辭，知其爲秦火之後，見序而不見詩者所爲。』朱鶴齡《毛詩道義序》又舉宛丘篇序首句與《毛傳》異辭。其說皆足爲〈小序〉首句原在毛前之明證。

　　　　邱光庭《兼明書》舉《鄭風·出其東門篇》，謂《毛傳》與序不符。

曹粹中《放齋詩說》亦舉〈召南羔羊〉、〈曹風鳲鳩〉、〈衛風君子偕老〉
三篇，謂傳意序意不相應。序若出於毛，安得自相違戾？其說尤足爲續
申之語，出於毛後之明證。今參考諸說，定序首二語爲毛萇以前經師所
傳。以下續申之詞爲毛萇以下弟子所附。《四庫提要》

　　反對毛公作序之說，則有多家。如鄭樵、丘光庭、朱鶴齡、曹粹中皆是也。
崔述《讀風偶識》亦以云然。

　　鄭樵曰：「毛公於詩第爲之傳，其不作序又明矣。」（《詩辨妄》）

　　丘光庭曰：「先儒言《詩序》並〈小序〉子夏所作，或云毛萇所作。明曰：非
毛萇也。何以知之？按鄭風（出其東門）序云：『民人思保其室家』，經曰：『縞衣
綦巾，聊樂我員』，《毛傳》曰：『願其室家得相樂也。』據此，傳意與序不同，自
是又取一義也。何者？以『有女如雲』者，皆男女相棄，不能保其室家，即『縞
衣綦巾』是作詩者之妻也。既不能保其妻，乃思念之，言願更得聊且與我爲樂也，
如此則與序合。今毛以『縞衣綦巾』爲他人之女，願爲室家，得以相樂，此與序
意相違，故知序非毛作也。此類實繁，不可具舉。或曰：既非毛作，毛爲傳時，
何不解其序也。答曰：以序文明白，無煩解也。」（兼明書）

　　朱鶴齡《毛詩道義序》，舉〈宛丘篇序〉首句與《毛傳》異辭。倘《詩序》爲
毛公所作，序意與傳意，不容自相背馳如此，此亦足證《詩序》非毛公所作也。

　　曹粹中曰：「『羔羊之皮，素絲五紽。』《毛傳》謂：『古者素絲以英裘，不失
其制，大夫羔裘以居。』其說如此而已，而序云：『在位皆節儉正直，德如羔羊。』
且以退食爲節儉，其說出於康成，毛無此意也。『維鵲有巢，維鳩居之。』《毛傳》
謂：『鳩不自爲居巢，居鵲之成巢。』其說如此而已。序云：『德如尸鳩，乃可以
配焉。』『君子偕老，副笄六珈，』《毛傳》云：『能與君子偕老，乃宜居尊位，服
盛服。』而序云：『故陳人君之德，服飾之盛，宜與君子偕老。』則傳意先後顛倒
矣。序若出於毛，亦安得自相違戾如此？」（《放齋詩說》）

　　崔述曰：「其稱子夏毛公作者，特後人猜度言之，非果有所據也。記曰：『無
徵不信，不信民弗從。』今衛宏作《詩序》，現有《後漢書》明文可據；如謂爲子
夏、毛公所作，則史、漢傳記從無一言及之。不知說者何以不從其有徵者，而惟
無徵之言之是從也。」（《讀風偶識》）

六、以爲衛宏所作

　　此說見於正史後《漢書・儒林傳》：

　　　　衛宏字敬仲，東海人，少與鄭興俱好古學。初九江謝曼卿善《毛詩》，

乃爲其訓，宏從曼卿受學，因作《毛詩序》，善得風雅之旨，傳於世。
又陸璣亦主衛宏作序：

    陸璣曰：「孔子刪詩授卜商，商爲之序，以授魯人曾申，申授魏人李克，克授魯人孟仲子，仲子授根牟子，根牟子授趙人荀卿，荀卿授魯國毛亨。亨作詁訓傳以授趙國毛萇。時人謂亨爲大毛公，萇爲小毛公。以其所傳，故名其詩曰《毛詩》。萇爲河間獻王博士，授同國貫長卿，長卿授阿武令解延年，延年授徐敖，敖授九江陳俠，爲新荓講學大夫。由是言《毛詩》者，本之徐敖。時九江謝曼卿亦善《毛詩》，乃爲其訓。東海衛宏受學，因作《毛詩序》，得風雅之旨。世祖以爲議郎。濟南徐巡師事宏，亦以儒顯。其後鄭眾賈逵傳《毛詩》，馬融作《毛詩傳》，鄭玄作《毛詩》箋。然魯、齊、韓《詩》，三氏皆立博士，惟《毛詩》不立博士耳。」（《毛詩草木鳥獸蟲魚疏》）

對於傳授之系統，言之鑿鑿，似亦有所依據。

朱熹云：「《詩序》之作，說者不同，或以爲孔子，或以爲子夏，或以爲國史，皆無明文可考。惟後《漢書・儒林傳》以爲衛宏作《毛詩序》，今傳於世，則序乃宏作明矣。」（《詩序辨說》）

其主《詩序》出於衛宏，乃本范曄之說。而鄭樵、程大昌，則另補「漢世文章未有引《詩序》者」「序文祖述《毛詩》，毛不解序，故序在毛後」兩種理由。

鄭樵曰：「〈宏序〉作於東漢，故漢世文字未有引《詩序》者。惟黃初四年有曹共公『遠君子近小人』之語，蓋魏後於漢，而宏之序至是而始行也。」（《詩辨妄》）

程大昌曰：「宏之學出於謝曼卿，曼卿之學出於毛公，故凡〈宏序〉文，大抵祖述《毛詩》以發意指。今其書具在，可覆視也。若使〈宏序〉先毛而有，則序文之下，毛公亦應時有訓釋。今惟鄭氏有之，而毛無一語，故知〈宏序〉必出毛後也。鄭氏之於《毛傳》，率別立箋語以與之別，而釋序則否，知純爲鄭語，不竢表別也。」（《考古編詩論》）

以上二家之論，除程氏「〈宏序〉祖述《毛詩》以發意旨」爲可疑外，皆屬確切之言。

陳櫟曰：「《詩序》之作，或以爲孔子，或以爲子夏，或以爲國史，皆無明文可考。惟《後漢書・儒林傳》以爲衛宏作《詩序》傳於後。今考〈小序〉與詩牴牾臆度傅會繆妄淺陋常多，有根據而得詩意者桓少，其非孔子、子夏所作，而爲宏所作，明矣。」（《詩經》句解序）

反對衛宏作序之說者，亦有之，但其論證，終不免軟弱無力。如：

朱彝尊曰：「論者多謂序作於衛宏。夫《毛詩》雖後出，亦在漢武時，詩必有序而後可授受，韓、魯皆有序，《毛詩》豈獨無序。直至東漢之世，俟宏之序以爲序乎？」（《曝書亭集》）

而朱熹又疑非衛宏一人所作。

朱熹曰：「《詩序》東漢儒林傳分明說道是衛宏作，後來經義不明，都是被他壞了。某又看得亦不是衛宏一手作，多兩三手合成一序，愈說愈疏。」（《詩序辨說》）

此因序說與詩意「牴牾臆度傅會繆妄淺陋」者甚多，並且「破壞經義」，而主序爲衛宏所作。蓋宏時代較晚，隨意爲說，或思慮不周，自不免有所違戾也。朱熹又以「不是一手作，多兩三手合成」，亦不無理由。（見本書第九章〈大序〉與〈小序〉）

朱熹所謂「不是一手所成」，或爲衛宏作成《詩序》之後，又經他人有所增益，所謂「愈說愈疏」者也。然朱熹本人，則主「序之首句，爲毛公所分，其下推說，爲衛宏所益」。

朱熹曰：「然鄭氏又以爲《詩序》本自合爲一編，毛公始分以置諸篇之首，則是毛公之前，其傳已久，宏特增廣而潤色之耳。故近世諸儒，多以序之首句爲毛公所分，而其下推說云云者，爲後人所益，理或有之。」（《詩序辨說》）

程大昌曰：「范曄之傳衛宏曰：『九江謝曼卿善《毛詩》，宏從受學，作《毛詩序》，善得風雅之旨，於今傳於世。』而鄭玄作《毛詩箋》也，其敘著傳授明審如此，則今傳之序爲宏所作何疑哉？然以子夏而較衛宏，其上距古詩年歲遠近又大不相侔，既子夏不得追述，而宏何以能之？曰，曄固明言所序者《毛傳》耳，則詩之〈古序〉非宏也。〈古序〉與〈宏序〉今混並無別，然有可考者：凡詩發序兩語，如『關雎后妃之德也，』世人謂〈小序〉者，〈古序〉也；兩語之外，世謂〈大序〉者，宏語也。鄭玄之釋南陔曰：『子夏序詩，篇義合編，遭戰國至秦而南陔六詩亡。毛公作傳，各引其序，冠之篇首，故詩雖亡，而義猶在也。』玄謂序出子夏，失其傳矣。至謂六詩發序兩語，古嘗合編，至毛公分冠者，玄之在漢蓋親見也。今六序兩語之下，明言有義無辭，知其爲秦火以後見序而不見詩者所爲也。毛公於詩，第爲之傳，不爲之序；則其申釋先序時義，非宏而孰爲之也？以鄭玄親見而證先秦故有之序，以六序綴語而例三百篇序語，則〈古序〉、〈宏序〉，昭昭然黑白分矣。」（《考古編詩論》）

此認《詩序》首句來源甚古，然未明言何人，其下則盛言源自采詩之官及國史。

程大昌曰：「且夫詩之〈古序〉亦非一世一人之所能爲也。采詩之官，本其得

於何地，審其出於何人，究其主於何事，具有實狀，致之太師，上之國史，國史
于是采案所以，綴辭其端，而藏諸有司。是以發篇兩語，而後世得以目爲〈古序〉
也。詩之時世，上自周下迄春秋，歷年且千百數，若使非國史隨事記實，則雖夫
子之聖，亦不得鑿空追爲之說也。夫子之刪詩也，擇其合道者存之，其不合者去
之。刪采既定，取國史所托二語合爲一篇，而別著之，如今書序未經散裂者。《史
記》《法言‧敘篇》傳之同在一帙者，其體制正相因也。經秦而南陔六詩逸，詩雖
逸而序篇在。毛公訓傳既成，欲其便於討求，遂釐剟諸序，各置篇首，而後衛宏
得綴語以記其實曰：此六詩者，有其義而亡其辭也。此又其事情次比可得而言者
然也。」（《考古編詩論》）

鄭樵本不信序，故有如下之言：

> 今觀宏之序，有專取諸書之文至數句者，有雜取諸家之說而辭不堅
> 決者，有委曲宛轉附經以成其義者。（《詩辨妄》）

然彼亦認爲〈古序〉（即鄭樵所謂〈大序〉，亦即〈小序〉之首句），乃出於采
詩太史之所爲：

> 又謂〈大序〉作於聖人，〈小序〉作於衛宏。謂〈小序〉作於衛宏
> 是也，謂〈大序〉作於聖人非也。命篇〈大序〉，蓋出於當時采詩太史之
> 所題，而題下之序，則衛宏從謝曼卿受師說而爲之也。按後漢儒林傳云：
> 「衛宏字敬仲，從謝曼卿學《毛詩》，因作《毛詩序》，善得風雅之旨，
> 于今傳於世。」蓋嘗謂詩之〈大序〉非一人一世之所能爲，採詩之官本
> 其得於何地，審其出於何人，究其主於何事，且有實狀，然後致之太師，
> 上之國史，是以取發端之二字以命題，故謂〈大序〉，是當時採詩太史之
> 所題。詩之〈小序〉，序所作之意，其辭顯者其序簡，其辭隱者其序備，
> 其善惡之微者序必明著其迹，而不可言彈者則亦闕其目而已，故謂〈小
> 序〉是宏誦詩說而爲之。（《詩辨妄》）

此實係受自「信序派」之影響。彼又云：

> 或者又曰：「序文之辭委曲明白，非宏所能爲。」曰：「使宏鑿空爲
> 之，雖孔子亦不能。使宏誦詩說爲之，則雖宏有餘矣。意者，毛氏之詩，
> 歷代講詩之說，至宏而悉加詮次焉。」（鄭樵《詩辨妄》）

據序文之委曲明白，即判定非宏所爲，似非確證。吾人所應問者，《詩序》之說有
無「牴牾臆度傅會繆妄淺陋」之弊病。倘有是病，則雖委曲明白，其爲後世之妄
作無疑也；若無此病，則雖不委曲明白，亦不能不認其淵源有自也。

追溯序之淵源，傳自國史，其說有如上述。其下焉者，則追至子夏，然亦假

託之詞也。

曹粹中曰：「要知《毛傳》初行之時，猶未有序也。意毛公既托之子夏，其後門人互相傳授，各記其師說，至宏而遂著之。後人又復增加，殆非成於一人之手。則或以爲子夏，或以爲毛公衛宏，其勢然也。」（《放齋詩說》）

康有爲追溯爲劉歆，其言曰：

> 《毛詩》僞作於歆，付屬於徐敖陳俠，傳授於謝曼卿衛宏。序作於宏，此傳最爲實錄，然首句實爲歆作，以其與《左傳》相合也。〈宏序〉蓋續廣歆意，然亦時有相矛盾者。而宏之爲序最確矣。（《新學僞經考》）

大概信序之經學家，既不能否認衛宏作序之事實，遂乃上溯其淵源。無論推溯爲傳自何人，其信序爲實錄，一也。然《詩序》可疑之點甚多，如確屬淵源上世，必不致牴牾若此。（《詩序》可疑之點，見本書第八章〈《詩序》抉疑〉，第六章〈《詩序》與詩義之關係〉，第七章〈《詩序》與史實之關係〉）

崔述曰：「孔子，魯人也。孔子既沒，七十子之徒相與教授於齊魯之間。故漢初傳經者多齊魯之儒。子夏雖嘗教授西河，然實在魯爲多。觀戴記所言，多在魯之事；而《論語》稱子游譏子夏之門人，子夏之門人間交於子張，則子夏之門人在魯者不乏矣。齊魯既傳其詩，亦必並傳其序；何以齊魯兩家之詩，均不知有此序，而獨趙人乃得之乎？蓋自毛公以後，傳其說者遞相增益，遞相附會，宏聞之於師，遂取而著之序耳。而後之人乃奉序爲不刊之典，其亦可嘆也夫！」（《讀風偶識》）

崔述此言之意義，即在說明《詩序》不可能淵源於子夏。既不淵源於子夏，則有孔子以上之來歷，更不可能矣。崔氏此說實爲的論。

蘇轍曰：「孔子刪詩而取三百十一篇，今亡者六焉！詩之序未嘗詳也。詩之亡者，經師不得見矣，雖欲詳之而無由。其存者將以解之，故從而附益之，以自信其說。是以其言時有反覆煩重，類非一人之辭者，凡此皆毛氏之學，而衛宏之所集錄也。東漢儒林傳曰：『衛宏從謝曼卿受學，作《毛詩序》，善得風雅之旨，至今傳於世。』隋經籍志曰：『先儒相承謂《毛詩序》子夏所創，毛公及衛敬仲又加潤益。』古說本如此，故予存其一言而已。曰：是詩言是事也，而盡去其餘，獨采其可者見於今傳，其尤不可者皆明著其失，以爲此孔氏之舊也。」（《詩集傳》）

此與崔述之意見相同，皆主毛氏始創，衛宏集錄。若梁啓超姚際恆則以宏集漢人成說而爲之。

梁氏云：兩漢儒者說詩，從未言及《詩序》。《六經奧論》云：「漢氏文字未有引《詩序》者，惟黃初四年有『曹共公遠君子近小人』之語，蓋《詩序》至是而

始行。」王先謙駁之，以「《左傳》襄公二十九年服虔解誼，太尉楊震疏，李尤漏刻銘，蔡邕獨斷皆已引用《詩序》。」但《左傳》與《詩序》同者，只「美哉此之謂夏聲」一句，當係偶然，或衛宏有意抄襲。西漢一代文字，無引用《詩序》者，亦未言詩有序。服、楊、李、蔡固東漢儒者，但皆在宏後，〈宏序〉當然可得見。《後漢書》既明言宏作《毛詩序》，吾人又何必奪其功耶！但不可因此謂其僞造，因說詩家解釋作詩原因，寫成片段文字，乃漢人風氣，《毛詩》或亦是如是。其片段文字，或非每篇皆有，及至衛宏，乃全部皆作成〈小序〉。但事蹟之附會，姓名之錯亂，詩意之誤解，乃宏強不知以爲知之過也。（《古書眞僞及其年代》）

姚際恆曰：「漢世未有引序一語，魏世始引之；及梁蕭統文選，直以爲子夏作，固承前人之訛也。大抵〈小、大序〉皆出於東漢，范曄既明指衛宏，自必不謬。其〈大序〉固宏爲之，〈小序〉亦必漢人所爲。何以知之？序於周頌〈潛〉詩曰：『季冬獻魚春獻鮪，』全本〈月令〉之文，故知爲漢人也。後人以〈小序〉爲子夏作，〈大序〉爲毛公作，遵之者儼如功令，不敢寸尺易，是雖非僞書而實亦同於僞書也。」（《古今僞書考》）

按毛氏之學，與序說時有牴牾，見前「以爲毛公所作」一節。職是之故，與其謂衛宏集毛氏之言，不若謂宏雜取漢儒成說之爲愈也。

七、結　語

《詩序》作者之說，紛然淆亂，聚訟千年。然大別言之，可分爲六類，即上所列者也。其以序說爲可信者，則多主詩人、國史、孔子、子夏之所作；至對序說存疑者，則多主漢之學者，毛公或衛宏所作。然條分縷析，終覺衛宏作序之主張，遠勝他說。信序者，既不能辯，遂推源〈宏序〉必有所祖述。其祖述者爲何？於是詩人、國史、孔聖、子夏、劉歆，又告眾說紛紜矣。序既可疑者多，則祖述云云，似亦大成問題。

今人林礽乾，亦主衛宏作序。其《詩序作者考》一文（見《孔孟月刊》八卷一期），列舉四證，以明此說之可信。茲錄之如下，以爲本章之煞尾。

（一）崔述《讀風偶識》曰：「程子以〈大序〉爲孔子所作，〈小序〉爲當時國史所作。《論語》所載孔子論詩之言多矣：若〈關雎〉章，『思無邪』章，『誦詩三百』以及『興觀群怨』，〈周南〉〈召南〉等章，莫不言簡意賅，義深詞潔。而《詩序》獨平行淺弱，雖有精粹之言，亦多支蔓之語，絕與《論語》不類，豈得強屬之於孔子？至於各篇之序，失詩意者甚多，其文亦殊不類三代之文」。序文既不類三代之文，自是戰國以後之作，則《詩序》非戰國

以前詩人、國史、孔聖所作可知。

（二）就《詩序》之材料來源而觀，詩〈大序〉之：「情動於中而形於言，言之不足，故嗟嘆之」，語出樂記。豳風〈鴟鴞〉序云：「成王未知周公之志，公乃爲詩以遺王」，語出《尚書・金縢》。〈商頌・那篇序〉云：「自微子至於戴公，其間禮樂廢壞」。語出《國語》。〈小雅都人士・序〉云：「古者長民，衣服不貳，從容有常，以濟其民」。語出公孫尼子。而此等諸書，漢代乃行於世，則作《詩序》之年代，非西漢以前可知。《詩序》既非西漢以前之作，則作《詩序》者，自非西漢以前之子夏可知。

（三）文獻通考卷一七八經籍五《詩序》條云：「漢氏文章，未有引《詩序》者，唯黃初四年有共公遠君子近小人之說。」倘《詩序》作於西漢，不容西漢或東漢經生全無引用之者。然今漢世文章，竟無一引用者，反至曹魏之初，始見行於世，此實《詩序》不出於西漢，而爲東漢晚出之鐵證也。《詩序》既爲東漢之作，則《詩序》自非毛公所作又可知矣。

（四）《詩序》每篇句義相承，章法井然，其詞調體格，首尾完密，一望而知出於一人之手。《詩序》既爲一人之作，則《詩序》自非子夏毛公合作，又可知矣。

　　總上四點而論，吾人可斷定《詩序》出於東漢，又出於一人之手。《後漢書・儒林傳》又正有：「謝曼卿善《毛傳》，乃爲其訓；宏從曼卿受學，因作《毛詩序》，善得風雅之旨，於今傳於世」之明文，至此，吾人可以確定作《詩序》者爲東漢之衛宏，而范曄謂衛宏作《詩序》之說可信也。

第四章 《詩序》之淵源

本章之敘述，以顧頡剛〈詩經在春秋戰國間之地位〉爲主要依據，並補以朱自清《詩言志辨》、何定生《詩經今論》卷一〈從樂章到諫書看詩經〉，李辰冬先生〈關於詩經的兩種觀念的批評〉，並參以己意，綜合述之。

一、詩篇之原始狀況

詩三百篇，爲有周一代之詩歌總集。其時代約當西曆紀元前一千一百年至六百年之間。

此三百篇詩之內容，大別言之，不外民間歌謠及貴族與廟堂樂歌。以今之《詩經》言，其中之國風部份，多屬前者；而大小雅及三頌，則多屬後者。

三百篇之作者，決非一人，社會上各部門、各階層之人們皆有包括，然以年代久遠，史料缺如，各篇之作者爲誰，多已不可考徵。

然作詩之目的，可得而言也。

就三百篇之民間歌謠言，則其作詩之目的，在於發洩一己之思想情感。如邶風靜女：

> 靜女其姝，俟我于城隅。愛而不見，搔首踟躕。
>
> 靜女其孌，貽我彤管，彤管有煒，說懌女美。
>
> 自牧歸荑，洵美且異。匪女之爲美，美人之貽。

此明係男女相約期會之詩。第一章，述與女相約未見。第二章，述與女相見怡悅之狀。第三章，述二人同遊，兩心相悅之狀。此詩之作，決非應用之目的，僅在敘述或發抒一己之情感而已。

三百篇中，國風佔半數以上，而國風之詩，多屬此類：發抒一己之情感，決無應用之目的。

至貴族及廟堂樂歌，則純屬實用之目的。如〈小雅‧鹿鳴〉：

呦呦鹿鳴，食野之苹。我有嘉賓，鼓瑟吹笙。

吹笙鼓簧，承筐是將，人之好我，示我周行。

呦呦鹿鳴，食野之蒿。我有嘉賓，德音孔昭。

視民不恌，君子是則是傚。我有旨酒，嘉賓式燕以敖。

呦呦鹿鳴，食野之芩。我有嘉賓，鼓瑟鼓琴。

鼓瑟鼓琴，和樂且湛。我有旨酒，以燕樂嘉賓之心。

此係貴族宴樂之歌，為宴樂之目的而作者也。又如〈商頌‧玄鳥〉：

王命玄鳥，降而生商，宅殷土芒芒。古帝命武湯，正域彼四方。方命厥后，奄有九有。商之先后，受命不殆，在武丁孫子。武丁孫子，武王靡不勝。龍旂十乘，大糦是承。邦畿千里，維民所止。肇域彼四海，四海來假，來假祁祁，景員維河，殷受命咸宜，百祿是何。

此係廟堂樂歌，為宗廟祭祀之目的而作者也。

詩篇之原始之狀況，純為抒情或實用，已如上述。所當知者，詩與樂舞之關係甚為密切。

孔子曰：「吾自衛反魯，然後樂正，雅頌各得其所。」（《論語‧子罕篇》）

墨子亦云：「儒者誦詩三百，弦詩三百，歌詩三百，舞詩三百。」（〈公孟篇〉）

其論孔子之罪曰：「弦歌鼓舞以聚徒，務趨翔之節以觀眾。」（〈非儒篇〉）

《史記‧孔子世家》云：「三百五篇，孔子皆弦歌之，以求合於韶武雅頌之音。禮樂自此可得而述。」

明劉濂《樂經元義》云：「六經缺樂經，古今有是論矣。愚謂樂經不缺，三百篇者，樂經也，世儒未之深考耳。」

今人劉大杰曰：「詩之可籥，見於周官；詩之可管，見於二禮；詩之可簫，見於《國語》。由此可知《詩經》在古代與音樂跳舞的關係的密切了。」（中國文學發達史）

又禮樂之關係甚為密切，故詩與禮樂之關係亦密不可分：

鄭樵曰：「古之達禮三：一曰燕，二曰享，三曰祀。所謂吉凶軍賓嘉，皆主此三者以成禮。古之達樂三：一曰風，二曰雅，三曰頌。所謂金石絲竹匏土革木，皆主此三者以成樂。禮樂相須以為用：禮非樂不行，樂非禮不舉。自后夔以來，樂以詩為本，詩以聲為用，八音六律為之羽翼耳。仲尼編詩，為燕享祀之時用以歌，而非用以說義也。」（《樂府總序》）

何定生曰：「春秋以前，一個典禮之舉行，無論是祭祀之禮，抑或是燕饗之禮，都必有其樂節。這種樂節，可以自二個以至七個不等。如鄉射是個樂節最少的禮，只有二節；兩君相見，或禘禮，是三樂節；諸侯大射儀，是四樂節；天子之禮，大概總是五個樂節；鄉飲酒禮卻是六個樂節；諸侯燕禮，有時六節，有時七節。所以樂節的多少，和典禮的輕重並沒有因果的關係；同時，所有的樂節也不必都有詩。……一個典禮有一個典禮的樂節，藉著這些樂節，把禮意都表示出來了。這是《三百篇》和禮樂的原始關係。」（《詩經今論》卷一）

故詩篇之本來面目可得而言也。其民間歌謠，乃為發抒作者一己之思想情感；而貴族所作之宴會祭祀之詩，則為實用之目的。所可注意者，詩與禮樂舞蹈之關係，甚為密切。然詩之初起，無論抒情或實用，皆根據詩篇之本來意義，決無曲解或附會之必要，可斷言也。

二、春秋時之用詩

詩篇之曲解或附會，始自用詩。

前已言之，詩篇之作，有為抒情之目的，有為實用之目的。其實用之詩，固可應用；其本為抒情而作之詩篇，必要時亦可應用。

顧頡剛曰：「民謠的作者隨著心中要說的話說去，並不希望他的作品入樂，樂工替他譜了樂意，原意也只希望貴族聽了，得到一點民眾的味兒，並沒有專門的應用；但貴族聽得久了，自然也會把它使用了。」（《詩經在春秋戰國間的地位》）

詩篇既為貴族廣泛應用，則必有一種結果，即詩篇成為樂及舞之附庸，而字面之意義，反被忽視。

劉大杰曰：「我們現在都知道《詩經》是我國最古的優秀的文學作品，但它們在當日的社會機能，大部份卻是音樂與跳舞之附庸，還沒有得到獨立的文學的生命。」（《中國文學發達史》）

何定生曰：「在禮樂用途上，三百篇只有聲音的存在，卻沒有辭義的存在；在禮樂過程中，詩所表現的就是樂章，離了樂章就沒有意義。」（《詩經今論》卷一）

其次，詩篇本身沒有題目，又未註明作詩之原因、目的，亦為引起曲解附會之另一原因。

三百篇詩，大致皆無題目。其名篇方式，多取首章首句一、二字，如丰、扳、關雎、葛覃是也。此等篇名，皆無意義，有題等於無題也。

後世之詩，多有明顯之題目，或於題目之外，另述作詩之原因，斯不致誤解作詩之意而發生誤會。

顧頡剛《詩經在春秋戰國間的地位》，分析春秋時代之用詩，共有四種情形：

（一）典禮，又分對神對人二類，對神為祭紀，對人為宴會

（1）祭祀詩：如〈小雅・楚茨〉，言祭祀之狀況，以及工祝祝頌之言，既詳且備；又如周頌之〈有瞽〉，商頌之〈那〉，且於典禮奏樂之情狀，亦有詳細之描繪。大抵頌為樂詩之最鄭重者；多用於祭祀大典，皆屬此類。

（2）宴會詩：如〈鹿鳴〉、〈白駒〉、〈有客〉、〈崧高〉是也。《儀禮》之鄉飲酒禮、燕禮、鄉射禮、大射儀等篇，皆有樂工歌詩之記載。此種樂詩之應用，無非提高宴會中歡樂之程度，幫助禮節之進行而已。

（二）諷諫

《左傳》與《國語》中：屢言作詩諷諫之事。如襄十四年《左傳》：「史為書，瞽為詩，工誦箴諫，大夫規誨，士傳言，庶人謗。」又《國語・周語》：「故天子聽政，使公卿至於列士獻詩，瞽獻曲，史獻書，師箴、瞍賦、矇誦，百工諫，庶人傳語，近臣盡規，親戚補察，瞽史教誨，耆艾修之，而後王斟酌焉。」而《詩・魏風・葛屨》：「維是褊心，是以為刺。」《小雅・節南山》：「家父作誦，以究王訩。」〈何人斯〉：「作此好歌，以極反側！」皆作詩諷諫之例。（按：作詩諷諫，誠有其例；然若後世《詩序》之篇篇以為美刺，則不能認為得其本義；而實另有目的在焉。）

（三）賦詩

賦詩者，於宴會或外交之場合，各自選取一首合意之樂詩，命樂工唱出，以表達一己之情意於對方者也；故賦詩可代替對話，成為當時之外交詞令。此類情事，於《左傳》之中，記載甚多。如襄二十七年《左傳》：

鄭伯享趙孟於垂隴，子展、伯有、子西、子產、子大叔，二子石從。

趙孟曰：「七子從君，以寵武也：請皆賦以卒君貺；武亦以觀七子之志。」

子展賦〈草蟲〉，趙孟曰：「善哉，民之主也！抑武也不足以當之。」

伯有賦〈鶉之奔奔〉；趙孟曰：「床笫之言不踰閾，況在野乎！非使臣之所得聞也！」

子西賦〈黍苗〉之四章；趙孟曰：「寡君在，武何能焉！」

子產賦〈隰桑〉；趙孟曰：「武請受其卒章。」

子大叔賦〈野有蔓草〉；趙孟曰：「吾子之惠也！」

印段賦〈蟋蟀〉；趙孟曰：「善哉，保家之主也！吾有望矣。」

公孫段賦〈桑扈〉，趙孟曰：「『匪（詩作彼）交匪敖』，福將往焉！若保是言也，欲辭福祿得乎！」

卒享，文子告叔向曰：「伯有將爲戮矣！詩以言志：志誣其上而公怨之，以爲賓榮，其能久乎！」

此次賦詩，〈草蟲〉、〈隰桑〉皆爲思慕君子，子展子產借以表對趙孟之思慕。〈黍苗〉乃贊美召伯之功勞，子西借此以比趙孟。〈野有蔓草〉單取「邂逅相遇，適我願兮！」以表其與趙孟相遇之快樂。〈蟋蟀〉云「好樂無荒：良士瞿瞿」。印段之意，在美趙孟之不荒淫；而趙孟亦因其賦詩之宗旨在不荒淫，遂贊其爲「保家之主。」〈桑扈〉稱頌君子「受天之祜」，爲「萬邦之屏」，末句云「彼交匪敖，萬福來求」，故趙孟有是答辭。觀其所云，皆稱頌趙孟；而趙孟或謙而不受，或敬以善言。惟伯有賦〈鶉之奔奔〉爲異。此詩主云：「人之無良，我以爲兄」，「人之無良，我以爲君」；皆怨憤之意，全無和樂之象。故趙孟曰：「床第之言不踰閾」，意謂怨憤爲私室之言，不宜宣之於宴會之所。又如：

> 晉趙孟、魯叔孫豹、曹大夫入于鄭，鄭伯兼享之。趙孟賦〈匏葉〉，穆叔賦〈鵲巢〉，又賦〈采蘩〉，曰：「小國爲蘩，大國省穡而用之，其何實非命！」子皮賦〈野有死麇〉之卒章。趙孟賦〈常棣〉，且曰：「吾兄弟比以安，尨也可使無吠。」（昭公元年《左傳》）

穆叔賦〈鵲巢〉，係以首章之「維鵲有巢，維鳩居之」比方趙孟當政。趙孟賦〈常棣〉後，又曰：「吾兄弟比以安」，則顯然取「凡今之人，莫如兄弟」二句。而子皮所賦〈野有死麇〉之卒章，原文本有三句，但趙孟則曰：「尨也可使無吠」，則明用末句。至穆叔賦〈采蘩〉，而自註云：「小國爲蘩」，則不僅一句，乃僅用一字矣。

僅用一字之例，如襄十四年《左傳》：「夏，諸侯之大夫皆從晉侯伐秦，及涇不濟，叔向見叔孫穆子，穆子賦〈匏有苦葉〉。叔向退而具舟，魯人莒人先濟。」魯語記叔向對穆叔之評論云：「夫苦匏不材，於人共（供）濟而已。魯叔孫賦〈匏有苦葉〉，必將涉矣！」實則叔孫所取義者，僅在首章「濟有深涉」句中之「濟」字而已，與匏字無關，乃以「濟」字表達其必要渡河之意象也。

綜上各例，賦詩總在章以內，而取義則常在詩以外。故賦詩者之心意，不即爲作詩者之心意。所作之詩原爲言情，甚或男女狎昵之私，但賦詩之人儘可用之爲宴賓詩，或外交辭令。故當時之賦詩頗可稱之爲象徵主義，作詩者明爲寫實，而賦詩者應用之後，則變爲象徵矣。

復次，賦詩乃斷章取義，不必與全篇意義相合，故或取一二句，或取一二字，供其表達意思之應用而已。

如襄廿八年《左傳》，齊大夫慶封之子慶舍，嫁女於家臣盧蒲癸。因蒲氏與慶

氏同姓，同姓不婚，故慶舍之士謂盧蒲癸曰：「男女辨姓；子不辟宗，何也？」曰：「宗不余辟，余獨焉辟之！賦詩斷章，余取所求焉，惡識宗！」

又定九年《左傳》：「鄭駟顓殺鄧析而用其竹刑。君子謂子然於是不忠。苟有可以加於國家者，弃其邪可也。〈靜女〉之三章，取『彤管』焉。〈竿旄〉『何以告之』取其忠也。故用其道不弃其人。」

（四）言語

詩之用於言語，即將詩篇文句，夾在言語中說出。其與賦詩之不同點有三：（1）賦詩須唱出歌出，而言語引詩則為背誦文句。（2）賦詩限於正式場合，而引詩則隨時可用。（3）賦詩以詩文代辭令，乃辭令之主體；引詩僅有強調或註解之作用，僅能謂之為辭令之部份而已。

言語中引詩，又可分為下列數種情形：

（1）用以發揮個人之情感，如：《左傳》宣公二年：趙穿攻靈公於桃園；宣子未出山而復。太史書曰：「趙盾弒其君」，以示於朝。宣子曰：「不然。」對曰：「子為正卿，亡不越境，反不討賊，非子而誰？」宣子曰：「烏呼！『我之懷矣，自貽伊慼』，其我之謂矣。」

（2）用以批評一件事情，如《左傳》襄公二十九年：鄭大夫盟於伯有氏。裨諶曰：「是盟也，其與幾何？詩曰：『君子屢盟，亂是用長。』今是長亂之道也；禍未歇也！」

（3）用作辯論之根據，如《左傳》成公二年：晉師從齊師，入自丘輿，擊馬陘。齊侯使賓媚人路以紀甗、玉磬、與地。……晉人不可，曰：「必以蕭同叔子為質，而使齊之封內盡東其畝。」對曰：「蕭同叔子，寡君之母也；若以匹敵，則亦晉君之母也。吾子布大命於諸侯，而曰必質其母以為信，其若主命何！且是以不孝令也。詩曰：『孝子不匱，永錫爾類』，若以不孝令於諸侯，其無乃非德類也乎？先王疆理天下，物土之宜而布其利。故詩曰：『我疆我理，南東其畝。』今吾子疆理諸侯，而曰盡東其畝而已，唯吾子戎車是利，無顧土宜，其無乃非先王之命也乎！……今吾子求合諸侯以進無疆之域，詩曰：『布政優優，百祿是遒，』子實不優而棄百祿，諸侯何害焉！」晉人許之。

（4）割裂詩句而應用，如《左傳》成公十二年：晉郤至如楚聘，且涖盟。楚子享之，子反相；為地室而縣焉。郤至將登，金奏作於下，驚而走出。子反曰：「日云莫矣，寡君須矣，吾子其入也！」賓曰：「君不忘先君之好，施及下臣，貺之以大禮，重之以備樂。如天之福，兩君相見，何以代此。下臣不敢！」

子反曰：「如天之福，兩君相見，無亦唯是一矢以相加遺，焉用樂！寡君須矣，吾子其入也！」賓曰：「若讓之以一矢，禍之大者，其何福之爲！世之治也，諸侯間於天子之事，則相朝也，於是乎有享宴之禮——享以訓共儉，宴以示慈惠；共儉以行禮，而慈惠以布政——政以禮成，民以是息，百官承事，朝而不夕，此公侯之所以扞城其民也。故詩曰：「糾糾武夫，公侯干城。」及其亂也，諸侯貪冒，侵欲不忌，爭尋常以盡其民，略其武夫以爲己腹心，股肱爪牙。故《詩》曰：「糾糾武夫，公侯腹心。」天下有道，則公侯能爲民干城而制其腹心；亂則反之。今吾子之言，亂之道也，不可以爲法。

（5）任意解釋之應用，如《左傳》宣公十六年：晉侯請于王以黻冕命士會將中軍，且爲大傅，於是晉國之盜，逃奔於秦。羊舌職曰：「吾聞之，禹稱善人，不善人遠，此之謂也夫！《詩》曰：『戰戰兢兢，如臨深淵，如履薄冰！』善人在上也。」按：此詩見〈小宛〉末章，原指「齊聖之人」或「溫溫恭人」而言，但羊舌職則用以證「禹稱善人，不善人遠，」並喻士會將中軍爲大傅而盜逃，與詩意相反。然羊舌職似專借此數句詩所含「恐懼」之意，其他問題則可以不顧。

（6）如「猜謎」或「歇後語」之應用，例如《左傳》定公十年：侯犯以郈叛……叔孫謂郈工師駟赤曰：「郈非唯叔孫氏之憂，社稷之患也；將若之何？」對曰：「臣之業在〈揚之水〉卒章之四言矣。」叔孫稽首。（按：卒章爲：「揚之水，白石粼粼。我聞有命，不敢以告人。」其意蓋云：「吾已有對策，唯當秘而不宣而已。」）

（7）作爲成語、格言之應用，如《國語》越語下：范蠡進諫曰：「……天節不遠，五年復反。……先人有言曰：『伐柯者其則不遠，』今君王不斷，其忘會稽之事乎？」（按，語見《豳風·伐柯》）

以上爲春秋時人之用詩。彼對詩篇之態度，僅在隨意應用，並不重視其原文原意。然無論如何亂用，絕無根據詩篇推考古史以及作詩者之事實，故雖屬亂用，猶未損及《詩經》之眞象。

三、孔子對詩之態度

孔子與《詩經》之關係，甚爲密切。依《史記·孔子世家》，古詩三千餘篇，孔子刪之，得三百篇。此說固不可盡信，但孔子對《詩經》加以有限度之整理，則未必全無可能。（詳見本書第二章）

孔子以詩書六藝教人，是以經常勸人學《詩》。《論語》曰：

子所雅言：詩、書、執禮，皆雅言也。（述而）

陳亢問於伯魚曰：「子亦有異聞乎？」對曰：「未也。嘗獨立，鯉趨而過庭。曰：『學詩乎？』對曰：『未也。』『不學詩，無以言。』……」（述而）

子謂伯魚曰：「女爲周南、召南矣乎？人而不爲周南、召商，其猶正牆面而立也與！」（子路）

子曰：「小子何莫學夫詩！詩可以興，可以觀，可以群，可以怨；邇之事父，遠之事君，多識於鳥獸草木之名。」（同）

彼所謂「不學詩，無以言，」即爲用詩於言語之中。彼之興、觀、群、怨，以至事父，事君，即是用詩於典禮、諷諫、賦詩等方面之社會倫理。惟「多識於鳥獸草本之名」一層意思，《左傳》諸書未曾言及——漢志云：「登高能賦，可以爲大夫，」恐古代亦有此種應用。此皆春秋時用詩之傳統觀念，故又云：

誦詩三百，授之以政，不達，使於四方，不能專對，雖多，亦奚以爲！（子路）

可見其對詩之觀念，仍限於當時之實用；惟所謂「興觀群怨」略有涵養性情之見解，似較高於時人。

孔子對詩有一極重要之觀念，即「《思無邪》」是也。

子曰：「詩三百，一言以蔽之，曰《思無邪》。」（《論語・爲政篇》）

何謂「《思無邪》」？即純潔正直之意。孔子認爲詩三百篇之內容，皆爲純潔正直，無有邪惡。此爲一種讀詩之態度，前人未有言之者。後世有以三百篇中含有「淫詩」，甚至以今本《詩經》中之「淫詩」皆孔子之後所羼入者，則持「詩有邪」之念也。方之聖人之說，實爲兩大極端。客觀言之，詩之內容，無所謂「有邪」「無邪」也。因作詩之人，並無「邪不邪」之觀念在焉，故其內容本身，實無「邪不邪」之可言也。第就讀詩者之主觀言之，則可謂「詩無邪」，亦可謂「詩有邪」，以其基本態度各異，故所見亦各有不同也。吾人於此，不欲評其是非，論其當否；第就政治教化之觀點言，則「無邪」之說，或與之相近。若是，則孔子「無邪」之論，正爲後世治教化之說詩，開其先河。

朱自清曰：「後來《禮記》經解篇『溫柔敦厚，詩教也』，詩緯含神霧的『詩者持也』(《毛詩正義》，《詩譜序》引)《漢書》卷二十二〈禮樂志〉的『省其詩而志正』，卷三十〈藝文志〉的『《詩》以正言，義之用也，』似乎都是從孔子的話(《思無邪》)演變出來的。《詩・大序》所說『經夫婦，成孝敬，厚人倫，美教化，移風俗』，也是從興觀群怨，『事父事君』等語演變出來的。儒家重德化，儒教盛

行以後，這種教化作用極爲世人所推尊；『溫柔敦厚』便成了詩文評的主要標準。」
（《詩言志辨》）

按：「思無邪」三字，來自《魯頌·駉篇》。全詩之內容，在頌魯僖公牧馬之盛，茲誌其每章末二句如下：

思無疆，思馬斯臧！

思無期，思馬斯才！

思無斁，思馬斯作！

思無邪，思馬斯徂！

李辰冬先生認孔子以「思無邪」論詩，有斷章取義之嫌：

思是語詞，邪讀徐，訓緩。意思就是，一點也不緩慢，這馬眞是勇往直前呀！與首章的「思無疆，思馬斯臧，」二章的「思無期，思馬斯才，」三章的「思無斁，思馬斯作，」連類對稱。《詩經》裏凡是連類對舉的句子，它們的意義都類似。假如其中有一句解釋的不一樣，那就解釋錯了。孔子在這裏明明是斷章取義。朱熹就引蘇氏（蘇轍）說：「昔之爲詩者，未必知此理也。孔子讀詩至此，而有合於其心焉，是以取之，蓋斷章爾。」蘇轍已經看出孔子是在斷章取義，而這種斷章取義的說詩便概了三百篇，而給三百篇整個蒙上了一種陰影。（關於《詩經》的兩種觀念的批評）

按：思固可解爲心思，思慮；但馬之肥壯似與思慮無干。王師大安即不作此解，以爲語詞。引陳奐云：「思，詞語也。斯，猶其也。『無疆』『無期』頌禱之詞。『無斁』『無邪』又有勸戒之意焉。『思』皆爲語助。」（《毛詩傳疏》）近是。

其次，孔子善以象徵之方式說詩——即在言語中，「觸類旁通」之引用《詩經》。如：

子貢曰：「貧而無諂，富而無驕，何如？」子曰：「可也；未若貧而樂，富而好禮者也。」子貢曰：「詩云：『如切如磋，如琢如磨，』其斯之謂與？」子曰：「賜也，始可與言詩已矣，告諸往而知來者！」（學而篇）

子夏問曰：「『巧笑倩兮，美目盼兮，素以爲絢兮，』何謂也？」子曰：「繪事後素。」曰：「禮後乎？」子曰：「起予者商也，始可與言詩已矣！」（〈八佾篇〉）

「切磋琢磨」乃在形容君子風度之美，不即爲「貧而樂，富而好禮」；「素以爲絢兮」在言本質與裝飾之好，亦不含「禮後」之意。子夏子貢但能以類推之方法，將詩句作近似之推測（推於修身方面）孔子已不勝其稱讚，可見此種方式，爲其

所喜愛。孔子提倡之後，後世之儒家，乃紛紛援用。如中庸云：

> 詩云：「潛雖伏矣，亦孔之昭。」故君子內省不疚，無惡於志。君
> 子之所不可及者，其唯人之所不見乎！

中庸之作者引此詩，在說明慎獨之工夫。而此詩之原文：

> 魚在于沼，亦匪克樂；潛雖伏矣，亦孔之炤。憂心慘慘，念國之爲
> 虐！（〈小雅正月〉）

此乃一片愁苦之音。其意蓋云：如魚之伏於水底，亦將爲仇敵所明見，無所遁逃，
亟言國政之苛刻《中庸》之作者，僅取詩中之二句，以明「莫見乎隱，莫顯乎微」
之理，則除斷章之外，尚有觸類旁通之作用。

四、戰國時代之詩歌

戰國時代，遊說成風。惟當時絕少賦詩之記載，可見賦詩之情形已經廢止。
當時所重者爲「器樂」而非「歌樂」，且新聲競起，雅樂云亡，三百篇與詩樂，遂
趨於分立。

當時之詩，亦與春秋時不同。有可以合樂者，有不必合樂者。文體亦有變異，
如《戰國策》所引：

> 范雎曰：「……臣聞善爲國者，內固其威而外重其權。穰侯使者操
> 王之重，決裂諸侯，剖符於天下，征敵伐國，莫敢不聽；戰勝攻取則利
> 歸於陶，國弊御於諸侯；戰敗則怨結於百姓而禍歸社稷。《詩》曰：『木
> 質繁者披其枝，披其枝者傷其心。大其都者危其國，尊其臣者卑其
> 主。』……臣今見王獨立於廟朝矣！」（秦策三）
>
> 王立周紹爲傅，曰：「……寡人以子之知慮，爲辨足以道人，危足
> 以持難，忠可以寫意，信可以遠期。《詩》云：『服難以勇，治亂以知，
> 事之計也。立傅以行，教少以學，義之經也。』循計之，事失而累訪，
> 議之，行窮而不憂：故寡人欲子之胡服以傅王乎？」（趙策二）

由此二處之引詩，知其與《詩經》文體相差甚遠。前首通篇七言，爲《詩經》
所未有；次首雖爲四言，而了無詩味，不得謂詩。至於《楚辭》，則純乎七言之詩：

> 若有人兮山之阿，被薜荔兮帶女蘿；既含睇兮又宜笑；子慕予兮善
> 窈窕。乘赤豹兮從文貍；辛夷車兮結桂旗！被石蘭兮帶杜衡，折芳馨兮
> 遺所思。（山鬼）

又若荀子之傔詩，則若說話然：

> 道德純備，讒口將將，仁人絀約，敖暴擅強……昭昭乎其知之明也，

郁郁乎其遇時之不祥也！拂乎其欲禮義之大行也，闇乎天下之晦盲也！皓天不復，憂無疆也。千秋必反，古之常也。弟子勉學，天不忘也。聖人共手，時幾將也。（賦篇）

《楚辭》乃合樂者，尤以〈九歌〉〈招魂〉之類巫覡歌詩爲然；荀子之詩則僅讀而不唱，體近於「賦」。由是可知，戰國時《三百篇》之樂詩既不通行，詩體亦頗自由，與春秋時迥異其趣。

至戰國時學者對於《詩經》之態度：其時《詩經》之樂譜已與文字分離，且古樂又不流行，故一般儒者講詩，不得不偏於基本意義一方面。由詩之基本意義之注重，又逐漸引發其對於歷史之揣測。詩之基本意義與歷史，乃春秋時人所罕論者，洎乎此時，因詩已脫離實用之關係，方始逐漸講求。《孟子》以其議論古之王道，高子以其分別作者之君子小人（見《孟子告子》下），一部《詩經》，除考古證今之外，可謂別無應用矣。

五、孟子之說詩

孟子說詩，要點可約爲三。其一，借《詩經》推行仁政王道之學說；其二，主張論世尚友，而無時代觀念；其三，主張以意逆志，而缺乏眞確之研究宗旨，茲分述如下：

孟子生當詩樂分離之時代，講詩已注重基本意義。但孟子主張王道，故說詩之時，常喜牽詩而入於仁政王道學說之中。舉例言之：

孟子見梁惠王，王立於沼上，顧鴻雁麋鹿曰：「賢者亦樂此乎？」孟子對曰：「賢者而後樂此，不賢者雖有此不樂也。《詩》云：『經始靈臺，經之營之；庶民攻之，不日成之。經始勿亟，庶民子來。王在靈囿，麀鹿攸伏；麀鹿濯濯，白鳥鶴鶴。王在靈沼，於牣魚躍。』文王以民力爲臺爲沼，而民歡樂之，謂其臺曰靈臺，謂其沼曰靈沼，樂其有麋鹿魚鼈。古之人與民偕樂，故能樂也。」（《梁惠王》上）

王曰：「……寡人有疾，寡人好勇。」對曰：「王請無好小勇……《詩》云：『王赫斯怒，爰整其旅，以遏徂莒，以篤周祜，以對于天下，』此文王之勇也。文王一怒而安天下之民。今王亦一怒而安天下之民，民惟恐王之不好勇也。」（《梁惠王》下）

王曰：「寡人有疾，寡人好貨。」對曰：「昔者公劉好貨。《詩》云：『乃積乃倉，乃裹餱糧，于橐于囊，思戢用光，弓矢斯張，干戈戚揚，爰方啓行。』故居者有積倉，行者有裹糧也，然後可以爰方啓行。王如

好貨，與百姓同之，於王何有？」（同前）

　　王曰：「寡人有疾，寡人好色。」對曰：「昔者大王好色，愛厥妃。
《詩》云：『古公亶父，來朝走馬，率西水滸，至於岐下。爰及姜女，聿
來胥宇。』當是時也，內無怨女，外無曠夫。王如好色，與百姓同之，
於王何有？」（同前）

　　由是觀之，無論對方談何題目，孟子皆能以《詩經》之言勸其實行仁政。故
借《詩經》為推行仁政王道之工具，乃孟子說詩之第一宗旨。

　　孟子對於籀讀古書，主張「論世尚友」，故曰：

　　以友天下之士為未足，又尚論古之人。頌其詩，讀其書，不知其人，
可乎？是以論其世也，是尚友也。（萬章下）

　　約言之，即主讀書時，應注重作者之時代背景，且在精神上與古人神交，以
古人為友。此即孟子讀詩之態度。

　　然孟子並未完全遵此原則。彼以時代好壞乃截然劃分者，且以三數人為之樞
機，故曰：

　　文武興，則民好善；幽厲興，則民好暴。（告子上）

　　此種主張，固然顯示在上位者對於民風之影響，為「賢人政治」之證據，且
成後世《詩序》之根本大義。然歷史是否如此絕對化、理想化、簡單化？實不易
言。彼又云：

　　王者之迹熄而《詩》亡，《詩》亡而後《春秋》作。（《離婁》下）

　　其意蓋以為《詩經》皆屬平王東遷以前太平盛世之作。但《詩經》之中，亂
離之詩較太平之詩尤多，東周之詩較西周之詩尤多，此可證孟子之缺乏時代觀念。

　　又如《魯頌・閟宮》云：「周公之孫，莊公之子。」魯之莊公無第二人，故此
詩頌魯僖公甚明。其下云：「戎狄是膺，荊舒是懲，則莫我敢承！」乃僖公隨齊桓
公伐楚，駐兵召陵之所言。而孟子引此句，則云「周公方且膺之」（《滕文公》上），
「無父無君，是周公所膺也！」（《滕文公》下）可見孟子以此為周公之所言。周
公為西周初葉之聖賢，僖公已為春秋時人，此亦孟子對於時代之誤會。

　　復次，孟子以意逆志之說，見於萬章上篇：

　　故說詩者不以文害辭，不以辭害志，以意逆志，是為得之。

此意即為讀詩不可望文生義，當了解作者作詩時之心理。然作詩之心理，必須與
作者之時代，作詩之背景有關，尤其不可違背詩義，倘時代誤會，詩義曲解，適
足以造成「亂斷」詩人之志。

　　是以閟宮之時代尚未弄清，而周公膺懲戎狄之志已輕易斷出；《綿》詩但云公

亶父之娶姜女，而公亶父好色之志即被斷出，「內無怨女，外無曠夫」之社會情形亦得看出。又《魏風・伐檀》，明係責備君子「不勞而食」，而孟子引之，則爲君子「其君用之則安富尊榮，其子弟從之則孝弟忠信」（盡心上），與詩義相反，詩人之志，豈若是乎？

　　孟子能知「尙友論世」「以意逆志」，對於古人有研究歷史之需求，較諸春秋時人，確有進步；然孟子未能對歷史作深切之研究，以致於誤指〈閟宮〉所頌之人，誤斷《詩經》亡滅之年代，開漢人依附史實，割裂時代之先聲，此則孟子對於後世詩學之影響也。

六、以《詩經》爲諫書或教化之工具

　　《詩序》之基本觀念，爲以《詩經》爲諫書或教化之工具，故〈大序〉云：

　　　　「下以風刺上。」「主文而譎諫，言之者無罪，聞之者足以戒。」「國
　　　　史明乎得失之迹，傷人倫之廢，哀刑政之苛，吟咏性情以風其上，達於
　　　　事變而懷其舊俗者也。」

此言以《詩經》爲諫書之作用也。

　　　　「所以風天下而正夫婦也。」「風，風也，教也；風以動之，教以
　　　　化之。」「先王以是經夫婦，成孝敬，厚人倫，美教化，移風俗。」「上
　　　　以風化下。」

此言以《詩經》爲教化之工具也。

　　前代古籍之中，以《詩》爲諫書、教本者，亦可覓其痕跡。即就詩篇本身言，如：

　　　　「王欲玉汝，是用大諫。」（《大雅・民勞》）「猶之未遠，是用大諫。」
　　　　（大雅板篇）「家父作誦，以究王訩，式訛爾心，以畜萬邦。」（小雅・
　　　　節南山）「作此好歌，以極反側。」（《小雅・何人斯》）「維是褊心，是以
　　　　爲刺。」（《魏風・葛屨》）「夫也不良，歌以訊之；訊予不顧，顛倒思予！」
　　　　（《陳風墓門》）

皆有諫諍之意味。其後如春秋時人之用詩，以爲諷諫之具，其例甚多，已述於前（見本章第二節），今不贅。至《左傳》襄公十四年師曠對晉侯云：

　　　　自王以下，各有父子兄弟以補察其政，史爲書，瞽爲詩，工誦箴諫，
　　　　大夫規誨，士傳言，庶人謗，商旅於市，百工獻藝。

又如《國語》所載，厲王虐，國人謗王，王怒，得衛巫，使監謗者，邵公曰：

　　　　天子聽政，使公卿至於列士獻詩，瞽獻曲，史獻書，師箴，瞍賦，

　　　　矇誦，百工諫，庶人傳語，近臣盡規，親戚補察，瞽史教誨，耆艾修之，
　　　　而後王斟酌焉。（周語）

　　則明以詩與近臣之規諫並舉。至《漢書·儒林傳》，則更公然以《三百篇》爲
諫書矣。

　　《漢書》卷八十八〈儒林傳〉王式條：王式，字翁思，東平新桃人也。事免
中徐公及許生，式爲昌邑王師。昭帝崩，昌邑王嗣立，以行淫亂廢。昌邑群臣皆
下獄誅。唯中尉王吉，郎中令龔逐，以數諫，減死論。式繫獄當死。治事史者責
問曰：「師何以亡諫書？」式對曰：「臣以三百五篇，朝夕授主，至忠臣孝子之篇，
未嘗不爲王反復誦之也；至於危亡失道之君，未嘗不流涕爲王深陳之也。臣以三
百五篇諫，是以亡諫書。」使者以聞，亦得減死論，歸家，不教授。諸博士素聞
其賢，共薦式，詔除下爲博士。

　　以《三百篇》爲諫書，乃下對上者也。至以《三百篇》爲教本，則上對下者
也。以《三百篇》爲教本，自孔子始。《史記·孔子世家》云：「孔子以詩書禮樂
教弟子，蓋三千焉，身通六藝者七十有二人。」然並無政治教化之意味。《論語》
爲政，孔子曰：「詩三百，一言以蔽之，曰《思無邪》。」漸重德化之作用。又《禮
記·經解篇》：

　　　　孔子曰：入其國，其教可知也。其爲人也，溫柔敦厚，詩教也；疏
　　　通知遠，書教也；廣博易良，樂教也；絜靜精微：易教也；恭儉莊敬，
　　　禮教也；屬辭此事，春秋教也。

按：《禮記》或係漢儒之述作，其稱引孔子，僅係儒家之傳說，未必眞係孔子之
　　言。（朱自清說）至以六藝皆有教化之功用，或亦漢儒之意，故《漢書·儒林
　　傳》敘云：「古之儒者，博學虖六藝之文。六藝（原作「學」，從王念孫《讀
　　書雜志》校改）者，王教之典籍，先王所以明天道，正人倫，致至治之成法
　　也。」《詩》之教化，可使民「溫柔敦厚」，又與《詩序》「主文而譎諫，言之
　　者無罪，聞之者足以戒」，不謀而合矣。

七、結　語

　　總而言之，《詩經》在最初之時，純爲抒情之作，即有貴族爲應用而作，亦僅
限於宴會或祭祀，並無「微言大義」存乎其間。其後應用日廣，而詩樂舞合一，
始對詩義減少其注意，詩成樂舞之附庸。春秋時之引詩賦詩，有「斷章取義」之
現象，只求應用之便利，往往不憚曲解。孔子主張「思無邪」，漸有德化之意味，
而以聯想或象徵之方式，用詩於言語之中（即『觸類旁通』），亦爲孔子之創舉。

戰國之世，詩樂漸趨獨立，故復偏於詩篇本意之探討，而趨於歷史方面之揣測。孟子說詩，以《詩經》爲推行王道仁政之工具；而「論世尙友」「以意逆志」，則造成後世劃分時代附會史實之風習。

　　故後世之《詩序》，以《詩經》爲諫書，則源於春秋時代之用詩；以《詩經》爲教本（教化之工具），則源於《史記・儒林傳》、《禮記・經解篇》；其他依附史實，扭曲詩義，皆爲日已久，其來有自。

第五章 《詩序》之寫作態度─以述爲作

《詩序》之寫作態度──以述爲作，乃爲了解《詩序》之重要關鍵。

何爲「述」？何爲「作」？最早在一句之內，連用「述」「作」二字者，則《論語・述而篇》。

> 子曰：「述而不作，信而好古，竊比於我老彭。」

朱熹《四書集註》解釋此句之意曰：

> 述，傳述舊聞而已；作，則創始也。故作非聖人不能，而述則賢者可及。……孔子刪詩書，定禮樂，贊周易，修春秋，皆傳先王之舊，而未嘗有所作也，故其自言如此。蓋不惟不敢當作者之聖，而亦不敢顯然自附於古之賢人。蓋其德愈成而心愈下，不自知其辭之謙也。然當是時，作者略備，夫子蓋集群聖之大成而折衷之。其事雖述，而功則倍於作矣，此又不可不知也。

據朱熹之意，述係傳述舊聞，亦即先王舊典，古代文化之遺產，而不加己意；作則創始，以一己之智慧有所創造發明。孔子自承其乃傳述舊聞不加己意，未有創作，是孔子自謂「述而不作」之本意。

然後世學者，對孔子述作，漸有不同之意見。若古文家，以六經皆周公舊典，王官古籍；孔子之與六經，僅有傳述整理之功，未有創造發明之事，故孔子僅具史學家之地位。此種見解，與孔子自謂「述而不作」之言，完全切合。

但另一派學者，即今文家，則不持若是之看法。彼以六經皆孔子托古改制之書籍，乃孔子之創作，目的在爲後王立法，故尊孔子爲素王──素王者，有王者之德而不居王者之位者也。依據此派之意，則孔子乃「作而不述」，與孔子自言「述而不作」之意完全相違。

究竟孔子之與六經，述乎？作乎？「述而不作」之言，可信乎？抑不可信乎？

值得吾人深切思考。

就事實言，六經皆先王之舊典，固有文化之遺產，信然。

華仲麐有《六經討源與孔子述作》一文（見《孔孟月刊》七卷九期），略述六經在孔子之前已有其目，非孔子之創作。其文曰：

> 我們看伏羲畫八卦，以通神明之德，以類萬物之情，此《易經》之開始。制嫁娶以儷皮爲禮。（譙周古史考）此禮之開始。作瑟十五絃，樂名立基，一曰扶來，（世本及孝經緯）此樂之開始。造駕辯之曲，（楚辭王逸注）作網罟之歌。（元結禮樂歌。）此詩之開始。可見易、禮、詩、樂，自三皇上古時代，已肇其端倪。到黃帝時才有書契，於是左史記言，右史記事，故《白虎通》溯春秋，上自黃帝，《隋書·經籍志》溯尚書謂與文字並興。因爲事爲《春秋》，言爲《尚書》，亦可謂具其規模。可見「六經」之具，在五帝時已有萌芽。

至唐虞之煥乎有文，夏殷之損益可考，六經之用，其見於《尚書》者，更爲顯著，九江納錫大龜，是卜筮之行，即《易》之爲用：舜修五禮觀羣后，伯夷典三禮作秩宗，是禮之爲用：夔典樂教胄子，是樂之爲用：詩言志，歌永言，是詩之爲用。逮夫姬周，制作益備，六藝之守，各有專司，可謂郁哉始勝了。

其在《周官經》中的故典所存，可以徵考者：

禮的部份——如太宗伯掌邦禮，以吉禮事邦國之鬼神，以凶禮哀邦國之憂，以賓禮親邦國，以軍禮同邦國，以嘉禮親萬民。這是禮的官守司存。

樂的部份——如大司樂以樂德教國子，中和祇庸孝友，以樂語教國子興道諷誦言語，以樂舞教國子舞雲門，大卷，大咸、大磬、大夏、大濩、大武。這是樂的官守司存。

詩的部份——太師教六詩，曰風、曰賦、曰比、曰興、曰雅、曰頌，以六德爲之本，以六律爲之音，瞽矇掌九德六詩之歌以役大師。這是詩的官守司存。

易的部份——太卜掌三易之法，一曰連山，二曰歸藏，三曰周易，其經卦皆八，其別皆六十有四，這是易的官守司存。

書的部份——小史掌邦國之志，即後世國別史、《國語》之屬。（鄭眾有說，章先生有說。）此書的官守司存。

春秋的部份——外史掌四方之志，即鄭玄謂魯之春秋、晉之乘、楚之檮杌。又掌三皇五帝之書（三墳五典古籍史料）這是春秋亦漸有官守司存。

另一方面的反證，足資考查者，如《左傳》記晉韓宣子聘魯，觀書於魯太史，見易象與魯春秋，此易與春秋存史官之證。《左傳》載左史倚相能讀三墳五典八索

九邱（周禮言外史掌三皇五帝之書——春官宗伯之屬。）此書在史官之證。《左傳》
有倚相誦祁招。《詩序》云史克作〈魯頌〉，季札之入魯觀樂。此詩存史官之證。
孔子問禮於老聃，訪樂於萇弘，二子皆周之守藏史，此禮樂在史官之證。

　　由周代史料之證明，可知六藝之目，到了周朝，既備且詳。原因是周監二代，
郁郁乎文，雖是一朝之法，實兼有前代之制，並非創自一朝或一人也。

　　然孔子果真「述而不作」耶？是又不然。華氏復曰：

　　　　守古文家言者，以六經皆周公舊典，王官古籍；孔子之功只在傳述
　　整理，故孔子只是一位史學家的地位。此種看法，也不正確，未免太小
　　看孔子了，孔子之修訂六經，雖然旁皇搜訪，歸本官書，然而史官之職，
　　僅在司守保存，史家之學，也不過迹始終，見治原，存故實，備參證而
　　己，非如孔子以撥亂反正，繼往開來爲己任也。孔子對於六經，有作有
　　述，作固創制，述亦刪削，此中斟酌損益，七十子也不能參與意見，這
　　種貢獻，豈止限於傳述，而後才能蔚成六經垂教萬世的大觀。

　　　　我們綜合從來學者的意見，其結論是六經到了孔子以後，已非復原
　　始面目，六經誠然是古典陳迹，先王法典的總匯（《莊子・天下篇》稱爲
　　道術）而孔子開私人講學爲諸子蠭起之先聲，〈漢志〉云：「儒者游文於
　　六藝之中。」孔子是儒家的開派祖師，「六經」成爲孔門專有的寶典，繼
　　往開來，垂教萬世，誰説不宜？

故華氏之結論曰：

　　　　綜而言之，「六經」或「六藝」，無疑是先王的陳迹，自經孔子修定
　　布彰以後，變成了孔子的學統。在以前，以六藝爲政治者，王者之業，
　　周公是也。以六藝爲執掌者，史官之職，老聃，萇弘是也。以六藝爲教
　　育者，師表之任，孔子是也。孔子既無政權，又無史職，而是以私人講
　　學的身份，以六藝教弟子，（身通六藝者七十二人）所以孔子是以六藝爲
　　教者也，後之人若視孔子爲素王，孔子決不因此而大；若儕孔子於史職，
　　孔子亦不會因此而小。惟有「萬世師表」四字，才足以説明孔子與六經
　　的關係，爲孔子最適當的尊稱。

至於一針見血之言，厥爲馮氏之《中國思想史》。彼曰：

　　　　孔子以述爲作。（第一篇第四章第四節）

何謂「以述爲作」？即將原有之制度，或史料，加以理論化，賦予理論之根
據，使其產生新的意義也。馮氏云：

　　　　孔子「述而不作」，《春秋》當亦不能例外。不過孔子能將《春秋》

中及其他古史官之種種書法歸納爲正名二字，此實即將《春秋》加以理論化也。

《論語‧陽貨篇》，宰我問，三年之喪，期已久矣。子曰：「君子之居喪，食旨不甘，聞樂不樂，居處不安，故不爲也。……子生三年，然後免於父母之懷。予也有三年之愛於其父母乎？」此孔子將三年之喪，加以理論的根據也。

子夏因詩之「巧笑倩兮，美目盼兮，」而悟及「禮後」，孔子許爲「可與言詩」（〈八佾篇〉）又曰：「《詩》三百，一言以蔽之，曰『思無邪』。」（爲政）以詩可以事父事君。可見孔子講《詩》，注重其中之道德意義，不是只練習應對。

孔子引書經：「孝乎惟孝，友于兄弟，」而曰，「施於有政，是亦爲政，奚其爲爲政。」（《論語》爲政）此以「齊家」爲「治國」之本，可見孔子講《書》，已重於引申其中之道德的教訓，不只記其中之言語事迹矣。

《論語》，孔子又云：「禮與其奢也寧儉，喪與其易也寧戚。」（八佾）「禮之用，和爲貴，先王之道，斯爲美。」（學而）「禮云禮云，玉帛云乎哉？樂云樂云，鐘鼓云乎哉？」（陽貨）可見孔子講禮樂，已注重「禮之本」及「樂之原理」，不只講其形式節奏矣。

孔子又云：「南人有言曰，人而無恆，不可以作巫醫。善夫！『不恆其德，或承之羞』，子曰，『不占而已矣。』（〈子路〉）「不恆其德，或承之羞，」爲《易‧恆卦爻辭》，可見孔子講《易》，已注重引申卦爻辭之意義，不只注重於筮占矣。

可見六經雖先王之舊典，孔子以前已有其目；但經孔子之手，乃加以發揚光大，賦予一種新的意義。亦即根據孔子本人所創造之思想系統，使先王之舊典，「變質」成爲經書——儒家思想之最高範本。馮氏云：

所以易是本有，是儒家所述，而繫辭文言等，則儒家所作，而易在思想史上的價值，亦即在繫辭文言等。春秋是本有，是儒家所述，而公羊傳等，則是儒家所作，而春秋在思想史上的價值，亦即在公羊傳等。儀禮是本有，是儒家所述，而《禮記》則儒家所作；而《禮記》在思想史上的價值，則又遠在儀禮之上。由此言之，所謂古文家以爲六經皆史，孔子只是述而不作，固然不錯；而所謂今文家以爲孔子只是作而不述，亦非毫無根據。由此言之，後來之以孔子爲先聖兼先師，即所謂至聖先師，亦非無因。……不過應知其所謂孔子，已非歷史的孔子，而乃是理

想的孔子，儒家之理想的代表。

倘無孔子及後儒之「以述爲作」，則「舊典」亦僅純史料之性質而已矣，然孔子及後儒整理之後，乃發揮其效用，所謂「化腐朽爲神奇」者，是也。馮氏又云：

> 因爲若使周易離開繫辭文言等，不過是卜筮之書；春秋離開公羊傳等，不過是『斷爛朝報』；儀禮離開《禮記》，不過是一禮單；此等書即不能有其在二千年間所已有之影響。在中國歷史中，自漢迄清，有大影響於人心者，非周易，而乃帶繫辭文言等之周易；非春秋，而乃帶公羊傳等之春秋；非儀禮，而乃有《禮記》爲根據的儀禮。（《中國思想史》）

吾人之所以不厭其煩，討論孔子述作之問題，乃因「以述爲作」之態度，非僅限於孔子；孔子以後之儒家，皆喜使用此種方法，故馮氏云：

> ……此非只『述而不作』，實乃『以述爲作』也。此種精神，此種傾向，傳之後來儒家，孟子荀子及所謂七十子後學，大家努力以述爲作，方構成儒家思想之整個系統。（《中國思想史》）

非僅孟荀及七十子後學而已。後世之儒家，似皆有此種態度。如宋明之理學家，受佛學禪宗之影響，言心言性；而其講學之依據，則往往依附古籍——大學中庸。就表面言之，其所解說，皆古代之典籍，述也；然又不完全忠實於古籍，而有自己之思想見解溶入其中，則作也。可見宋明理學家之治學態度，亦爲「以述爲作」。

至於《詩序》，則以《詩經》——先王之舊典爲依據，而解釋其寫作之原因、背景及詩篇之要旨。然經後人研究，其中頗有可疑者。如違背詩義、依附史賢、穿鑿附會……等等，不一而足。（見本書第六、七、八章）然則《詩序》是否毫無價值耶？是又不然。蓋《詩序》之寫作態度，亦採後世儒者之一貫精神！——「以述爲作」而已。

述者，傳述前代流傳詩篇之要旨，作用等等。然此僅表面之態度也。實則，作序者乃欲借此方式，以表達其一己之思想，發揚儒家傳統之精神，則作也。故述之原意，當傳述而已，不得加入己見，而應絕對忠實於先代史料。然「以述爲作」之述，則未必然也。彼之目的乃在於作，在於發抒一己之見解，則於傳述典籍之時，即未必忠實於史料之本眞也。雖其表面之態度，仍爲傳述，而究其實際，則不得不多少有所更易也。

以述爲作，與純粹之創作又有所不同。純粹之創作，無所依傍，全由作者之匠心獨運，直抒其思想見解，有所發明也。至以述爲作之述，則必依傍前代之典籍，表面爲傳述之狀，實則暗中貫注一己之思想見解也。

　　故以述爲作，「述」實表面之狀態，「作」乃眞正之內容。故不必完全符合本義或史實，亦即不在求「眞」；其眞正之作用，乃在以述爲手段，達到發抒己見，創造發明之目的。吾人應追究其眞正價值，其所以作爲此說之原因、目的或影響。亦即注意其「善」與「美」之一面，而不問其是否合乎「眞」。

　　戴君仁曰：「詩的原來作意，本不易求，尤其是風詩，幾乎是不可求。所以《毛詩序》說某一篇詩，是何人所作，可信不可信，我們可以不去管它。我們現在所要注意的，是《毛詩序》的作者，爲什麼要這樣說詩，他說得好不好，有沒有價值？如果他說得有道理，有價值，則讀《詩》之人固不宜任意非斥〈毛序〉，也不必用衛道的心腸，非替他辯護不可，認爲都是說對的。我們換句話來說，不要用求眞的眼光來看《毛詩序》，而要用求善的眼光，來看它的價值。」（《毛詩小序的重估價》，《孔孟學報》二十一期）

　　近代學者治學，多著重於探討事務之眞象。故其方法，亦偏於科學或史學家之方法。吾師張起鈞先生曰：「科學求事實之眞象，哲學求事理之必然。」於茲科學方法見崇信如日中天之際，戴君仁先生能提出「不要用求眞的眼光來看《毛詩序》，而要用求善的眼光，來看它的價值」，實可謂隻眼獨具矣。

　　有此認識，則吾人可以確定《詩序》及傳箋之地位矣。仿前述馮氏論群經之言，吾人對《詩經》可以有如下之論述：

　　　《三百篇》是本有，是儒家所述，而《詩序》及傳箋爲儒家所作；

　　而《三百篇》在思想史上之價值，亦即在於《詩序》及傳箋等。

　　　若使《詩經》離開《詩序》《毛傳》《鄭箋》孔疏，不過爲文學之書，

　　爲一部周代詩歌之總集；亦即不能具有其在二千年間所已產生之影響。

　　　在中國歷史中，自漢迄清，有大影響於人心者，非《三百篇》，而

　　爲孔聖及歷代儒者予以整編序述傳箋疏證之《詩經》。

　　由此可知，《詩序》之主要作用，即在將《三百篇》由一部純文學之書，徹底轉變，成爲一部儒家思想之經典。《詩序》之價值，不在詩篇原來作意之敘述，而在作者依附詩文而作思想之發揮。此一思想，固亦依據向來儒家思想，而特別發揮其某一部份者也。

第六章 《詩序》與詩義之關係

　　《詩經》三百零五篇，各有其作詩之本義；然前修未密，多未能會其旨歸。自《詩序》之出也，布一可疑之本事背景於詩篇之上，而困擾日滋，篇義愈渺。（見〈《詩序》抉疑〉章）。

　　洎乎宋世，漸啓懷疑之風。若歐陽修、蘇轍、鄭樵、王質、朱熹、程大昌、楊簡諸賢，皆敢於自出己說，不遵《詩序》。然傳統之勢力仍在，自出己說之士，亦不能完全擺脫其影響；至清代崔東壁、姚際恆、方玉潤輩起，而詩篇之本義乃逐漸顯明。

　　民國之後，《詩經學》者多直究詩之本義，而其成就，亦度越昔賢。何則？蓋有下述之優越條件。一、繼承清儒（乾嘉學者）之嚴格考證方法；二、甲骨金文之大量出土，可資參考；三、文字、聲韻、訓詁、語義、文法、社會史、文化史等工具知識之運用；四、擁有前儒說詩之珍貴遺產，可資參證，擇善而從；五、其基本態度，不在微言大義之探討，而在詩篇本義之恢復。

　　屈萬里曰：「我們生當金文、甲骨文大量出土的今天，在字形、字義和語法構造方面，有豐富的材料可資比較；在音韻方面，現在審音的方法，既超過了前人，又有全世界的語言學材料，可供參考；在史料方面，我們又具有了前人所沒有的社會史和文化人類學等知識。我們既已洗淨多烘的頭腦，又有了這些憑藉，再加上前人研究的成果；那麼，廓清了以往的雲霧，而探尋《三百篇》的本來面目，應該是不難的。」（《詩經釋義》）

　　是以今之學者說詩，雖未必能得詩人之本意，然就詩論詩，一掃經學專家增字增義，甚或斷章取義、依附史實解釋詩篇之積弊，其所云云，較近乎詩義之本原，乃可確信不疑者矣。

　　今取序說列於前，而以清代及民國學者之說詩附於後，相互比較，以見《詩

序》與詩義之關係。列為比較之學者如下：

一、崔東壁：即崔述，著有《讀風偶識》四卷（收於《崔東壁遺書》內），世界書局出版。

二、姚際恆：著有《詩經通論》十八卷，廣文書局出版。

三、方玉潤：著有《詩經原始》十八卷，藝文印書館印行。

四、屈萬里：著有《詩經釋義》，華岡出版公司出版。

五、王靜芝：字大安，著有《詩經通釋》，輔仁大學文學院出版。

竊意此數家之說詩，較近詩篇之本義，且無成見，有代表性，故取以為比較之依據，而探究序義與詩義之異同。

各家說詩之下，註以代字，以表其與序義比照之結果，其例如后：

凡全從《詩序》者，註一（同）字。　　凡不從《詩序》者，註一（異）字。

凡從《詩序》前半者，註一（前）字。

凡從《詩序》後半者，註一（後）字。

凡約取序意者，註一（約）字。　凡對序說，在疑信之間者，註一（疑）字。

凡修正序意而從之者，註一（修）字。

而眾說之中，有切合己意者，則於其上加一※號，以資識別。

一、國　風

（一）周南

【關雎】

序云：「關雎，后妃之德也，風之始也，所以風天下而正夫婦也。故用之鄉人焉，用之邦國焉……是以關雎，樂得淑女以配君子，憂在進賢，不淫其色。哀窈窕，思賢才，而無傷善之心焉，是關雎之義也。」

崔曰：「細玩此篇，乃君子自求良配，而他人代寫其哀樂之情耳。」（異）

姚曰：「此詩只是當時詩人美世子娶妃初昏之作，以見嘉耦之合初非偶然。」（異）

方曰：「關雎，樂得淑女以配君子也。」（後）

※屈曰：「此祝賀新婚之詩……蓋賀南國諸侯或其子之婚也。一章泛言淑女為君子之好逑，二章言思淑女之切，三章言得淑女之樂，旨義甚明。」（異）

王曰：「此為詠君子求淑女，終成婚姻之詩。」（異）

【葛覃】

序云：「葛覃，后妃之本也。后妃在父母家，則志在於女功之事，躬儉節用，
　　　服澣濯之衣，尊敬師傅，則可以歸安父母，化天下以婦道也。」
崔曰：「此篇本爲歸寧而作，然不遽言歸寧，先言葛葉之生，時鳥之變，感物
　　　思親，此其時矣。」（異）
姚曰：「此亦詩人指后妃治葛之事而詠之，以見后妃富貴不忘勤儉也。」（修）
方曰：「葛覃，因歸寧而敦婦本也。」（異）
屈曰：「此婦人自詠歸寧之詩。由言告師氏之語證之，此婦似非平民。」（異）
※王曰：「此婚女自詠嫁後生活之詩。」（異）

【卷耳】
序云：「卷耳，后妃之志也。又當輔佐君子，求賢審官，知臣下之勤勞。內有
　　　進賢之志，而無險詖私謁之心。朝夕思念至於憂勤也。」
崔曰：「朱子以爲婦人念其君子者，得之。」（異）
姚曰：「依《左傳》，謂文王求賢官人，以其道遠未至，閔其在途勞苦而作。」
方曰：「卷耳，念行役而知婦情之篇也。」（異）
屈曰：「此當是行役者思家之詩。首章述家人思己之苦，二三四章，則行役者
　　　自述思家之情也。觀其有僕馬，似亦非平民或兵卒。」（異）
※王曰：「此詩人詠勞人思婦之詩。」（異）

【樛木】
序云：「樛木，后妃逮下也。言能逮下，而無嫉妬之心焉。」
崔曰：「玩其詞意……或爲群臣頌禱其君。」（異）
姚曰：「今按僞傳云：南國諸侯慕文王之化，而歸心于周。……此說可存，不
　　　必以僞傳而棄之也。」（修）
方曰：「樛木，祝所天也。」（異）
※屈曰：「此祝福之詩。所祝之君子，蓋亦有官爵者。」（異）
王曰：「此婦人祝福丈夫之詩。」（異）

【螽斯】
序云：「螽斯，后妃子孫眾多也。言若螽斯不妬嫉，則子孫眾多也。」
崔曰：「螽斯之旨當如序、傳所言。」（同）
姚曰：「〈小序〉言后妃子孫眾多，近是。」（前）
方曰：「螽斯，美多男也。」（異）
※屈曰：「比祝子孫盛多之詩。」（異）

王曰：「此賀人生子之詩。」（異）

【桃夭】

序云：「桃夭，后妃之所致也。不妬忌，則男女以正，婚姻以時，國無鰥民也。」

崔曰：「婚娶之事……欲其宜家室宜家人……非風俗之美安能如是。」（異）

姚曰：「王之公族之女……詩人于其始嫁而歎美之，謂其將來必能盡婦道
也。」（異）

方曰：「桃夭，喜之子能宜室家也。」（異）

屈曰：「此賀嫁女之詩。」（異）

※王曰：「此祝女子出嫁能宜其室家之詩。」（異）

【兔罝】

序云：「兔罝，后妃之化也。關雎之化行，則莫不好德，賢人眾多也。」

崔曰：「兔罝一篇乃由盛而之衰之詩。」（異）

姚曰：「胡休仲曰……如文王狩獵而得呂望之類也……其說特為有見。」（異）

方曰：「兔罝，美獵士為王氣所特鍾也。」（異）

※屈曰：「此頌武人之詩。」（異）

王曰：「此獵士自詠，自許為公侯干城之詩。」（異）

【芣苢】

序云：「芣苢，后妃之美也。和平則婦人樂有子矣。」

崔曰：「此詩詞意必有所謂，後世失其旨耳。」（異）

姚氏反對序說。（異）

方曰：「芣苢，拾菜謳歌欣仁風之和豐也。」（異）

※屈曰：「此咏婦人采芣苢之詩。」（異）

王曰：「此婦人采芣苢時所唱之歌。」（異）

【漢廣】

序云：「漢廣，德廣所及也。文王之道，被于南國，美化行乎江漢之域，無思
犯禮，求而不可得也。」

崔曰：「此詩乃周衰時作，雖不能閑於禮，而尚未敢大潰其防，猶有先王之遺
澤焉。」（異）

姚曰：「大抵謂男女皆守以正為得。」（異）

方曰：「漢廣，江干樵唱驗德化之廣被也。」（修）

屈曰：「此詩當是愛慕游女而不能得者所作。」（異）

※王曰：「此爲山中樵人之戀歌。」（異）

【汝墳】

　　序云：「汝墳，道化行也。文王之化，行乎汝墳之國，婦人能閔其君子，猶勉
　　　　　之以正也。」

　　崔曰：「此乃東遷後詩……大夫避亂而歸其邑，而後民得見之。」（異）

　　姚曰：「僞說爲商人苦紂之虐，歸心文王，作是詩……說較勝。」（異）

　　方曰：「汝墳，南國歸心也。」（異）

　　屈曰：「此蓋婦人喜其夫于役歸來之作。」（異）

※王引朱傳云：「婦人喜君子行役而歸，因記其來歸之時，思望之情如此。」（異）

【麟之趾】

　　序云：「麟之趾，關雎之應也。關雎之化行，則天下無犯非禮，雖衰世之公子，
　　　　　皆信厚如麟趾之時也。」

　　崔曰：「麟趾一篇，序說略得大意，而以公子屬之衰世則非是……其無犯非禮
　　　　　者，語亦殊淺。」（修）

　　姚曰：「此詩只以麟比王之子孫族人。」（異）

　　方曰：「美公族龍種盡非常人也。」（異）

※屈曰：「此頌美公侯子孫盛多之詩。」（異）

　　王曰：「此頌讚王之子孫盛美之詩。」（異）

（二）召南

【鵲巢】

　　序云：「鵲巢，夫人之德也。國君積行累功，以致爵位，夫人起家而居有之；
　　　　　德如尸鳩，乃可以配焉。」

　　崔曰：「鵲巢……所以教女子使不自私也。」（異）

　　姚曰：「大抵爲文王公族之女，往嫁于諸大夫之家，詩人見而美之。」（異）

　　方曰：「鵲巢，昏禮告廟詞也。」（異）

　　屈曰：「此祝嫁女之詩。……百兩之語，固不免浮誇。然可證其非平民。」（異）

※王曰：「此咏諸侯嫁女之詩也。」（異）

【采蘩】

　　序云：「采蘩，夫人不失職也。夫人可以奉祭祀，則不失職矣。」

　　崔曰：「采蘩……所以教女子使重宗廟也。」（異）

　　姚曰：「集傳載：或曰，后夫人親蠶之禮，此說近是。」（異）

方曰：「采蘩，夫人親蠶事於公宮也。」（異）

※屈曰：「此詠諸侯夫人祭祀之詩。」（異）

王曰：「此婦人自咏采蘩奉公以供祭祀之詩。」（異）

【草蟲】

序云：「草蟲，大夫妻能以禮自防也。」

崔曰：「朱傳以爲大夫行役在外，其妻獨居，感時物之變而思其君子，說爲近是。」（異）

姚曰：「歐陽氏以爲召南之大夫出而行役，其妻所咏。庶幾近之。」（異）

方曰：「草蟲，思君念切也。」（異）

屈曰：「此婦人懷念征夫之詩。」（異）

※王曰：「此詩是思婦喜勞人歸來之詩。」（異）

【采蘋】

序云：「采蘋，大夫妻能循法度也。能循法度，則可以承先祖共祭祀矣。」

崔曰：「采蘋……所以教女子使重宗廟也。」（異）

姚曰：「《毛傳》曰，古之將嫁女者，必先禮之于宗室，牲用魚，芼之以蘋藻。」（異）

方曰：「采蘋，女將嫁而教之，以告於其先也。」（異）

屈曰：「此咏祭祀之詩。」（異）

※王曰：「此咏將嫁女，采蘋藻以奉祭祀之詩。」（異）

【甘棠】

序云：「甘棠，美召伯也。召伯之教，明於南國。」

崔曰：「此詩乃召公既沒之後，百姓思慕而作焉者。」（異）

姚曰：「召伯已去，人追思之。」（異）

方曰：「甘棠，思召伯也。」（修）

※屈曰：「南國之人，愛召穆公虎而及其所憩息之樹，因作是詩。」（異）

王曰：「此南國之人，念召公之德，因及其所曾憩息之樹，乃作是詩。」（異）

【行露】

序云：「行露，召伯聽訟也。衰亂之俗微，貞信之教興，彊暴之男，不能侵陵貞女也。」

崔曰：「細詳詩意，但爲以勢迫之不從，因而致造謗興訟耳。」（異）

※姚曰：「此篇玩室家不足一語，當是女既許嫁，而見一物不具，一禮不備，因

不肯往以致爭訟。」（異）

方曰：「行露，貧士卻昏以遠嫌也。」（異）

屈曰：「此女子拒婚之詩。」（異）

王引朱傳云：「女子有能以禮自守，而不爲強暴所污者，自述己志，自作此詩，以絕其人。」（異）

【羔羊】

序云：「羔羊，鵲巢之功致也。召南之國，化文王之政，在位皆節儉正直，德如羔羊也。」

※崔曰：「此篇特言國家無事，大臣得以優游暇豫，無王事靡鹽，政事遺我之憂耳。」（異）

姚曰：「此篇美大夫之詩。詩人適見其羔裘而退食，即其服飾、步履之間以歎美之。」（異）

方曰：「羔羊，美召伯儉而能久也。」（修）

屈曰：「此美官吏安適之詩。」（異）

王曰：「此美南國大夫燕居生活之詩。」（異）

【殷其靁】

序云：「殷其靁，勸以義也。召南之大夫遠行從政，不遑寧處，其室家能閔其勤勞，勸以義也。」

崔曰：「朱子但謂思念其夫，無勸以義之意，是也。」（異）

方曰：「殷其靁，諷眾士以歸周也。」（異）

屈曰：「此婦人懷念征夫之詩。」（異）

※王引朱傳云：「婦人以其君子從役在外，而思念之，故作是詩。」（異）

【摽有梅】

序云：「摽有梅，男女及時也。召南之國，被文王之化，男女得以及時也。」

姚曰：「愚意，此篇乃卿大夫爲君求庶士之詩。」（異）

方曰：「諷君相求賢也。」（異）

※屈曰：「此《詩疑》諷女子之遲婚者」（異）

王引《詩序》，並云：「此說除被文王之化一語，爲費詞外，本得其旨。」（修）

【小星】

序云：「小星，惠及下也。夫人無妬忌之行，惠及賤妾，進御於君。知其命有貴賤，能盡其心矣。」

崔曰：「在上者不能惠恤其下，而在下者能以義命自安之詩。」（異）

姚曰：「此篇章俊卿以爲小臣行役之作，是也。」（異）

方曰：「小星，小臣行役自甘也。」（異）

屈曰：「《韓詩》外傳（卷一）引此詩，以寫勞於仕宦者之作，近是。」（異）

※王曰：「此行役之人，自咏其勞苦而無怨之詩。」（異）

【江有汜】

序云：「江有汜，美媵也。勤而無怨，嫡能悔過也。文王之時，江沱之間有嫡不以其媵備數，媵過勞而無怨，嫡亦自悔也。」

崔曰：「在上者不能惠恤其下，而在下者能以義命自安之詩。」（異）

姚曰：「此篇序謂嫡不以媵備數，媵無怨，嫡亦自悔，是也。」（同）

方曰：「江有汜，商婦爲夫所棄而無懟也。」（異）

※屈曰：「此蓋男子傷其所愛者捨己而嫁人之詩。」（異）

王曰：「此爲居江上之男女初相悅，而後男子棄女而歸，女子乃有所咏。」（異）

【野有死麕】

序云：「野有死麕，惡無禮也。天下大亂，彊暴相陵，遂成淫風。被文王之化，雖當亂世，猶惡無禮也。」

姚曰：「此篇是山野之民相與及時爲昏姻之詩。」（異）

方曰：「野有死麕，拒招隱也。」（異）

屈曰：「此男女相悅之詩。」（異）

※王曰：「此山野男女相戀期會之詩。」（異）

【何彼襛矣】

序云：「何彼襛矣，美王姬也。雖則王姬，亦下嫁於諸侯，車服不繫其夫，下王后一等，猶執婦道，以成肅雝之德也。」

崔曰：「以王姬下嫁，而不侈言其貴寵，盛稱其車服，但以肅雝美之。」（修）

方曰：「何彼襛矣，諷王姬車服漸侈也。」（異）

※屈引《詩序》首句。（前）

王全引《詩序》，且按云：「周，姬姓，故周之女稱爲王姬。」（同）

【騶虞】

序云：「騶虞，鵲巢之應也。鵲巢之化行，人倫既正，朝庭既治，天下純被文王之化，則庶類蕃殖，蒐田以時，仁如騶虞，則王道成也。」

崔曰：「其詩意則序與朱傳皆得之，但未必在文王時耳。」（修）

姚曰：「此爲詩人美騶虞之官克稱其職也。」

方曰：「騶虞，獵不盡殺也。」（異）

※屈曰：「此美田獵之詩。」（異）

王曰：「此美司囿之官能驅獸以供射之詩。」（異）

（三）邶風

【柏舟】

序云：「柏舟，言仁而不遇也。衛頃公之時，仁人不遇，小人在側。」

姚曰：「〈小序〉謂仁而不遇，近是；〈大序〉以衛頃公實之，未可。」

方曰：「柏舟，賢臣憂讒憫亂莫能自遠也。」（異）

屈引序首句。（前）

※王曰：「此懷才不遇者自詠也。」（前）

【綠衣】

序云：「綠衣，衛莊姜傷己也。妾上僭，夫人失位，而作是詩也。」

崔曰：「按《春秋》傳文，絕無莊姜失位而不見答之事。」（異）

姚曰：「詳味自此至後數篇皆婦人語氣，又皆怨而不怒，是爲賢婦；則以爲莊姜作，宜也。」（修）

方曰：「綠衣，衛莊姜傷嫡妾失位也。」（約）

屈全引《詩序》，而云：「此說是否，未能遽定。」（疑）

王全引《詩序》，而云：「妾上僭當指公子州吁之母，衛莊公之嬖妾也。莊姜無子，嬖妾生子州吁。《詩序》之義，以莊公妾受寵而莊姜失位，故作是詩。」（同）

【燕燕】

序云：「燕燕，衛莊姜送歸妾也。」

崔曰：「恐係衛女嫁於南國而其兄送之之詩，絕不類莊姜戴嬀事。」（異）

姚從《詩序》，且引孔疏明之。（同）

方曰：「燕燕，衛莊姜送歸妾也。」（同）

屈曰：「王質以爲當是國君送女弟適他國之詩，其說近是；惟所謂國君，當是衛君也。」（異）

※王曰：「此是衛君送女弟遠嫁之詩。」（異）

【曰月】

序云：「日月，衛莊姜傷己也。遭州吁之難，傷己不見答於先君，以至困窮之

詩也。」

崔曰：「按《春秋》傳文，絕無莊姜失位，而不見答之事。」（異）

姚曰：「此篇……莊公在時之詩。〈大序〉謂遭州吁之難，前人已駁，不贅。」
　　（異）

方曰：「日月，衛莊姜傷己不見答於莊公也。」（約）

※屈曰：「此詩當是婦人不得於其夫者所作。」（異）

王引朱傳：「莊姜不見答於莊公，故呼日月而訴之。」且曰：「此詩乃以莊公
不以古之夫婦常道相處，故莊姜怨之也。」（前）

【終風】

序云：「終風，衛莊姜傷己也。遭州吁之暴，見侮慢而不能正也。」

崔曰：「詳其詞意，絕與莊姜之事不類。」（異）

姚曰：「此篇莊公在時之詩。〈大序〉謂遭州吁之難，前人已駁，茲不贅。」（異）

方曰：「終風，衛莊姜傷所遇不淑也。」（修）

※屈曰：「此亦婦人不得其夫之詩。」（異）

王曰：「此莊姜傷莊公遇之狂暴之詩。」（修）

【擊鼓】

序云：「擊鼓，怨州吁也。衛州吁用兵暴亂，使公孫文仲將，而平陳與宋，國
　　人怨其勇而無禮也。」

崔曰：「細玩此詩，其非州吁伐鄭之事明甚。」（異）

姚曰：「按此乃衛穆公背清丘之盟救陳，為宋所伐，平陳、宋之難，數興師旅，
　　其下怨之而作此詩也。」（異）

※方曰：「擊鼓，衛戍卒思歸不得也。」（異）

屈全引《詩序》，而按云：「此即州吁以諸侯之兵伐鄭事，見魯隱公四年《左
傳》。」（同）

王曰：「此為衛國戍卒思歸不得之詩。」（異）

【凱風】

序云：「凱風，美孝子也。衛之淫風盛行，雖有七子之母，猶不能安其室，故
　　美七子，能盡其孝道，以慰其母心，而成其志爾。」

姚曰：「〈小序〉謂美孝子；此孝子自作，豈他人作乎！〈大序〉謂母不能安
　　其室家，是也。」（修）

方曰：「凱風，孝子自責以感母心也。」（修）

屈引《詩序》首句。（前）

※王曰：「此孝子念母氏劬勞而自疚之詩也。」（異）

【雄雉】

序云：「雄雉，刺衛宣公也。淫亂不恤國事，軍旅數起，大夫久役，男女怨曠，國人患之，而作是詩。」

姚曰：「按篇中無刺譏淫亂之意。」（異）

方曰：「雄雉，期友不歸思以共勗也。」（異）

※屈曰：「此疑官吏被放逐，其妻念之，而作是詩。」（異）

王引朱傳云：「婦人以其君子久役於外，故言雄雉之飛，舒緩自得如此。而我之所思者，乃從役于外而自遺阻隔也。」（異）

【匏有苦葉】

序云：「匏有苦葉，刺衛宣公也。公與夫人並為淫亂。」

姚全引《詩序》，且曰：其說可從。（同）

方曰：「匏有苦葉，刺世禮義漸滅也。」（異）

屈曰：「此咏婚嫁者之詩。」（異）

※王曰：「此咏涉世、處事、守禮、重義之詩，蓋生活之箴銘也。」（異）

【谷風】

序云：「谷風：刺夫婦失道也。衛人化其上，淫於新昏，而棄其舊室，夫婦離絕，國俗傷敗焉。」

姚曰：「谷風……盛怒之風也……喻其夫之暴怒無休息也，二章言其去也。」（異）

方曰：「谷風，逐臣自傷也。」（異）

※屈引朱傳：「婦人為夫所棄，故作是詩。」（異）

王亦引朱傳，與屈氏同。（異）

【式微】

序云：「式微，黎侯寓于衛，其臣勸以歸也。」

※崔曰：「說《毛詩》者，但見《春秋·傳》有奪黎氏地及立黎侯之事，未暇細考，遂附會而為之說耳。」（異）

姚全引《詩序》，且謂集傳增失國二字不當。（同）

方曰：「式微，黎臣勸君以歸也。」（修）

屈全引《詩序》，又引《鄭箋》：「黎侯為狄人所逐，棄其國而寄於衛。」且云：

　　　　「黎侯寓衛處，在今河南澶縣，當衛之東境。」（同）
　　王全引《詩序》，而從之。（同）

【旄丘】
　　序云：「旄丘，責衛伯也。狄人迫逐黎侯，黎侯寓于衛。衛不能脩方伯連率之職，
　　　　　黎之臣子，以責於衛也。」
　　※崔曰：「說《毛詩》者……附會而爲之說耳。」（異）
　　方曰：「旄丘，黎臣勸君勿望救於衛也。」（異）
　　屈全引《詩序》。（同）
　　王全引《詩序》。（同）

【簡兮】
　　序云：「簡兮，刺不用賢也。衛之賢者，仕於伶官，皆可以承事王者也。」
　　姚曰：「〈小序〉謂刺不用賢，似可從。」（前）
　　方曰：「簡兮，賢者自傷失位而抒所懷也。」（異）
　　※屈曰：「此美某善舞者之詩。」（異）
　　王曰：「此美衛庭之舞之詩。」

【泉水】
　　序云：「泉水，衛女思歸也。嫁於諸侯，父母終，思歸寧而不得，故作是詩以
　　　　　自見也。」
　　姚曰：「此衛女媵于諸侯，思歸寧而不得之詩。」（修）
　　方曰：「泉水，衛媵女和〈載馳〉也。」（異）
　　屈曰：「此當是衛女嫁於他國，而送其娣姪歸省於衛之詩。」（異）
　　※王曰：「此衛女嫁於他國，思歸寧之詩。」（前）

【北門】
　　序云：「北門，刺仕不得志也。言衛之忠臣，不得其志爾。」
　　方曰：「北門，賢者安於貧仕也。」（異）
　　屈引《詩序》首句。（前）
　　※王曰：「此衛臣勞而貧困，因自咏之詩。」（修）

【北風】
　　序云：「北風，刺虐也。衛國並爲威虐，百姓不親，莫不相携持而去焉。」
　　姚曰：「此篇自是賢者見幾之作，不必說及百姓。」（異）
　　方曰：「北風，賢者見幾而作也。」

　※屈曰：「此蓋詩人傷國政不綱，而偕其友好避亂之作。」（修）
　　王曰：「此衛人避亂政，相偕出行之詩。」

【靜女】
　　序云：「靜女，刺時也。衛君無道，夫人無德。」
　　姚曰：「〈小序〉謂刺時，是，此刺淫之詩也。」（前）
　　方曰：「靜女，刺衛宣公納伋妻也。」（異）
　　屈曰：「此男女相悅之詩。」（異）
　※王曰：「此男女期會之詩。」（異）

【新臺】
　　序云：「新臺，刺衛宣公也。納伋之妻，作新臺于河上而要之。國人惡之，而
　　　　　作是詩也。」
　※崔曰：「細玩詩詞，與傳所載伋壽之事了不相涉，其非此事明矣。」（異）
　　姚曰：「籧篨，戚施，借以醜詆宣公。」（約）
　　方曰：「新臺，刺齊女從衛宣公也。」（異）
　　屈全引《詩序》，且按：「宣公名晉，桓公子。伋，宣公子。所納伋之妻，即
　　　宣姜也。」（同）
　　王亦全引《詩序》，且云：「《詩序》此說，後世多以為是。惟崔述疑之，亦未
　　能有實據駁倒之也。宣公事見《左傳》桓公十六年及《史記》衛世家。」（同）

【二子乘舟】
　　序云：「二子乘舟，思伋壽也。衛宣公之二子，爭相為死。國人傷而思之，作
　　　　　是詩也。」
　※崔曰：「細玩詩詞，與傳所載伋壽之事了不相涉，其非此事明矣。」（異）
　　姚曰：「〈小序〉謂思伋壽，此有可疑。」（疑）
　　方曰：「二子乘舟，諷衛伋壽以遠行也。」（異）
　　屈全《詩序》，又引《鄭箋》以實其事。（同）
　　王亦全引《詩序》。（同）

（四）鄘風

【柏舟】
　　序云：「柏舟，共姜自誓也。衛世子共伯蚤死，其妻守義，父母欲奪而嫁之，
　　　　　誓而弗許，故作是詩以絕之。」
　※姚曰：「〈小序〉……〈大序〉皆謬也。當是貞婦有夫蚤死，其母欲嫁之，而

誓死不願之作也。」（異）

    方曰：「柏舟，貞婦自誓也。」（修）

    屈全引《詩序》，又據《史記》，謂共伯不得謂之早死，共姜之父母亦無迫共
        姜再嫁之理，而反對是說。（異）

    王曰：「此節婦自誓之詩。」（修）

【牆有茨】

    序云：「牆有茨，衛人刺其上也。公子頑通乎君母，國人疾之而不可道也。」

    姚曰：「〈大序〉謂公子頑通乎君母，國人刺之，可從。」（後）

※方曰：「牆有茨，刺衛宮淫亂無檢也。」（約）

    屈全引《詩序》。（同）

    王亦全引《詩序》。（同）

【君子偕老】

    序云：「君子偕老，刺衛夫人也。夫人淫亂，失事君子之道；故陳人君之德，
        服飾之盛，宜與君子偕老也。」

※姚曰：「〈小序〉謂刺衛夫人宣姜，可從。」（前）

    方曰：「君子偕老，刺衛夫人宣姜也。」（前）

    屈曰：「《詩序》謂此刺宣姜之詩。」（前）

    王全引《詩序》。（同）

【桑中】

    序云：「桑中，刺奔也。衛之公室淫亂，男女相奔。至于室族在位，相竊妻妾，
        期於幽遠，政散民流，而不可止。」

    崔曰：「桑中一篇，但有歎美之意，絕無規戒之言。」（異）

    姚曰：「〈小序〉謂刺奔，是。〈大序〉……尤不可據！」（前）

    方曰：「桑中，刺淫也。」（約）

    屈曰：「此男女相悅之詩。」（異）

※王曰：「此當時流行之戀歌，以男女期會為題材者也。」（異）

【鶉之奔奔】

    序云：「鶉之奔奔，刺衛宣姜也。衛人以為宣姜鶉鵲之不如也。」

    姚曰：「蓋刺宣公也。」（異）

    方曰：「鶉之奔奔，代衛公子刺宣公也。」（異）

    屈引《詩序》首句，又引《鄭箋》：「刺宣姜者，刺其與公子頑為淫亂。」（同）

※王曰:「此衛人慨歎衛公子頑及宣公淫亂之詩也。」(修)

【定之方中】

　　序云:「定之方中,美衛文公也。衛為狄所滅,東徙渡河,野處漕邑,齊桓公
　　　　　攘夷狄而封之。文公徙居楚丘,始建城市,而營宮室,得其時制,百
　　　　　姓說之,國家殷富焉。」

　　姚曰:「〈小序〉謂美衛文公,是。」(前)

※方曰:「定之方中,美衛文公再造公室也。」(約)

　　屈全引《詩序》。(同)

　　王亦全引《詩序》。(同)

【蝃蝀】

　　序云:「蝃蝀,止奔也。衛文公能以道化民,淫奔之恥,國人不齒也。」

　　姚口:「此詩未敢強解。〈小序〉謂刺奔,雖近似;〈大序〉謂文公,尤無據。」
(前)

　　方曰:「蝃蝀,代衛宣姜答〈新臺〉也。」(異)

※屈曰:「此蓋既嫁之女而拒其他求婚者之詩。」(異)

　　王曰:「此詩人代宣姜辯其所處之詩。」(異)

【相鼠】

　　序云:「相鼠,刺無禮也。衛文公能正其群臣,而刺在位承先君之化,無禮儀
　　　　　也。」

　　姚曰:「詩言鼠則只有皮,人則不可以無儀,人而無儀,則何異於鼠?」(前)

　　方曰:「相鼠,刺無禮也。」(前)

※屈引《詩序》首句。(前)

　　王亦只從《詩序》首句。(前)

【干旄】

　　序云:「干旄,美好善也。衛文公臣子多好善,賢者樂,告以善道也。」

　　崔曰:「干旄之篇……所以下賢也,即所以勸賢也。」(異)

　　姚曰:「……今稱賢者以妹,似覺未安,姑闕疑。」(疑)

　　方曰:「干旄,美好善也。」(前)

　　屈曰:「此蓋美貴婦人之詩。」(異)

※王曰:「此美衛大夫夫婦冶遊之詩。」(異)

【載馳】

序云：「載馳，許穆夫人作也。閔其宗國顛覆，自傷不能救也。衛懿公為狄人所滅，國人分散，露於漕邑。許穆夫人閔衛之亡傷，許之小，力不能救。思歸唁其兄，又義不得，故作是詩也。」

※姚引嚴氏曰：「味詩之意，夫人蓋欲赴愬于方伯，以圖救衛，而託歸唁為辭耳。」（修）

方曰：「許穆夫人自傷其國不能救衛也。」（前）

屈引《詩序》首二句。（前）

王亦引《詩序》首二句。（前）

（五）衛風

【淇奧】

序云：「淇奧，美武公之德也。有文章，又能聽其規諫，以禮自防，故能入相于周，美而作是詩。」

姚曰：「〈小序〉謂美武公之德，未有據；姑依之。」（前）

方曰：「淇奧，美武公之德也。」（前）

※屈引《詩序》首句，又引徐幹〈中論〉：「昔衛武公年過九十，猶夙夜不息，思聞訓道……衛人頌其德，為賦〈淇奧〉。」（前）

王全引《詩序》。（同）

【考槃】

序云：「考槃，刺莊公也。不能繼先公之業，使賢者退而窮處。」

※姚曰：「此詩人贊賢者隱居自矢，不求世用之詩。」（異）

方曰：「考槃，贊賢者隱居自樂也。」（異）

屈曰：「此美賢者窮處而能安其樂之詩。」（異）

王曰：「此美隱者自樂之詩。」（異）

【碩人】

序云：「碩人，閔莊姜也。莊公惑於嬖妾，使驕上僭，莊姜賢而不答，終以無子，國人閔而憂之。」

崔曰：「此篇凡四章，首章言其貴，次章言其美，三章言其婚成，四章言其媵眾，毫不有刺莊公之意。」（異）

方曰：「碩人，頌衛莊姜美而賢也。」（異）

※屈曰：「此當是莊姜嫁時，衛人美之之詩。」（異）

王曰：「此衛人讚莊姜貌美而賢之詩也。」（異）

【氓】

　　序云：「氓，刺時也。宣公之時，禮義消亡，淫風大行，男女無別，遂相奔誘，
　　　　　華落色衰，復相棄背。或乃困而自悔，喪其妃耦，故序其事以風焉。
　　　　　美反正，則淫泆也。」

　　方曰：「氓，爲棄婦作也。」（異）

　　屈曰：「此棄婦自傷之詩。」（異）

※　王曰：「此婦人爲男子所棄，而作之怨詞也。」（異）

【竹竿】

　　序云：「竹竿，衛女思歸也。適異國而不見答，思而能以禮者也。」

　　姚曰：「〈小序〉謂衛女思歸，是。〈大序〉增以不見答，臆說也。」（前）

　　方曰：「竹竿，衛女思歸也。」（前）

※　屈曰：「此蓋男子懷念舊好（女子）之詩。首章言觸景思人，次章言其人已嫁，
　　　　　三章念其容止，末則以寫憂作結。舊謂衛女思歸之詩，恐非是。」（異）

　　王曰：「此居淇水畔之男子，懷念遠方女子之詩。」（異）

【芄蘭】

　　序云：「芄蘭，刺惠公也。驕而無禮，大夫刺之。」

　　姚曰：「序蓋本（左）傳而意逆之耳，然未有以見其必然耳，」（疑）

　　方曰：「芄蘭，諷童子以守分也。」（異）

　　屈全引《詩序》，而云：「此說未詳是否。」（疑）

※　王曰：「此諷人應守分之詩也。」（異）

【河廣】

　　序云：「河廣，宋襄公母歸于衛，思而不止，故作是詩也。」

　　崔曰：「余玩此篇詞意，似宋女嫁于衛，思歸宗國，而以義自閑之詩。」（異）

　　姚引嚴氏，以其言河廣，則是在衛未渡河之先，時宋襄公方爲世子，衛之戴
　　文，俱未立也。（異）

　　方曰：「河廣，宋襄公母思歸宋不得也。」（約）

　　屈引《詩序》，而按云：「宋襄公之世，衛已徙都黃河之南，適宋不待杭渡，
　　故舊說非是。王質《詩總聞》以爲宋人僑居於衛地者所作，近是。」（異）

※　王曰：「此宋人僑居於衛地者所作，居衛而思宋也。」（異）

【伯兮】

　　序云：「伯兮，刺時也。言君子行役，爲王前驅，過時而不反焉。」

崔曰：「古之婦女，膏沐……以爲夫容……夫婦離別之苦。」（異）

姚引《鄭箋》：「衛宣公之時，蔡人、衛人、陳人，從王伐鄭……」而從之。（修）

方曰：「伯兮，思婦寄征夫以詞也。」（異）

屈引《鄭箋》而從之。（修）

※王曰：「此衛之思婦寄征夫之詩也。」（異）

【有狐】

序云：「有狐，刺時也。衛之男女失時，喪其妃耦焉。古者國有凶荒，則殺禮而多昏，會男女之無夫家者，所以育人民也。」

崔曰：「其爲丈夫行役，婦人憂念之詩。」（異）

※姚曰：「此詩是婦人以夫從役于外，而憂其無衣之作。」（異）

方曰：「有狐，婦人憂夫久役無衣也。」（異）

屈曰：「此丈夫行役，婦人憂念之詩：崔述說。」（異）

王曰：「此丈夫行役，婦人憂其夫天寒無衣之詩。」（異）

【木瓜】

序云：「木瓜，美齊桓公也。衛國有狄人之敗，出處於漕，齊桓公救而封之，遺之車馬器服焉。衛人思之，欲厚報之，而作是詩也。」

※崔曰：「其爲尋常贈答之詩無疑。」（異）

姚曰：「集傳謂男女相贈答之辭。然以爲朋友相贈答亦奚不可，何必定是男女耶？」（異）

方曰：「木瓜，諷衛人以報齊也。」（異）

屈曰：「崔述謂此尋常贈答之詩。」（異）

王曰：「此男女贈答之詩。」（異）

（六）王風

【黍離】

序云：「黍離，閔宗周也。周大夫行役，至于宗周，遇故宗廟，宮室盡爲禾黍，閔周室之顛覆，彷徨不忍去，而作是詩也。」

崔曰：「今玩其詞，乃似感傷時事。乃憂未來之患，不似傷已往之事。」（異）

姚曰：「此詩本爲閔宗周作。」（前）

方曰：「黍離，閔宗周也。」（前）

※屈曰：「此行役者傷時之詩。」（異）

王全引《詩序》。（同）

【君子于役】

　　序云：「君子于役，刺平王也，君子行役無期度，大夫思其危難以風焉。」

　※姚曰：「此婦人思夫行役之作。」（異）

　　方曰：「君子于役，婦人思夫遠行無定也。」（異）

　　屈曰：「朱子《詩序辨說》，以此爲國人行役而室家念之之詩。」（異）

　　王曰：「此君子行役，婦人懷念之詩。」（異）

【君子陽陽】

　　序云：「君子陽陽，閔周也。君子遭亂，相招爲祿仕，全身遠害而已。」

　　姚曰：「大抵樂必用詩，故作樂者亦作詩以摹寫之，然其人其事不可考矣。」
　　　　　（異）

　　方曰：「君子陽陽，賢者自樂仕於伶官也。」（異）

　※屈曰：「此蓋夫婦和樂之詩。」（異）

　　王曰：「詠樂舞之人自樂之詩。」（異）

【揚之水】

　　序云：「揚之水，刺平王也。不撫其民，而遠屯戍于母家，周人怨思焉。」

　　崔認《詩序》「不考時勢而但以己意度之。」（異）

　　姚引序及集傳曰：「此等語與詩旨絕無涉，何曉曉爲？」又曰：「序亦恐臆
　　　　說。」（異）

　　方曰：「揚之水，戍卒怨也。」（異）

　　屈曰：「此戍於南國之人，思念家室之詩。」（異）

　※王曰：「此戍卒怨望之詩也。」（異）

【中谷有蓷】

　　序云：「中谷有蓷，閔周也。夫婦日以衰薄，凶年饑饉，室家相棄爾。」

　　崔以此篇爲自鎬遷洛者所作。（異）

　　姚曰：「此詩閔婦人遭饑饉而作。」（異）

　　方曰：「中谷有蓷，閔嫠婦也。」（異）

　※屈曰：「此詠婦人被夫遺棄之詩。」（異）

　　王曰：「此咏亂世流離，夫離家而婦無依之苦況也。」（異）

【兔爰】

　　序云：「兔爰，閔周也。桓王失信，諸侯背叛，構怨連禍，王師喪敗，君子不
　　　　樂其生焉。」

崔以此篇爲自鎬遷洛者所作。（異）

姚曰：「作此詩者，大抵軍士，苦桓王好戰，他國各爲合從，實無肯爲王出力者，故以兔比他國之卒，以雉自比歟？」（異）

方曰：「兔爰，傷亂始也。」（異）

屈曰：「此傷時之詩。」（異）

※王曰：「此傷世亂，生命多危之詩。」（異）

【葛藟】

序云：「葛藟，王族刺平王也。周室道衰，棄其九族焉。」

崔以此篇爲自鎬遷洛者所作。（異）

姚依集傳：「民去其鄉里，家族流離失所。」（異）

方曰：「葛藟，民窮無所依也。」（異）

屈曰：「此流落異鄉者感傷之詩。」（異）

※王引朱傳：「世衰民散，有去其鄉里家族而流離失所者，作此詩以自歎。」（異）

【采葛】

序云：「采葛，懼讒也。」

姚曰：「當作懷友之詩可也。」（異）

方曰：「采葛，懷友也。」（異）

※屈曰：「此男女相思之詩。」

王曰：「此男思女之詩。」（異）

【大車】

序云：「大車，刺周大夫也。禮義陵遲，男女淫奔，故陳古以刺今，大夫不能聽男女之訟焉。」

姚曰：「僞傳說皆以爲周人從軍，訊其室家之詩，似可通。」（異）

方曰：「大車，征夫歎也。」（異）

※屈曰：「此蓋女子有所愛慕而不得遂其志之詩。」（異）

王曰：「此征夫思妻室之詩也。」（異）

【丘中有麻】

序云：「丘中有麻，思賢也。莊王不明，賢人放逐，國人思之而作是詩也。」

姚曰：「〈小序〉謂思賢，可從。」（前）

方曰：「丘中有麻，招賢偕隱也。」（異）

屈曰：「此男女相悅之詩。」（異）

※王曰：「此咏女與男約期相見之詩。」（異）

（七）鄭風

【緇衣】

序云：「緇衣，美武公也，父子並爲周司徒，善於其職，國人宜之，故美其德，
　　　　以明有國善善之功焉。」

※崔曰：「緇衣，言好賢也。」（異）

姚從季明德，以爲武公好賢之詩。（異）

方曰：「緇衣，美鄭武公好賢也。」（異）

屈引《詩序》至「美其德」。（同）

王與屈氏同。（同）

【將仲子】

序云：「將仲子，刺莊公也。不勝其母，以害其弟。弟叔失道，而公弗制，祭
　　　　仲諫，而公弗聽。小不忍，而致大亂焉。」

崔曰：「此必有恃勢以相強者，故托爲此言以拒絕之。」（異）

姚曰：「此詩言鄭事多不合，以爲淫詩則合。」（異）

方曰：「將仲子，諷世以禮自持也。」（異）

屈曰：「此女子拒人求愛之詩。」（異）

※王曰：「此女子拒男子非禮之詞。」（異）

【叔于田】

序云：「叔于田，刺莊公也。叔處於京，繕甲治兵，以出于田，國人說而歸之。」

崔曰：「……未見有一言之合於共叔者，其非共叔明矣。」（異）

姚曰：「……篇中絕無刺莊公之意。〈大序〉尤非。」（異）

方曰：「叔于田，剌莊公縱弟田獵自喜也。」（約）

屈曰：「舊謂共叔段不義而得眾，國人愛之，而作是詩。」（修）

※王曰：「此共叔段初居於京，頗能得眾，京人愛之而爲此詩。」（後）

【大叔于田】

序云：「大叔于田，刺莊公也。叔多才而好勇，不義而得眾也。」

※崔曰：「……未見有一言之合於共叔者，其非共叔明矣。」（異）

姚曰：「……此兩篇（按即本篇及前篇）未必爲叔段矣。」（異）

方曰：「大叔于田，刺莊公縱弟恃勇而勝眾也。」（約）

屈曰：「此亦美共叔段之詩。」（修）

王曰：「此美共叔段田獵之詩。」（修）

【清人】

序云：「清人，刺文公也。高克好利，而不顧其君，文公惡而遠之，不能；使高克將兵，而禦狄于竟，陳其師旅，翱翔河上，久而不召，眾散而歸，高克奔陳。公子素惡高克，進之不以禮，文公退之不以道，危國亡師之本，故作是詩也。」

姚曰：「據《左傳》，高克奔陳，鄭人為之賦〈清人〉。」（約）

方曰：「清人，刺鄭文公棄其師。」（約）

屈引閔二年《左傳》：「鄭人惡高克，使帥師次於河上（以禦狄也），久而不召，師潰而歸，高克奔陳。鄭人為之賦〈清人〉。」（約）

※王曰：「此鄭人刺鄭文公棄其師之詩。」（約）

【羔裘】

序云：「羔裘，刺朝也。言古之君子，以風其朝焉。」

姚曰：「此鄭人美其大夫之詩，不知何指也。」（異）

方曰：「羔裘，美鄭大夫也。」（異）

※屈曰：「朱傳以為美其大夫之詩，其說可從。」（異）

王曰：「此鄭人美其大夫之詩。」（異）

【遵大路】

序云：「遵大路，思君子也。莊公失道，君子去之，國人思望焉。」

姚曰：「此只是故舊于道左言情，相和好之辭。」（異）

方曰：「遵大路，挽君子勿速行也。」（異）

※屈曰：「此男女相愛者，其一因失和而去，其一悔而留之之詩。」（異）

王曰：「此詩人詠相悅之男女，失和而將別之詩。」（異）

【女曰雞鳴】

序云：「女曰雞鳴，刺不說德也。陳古義以刺今不說德而好色焉。」

崔曰：「蓋鄭俗浮薄，不知勤於職業……不過弋遊醉飽之是好。」（異）

姚曰：「只是夫婦幃房之詩，然而見此士女之賢矣。」（異）

屈曰：「此男女相悅之詩。」（異）

※王曰：「此詩人詠賢夫婦相敬愛相扶持之詩。」（異）

【有女同車】

序云：「有女同車，刺忽也。鄭人刺忽之不昏于齊。太子忽嘗有功于齊，齊侯

　　　　請妻之，齊女賢而不取，卒以無大國之助，至於見逐，故國人刺之。」

崔曰：「細玩此詩，皆贊女子之美，稱其容顏之麗，服飾之華，初未嘗有一語
　　　稱其賢也。」（異）

姚曰：「當時齊國有長女美而賢，故詩人多以孟姜稱之耳。」（異）

方曰：「有女同車，諷鄭太子忽以昏齊也。」（約）

※屈曰：「此蓋婚者美其新婦之詩。」（異）

王曰：「此詩人自美其妻之詩。」（異）

【山有扶蘇】

序云：「山有扶蘇，刺忽也，所美非美然。」

崔以此詩決非刺忽，則斷然無可疑者。（異）

姚曰：「〈小序〉……〈大序〉……皆影響之辭。」（異）

方曰：「山有扶蘇，刺世美非所美也。」（後）

屈曰：「此蓋女子悔婚之詩。或女子期其所愛者不至，而轉遇所惡之人，因作
　　　此詩。」（異）

※王曰：「此詩人咏女子赴期會，未遇所悅，而遇惡徒之詩。」（異）

【蘀兮】

序云：「蘀兮，刺忽也。君弱臣強，不倡而和焉。」

崔以此詩決非刺忽，則斷然無可疑者。（異）

姚曰：「或謂賢者憂國亂被伐而望救于他國。」（異）

方曰：「蘀兮，諷朝臣共扶危也。」（異）

※屈曰：「此蓋述親故和樂之詩。」（異）

王曰：「此親故休憩共唱之歌。」（異）

【狡童】

序云：「狡童，刺忽也。不能與賢人圖事，權臣擅命也。」

崔以此詩決非刺忽，則斷然無可疑者（異）

姚曰：「此篇……有深于憂時之意。」（異）

方曰：「狡童，憂君為群小所弄也。」（異）

※屈曰：「此女子斥男子相愛不終之詩。」（異）

王曰：「此女子見絕於男，而戲其人之詩。」（異）

【褰裳】

序云：「褰裳，思見正也。狂童恣行，國人思大國之正己也。」

崔曰：「明明男女媟洽之一詞，豈得復別爲說以曲解之？」（異）

姚曰：「序說思見正……集傳以爲淫詩……皆非也。」（異）

方曰：「褰裳，思見正於益友也。」（修）

※屈曰：「此女子斥男子情好漸疏之詩。」（異）

王曰：「此亦見絕之女，戲謔男子之詞也。」（異）

【丰】

序云：「丰，刺亂也。婚姻之道缺，陽倡而陰不和，男行而女不隨。」

姚曰：「此女子歸自咏之詩。」（異）

方曰：「丰，悔仕進不以禮也。」

※屈曰：「此蓋女子初不欲嫁其人，既乃悔而從之之詩，」（異）

王曰：「此女子出嫁自咏之詩。」（異）

【東門之墠】

序云：「東門之墠，刺亂也。男女有不待禮而相奔者也。」

崔曰：「施諸朋友之間亦無不可，不以淫詞目之。」（異）

姚曰：「男子欲求此女，此女貞潔自守，不肯苟從。」（異）

方曰：「東門之墠，有所思而未得見也。」（異）

※屈曰：「此男女相思而不得相見之詩。」（異）

王引朱傳云：「家邇人遠者，思之而未得見之辭也。」（異）

【風雨】

序云：「風雨，思君子也。亂世則思君子不改其度焉。」

姚曰：「〈小序〉謂思君子，此何必言？」（前）

方曰：「風雨，懷友也。」（異）

屈曰：「此男女幽會之詩。」（異）

※王曰：「此故人相會，風雨聯床話舊之詩也。」（異）

【子衿】

序云：「子衿，刺學校廢也。亂世則學校不脩焉。」

姚曰：「此疑亦思友之詩。」（異）

方曰：「子衿，傷學校廢也。」（同）

屈曰：「此男女幽會之詩。」（異）

※王曰：「此男女相悅，女子怨男子不來相晤之詩。」（異）

【揚之水】

序云：「揚之水，閔無臣也。君子閔忽之無忠臣良士，終以死亡，而作是詩也。」

崔曰：「施諸朋友之間亦無不可，不以淫詞目之。」（異）

姚引曹氏，以爲非閔忽詩明矣。（異）

屈曰：「王質以此詩爲兄弟爲人所間而不協者所作。」（異）

※王曰：「此爲兄弟不睦，欲求和好之詩。」（異）

【出其東門】

序云：「出其東門，閔亂也。公子五爭，兵革不息，男女相棄，民人思保其室家焉。」

姚曰：「鄭國春月，士女出遊，士人見之，自言無所繫，而室家聊足與娛樂也。」（異）

方曰：「出其東門，不慕非禮色也。」（異）

※屈曰：「此咏男子能專愛之詩。」（異）

王曰：「此詩人戒男子既已訂婚，不可移情別戀之詩。」（異）

【野有蔓草】

序云：「野有蔓草，思遇時也。君之澤不下流，民窮於兵革，男女失時，思不期而會焉。」

姚曰：「此似男女及時昏姻之詩。」（異）

方曰：「野有蔓草，朋友相期會也。」（異）

屈引朱傳：「男女相遇於田野草露之間，故賦其所在以起興也。」（異）

※王曰：「此男女婚後得意，憶敘其初在田野相遇，而卒爲婚姻之詩。」（異）

【溱洧】

序云：「溱洧，刺亂也。兵革不息，男女相棄，淫風大行，莫之能救焉。」

姚曰：「此刺淫詩也。」（約）

方曰：「溱洧，刺淫也。」（約）

※屈曰：「此賦情女遊樂之詩。」（異）

王曰：「此咏鄭國三月上巳之辰，采蘭水上，以祓除不祥之風俗。詩中言遊侶之樂也。」（異）

（八）齊風

【雞鳴】

序云：「雞鳴，思賢妃也。哀公荒淫怠慢，故陳賢妃貞女，夙夜警戒，相成之道也。」

崔曰：「雞鳴，美勤政也。」（異）

姚曰：「此似刺齊侯之詩。」（異）

方曰：「雞鳴，賢婦警夫早朝也。」（修）

屈曰：「此咏賢妃警君之詩。」（修）

※王曰：「此咏賢妃警其夫早朝之詩。」

【還】

序云：「還，刺荒也。哀公好田獵，從禽獸而無厭，國人化之，遂成風俗。習
於田獵謂之賢，閑於馳逐爲之好焉。」

崔以此非刺詩，其事則闕疑。（異）

姚曰：「序謂刺哀公，無據。按田獵亦男子所有事，安在其爲荒哉！」（異）

方曰：「還，刺齊俗以弋獵相矜尙也。」（修）

屈曰：「此美獵者之詩。」（異）

※王曰：「此獵者自詠其豐獲便捷之詩。」（異）

【著】

序云：「著，刺時也，時不親迎也。」

崔以此非刺詩，其事則闕疑。（異）

姚曰：「此女子于歸，見壻親迎之詩。」（修）

方曰：「著，刺不親迎也。」（約）

屈曰：「此嫁者即事之詩。」（異）

※王曰：「此嫁者咏男子盛裝俟己之狀。」（異）

【東方之日】

序云：「東方之日，刺衰也。君臣失道，男女淫奔，不能以禮化也。」

崔以此非刺詩，其事則闕疑。（異）

姚曰：「此刺淫之詩。」（修）

方曰：「東方之日，刺荒淫也。」（修）

※屈曰：「此情歌之類。」（異）

王曰：「此是男子思慕女子之詩。」（異）

【東方未明】

序云：「東方未明，刺無節也。朝庭興居無節，號令不時，挈壺氏不能掌其職
焉。」

姚曰：「小序謂刺無節……此泥後世晏起而妄論古，可笑也。」（異）

　　克曰：「東方未明，刺無節也。」（前）

　　屈引《詩序》至號令不時而止。（前）

※王全引《詩序》，而主刪去末句。（前）

【南山】

　　序云：「南山，刺襄公也。鳥獸之行，淫乎其妹，大夫遇是惡，作詩而去之。」

　　姚曰：「嚴氏謂通篇刺魯桓，似得之。」（異）

　　方曰：「南山，刺襄公淫其妹而魯不能禁也。」（修）

　　屈引《詩序》至淫乎其妹而止。（前）

※王曰：「此詩刺齊襄公淫其妹文姜，而魯桓公亦有責也。」（修）

【甫田】

　　序云：「甫田，大夫刺襄公也。無禮義而求大功，不脩德而求諸侯，志大心勞，
　　　　　所以求者非其道也。」

　　姚曰：「〈小序〉謂刺襄公，無據。〈大序〉謂無禮義而求大功，不修德而求諸
　　　　　侯云云，大抵皆影響之論。」（異）

※屈曰：「此蓋喜遠人歸來之詩。」（異）

　　王曰：「此勸慰別離之人，勿為徒勞多思念之詩。」（異）

【盧令】

　　序云：「盧令，刺荒也。襄公好田獵，畢弋而不脩民事，百姓苦之，故陳古以
　　　　　風焉。」

　　姚從序說。（同）

　　方曰：「盧令，刺好田也。」（約）

　　屈曰：「此美獵者之詩。」（異）

※王曰：「此詩人咏齊國獵者出獵，讚其人犬美壯之詩。」（異）

【敝笱】

　　序云：「刺文姜也。齊人惡魯桓公微弱，不能防閑文姜，使至淫亂，為二國患
　　　　　焉。」

　　姚曰：「此指文姜詩。于指于歸，從指從嫁，自順。」（異）

　　方曰：「敝笱，刺魯桓公不能防閑文姜也。」（後）

※屈曰：「此疑咏文姜嫁於魯之詩。」（異）

　　王全引《詩序》。（同）

【載驅】

序云：「載驅，齊人刺襄公也。無禮義，故盛其車服，疾驅於通道大都。與文姜淫，播其惡於萬民焉。」

姚從序前半。（前）

方曰：「載驅，刺文姜如齊無忌也。」（異）

※屈曰：「此蓋咏文姜與齊襄公聚會之詩。」（後）

王曰：「此詩刺襄公與文姜相會之無禮義也。」（後）

【猗嗟】

序云：「猗嗟，刺魯莊公也。齊人傷魯莊公有威儀技藝，然而不能以禮防閑其母，失子之道，人以爲齊侯之子焉。」

姚曰：「〈小序〉謂刺莊公，是。」（前）

方曰：「猗嗟，美魯莊公才藝之美也。」（異）

屈曰：「此齊人美魯莊公之詩。」

※王曰：「此齊人美魯莊公儀容材藝之詩。」（異）

（九）魏風

【葛屨】

序云：「葛屨，刺褊也。魏地狹隘，其民機巧趨利，其君儉嗇褊急，而無德以將之。」

崔以此詩非刺君，玩其詞亦並不似刺儉者。（異）

姚曰：「此《詩疑》其時夫人之妾媵所作，以刺其夫人者。」（異）

方曰：「葛屨，刺褊也。」（前）

屈引《詩序》首句。（前）

王曰：「此爲婦人刺其家中長上褊心之詩。」（修）

【汾沮洳】

序云：「汾沮洳，刺儉也。其君儉以能勤，刺不得禮也。」

崔以此詩非刺君，玩其詞亦並不似刺儉者。（異）

姚曰：「此詩人贊其公族大夫之詩，托言采物而見其人以起興也。」（異）

方曰：「汾沮洳，美儉德也。」（修）

※屈曰：「此蓋刺某大夫愛修飾之詩。」（異）

王曰：「此詩人怨魏之卿大夫生活過奢，不知民間疾苦之詩。」（異）

【園有桃】

序云：「園有桃，刺時也。大夫憂其君，國小而迫，而儉以嗇，不能用其民，

而無德政，日以侵削，故作是詩也。」

崔曰：「園桃乃憂時，非刺時。……所憂在國無政。」（異）

姚曰：「此賢者憂時之詩。」（異）

方曰：「園有桃，賢者憂國政日非也。」（異）

※屈曰：「此憂時之詩。」（異）

王引朱傳云：「詩人憂其國小而無政，故作是詩。」（異）

【陟岵】

序云：「〈陟岵〉，孝子行役，思念父母也。國迫而數侵削，役乎大國，父母兄
弟離散，而作是詩也。」

崔曰：「〈陟岵〉以為行役忠誠者得之。」（異）

姚曰：「〈小序〉謂孝子行役，思念父母，是。」（前）

屈曰：「此行役者思家之詩。」（異）

※王曰：「此詩當為行役者思家所作，思父母兼及兄弟也。」（異）

【十畝之間】

序云：「十畝之間，刺時也。言其國削小，民無所居焉。」

崔曰：「朱子以為政亂危而不樂仕，是也。」（異）

姚曰：「此類刺淫之詩。」（異）

方曰：「十畝之間，夫婦偕隱也。」（異）

※屈引朱傳：「政亂國危，賢者不樂仕於其朝，而思與其友歸於農圃，故其詞如
此。」（異）

王云：「此隱士自詠也。」（異）

【伐檀】

序云：「伐檀，刺貪也。在位貪鄙，無功而受祿，君子不得進仕爾。」

崔曰：「伐檀，序以為刺貪，朱子以為美不素餐，然細玩其詞，二意實兼之。」
（修）

姚曰：「此詩美君子之不素餐；若以為刺貪，失之矣。」（異）

方曰：「伐檀，傷君子不見用於時而又恥受無功祿也。」（修）

屈引序首句。（前）

※王全引《詩序》。（同）

【碩鼠】

序云：「碩鼠，刺重斂也。國人刺其君重斂，蠶食於民，不脩其政，貪而畏人，

　　　　若大鼠也。」

　　崔曰：「吞噬無厭……非適樂土，其勢無以自全。」（修）

　　姚曰：「此詩刺重斂苛政，特為明顯。」（前）

　　方曰：「碩鼠，刺重斂也。」（前）

　　屈引序首句。（前）

　※王全引《詩序》。（同）

（十）唐風

【蟋蟀】

　　序云：「蟋蟀，刺晉僖公也。儉不中禮，故作是詩以閔之，欲其及時以禮自虞
　　　　　樂也。此晉也，而謂之唐，本其風俗。憂深思遠，儉而用禮，乃有堯
　　　　　之遺風焉。」

　　崔曰：「朱子以為歲晚務閒，相與燕飲，而憂思深遠者得之。」（異）

　　姚曰：「每章八句，上四句言及時行樂，下四句又戒無過甚也。」（異）

　　方曰：「蟋蟀，唐人歲暮述懷也。」（異）

　※屈曰：「此歲暮宴樂之詩。」（異）

　　王引朱傳云：「唐俗勤，故其民間終歲勞苦，不敢少休。及其歲晚務閒之時，
　　乃敢相與燕飲為樂。」（異）

【山有樞】

　　序云：「山有樞，刺晉昭公也。不能脩道以正其國，有財不能用，有鐘鼓不能
　　　　　以自樂，有朝庭不能灑掃，政荒民散，將以危亡。四鄰謀取其國家而
　　　　　不知，國人作詩以刺之也。」

　　崔曰：「其所謂喜樂永日者，不過曳婁衣裳，馳驅車馬，掃庭內而考鐘鼓。」
　　　　　（異）

　　姚曰：「直依詩詞作及時行樂解。」（異）

　　方曰：「山有樞，刺唐人儉不中禮也。」（異）

　※屈曰：「此勸友人及時行樂之詩。（本王質說）」（異）

　　王曰：「此刺唐人吝嗇之詩。」（異）

【揚之水】

　　序云：「揚之水，刺晉昭公也。昭公分國以封沃，沃盛強，昭公微弱，國人將
　　　　　叛而歸沃焉。」

　　姚引嚴氏曰：「將叛者潘父之徒而已，國人拳拳于昭公，無叛心也，彼序言過

矣。」（異）

　　方曰：「揚之水，諷昭公以備曲沃也。」（修）

※屈全引《詩序》。（同）

　　王全引《詩序》。（同）

【椒聊】

　　序云：「椒聊，刺晉昭公也。君子見沃之盛彊，能脩其政，知其蕃衍盛大，子
　　　　孫將有晉國焉。」

　　姚引序後半，從之。（後）

　　方曰：「椒聊，憂沃盛而晉微也。」（約）

※屈曰：「此頌人之詩。《詩序》亦以為刺昭公分國封沃之事，恐非是。」（異）

　　王全引《詩序》。（同）

【綢繆】

　　序云：「綢繆，刺晉亂也。國亂，則婚姻不得其時焉。」

※姚曰：「據子兮之詞，是詩人見人成昏而作……如今人賀人作花燭詩。」（異）

　　方曰：「綢繆，賀新婚也。」（異）

　　屈引魏源《詩古微》云：「此蓋亂世憂婚姻之難常聚。」（修）

　　王曰：「此咏新婚夫婦，感結為婚姻之不易，驚喜交集之詩。」（異）

【杕杜】

　　序云：「杕杜，刺時也。君不能親其宗族，骨肉離散，獨居而無兄弟，將為沃
　　　　所并爾。」

　　崔曰：「或者此詩即指獻公以後晉事而言，亦未可知。」（異）

　　姚曰：「此詩之意，似不得于兄弟而終望兄弟比助之辭。」（異）

　　方曰：「杕杜，自傷兄弟失好而無助也。」（異）

※屈引朱傳：「此無兄弟者，自傷其孤特而求助於人之詞。」（異）

　　王亦引朱傳。（異）

【羔裘】

　　序云：「羔裘，刺時也。晉人刺其在位，不恤其民也。」

　　姚曰：「序謂刺在位……序說或是。」（後）

　　方曰：「羔裘，刺在位不能恤民也。」（後）

　　屈曰：「此蓋愛樂其在位者之詩。」（異）

※王全引《詩序》。（同）

【鴇羽】

序云：「鴇羽，刺時也。昭公之後大亂五世，君子下從征役，不得養其父母，而作是詩也。」

姚引序後半，曰：「今以詩中王事二字而信其說。」（後）

方曰：「鴇羽，刺征役苦民也。」（異）

※屈引朱傳：「民從征役，而不得養其父母，故作此詩。」（異）

王亦引朱傳。（異）

【無衣】

序云：「無衣，美晉武公也。武公始并晉國，其大夫爲之請命乎天子之使，而作是詩也。」

姚引序前半，從之。（前）

方曰：「無衣，代武公請命于王也。」

屈全引《詩序》。（同）

※王曰：「此晉大夫爲武公請命于天子之使之詩也。」（後）

【有杕之杜】

序云：「有杕之杜，刺晉武也。武公寡特，兼其宗族，而不求賢以自輔焉。」

姚曰：「集傳謂此人好賢而不足以致之，是。」（異）

方曰：「有杕之杜，自嗟無力致賢也。」（異）

屈曰：「此懷人之詩。」（異）

※王曰：「此自感孤特，無人相過而賦也。」（異）

【葛生】

序云：「葛生，刺晉獻公也。好攻戰，則國人多喪矣。」

姚曰：「〈小序〉謂刺晉獻公，是。」（前）

方曰：「葛生，征婦怨也。」（異）

屈曰：「此蓋悼亡之詩。」（異）

※王曰：「此爲女子悼念亡夫之詩。」（異）

【采苓】

序云：「采苓，刺晉獻公也。獻公好聽讒焉。」

姚曰：「〈小序〉謂刺晉獻公，是。」（前）

方曰：「采苓，刺聽讒也。」（異）

屈引朱傳：「此刺聽讒之詩。」（修）

　　王亦引朱傳。（修）

【車鄰】

　　序云：「車鄰，美秦仲也。秦仲始大，有車馬禮樂侍御之好焉。」

　　崔以此篇見寺人權重……干政……將命。（異）

　　姚曰：「〈小序〉謂美秦仲……其臆測亦可見。」（異）

　　方曰：「車鄰，美秦君簡易易事也。」（修）

　　屈曰：「此蓋詩人喜得見其君，即事之作。」（異）

　※王曰：「此美秦之富而強，君能易近臣民而能和樂之詩。」（異）

【駟驖】

　　序云：「駟驖，美襄公也。始命，有田狩之事，園囿之樂焉。」

　　方曰：「駟驖，美田獵之盛也。」（異）

　※屈曰：「此美秦君田獵之詩。」（異）

　　王曰：「此美秦君田獵之盛也。」（異）

【小戎】

　　序云：「小戎，美襄公也。備其兵甲，以討西戎，西戎方彊，而征伐不休。國
　　　　　人則矜其車甲，婦人能閔其君子焉。」

　　崔曰：「小戎，婦人詩也，而矜言其兵甲之盛，若津津有味者。」（異）

　　姚曰：「偽傳謂襄公遣大夫征戎而勞之，意近是，」（修）

　　方曰：「小戎，懷西征將士也。」（異）

　※屈曰：「此丈夫出征，其婦念之之詩。」（異）

　　王曰：「此丈夫出征，婦人送別之詩也。」（異）

【蒹葭】

　　序云：「蒹葭，刺襄公也。未能用周禮，將無以固其國焉。」

　　崔曰：「蒹葭，亦好賢詩也。」（異）

　　姚曰：「此自是賢人隱居水濱，而人慕而思見之詩。」（異）

　　方曰：「蒹葭，惜招隱難致也。」（異）

　※屈曰：「此有所愛慕而不得近之之詩，似是情歌。或以為訪賢之詩，亦近是。」
　　　　（異）

【終南】

　　序云：「終南，戒襄公也。能取周地，始為諸侯，受顯服，大夫美之，故作是
　　　　　詩以戒勸之。」

　　　姚曰：「〈小序〉謂戒襄公，按此乃美耳，無戒意。」

　　　方曰：「終南，祝襄公以收民望也。」（異）

　　※屈引朱傳：「此秦人美其君之辭。」（異）

　　　王亦引朱傳。（異）

【黃鳥】

　　　序云：「黃鳥，哀三良也。國人刺穆公，以人從死，而作是詩也。」

　　　姚引文六年《左傳》：「秦穆公卒，以子車氏三子為殉；國人哀之，為之賦黃鳥。」（約）

　　　方曰：「黃鳥，哀三良也。」（前）

　　※屈全引《詩序》。（同）

　　　王全引《詩序》。（同）

【晨風】

　　　序云：「晨風，刺康公也。忘穆公之業，始棄其賢臣焉。」

　　　姚曰：「僞說謂秦君遇賢，始勤終怠。稍近之。」（異）

　　※屈曰：「朱傳以為婦人念其君子之詩。」（異）

　　　王曰：「此婦人被棄，望與其夫重聚之詩。」（異）

【無衣】

　　　序云：「刺用兵也。秦人刺其君好攻戰，亟用兵而不與民同欲焉。」

　　　崔曰：「無衣，平日詩也，而志切於戈矛，意在於同仇。」（異）

　　　姚曰：「觀其詩詞，謂秦俗強悍，樂于用命，即可矣。」（異）

　　　方曰：「無衣，秦人樂為王復讐也。」（異）

　　　屈曰：「此《詩疑》咏秦襄公護衛周平王東遷之事。」（異）

　　※王曰：「此秦人勸王從軍之詩。」（異）

【渭陽】

　　　序云：「渭陽，康公念母也。康公之母，晉獻公之女。文公遭驪姬之難，未反，而秦姬卒。穆公納文公，康公時為大子，贈送文公於渭之陽，念母之不見也。我見舅氏，如母存焉。及其即位，思而作是詩也。」

　　※姚曰：「秦康公為太子，送母舅晉重耳歸國之詩。」（異）

　　　方曰：「渭陽，康公送別舅氏重耳歸晉也。」（異）

　　　屈曰：「此秦康公為太子時，送其舅晉公子重耳返國之詩。」（異）

　　　王引朱傳云：「秦康公之舅，晉公子重耳也。出亡在外，穆公召而納之。時康

公爲太子，送至渭陽而作此詩。」（異）

【權輿】

　　序云：「權輿，刺康公也。忘先君之舊臣與賢者，有始而無終也。」

　　姚曰：「此賢者嘆君禮意浸衰之意。」（異）

　　方曰：「權輿，刺康公待賢禮殺也。」（修）

　※屈曰：「此自歎始受君主優禮而終被涼薄之詩。」（異）

　　王引朱傳云：「此言其君始有渠渠之夏屋，以待賢者。而其後禮意浸薄，至於賢者每食而無餘，於是歎之，言不能繼其始也。」（異）

（十二）陳風

【宛丘】

　　序云：「宛丘，刺幽公也。淫荒昏亂，游蕩無度焉。」

　　崔曰：「陳風首二篇即以奢蕩爲事。」（修）

　※姚曰：「此詩刺游蕩之意昭然。」（修）

　　方曰：「宛丘，刺上位游蕩無度也。」（修）

　　屈曰：「此刺游蕩之詩。」（修）

　　王曰：「此刺陳之士大夫游蕩之詩。」（修）

【東門之枌】

　　序云：「東門之枌，疾亂也。幽公淫荒，風化之所行，男女棄其舊業，亟會於道路，歌舞於市井耳。」

　　崔曰：「陳風首二篇即以奢蕩爲事。」

　　姚曰：「何玄子謂陳風巫覡盛行，似近之。」（異）

　　方曰：「東門之枌，巫覡盛行也。」（異）

　※屈引朱傳：「此男女聚會歌舞，而賦其事以相樂也。」（異）

　　王曰：「此咏陳國巫覡歌舞，男女往觀之狀，以刺其失也。」（異）

【衡門】

　　序云：「衡門，誘僖公也。愿而無立志，故作是詩以誘掖其君也。」

　　崔曰：「朱子以爲隱居自樂而無求者之詞……朱子之說是也。」（異）

　※姚曰：「此賢者隱居甘貧而無求于外之詩。」（異）

　　方曰：「衡門，賢者自樂無求於外也。」（異）

　　屈引《韓詩》外傳：「衡門，賢者不用世而隱處也。」（異）

　　王曰：「此隱者自咏之詩。」（異）

【東門之池】

　　序云：「東門之池，刺時也。疾其君之淫昏，而思賢女以配君子也。」

　　崔曰：「細玩此詩……有隨遇而安之意，恐亦賢人安貧自得者所作。」（異）

　　姚曰：「玩可以、可與字法，疑即上篇之意。」（異）

　※屈引朱傳：「此男女會遇之詞。」（異）

　　王亦引朱傳。（異）

【東門之楊】

　　序云：「東門之楊，刺時也。昏姻失時，男女多違，親迎，女猶有不至者也。」

　　屈曰：「此男女相期而不遇之詩。」（異）

　※王曰：「此男女相期會而女未能至，男乃賦此。」（異）

【墓門】

　　序云：「墓門，刺陳陀也。陳陀無良師傅，以至於不義，惡加於萬民焉。」

　　崔曰：「篇中絕無一語針對陳陀者。」（異）

　　姚曰：「〈小序〉謂刺陳陀，是。」（前）

　　方曰：「墓門，刺桓公不能早去陀也。」（異）

　　屈曰：「此刺某在位者之詩。」（異）

　　王曰：「此刺時君不能除惡之詩。」（異）

【防有鵲巢】

　　序云：「防有鵲巢，憂讒賊也。宣公多信讒，君子憂懼焉。」

　　姚曰：「〈小序〉謂憂讒賊，〈大序〉以陳宣公實之，不知是否。」（疑）

　　方曰：「防有鵲巢，憂讒賊也。」（前）

　※屈引朱傳：「此男女之有私，而憂或間之之詞。」（異）

　　王亦引朱傳。（異）

【月出】

　　序云：「月出，刺好色也。在位不好德，而說美色焉。」

　　姚據朱鬱儀、何玄子說，以此為刺靈公之詩，詩中舒字指夏徵舒。（異）

　　方曰：「月出，有所思也。」

　※屈引朱傳：「此亦男女相悅而相念之詞。」

　　王亦引朱傳。（異）

【株林】

　　序云：「株林，刺靈公也。淫乎夏姬，驅馳而往，朝夕不休息焉。」

　　姚曰：「刺陳靈公淫夏姬之詩。」（約）

　　方曰：「株林，刺靈公也。」（前）

　　屈全引《詩序》。（同）

　※王亦全引《詩序》。（同）

【澤陂】

　　序云：「澤陂，刺時也。言靈公君臣，淫於其國，男女相說，憂思感傷焉。」

　　姚曰：「是必傷逝之作。」（異）

　※方曰：「澤陂，傷所思之不見也。」（異）

　　屈曰：「此亦男女相悅而相念之詩。」（異）

　　王曰：「此男女相悅而相念之詩。」（異）

（十三）檜風

【羔裘】

　　序云：「羔裘，大夫以道去其君也。國小而迫，君不用道，好絜其衣服，逍遙
　　　　　遊燕，而不能自強於政治，故作是詩也。」

　　姚以此詩刺鄶仲恃險，有驕侈怠慢之心，而加之以貪冒。（異）

　　方曰：「羔裘，傷檜君貪冒，不知危在且夕也。」（異）

　　屈曰：「此疑檜人慕其君而不得近之之詩。」（異）

　　王曰：「此檜人傷其君驕侈怠慢，忘於治事，故作是詩。」（修）

【素冠】

　　序云：「素冠，刺不能三年也。」

　　姚曰：「以為思君子可，以為婦人思男亦可。」（異）

　　方曰：「素冠，傷檜君被執，願與同歸就戮也。」（異）

　　屈曰：「此當是女子思慕男子之詩。舊謂刺不能三年之喪，非是。」（異）

　※王曰：「此是婦人思君子之詩。」（異）

【隰有萇楚】

　　序云：「隰有萇楚，疾恣也。國人疾其君之淫恣，而思無情慾者焉。」

　　姚曰：「愚意，此篇為遭亂而貧窶，不能贍其妻子之詩。」（異）

　　方曰：「隰有萇楚，傷亂離也。」（異）

　※屈曰：「此傷時之詩。意謂生逢衰世，而羨幼童之無知，與夫無室家之累也。」
　　　　　（異）

　　王曰：「此傷世亂貧困，至於羨草木無知無家之能為樂也。」（異）

【匪風】

序云：「匪風，思周道也。國小政亂，憂及禍難，而思周道焉。」

姚曰：「〈小序〉謂思周道，是。」（前）

方曰：「匪風，傷周道不能復檜也。」（修）

※屈曰：「此當是檜人憂國思周之詩。蓋作於平王東遷之初，檜將被滅於鄭之時也。」（修）

王全引《詩序》。（同）

（十四）曹風

【蜉蝣】

序云：「蜉蝣，刺奢也。昭公國小而迫，無法以自守，好奢而任小人，將無所依焉。」

姚曰：「大抵是刺曹君奢慢，憂國之詞也。」（約）

屈引序首句。（前）

※王曰：「此詩人歎人生短暫而競誇浮華，不務實際也。」（異）

【候人】

序云：「候人，刺近小人也。公共遠君子而好近小人焉。」

姚引序後半，稱其用《左傳》之說。（後）

方曰：「候人，刺曹君遠君子而近小人也。」（約）

屈曰：「《詩序》謂此為刺曹公之詩，似是。」（修）

王全引《詩序》。（同）

【鳲鳩】

序云：「鳲鳩，刺不壹也。在位無君子，用心之不壹也。」

姚曰：「何玄子謂曹人美晉文公，意雖鑿，頗有似處。」（異）

方曰：「鳲鳩，追美曹之先公德足正人也。」（異）

屈曰：「此蓋曹人美其某在位者之詩。」（異）

※王引朱傳：「詩人美君子之用心，均平專一。」（異）

【下泉】

序云：「下泉，思治也。曹人疾共公侵刻，下民不得其所，憂而思明主賢伯也。」

姚曰：「此曹人思治之詩。〈大序〉必謂共公時，無據。」（前）

方曰：「下泉，傷周無王，不足以制霸也。」（異）

屈曰：「此曹人美郇怕能勤王之詩。」（異）

※王曰：「此傷晉之侵，乃念周之衰，無以制霸也。」（異）

（十五）豳風

【七月】

序云：「七月，陳王業也。周公遭變，故陳后稷先公風化之所由，致王業之艱
　　　難也。」

崔曰：「細玩此篇文義，首章與第七章相首尾。首章言農事之始，七章著農事
　　　之終，其中五章，則皆敍田家雜事……至第八章，則又於衣食居三者
　　　之外補其未備者。」（異）

姚曰：「〈小序〉……〈大序〉……皆非也。此篇首章言衣食之原，二章至五
　　　章終前段言衣之意，六章至八章終後段言食之意。」（異）

方曰：「七月，陳王業所自始也。」（修）

※屈曰：「此咏豳地風土之詩，疑隨周公東征之豳人，懷念鄉土而作者。」（異）

王曰：「此豳人自咏其生活之詩。」（異）

【鴟鴞】

序云：「〈鴟鴞〉，周公救亂也。成王未知周公之志，公乃爲詩以遺王，名之曰
　　　〈鴟鴞〉焉。」

姚引〈金縢〉，認此詩係周公既誅管蔡而作。（修）

方曰：「〈鴟鴞〉，周公悔過以儆成王也。」（修）

※屈曰：「武王既喪，周公避流言之謗，居東二年，罪人斯得。於後，公乃爲詩
　　　以貽成王，名之曰〈鴟鴞〉：此《尚書‧金縢》之說也。〈金縢〉疑是
　　　春秋晚年或戰國初年之作品，此說蓋根據傳說也。」（疑）

王曰：「此周公述志之詩也。」（後）

【東山】

序云：「東山，周公東征也。周公東征，三年而歸，勞歸士，大夫美之，故作
　　　是詩也。一章言其完也，二章言其思也，三章言其室家之望女也，四
　　　章樂男女之得時也。君子之於人，序其情而閔其勞，所以說也。說以
　　　使民，民忘其死，其唯東山乎！」

崔曰：「東山一詩敍室家離合之情，沈摯眞切，最足感人。」（異）

姚認序云：「周公東征」，「士大夫美之，作是詩」及一至三章要旨，皆是。唯
　　　第四章另有意見，以爲「言其歸之樂。」（修）

方曰：「東山，周公勞歸士也。」（後）

屈曰：「此蓋東征之士，既歸而述懷之詩。」（異）

※王曰：「此東征之士，記歸途及到家情狀之詩。」（異）

【破斧】

序云：「破斧，美周公也。周大夫以惡四國也。」

姚曰：「此四國之民美周公之詩。」（前）

方曰：「破斧，美周公伐罪救民也。」（前）

屈曰：「此蓋東征之士美周公之詩。」（前）

※王曰：「此豳人隨周公東征之士，美周公伐罪救民之詩。」（前）

【伐柯】

序云：「伐柯，美周公也。周大夫刺朝廷之不知也。」

姚曰：「周人喜周公還歸之詩。」（異）

屈曰：「此當是咏結婚之詩。」（異）

※王曰：「此咏婚姻宜禮之詩。」（異）

【九罭】

序云：「九罭，美周公也。周大夫刺朝廷之不知也。」

※姚曰：「蓋此詩東人以周公將西歸，留之不得，心悲而作。」（異）

方曰：「九罭，東人送周公西歸也。」（異）

屈曰：「此蓋居東之周人，聞周公將歸，作此詩以惜別也。」（異）

王曰：「此東人送周公西歸之詩。」（異）

【狼跋】

序云：「狼跋，美周公也。周公攝政，遠則四國流言，近則王不知，周大夫美
其不失其聖也。」

姚曰：「此美周公之詩。」（前）

方曰：「狼跋，美周公也。」（前）

屈引序首句。（前）

※王曰：「此豳人美周公之詩也。」（前）

二、雅

（一）小雅

【鹿鳴】

序云：「鹿鳴，燕群臣嘉賓也。既飲食之，又實幣帛筐篚以將其厚意，然後忠
　　　臣嘉賓，得盡其心矣。」

姚曰：「此燕群臣之詩。」（前）

方曰：「鹿鳴，燕群臣也。」（前）

※屈引序首句。（前）

王全引《詩序》。（同）

【四牡】

序云：「四牡，勞使臣之來也。有功而見知，則說矣。」

※姚曰：「此使臣自咏之詩，王者采之，後或因以爲勞使臣之詩焉。」（前）

方曰：「四牡，勤王事也。」（異）

屈曰：「此當是出征者思歸之作，而用爲勞使臣之詩也。」（前）

王曰：「此使臣自咏勞苦之詩。」（異）

【皇皇者華】

序云：「皇皇者華，君遣使臣也。送之以禮樂，言遠而有光華也。」

姚曰：「〈小序〉謂君遣使臣，是。」（前）

方曰：「皇皇奢華，遣使臣也。」（前）

※屈曰：「此似使臣所自作，而被用爲遣使臣之詩也。」（前）

王曰：「此使臣行路所咏也。」（異）

【常棣】

序云：「常棣，燕兄弟也。閔管蔡之失道，故作常棣焉。」

姚曰：「此周公既誅管蔡而作，後因以爲燕兄弟之樂歌。」（修）

方曰：「常棣，周公燕兄弟也。」（修）

屈引序首句。（前）

※王曰：「此敘兄弟之情，以勸兄弟相親之詩，故引用爲燕兄弟之樂歌。」（異）

【伐木】

序云：「伐木，燕朋友故舊也。自天子至于庶人，未有不須友以成者。親親以
　　　睦，友賢不棄，不遺故舊，則民德歸厚矣。」

姚曰：「此燕朋友、親戚、兄弟之樂歌。」（前）

方曰：「伐木，燕朋友親戚兄弟也。」（前）

※屈引序首句。（前）

王全引《詩序》。（同）

【天保】

序云：「天保，下報上也。君能下下以成其政，臣能歸美以報其上焉。」

※姚曰：「此臣致祝于君之詞。」（前）

方曰：「天保，祝君福也。」（前）

屈引序首句，又引朱傳：「人君以鹿鳴以下五詩燕其臣，臣受賜者，歌此詩以答其君。」（修）

王曰：「此臣致祝福于君之詩。」（前）

【采薇】

序云：「采薇，遣戍役也。文王之時，西有昆夷之患，北有玁狁之難，以天子之命，命將遣戍役以守衛中國，故歌采薇以遣之。出車以勞還，杕杜以勤歸也。」

※姚曰：「此戍役還歸之作。」（異）

方曰：「采薇，戍役歸也。」（異）

屈引序首句，而按曰：「此當是戍役者所自作。」（異）

王曰：「此戍守之人還歸自咏。」（異）

【出車】

序云：「出車，勞還率也。」

姚曰：「此與上篇亦同為還歸之作。」（異）

方曰：「出車，征夫還也。」（異）

屈曰：「此蓋征伐玁狁之將佐，歸來自敘之詩（略本王質說）。」（異）

※王曰：「此為征夫凱旋自咏，後或引以為勞還率之樂歌。」（修）

【杕杜】

序云：「杕杜，勞還役也。」

姚曰：「此室家思其夫歸之詩。」（異）

方曰：「杕杜，念征夫也。」（異）

※屈曰：「此征人思歸之詩；乃家人思念征夫之語氣，以抒其懷歸之情也。」（異）

王曰：「此閨人思念征夫之詩。」（異）

【魚麗】

序云：「魚麗，美萬物盛多，能備禮也。文武以天保以上治內，采薇以下治外。始於憂勤，終於逸樂。故美萬物盛多，以告於神明矣。」

姚曰：「此王者燕饗臣工之樂歌。」（異）

方曰：「魚麗，燕嘉賓也。」（異）

※屈引朱傳：「此燕饗通用之樂歌。」（異）

王亦引朱傳。（異）

【南有嘉魚】

序云：「南有嘉魚，樂與賢也。太平君子至誠，樂與賢者共之也。」

姚曰：「與前篇同。」按即王者燕饗臣工之樂歌。（異）

方曰：「南有嘉魚，娛賓也。」（異）

※屈引朱傳：「此亦燕饗通用之樂。」（異）

王曰：「此亦燕饗適用之樂。」（異）

【南山有臺】

序云：「南山有臺，樂得賢也。得賢則能爲邦家立太平之基矣。」

姚曰：「此臣工頌天子之詩。」（異）

方曰：「南山有臺，祝賓也。」（異）

屈引朱傳：「此亦燕饗通用之樂。」（異）

※王曰：「此祝福之詩，引而爲燕饗通用之樂歌。」（異）

【蓼蕭】

序云：「蓼蕭，澤及四海也。」

姚曰：「此諸侯朝天子，天子美之之詞。」（異）

方曰：「蓼蕭，天子燕諸侯而美之也。」（異）

屈曰：「朱傳以爲天子燕諸侯之詩。」（異）

※王曰：「此天子燕諸侯而美之之詩，後引以爲燕諸侯之樂歌。」（異）

【湛露】

序云：「湛露，天子燕諸侯也。」

※姚曰：「〈小序〉謂天子燕諸侯，是。」（同）

方曰：「湛露，天子燕諸侯也。」（同）

屈曰：「文公四年《左傳》記寧武子云，昔諸侯朝正於王，王宴樂之，於是賦
〈湛露〉。《詩序》……蓋本《左傳》爲說。」（同）

王全引《詩序》。（同）

【彤弓】

序云：「彤弓，天子錫有功諸侯也。」

※姚從序，且引文四年《左傳》實之。（同）

方曰：「彤弓，天子錫有功諸侯也。」（同）

屈全引《詩序》。（同）

王全引《詩序》。（同）

【菁菁者莪】

序云：「菁菁者莪，樂育材也。君子能長育人才，則天下喜樂之矣。」

※姚曰：「大抵是人君喜得見賢之詩。」

方曰：「菁菁者莪，樂育材也。」（同）

屈引朱傳：「此亦燕飲賓客之詩。」（異）

王曰：「此人君喜見賢者之詩。」

【六月】

序云：「六月，宣王北伐也。」（以下與本篇義旨無關，從略）

※姚曰：「吉甫有功而歸，燕飲諸友，詩人美之而作也。」（異）

方曰：「六月，美吉甫佐命北伐有功歸宴私第也。」（異）

屈全引《詩序》。（同）

王曰：「此美尹吉甫伐玁狁有功之詩。」（修）

【采芑】

序云：「采芑，宣王南征也。」

姚曰：「此宣王命方叔南征蠻荊，詩人美之而作，大概作于出師之時。」（修）

方曰：「采芑，南人美方叔威服蠻荊也。」（修）

屈全引《詩序》。（同）

※王曰：「此美方叔征荊蠻之詩也。」（修）

【車攻】

序云：「車攻，宣王復古也。宣王能內脩政事，外攘夷狄，復文武之境土。脩車馬，備器械，復會諸侯於東都，因田獵而選車徒焉。」

姚曰：「〈大序〉謂宣王復會諸侯于東都，因田獵而選車徒焉，是。」（後）

方曰：「車攻，宣王復會諸侯于東都也。」（後）

屈全引《詩序》，而按云：「墨子明鬼篇，周宣王合諸侯而田於圃田，車數百乘。《詩序》蓋本此為說。」（同）

【吉日】

序云：「吉日，美宣王田也。能愼微接下，無不自盡以奉其上焉。」

姚曰：「此宣王獵于西都之詩。」（修）

　　方曰：「吉日，美宣王田獵也。」（前）

※屈引序首句而按云：「此自是美天子田獵之詩，惟天子是否爲宣王，未能遽定。」（疑）

　　王全引《詩序》。（同）

【鴻雁】

　　序云：「鴻雁，美宣王也。萬民離散，不安其居，而能勞來還定安集之，至于矜寡，無不得其所焉。」

　　姚曰：「此詩爲宣王命使臣安集流民而作。」（約）

　　方曰：「鴻雁，使者承命安集流民也。」（修）

※屈曰：「此蓋流民喜得安定之所而作之詩。」（異）

　　王曰：「此流民喜使臣來振濟扶持之，因得安居，乃賦此詩。」（異）

【庭燎】

　　序云：「庭燎，美宣王也，因以箴之。」

　　姚引序，且云：「箴之之意未明，詩中亦無見也。」（前）

　　方曰：「庭燎，勤視朝也。」（異）

※屈曰：「此咏早朝之詩。」（異）

　　王曰：「此美君王能視朝甚早之詩，或即美宣王者。」（疑）

【沔水】

　　序云：「沔水，規宣王也。」

　　姚引序「規宣王也。」及朱傳「憂亂之詩」，而云「不知作何歸著。」（疑）

※屈引朱傳。（異）

　　王亦引朱傳。（異）

【鶴鳴】

　　序云：「鶴鳴，誨宣王也。」

　　姚曰：「〈小序〉謂誨宣王，誨字意似近。」（同）

　　方曰：「鶴鳴，諷宣王求賢山林也。」（異）

※屈曰：「方玉潤《詩經原始》，以此爲招隱之詩，近是。每章前七句咏隱者所居處之風物，末二句乃招隱之意，言可以益己也。」（異）

　　王曰：「此招隱之詩也。」

【祈父】

　　序云：「祈父，刺宣王也。」

　　姚曰：「〈小序〉謂刺宣王，毛鄭以戰于千畝而敗之事實之，亦可從。」（同）

　　方曰：「祈父，禁旅責司馬徵調失常也。」（異）

　　屈曰：「朱傳以爲此乃軍士怨於久役之詩。」（異）

　※王引朱傳，且云：「此詩蓋軍士告祈父之言也。」（異）

【白駒】

　　序云：「白駒，大夫刺宣王也。」

　　姚曰：「此思賢者之詩。」（異）

　　方曰：「白駒，放隱士還山也。」（異）

　※屈曰：「此蓋王者好賢而惜賢者不仕之詩。」（異）

　　王曰：「此留賢者仕而未得之詩，作者當爲君王。」（異）

【黃鳥】

　　序云：「黃鳥，刺宣王也。」

　　方曰：「黃鳥，刺民風偷薄也。」（異）

　　屈曰：「此流寓者思歸之詩。每章前三句皆起興，與本事無關；後四句乃作詩
　　　　　之本意也。」（異）

　※王引朱傳曰：「民適異國，不得其所，故作此詩。」（異）

【我行其野】

　　序云：「我行其野，刺宣王也。」

　　方曰：「我行其野，刺睦婣之政不講也。」（異）

　※屈引朱傳：「民適異國，依其昏姻，而不見收卹，故作此詩。」（異）

　　王亦引朱傳。（異）

【斯干】

　　序云：「斯干，宣王考室也。」

　　姚曰：「不若依序謂宣王也。」（同）

　　方曰：「斯干，公族考室也。」（修）

　※屈曰：「此當是築室既成而頌禱之之詩。」（修）

　　王曰：「此王侯公族築室初成，頌禱祈吉之詩也。」（修）

【無羊】

　　序云：「無羊，宣王考牧也。」

　　姚曰：「〈小序〉謂宣王考牧，亦近是。」（同）

　　方曰：「無羊，美司牧也。」（修）

※屈引朱傳：「此詩言牧事有成，而牛羊眾多也。」（修）

　　王亦引朱傳。（修）

【節南山】

　　序云：「節南山，家父刺幽王也。」

　　姚引序，從之。（同）

　　方曰：「節南山，家父刺師尹也。」（修）

※屈曰：「此家父刺大師及尹氏之詩。詩中有國既卒斬之語，蓋作於東周初年
　　　　也。」（修）

　　王曰：「此家父所作刺師尹之詩也。」（修）

【正月】

　　序云：「正月，大夫刺幽王也。」

　　姚曰：「〈小序〉謂大夫刺幽王，是。」（周）

　　方曰：「正月，周大夫感時傷遇也。」（異）

　　屈曰：「此傷時之詩。由詩中赫赫宗周，褒姒滅之二語證之，蓋亦東周初年詩
　　　　也。」（異）

※王曰：「此感時序之異常，傷世事之可慮，乃賦其心之所憂之詩。」（異）

【十月之交】

　　序云：「十月之交，大夫刺幽王也。」

　　姚曰：「實刺皇父也。」（異）

　　方曰：「十月之交，刺皇父煽虐以致災變也。」（異）

　　屈曰：「此詩當作於幽王之世……乃刺皇父等當政之人也。」（異）

※王曰：「此刺皇父亂政以致災變也。」（異）

【雨無正】

　　序云：「雨無正，大夫刺幽王也。雨自上下者也。眾多如雨，而非所以為政也。」

　　姚引集傳：「正大夫離居之後，執御之臣所作。」從之。（異）

　　方曰：「雨無正，周執御痛匡國無人也。」（異）

　　屈曰：「此當是東遷之際，詩人傷時之作。」（異）

※王曰：「此傷群臣離散，匡國無人之詩也。」（異）

【小旻】

　　序云：「小旻，大夫刺幽王也。」

　　姚謂序及集傳皆是。（修）

方曰：「小旻，刺幽王惑邪謀也。」（修）

屈曰：「此刺王惑於邪謀之詩（略本朱傳）。」（修）

※王曰：「此感王之惑於邪謀而不能救，乃憂傷而爲此詩。」（異）

【小宛】

序云：「小宛，大夫刺宣王也。」

姚曰：「愚意，此爲同姓兄弟刺王之詩。」（異）

方曰：「小宛，賢者自箴也。」（異）

屈曰：「此亦傷時之詩。」（異）

※王曰：「此詩人感生亂世而自警戒愼之詩也。」（異）

【小弁】

序云：「小弁，刺幽王也，大子之傅作焉。」

姚從序前半，謂大子之傅作，有可疑。（前）

方曰：「小弁，宜曰自傷被廢也。」（異）

※屈曰：「孟子論此詩，大意謂人子不得於其父母者所作，而未坐實其人，茲從之。」（異）

王曰：「此人子不得於其父母者所作之詩。」（異）

【巧言】

序云：「巧言，刺幽王也。大夫傷於讒，故作是詩也。」

姚曰：「此幽王時之大夫，以小人讒謀啓亂，將甘心焉，而賦是詩。」（約）

方曰：「巧言，疾讒致亂也。」（異）

屈曰：「此刺讒人之詩。」（異）

※王曰：「此感進讒者佞，聽讒者信，因以致亂，咏而歎之也。」（異）

【何人斯】

序云：「何人斯，蘇公刺暴公。爲卿士而譖蘇公焉，故蘇公作是詩以絕之。」

姚曰：「此篇與上篇同爲刺讒。」（異）

方曰：「何人斯，刺反側也。」（異）

屈按云：「序說未詳何據，然爲朋友絕交之詩，則文義甚顯。」（疑）

※王曰：「此傷友人趨於權勢，反覆無常，作歌以譏之也。」（異）

【巷伯】

序云：「巷伯，刺幽王也。寺人傷於讒，故作是詩也。」

姚引序，而在信疑之間。（疑）

方曰：「巷伯，遭讒被宮也。」（異）

※屈曰：「此寺人孟子刺讒人之詩。巷伯、寺人之長；以巷伯名篇者，以此。」（修）

王曰：「此寺人孟子所作，以遭讒被宮，而爲巷伯，故詩以傾其怨也。」（修）

【谷風】

序云：「谷風，刺幽王也。天下俗薄，朋友道絕焉。」

姚曰：「此固朋友相怨之詩。」（異）

方曰：「谷風，傷友道絕也。」（後）

屈曰：「舊謂此朋友相怨之詩。按：此與邶風之谷風相似，蓋亦棄婦之辭也。」（異）

※王曰：「此傷朋友能共患難而不能共安樂之詩也。」（異）

【蓼莪】

序云：「蓼莪，刺幽王也。民人勞苦，孝子不得終養爾。」

姚曰：「咏詩之事不可考，而孝之情感傷痛極，則千古爲昭也。」（異）

方曰：「蓼莪，孝子痛不得終養也。」（後）

屈曰：「《詩序》謂此爲人民勞苦，孝子不得終養之詩。」（後）

※王曰：「此孝子哀父母早逝，而自傷不得奉養之詩。」（異）

【大東】

序云：「大東，刺亂也。東國困於役而傷於財，譚大夫作是詩，以告病焉。」

姚曰：「〈大序〉謂東國困于役而傷于財，是已。謂譚大夫作，則無可稽。」（修）

方曰：「大東，哀東國也。」（修）

屈曰：「此是東國人士傷亂之詩無疑；謂爲譚大夫作，則未詳所據。」（前）

※王曰：「此傷東國役賦重，人民勞苦，而怨西人驕奢之詩。」（修）

【四月】

序云：「四月，大夫刺幽王也。在位貪殘，下國構禍，怨亂並興焉。」

姚曰：「此疑大夫之後爲仕者遭小人構禍，身歷南國，而嘆其無所容身也。」（異）

方曰：「四月，逐臣南遷也。」（異）

屈曰：「此亦遭亂自傷之詩。」（異）

※王曰：「此當是詩人遭亂流落南方，傷感而作。」（異）

【北山】

序云：「北山，大夫刺幽王也。役使不均，己勞於從事，而不得養其父母焉。」

姚曰：「為士者所作以怨大夫也。」（異）

方曰：「北山，刺大夫役使不均也。」（異）

屈曰：「孟子謂此詩，乃勞於王事而不得養其父母者所作。」（異）

※王曰：「此行役之大夫，感勞役不均而作是詩也。」（異）

【無將大車】

序云：「無將大車，大夫悔將小人也。」

姚曰：「此賢者傷亂世，憂思百出；既而欲暫已，慮其甚病，無聊之至也。」（異）

方曰：「無將大車，自遣也。」（異）

※屈曰：「此只是遣憂之作。」（異）

王曰：「此是詩人自作寬解之詩。」（異）

【小明】

序云：「小明，大夫悔仕於亂世也。」

姚曰：「此詩自宜以行役為主，勞逸不均，與北山同意。」（異）

方曰：「小明，大夫自傷久役，書懷以寄友也。」（異）

屈引朱傳：「大夫以二月西征，至於歲莫而不得歸，故呼天而訴之。」

※王曰：「此行役者久不得歸，咏以寄其僚友者。」（異）

【鼓鐘】

序云：「鼓鐘，刺幽王也。」

姚曰：「幽王無至淮之事，固不待歐陽氏而後疑之矣。」

屈曰：「此疑悼南國某君之詩。」（異）

※王曰，「此在淮水之畔，祭祀追悼之詞也。所追悼者當為國君。」（異）

【楚茨】

序云：「楚茨，刺幽王也。政煩賦重，田萊多荒，飢饉降喪，民卒流亡，祭祀不饗，故君子思古也。」

※姚曰：「此農事既成，王者嘗、烝以祭宗廟之詩。」（異）

方曰：「楚茨，王者嘗、烝以祭宗廟也。」（異）

屈曰：「此咏祭祀之詩。」（異）

王曰：「此記王者祭祀之詩。」（異）

【信南山】

　　序云：「信南山，刺幽王也。不能脩成王之業，疆理天下，以奉禹功，故君子
　　　　　思古焉。」
※姚曰：「蓋言王者烝祭歲也。」（異）
　　方曰：「信南山，王者烝祭也。」（異）
　　屈曰：「此亦咏祭祀之詩。」（異）
　　王曰：「此敘王者祭祀之詩。」（異）

【甫田】

　　序云：「甫田，刺幽王也。君子傷今而思古焉。」
　　姚曰：「此王者祭方社及田祖，因而省耕也。」（異）
　　方曰：「甫田，王者祈年因以省耕也。」（異）
※屈引朱傳：「此詩述公卿有田祿者，力於農事，以奉方社田祖之祭。」（異）
　　王曰：「此君王祈年祭祀之詩。」（異）

【大田】

　　序云：「大田，刺幽王也。言矜寡不能自存焉。」
　　姚曰：「此王者西成省斂也。」（異）
　　方曰：「大田，王者西成省斂也。」（異）
　　屈曰：「此咏稼穡之詩。」
※王曰：「此農夫樂豐年之詩也。」

【瞻彼洛矣】

　　序云：「瞻彼洛矣，刺幽王也。思古明王，能爵命諸侯，賞善罰惡焉。」
　　姚從何玄子說，以此詩咏平王東遷之事。（異）
※屈曰：「此頌美周王之詩。」（異）
　　王引朱傳：「此天子會諸侯於東都，以講武事，而諸侯美天子之詩。」

【裳裳者華】

　　序云：「裳裳者華，刺幽王也。古之仕者世祿；小人在位，則讒諂並進，棄賢
　　　　　者之類，絕功臣之世焉。」
　　姚從何玄子說，以此詩為美鄭武公。（異）
※屈曰：「此美某在位者之詩。」（異）
　　王引朱傳云：「此天子美諸侯之辭，蓋以答瞻彼洛矣也。」（異）

【桑扈】

　　序云：「桑扈，刺幽王也。君臣上下，動無禮文焉。」

姚曰：「按此詩頌不忘規，異於〈蓼蕭〉、〈湛露〉矣，其在周之上世乎？」（異）

方曰：「桑扈，天子饗諸侯也。」（異）

※屈曰：「此頌美天子之詩。」（異）

王引朱傳云：「此亦天子燕諸侯之詩。」（異）

【鴛鴦】

序云：「鴛鴦，刺幽王也。思古明王，交於萬物有道，自奉養有節焉。」

姚曰：「何玄子曰：疑為幽王娶申后而作。」（異）

方曰：「鴛鴦，幽王初昏也。」（異）

※屈曰：「此蓋頌禱天子之詩。」（異）

王引朱傳云：「此諸侯所以答桑扈也。」（異）

【頍弁】

序云：「頍弁，諸公刺幽王也。暴戾無親，不能宴樂同姓，親睦九族，孤危將亡，故作是詩。」

姚曰：「〈小序〉謂諸公刺幽王，是。」（前）

方曰：「頍弁，刺幽王親親誼薄也。」（約）

※屈引朱傳：「此亦燕兄弟親戚之詩。」（異）

王亦引朱傳。

【車舝】

序云：「車舝，大夫刺幽王也。褒姒嫉妒，無道並進，讒巧敗國，德澤不加於民。周人思得賢女以配君子，故作是詩也。」

姚曰：「此詩……得賢女為昏也，然不知其為何人事矣。」（異）

方曰：「車舝，嘉賢友得淑女為配也。」（異）

屈引朱傳：「此燕樂其新婚之詩。」（異）

※王曰：「此自敘結婚親迎之詩也。」（異）

【青蠅】

序云：「青蠅，大夫刺幽王也。」

姚曰：「〈小序〉謂大夫刺幽王，近是。」（同）

方曰：「青蠅，大夫傷於讒因以戒王也。」（異）

屈曰：「此刺讒人之詩。」（異）

※王曰：「此傷于讒者之詩。」（異）

【賓之初筵】

序云：「賓之初筵，衛武公刺時也。幽王荒廢，媟近小人，飲酒無度，天下化
　　　之。君臣上下，沈湎淫液。武公既入，而作是詩。」

姚對序說在疑信之間。（疑）

　方曰：「賓之初筵，衛武公飲酒悔過也。」（修）

　屈曰：「此當是詠大射之詩（將祭而射謂之大射）；馬瑞辰有說詳之。」（異）

※王曰：「此戒於典禮燕飲中多飲之詩也。」（異）

【魚藻】

序云：「魚藻，刺幽王也。言萬物失其性，王居鎬京，將不能以自樂，故君子
　　　思古之武王焉。」

※姚引朱傳，以爲「天子燕諸侯，而諸侯美天子之詩。」（異）

　方曰：「魚藻，鎬民樂王都鎬也。」

　屈曰：「此頌美天子之詩。詩中言王在鎬，而又一片太平氣象，疑宣王時之作
　　　品也。」（異）

　王引朱傳。（異）

【采菽】

序云：「〈采菽〉，刺幽王也。侮慢諸侯，諸侯來朝，不能錫命以禮；數徵會之，
　　　而無信義，君子見微而思古焉。」

　姚曰：「大抵西周盛王，諸侯來朝，加以錫命之詩。」（異）

　方曰：「〈采菽〉，美諸侯來朝也。」（異）

※屈曰：「諸侯朝見天子，詩人作此以頌美之。」（異）

　王曰：「此美諸侯來朝之詩也。」（異）

【角弓】

序云：「角弓，父兄刺幽王也。不親九族，而好讒佞，骨肉相怨，故作是詩也。」

　姚曰：「詩中無指讒之事。」（異）

　方曰：「角弓，刺幽王遠骨肉而近僉壬也。」（約）

　屈曰：「舊以此爲刺王不親九族而好讒佞，致宗族相怨之詩。」（修）

※王曰：「此刺王勿遠親族，宜遠小人；並戒小人勿因一時之得勢而自以爲得計
　　　也。」（異）

【菀柳】

序云：「菀柳，刺幽王也。暴虐無親，而刑罰不中，諸侯皆不欲朝，言王者之
　　　不可朝事也。」

姚曰：「大概是王待諸侯不以禮，諸侯相與憂危之詩。」（異）

方曰：「苑柳，諸侯憂王暴虐也。」（異）

※屈曰：「此當是刺某兇險者之詩。」（異）

王曰：「此傷彼在上而殘暴者之不可近也。」（異）

【都人士】

序云：「都人士，周人刺衣服無常也。古者長民，衣服不貳，從容有常，以齊其民，則民德歸壹。傷今不復見古人也。」

姚曰：「蓋想舊都人物之盛，傷今不見而作。」（異）

方曰：「都人士，緬舊都人物盛也。」（異）

屈曰：「此詠某貴家女出嫁於周之詩。」（異）

※王曰：「此懷念鎬京人物儀容之詩也。」（異）

【采綠】

序云：「采綠，刺怨曠也。幽王之時，多怨曠者也。」

姚曰：「此婦人思其夫之不至，就而敘其室家之樂，不知何取義也。」（異）

方曰：「采綠，婦人思夫期逝不至也。」（異）

※屈曰：「此蓋勞於事人者而思憩息之詩。」（異）

王曰：「此思婦待勞人約期不至，乃咏歎之詩也。」（異）

【黍苗】

序云：「黍苗，刺幽王也。不能膏潤天下，卿士不能行召伯之職焉。」

※姚曰：「宣王命召穆公營謝，功成，徒役作此。」（異）

方曰：「黍苗，美召穆公營謝功成也。」（異）

屈引朱傳：「宣王封申伯於謝，命召穆公往營城邑，故將徒役南行，而行者作此。」（異）

王曰：「此召穆公營謝城邑，功成而士役美之也。」（異）

【隰桑】

序云：「隰桑，刺幽王也。小人在位，君子在野，思見君子，盡心以事之。」

姚曰：「此思見君子之詩，亦不知其何所指也。」（後）

方曰：「隰桑，思賢人之在野也。」（後）

※屈曰：「此詩與《鄭風‧風雨》相似，疑亦男女相悅之辭。」（異）

王曰：「此男女期會之詩。」（異）

【白華】

　　序云：「白華，周人刺幽后也。幽王取申女以爲后，又得褒姒而黜申后，故下
　　　　　國化之；以妾爲妻，以孽代宗，而王弗能治。周人爲之作是詩也。」
　　姚曰：「按此詩情景凄涼，造語率眞，以爲申后作自可。」（修）
　　方曰：「白華，申后自傷被黜也。」（修）
※屈曰：「此蓋男子棄家遠遊，而婦人念之之詩。」（異）
　　王曰：「此棄婦之詩也。」（異）

【緜蠻】
　　序云：「緜蠻，微臣刺亂也。大臣不用仁心，遺忘微賤，不肯飲食教載之，故
　　　　　作是詩也。」
　　姚曰：「此疑王命大夫求賢，大夫爲咏此詩。」（異）
　　方曰：「緜蠻，王者加惠遠方人士也。」（異）
　　屈曰：「此微臣苦於行役之詩。」（異）
※王曰：「此微臣感於行役時帥者之厚遇，故作此詩美之也。」（異）

【瓠葉】
　　序云：「瓠葉，大夫刺幽王也。上棄禮而不能行，雖有牲牢饔餼，不肯用也。
　　　　　故思古之人，不以微薄廢禮焉。」
※姚從朱傳，以爲「燕飲之詩」。（異）
　　方曰：「瓠葉，不以物薄廢禮也。」（後）
　　屈引朱傳：「此亦燕飲之詩。」（異）
　　王亦引朱傳。（異）

【漸漸之石】
　　序云：「漸漸之石，下國刺幽王也。戎狄叛之，荊舒不至，乃命將率東征役；
　　　　　久病於外，故作是詩也。」
※姚曰：「將士東征，勞苦自嘆之詩。」（異）
　　方曰：「漸漸之石，東征怨也。」（異）
　　屈曰：「此東征之將帥所作。」（異）
　　王曰：「此東征將士，怨行役勞苦之詩也。」（異）

【苕之華】
　　序云：「苕之華，大夫閔時也。幽王之時，西戎東夷，交侵中國，師旅竝起，
　　　　　因之以饑饉，君子閔周室之將亡，傷己逢之，故作是詩也。」
※姚曰：「此遭時饑亂之作，深悲其不幸而生此時也。」（後）

方曰：「苕之華，傷饑亂也。」（後）

屈曰：「此傷時之詩。」（修）

王曰：「此傷周衰世亂人民饑饉之詩。」（修）

【何草不黃】

序云：「何草不黃，下國刺幽王也。四夷交侵，中國背叛，用兵不息，視民如
禽獸，君子憂之，故作是詩也。」

※姚曰：「征伐不息，行者愁怨之詩。」（異）

方曰：「何草不黃，征夫恨也。」（異）

屈引朱傳：「周室將亡，行役不息，行者苦之，故作是詩。」（異）

王曰：「此行役者怨辭也。」（異）

（二）大雅

【文王】

序云：「文王，文王受命作周也。」

姚以此詩為周公作，以戒成王也。（異）

方曰：「文王，周公追述文德配天以肇造乎周也。」（異）

屈引朱傳：「周公追述文王之德，以戒成王。」復云：「此說雖未能必信，然
其為周初之詩殆無可疑。」（異）

※王曰：「此述文王之德，言天命之不易，告周之子孫，戒慎守成也。」（異）

【大明】

序云：「大明，文王有明德，故天復命武王也。」

姚曰：「此敘周家二母以及文王武王之事，亦所以告成王與？」（異）

方曰：「大明，追述周德之盛由於配偶天成也。」（異）

屈曰：「此美文王及武王之詩，蓋亦周初作品。」（異）

※王曰：「此述周德之盛，配偶之宜，乃生武王而伐商有天下也。」（異）

【緜】

序云：「緜，文王之興，本由大王也。」

姚從序。（同）

方曰：「緜，追述周室之興始自遷岐民附也。」（修）

※屈曰：「此美太王及文王之詩，蓋亦周初作品。」（修）

王全引《詩序》。（同）

【棫樸】

序云：「棫樸，文王能官人也。」

姚曰：「此言文王能作士也，〈小序〉……差些。」（修）

方曰：「棫樸，文王能作士也。」（修）

屈曰：「此頌美周王之詩。」（異）

王曰：「此美周王能得人，能作人，乃能綜理四方之詩。」（修）

【旱麓】

序云：「旱麓，受祖也。周之先祖，世脩后稷公劉之業，大王王季，申以百福
　　　千祿焉。」

姚曰：「此篇與上篇亦相似，大抵咏其祭祀而獲福，因祭祀及其助祭者以見其
　　　作人之盛，則謂文王爲近也。」（異）

方曰：「旱麓，祭必受福也。」

屈曰：「此亦頌美周王之詩。」（異）

※王曰：「此祝周王祭祀得福之詩。」（修）

【思齊】

序云：「思齊，文王所以聖也。」

姚曰：「〈小序〉謂文王所以聖，是。」（同）

方曰：「思齊，刑于化洽也。」（異）

※屈引朱傳：「此詩亦歌文王之德，而推本言之。」（修）

王亦引朱傳。（修）

【皇矣】

序云：「皇矣，美周也。天監代殷，莫若周；周世世脩德，莫若文王。」

姚曰：「此篇述文王之祖大王、父王季，推原其所生以見其爲聖也。」（異）

方曰：「皇矣，周始大也。」（異）

※屈引朱傳：「此詩敘太王、太伯、王季之德，以及文王伐密伐崇之事也。」（異）

王全引《詩序》。（同）

【靈臺】

序云：「靈臺，民始附也。文王受命，而民樂其有靈德以及鳥獸昆蟲焉。」

姚以序前半「民始附」爲「混謬語」，後半則可從。（後）

方曰：「靈臺，美遊觀也。」（異）

屈曰：「此美文王遊樂之詩（孟子以此詩爲文王時作）。」（異）

※王曰：「此美文王之德，敘民能自來成其君之臺，而樂其君之能遊樂也。」（修）

【下武】

序云：「下武，繼文也。武王有聖德，復受天命，能昭先人之功焉。」

姚曰：「〈小序〉謂繼文，是。蓋咏武王也。」（約）

方曰：「下武，美武王上繼文王以昭後嗣也。」（修）

屈曰：「此頌美成王之詩。」（異）

※王曰：「此美武王能從先人之德，而啓萬世之福也。」（修）

【文王有聲】

序云：「〈文王有聲〉，繼伐也。武王能廣文王之聲，卒其伐功也。」

姚曰：「集傳謂文王遷豐，武王遷鎬，且是矣。」（異）

方曰：「〈文王有聲〉，鎬以成豐志也。」（異）

※屈引朱傳。（異）

王亦引朱傳。（異）

【生民】

序云：「生民，尊祖也。后稷生於姜嫄，文武之功起於后稷，故推以配天焉。」

姚曰：「此詩，周公述始祖后稷誕生之異，以及其播種百穀之功，而肇修祀典也。」（修）

方曰：「生民，述后稷誕生之異爲周家農業始也。」（修）

屈全引《詩序》。（同）

※王曰：「此述后稷誕生之異，並其稼穡之功，以見周先祖之德，當受天命也。」（異）

【行葦】

序云：「行葦，忠厚也。周家忠厚，仁及草木，故能內睦九族，外尊事黃耉，養老乞言，以成其福祿焉。」

姚曰：「是詩者，固燕同、異姓父兄賓客之詩，而醻酢、射禮亦並行之，終之以尊優養老焉。」（異）

※屈引朱傳：「疑比祭畢而燕父兄耆老之詩。」（異）

王曰：「此詩爲祭畢燕父兄耆老之詩，燕中並行射禮。」（異）

【既醉】

序云：「既醉，大平也。醉酒飽德，人有士君子之行焉。」

※姚曰：「此祀宗廟禮成，備述神嘏之詩。」（異）

方曰：「既醉，嘏詞也。」（異）

屈引朱傳：「此父兄所以答〈行葦〉之詩。」（異）

王亦引朱傳。（異）

【鳧鷖】

序云：「鳧鷖，守成也。大平之君子，能持盈守成，神祇祖考安樂之也。」

姚引鄭氏：「祭祀既畢，明日又設禮而與尸燕，成王之時尸來燕也。」（異）

方曰：「鳧鷖，繹祭也。」（異）

屈引朱傳：「此祭之明日，繹而賓尸之樂。」（異）

※王曰：「此繹祭燕尸之詩。」（異）

【假樂】

序云：「假樂，嘉成王也。」

姚曰：「或是成王之朝，而其所用則不敢強解。」（疑）

※屈引朱傳：「疑此即公尸之所以答〈鳧鷖〉者也。」（異）

王亦引朱傳。（異）

【公劉】

序云：「公劉，召康公戒成王也。成王將涖政，戒以民事，美公劉之厚於民，
　　　而獻是詩也。」

姚曰：「此詩者，固當日豳民咏公劉之舊詩。」（異）

方曰：「公劉，始遷豳也。」（異）

屈曰：「此咏公劉始遷豳之詩。《詩序》……未詳所據。」（異）

※王曰：「此咏公劉始遷於豳，辛苦經營之詩也。」（異）

【泂酌】

序云：「泂酌，召康公戒成王也。言皇天親有德，饗有道也。」

姚曰：「〈小序〉……未有以見其必然。〈大序〉……益鄙淺。」（異）

方曰：「泂酌，召康公戒成王也。」（前）

屈曰：「此頌美天子之詩。」（異）

※王曰：「此望君能愛民之詩。」（異）

【卷阿】

序云：「召康公戒成王也。言求賢用吉士也。」

姚曰：「此篇自七章至十章，始言求賢用吉士之意。首章至六章，皆祝勸王之
　　　辭。」（修）

方曰：「卷阿，召康公從游，歌以獻王也。」（異）

屈曰：「此詩蓋頌美來朝之諸侯也。」（異）

※王曰：「此臣從王游，作歌以獻於王之詩，頌揚之作也。」（異）

【民勞】

序云：「民勞，召穆公刺厲王也。」

姚曰：「召穆公刺厲王用事小人以戒王也。」（修）

方曰：「民勞，召穆公警同列以戒王也。」（修）

※屈曰：「朱傳以此爲同列相戒之詩。」（修）

王亦引朱傳。（異）

【板】

序云：「板，凡伯刺厲王也。」

姚曰：「此蓋刺厲王用事小人，而其旨歸於諫王也。」

方曰：「板，凡伯規同僚以警王也。」（修）

屈曰：「朱傳謂此詩與前篇相類。」（異）

※王曰：「此戒同僚而以刺王之詩。」（修）

【蕩】

序云：「蕩，召穆公傷周室大壞也。厲王無道，天下蕩蕩，無綱紀文章，故作
　　　是詩也。」

姚曰：「此詩託言文王嘆商，特借秦爲喻耳。」（異）

方曰：「蕩，召穆公託古傷周也。」（異）

屈曰：「此疑周初之詩，假文王語氣，以章殷人之惡，而明周人得國之正也。」
　　　（異）

※王曰：「此周之詩人引殷商之覆亡，以警當世，而假文王之言以咏之者也。」
　　　（異）

【抑】

序云：「抑，衛武公刺厲王，亦以自警也。」

姚曰：「此刺厲王之詩，不知何人所作也。」（修）

方曰：「抑，衛武公自儆也。」（修）

※屈曰：「厲王之世，武公未立，知序說非是。……詩中有謹爾侯度，則所謂自
　　　儆之詩，大致可信。」（異）

王曰：「此衛武公自儆之詩。」（修）

【桑柔】

序云：「桑柔，芮伯刺厲王也。」

姚曰：「何玄子曰，篇中不敢斥言王，而但斥當時執政者信用非人，貪利生事，
　　　　以致禍亂。」（異）

方曰：「桑柔，內伯哀厲王也。」（修）

屈曰：「此詩作於東周之初，乃傷時之詩。舊說非也。」（異）

※王曰：「此哀君之不順，而責佞臣之惡之詩。」（異）

【雲漢】

序云：「雲漢，仍叔美宣王也。宣王承厲王之烈，內有撥亂之志，遇災而懼，
　　　　側身脩行，欲銷去之。天下喜於王化復行，百姓見憂，故作是詩也。」

姚曰：「此述宣王憂旱之詩。」（異）

方曰：「雲漢，宣王為民禳旱也。」（異）

屈曰：「此憂旱之詩。」（異）

※王曰：「此王為除旱災祈禱求雨之詩。」

【崧高】

序云：「崧高，尹吉甫美宣王也。天下復平，能建國親諸侯，褒賞申伯焉。」

姚引集傳：「王之元舅出封于謝，而尹吉甫作詩以送之。」（異）

方曰：「崧高，送申伯就封於謝，用式南邦也。」（異）

屈曰：「宣王之舅申伯，出封於謝，吉甫作此詩以送之（略本朱傳）」（異）

※王曰：「此吉甫送申伯就封於謝之詩也。」（異）

【烝民】

序云：「烝民，尹吉甫美宣王也。任賢使能，周室中興焉。」

姚曰：「宣王命樊侯仲山甫築城于齊，尹吉甫作詩美之。」（修）

方曰：「烝民，送仲山甫築城于齊懷柔東諸侯也。」（異）

※屈曰：「宣王命仲山甫築城於齊，吉甫作此詩以送之。」（異）

王引朱傳云：「宣王命樊侯仲山甫築城於齊，而尹吉中間作詩以送之。」

【韓奕】

序云：「韓奕，尹吉甫美宣王也。能錫命諸侯。」

姚曰：「此韓侯初立，入覲宣王，遣其歸國，顯父餞之，詩人美之之作。」（異）

方曰：「韓奕，送韓侯入覲歸娶，為國北衛也。」（異）

屈引朱傳：「韓侯初來朝，始受王命而歸，詩人作此詩以送之。」（異）

※王曰：「此韓侯初來朝，娶婦而歸，詩人咏之。」（異）

【江漢】

序云：「江漢，尹吉甫美宣王也。能興衰撥亂，命召公平淮夷。」

姚曰：「宣王命召穆公平淮夷，詩人美之之作。」（異）

方曰：「江漢，召穆公平淮銘器也。」（異）

※屈引朱傳：「宣王命召穆公平淮南之夷，詩人美之。」（修）

王亦引朱傳。（修）

【常武】

序云：「常武，召穆公美宣王也。有常德以立武事，因以為戒然。」

姚曰：「此宣王自將以伐徐夷，命皇父統六軍以平之，詩人美之作此詩。」（異）

方曰：「常武，宣王自將伐徐也。」（異）

屈曰：「宣王親征徐方，詩人作此詩以美之。」（異）

※王曰：「此美宣王自將伐徐成功之詩。」（異）

【瞻卬】

序云：「瞻卬，凡伯刺幽王大壞也。」

※姚曰：「此刺幽王寵褒姒致亂之詩，」（修）

方曰：「瞻卬，刺幽王嬖褒姒以致亂也。」（修）

屈曰：「此刺幽王寵褒姒以致亂之詩。」

王與屈氏同。（修）

【召旻】

序云：「召旻，凡伯刺幽王大壞也。旻，閔也，閔天下無如召公之臣也。」

姚曰：「此刺幽王之詩……仍指褒姒為主。」（異）

方曰：「召旻，刺幽王政由內亂也。」（修）

※屈引朱傳：「此刺幽王任用小人，以致飢饉侵削之詩也。」（修）

王亦引朱傳。

三、頌

（一）周頌

【清廟】

序云：「清廟，祀文王也。周公既成洛邑，朝諸侯，率以祀文王焉。」

姚曰：「〈小序〉謂祀文王，是。〈大序〉……謬也。」（前）

　　方曰：「清廟，祀文王也。」（前）

※屈引序首句。（前）

　　王亦引序首句。（前）

【維天之命】

　　序云：「維天之命，太平告文王也。」

　　姚曰：「此亦祀文王之詩也。」（修）

　　方曰：「維天之命，祀文王也。」（修）

※屈引朱傳：「此亦祭文王之詩。」（修）

　　王曰：「此祭文王之詩也。」（修）

【維清】

　　序云：「維清，奏象舞也。」

　　姚曰：「〈小序〉謂奏象舞，妄也。朱仲晦不從，以爲詩中無此意，是也。」（異）

　　方曰：「維清，祀文王也。」（異）

※屈引朱傳：「此亦祭文王之詩。」（異）

　　王曰：「此祭文王之詩。」（異）

【烈文】

　　序云：「烈文，成王即政，諸侯助祭也。」

　　姚曰：「此詩當是周公作，以爲獻助祭諸侯之樂歌，而末因以勉王也。」（異）

　　方曰，烈文，成王戒助祭諸侯也。」（修）

※屈曰：「此蓋祭周先公之詩，因以戒時王也。」（異）

　　王曰：「此祭於宗廟而諸侯助祭之詩。」（異）

【天作】

　　序云：「天作，祝先王先公也。」

※姚引季明德曰：「竊意此蓋祀岐山之樂歌。」（異）

　　方曰：「天作，享岐山也。」（異）

　　屈引朱傳：「此祭大王之詩。」（異）

　　王曰：「此當是祀岐山之詩。」（異）

【昊天有成命】

　　序云：「昊天有成命，郊祀天地也。」

　　姚曰：「〈小序〉謂郊祀天地，妄也。……此詩『成王』自是爲王之成王。」（異）

※方曰：「昊天有成命，祀成王也。」

屈曰：「朱傳……以爲祀成王之詩，是也。」（異）

王曰：「此祀成王之詩也。」（異）

【我將】

序云：「我將，祀文王於明堂也。」

姚從序。（同）

方曰：「我將，祀帝于明堂以文王爲之配也。」（修）

※屈曰：「此亦祭文王之詩。」（修）

王引朱傳云：「此宗祀文王於明堂以配上帝之樂歌。」（修）

【時邁】

序云：「時邁，巡守告祭柴望也。」

※姚曰：「此武王克商後，告祭柴望，朝會之樂歌，周公所作也。」（異）

方曰：「時邁，武王巡守告祭柴望也。」（修）

屈曰：「此當是祭武王之詩。」（異）

王全引《詩序》。（同）

【執競】

序云：「執競，祀武王也。」

※姚曰：「集傳謂祀武王、成王、康王，是已。」（修）

方曰：「執競，祀武王也。」（同）

屈引朱傳：「此祭武王、成王、康王之詩。」（修）

王全引《詩序》。

【思文】

序云：「思文，后稷配天也。」

姚曰：「此郊祀后稷以配天之樂歌，周公作也。」（修）

方曰：「思文，后稷配天也。」（同）

屈曰：「此當是祭后稷之詩。《國語・周語》祭公謀父引此詩，以爲周文公之頌。」（修）

※王曰：「此祀后稷之詩。」（修）

【臣工】

序云：「臣工，諸侯助祭，遣於廟也。」

姚曰：「鄒肇敏曰：其爲耕籍而戒農官，其說近是。」（異）

方曰：「臣工，王耕籍田以敕農官也。」（異）

屈曰：「此疑春日祈穀時所歌之詩。」

　※王引朱傳云：「此戒農官之詩。」（異）

【噫嘻】

　　序云：「噫嘻，春夏祈穀于上帝也。」

　　姚引何玄子曰：「康王春祈穀也。既得卜于禰廟，因戒農官之詩。」（修）

　　方曰：「噫嘻，春祈穀也。」（修）

　※屈全引《詩序》。（同）

　　王全引《詩序》。（同）

【振鷺】

　　序云：「二王之後，來助祭也。」

　※姚以此詩成王時微子來助祭也。（異）

　　方曰：「振鷺，微子來助祭也。」（異）

　　屈全引《詩序》。

　　王全引《詩序》。（同）

【豐年】

　　序云：「豐年，秋冬報也。」

　　姚從序。（同）

　　方曰：「豐年，秋冬大報也。」（修）

　※屈全引《詩序》。（同）

　　王全引《詩序》。（同）

【有瞽】

　　序云：「有瞽，始作樂而合乎祖也。」

　　姚謂序說近是。（同）

　　方曰：「有瞽，成王始行祫祭也。」（異）

　※屈全引《詩序》。（同）

　　王全引《詩序》。（同）

【潛】

　　序云：「潛，季冬薦魚，春獻鮪也。」

　　姚曰：「此周王薦魚于宗廟之樂歌。」（修）

　　方曰：「潛，冬薦魚也。」（修）

　　屈全引《詩序》。（同）

※王全引《詩序》。（同）

【雝】

　　序云：「雝，禘大祖也。」

　　姚曰：「此武王祭文王徹時之樂歌。」（異）

　　方曰：「雝，祭文王以徹俎也。」（異）

　　※屈引朱傳：「此武王祭文王之詩。」（異）

　　王亦引朱傳。（異）

【載見】

　　序云：「載見，諸侯始見乎武王廟也。」

　　姚曰：「成王朝諸侯，始來助祭乎武王廟之詩也。」（修）

　　方曰：「載見，諸侯入朝始助祭于武王廟也。」（修）

　　※屈全引《詩序》。（同）

　　王全引《詩序》。（同）

【有客】

　　序云：「有客，微子來見祖廟也。」

　　姚以爲序說可通。（同）

　　方曰：「有客，箕子來朝見祖廟也。」（修）

　　※屈全引《詩序》。

　　王全引《詩序》。（同）

【武】

　　序云：「武，奏大武也。」

　　姚從序。（同）

　　方曰：「武，奏大武也。」（同）

　　屈引《呂民春秋·古樂篇》：「武王伐殷，克之於坶野，乃薦馘於京太室，乃
　　　　命周公作爲大武。」又曰：「宣公十二年《左傳》，以此詩爲武王所作。」
　　　　（同）

　　※王全引《詩序》。（同）

【閔予小子】

　　序云：「閔予小子，嗣王朝於廟也。」

　　姚曰：「武王既喪而祔主于廟。」（異）

　　方曰：「閔予小子，祔武王主于廟也。」（異）

※屈全引《詩序》。（同）

王全引《詩序》。（同）

【訪落】

序云：「訪落，嗣王謀於廟也。」

※姚曰：「此武王既除喪，將始即政而朝于廟，以咨群臣之詩。」（修）

方曰：「訪落，成王即政告廟以咨群臣也。」（異）

屈全引《詩序》。（同）

王全引《詩序》。（同）

【敬之】

序云：「敬之，群臣進戒嗣王也。」

姚曰：「此群臣答〈訪落〉之意而成王又答之也。」（異）

方曰：「敬之，成王自箴也。」（異）

屈曰：「此王祭祀時自屬詩。」（異）

※王曰：「此嗣王以自戒自勵之辭，告於廟也。」（異）

【小毖】

序云：「小毖，嗣王求助也。」

姚曰：「此為成王既誅管蔡之後，自懲以求助群臣之詩。」（異）

方曰：「小毖，成王懲管蔡之禍而自儆也。」（異）

屈曰：「此亦前詩之意。」（異）

※王曰：「此是成王懲管蔡之禍而自儆之詩。」（異）

【載芟】

序云：「載芟，春籍田而祈社稷也。」

姚曰：「大抵此篇與下〈良耜〉相似，皆有報意，無祈意。」（異）

方曰：「戴芟，春祈社稷也。」（修）

屈全引《詩序》。（同）

※王曰：「此春耕祈社稷之詩。」

【良耜】

序云：「良耜，秋報社稷也。」

姚以序說近是。（同）

方曰：「良耜，秋報社稷也。」

※屈全引《詩序》。（同）

王全引《詩序》。（同）

【絲衣】

序云：「絲衣，繹賓尸也。高子曰：靈星之尸也。」

姚不從序。（異）

※屈引陳奐語：「案此繹祭賓尸之樂歌也。」（修）

王曰：「此繹祭之詩也。」（修）

【酌】

序云：「桓，告成大武也。言能酌先祖之道，以養天下也。」

姚曰：「序說皆不可用也。」（異）

方曰：「酌，美武王能酌時宜也。」（異）

※屈引朱傳：「此亦頌武王之詩。」（異）

王亦引朱傳。（異）

【桓】

序云：「桓，講武、類、禡也。桓，武志也。」

姚不從序。（異）

方曰：「桓，祀武王于明堂也。」（異）

屈引朱傳：「此亦頌武王之功。」（異）

※圧曰：「此祀武王，頌其武功之詩也。」（異）

【賚】

序云：「賚，大封於廟也。賚，予也。言所以賜予善人也。」

姚曰：「此武王初克商，歸祀文王廟，大告諸侯所以得天下之意也。」（異）

※方曰：「賚，武王克商，歸告文王廟也。」（異）

屈引朱傳：「此頌文王之功。」（異）

王曰：「此武王克商，歸告文王廟也。」（異）

【般】

序云：「般，巡守而祀四嶽、河、海也。」

姚以序說近是。（同）

方曰：「般，武王巡守祀嶽、瀆也。」（修）

※屈曰：「按（詩之）嶽，乃吳嶽，非四嶽也。詩中亦不及海。」（異）

王全引《詩序》。（同）

（二）魯頌

【駉】

序云：「駉，頌僖公也。僖公能遵伯禽之法，儉以足用，寬以愛民，務農重穀，
　　　牧于坰野，魯人尊之，於是季孫行父請命于周，而史克作是頌。」

姚不從序說。（異）

方曰：「駉，喻育賢也。」（異）

※屈曰：「朱傳以爲美僖公牧馬之盛也。」（修）

王引朱傳：「此詩言僖公牧馬之盛。」（修）

【有駜】

序云：「有駜，頌僖公君臣之有道也。」

姚引朱傳：「燕飲而禱頌之辭。」（異）

方曰：「有駜，頌魯侯燕不廢公也。」（修）

※屈亦引朱傳。（異）

王曰：「此燕飲而頌魯君之詩。」（修）

【泮水】

序云：「泮水，頌僖公能脩泮宮也。」

姚曰：「既非頌僖公……又非修也。」（異）

方曰：「泮水，受俘泮宮也。」（異）

※屈引惠周惕云：「此詩始終言魯侯在泮宮事，是克淮夷之後，釋菜而儐賓也。」
　（異）

王曰：「此伯琴征淮夷，執俘告於泮宮，爲釋菜之禮之詩也。」（異）

【駜宮】

序云：「駜宮，頌僖公能復周公之宇也。」

姚曰：「此詩當爲僖公祀禰廟，而史臣作頌以夸大褒美之。」（異）

方曰：「駜宮，美僖公能新廟祀也。」（異）

屈曰：「此頌僖公之詩。」（修）

※王曰：「此新廟已成，僖公祀於廟，史臣作頌也。」（異）

（三）《商頌》

【那】

序云：「那，祀成湯也。微子至于戴公，其間禮樂廢壞。有正考甫者，得《商
　　　頌》十二篇於周之大師，以那爲首。」

姚曰：「〈小序〉謂祀成湯，是矣。」（前）

方曰：「那，祀成湯也。」（前）

※屈引序首句。（前）

王引序首句。（前）

【烈祖】

序云：「烈祖，祀中宗也。」

姚曰：「此篇與上篇末皆云湯孫之將，疑同爲祀成湯。」（異）

方曰：「烈祖，祀成湯也。」（異）

※屈引朱傳云：「此亦祀成湯之樂。」

王亦引朱傳。（異）

【玄鳥】

序云：「玄鳥，祀高宗也。」

姚以爲祀商湯之詩。（修）

方曰：「玄鳥，祀高宗也。」（同）

※屈全引《詩序》。（同）

王全引《詩序》。（同）

【長發】

序云：「長發，大禘也。」

姚對序說在疑信之間。（疑）

方曰：「長發，大禘也。」（同）

※屈曰：「此蓋亦祀成湯之詩。」（異）

王曰：「此亦祀成湯之詩。」（異）

【殷武】

序云：「殷武，祀高宗也。」

姚曰：「此蓋後世特爲高宗立不遷之廟，祔而祭之之詩也。」（修）

方曰：「高宗廟成也。」（修）

屈曰：「此美宋襄公之詩。」（異）

※王曰：「此宋襄公成新廟，以伐楚告於廟也。」（異）

四、結　語

茲將以上比較之結果，列表統計於下：

結果＼家別	遵從《詩序》	不從《詩序》	從序前半	從序後半	約取序意	信疑之間	修正接受	小　計
崔東璧	一	七四	○	○	○	○	六	八一
姚際恒	二三	一七二	三四	九	一一	九	三六	二九四
方玉潤	一一	一七〇	二四	一二	一七	○	五六	二九〇
屈萬里	三三	二一〇	二四	二	一	五	三〇	三〇五
王靜芝	四四	二〇三	一一	四	二	一	四〇	三〇五
合　計	一一二	八二九	九三	二七	三一	一五	一六八	一二七五

　　觀上表，遵從《詩序》者共一一二條，而約取序意者，亦可視為贊同《詩序》之主張，共三一條，合計一四二條，僅佔總數一二七五條之百分之十一點二而已；其餘則對《詩序》之說，多少有所異議。易言之，亦即除極少之例外，《詩序》對於詩義，多少有所扭曲也。其不從《詩序》者共凡八二九條，佔總數百分之六十五，亦足見其扭曲詩義之程度矣。

作者註記：

　　本章內容，師友頗有意見。蓋詩篇本意，為一學術問題，學術問題不能為多數決；而施以如民調的方式，似乎不能得其正解。蓋民調只能得一現象，不能究極學術之是非。且所選之學者，率皆為疑序派，其所得詩意，不能與序合，此不待驗證而可知其結果者也，而列舉之、統計之，豈非多此一舉乎？

　　余曰：「唯唯，否否，不然。之所以不舉信序派之說詩，因吾人已早知信序派不按詩篇本意說詩，乃按儒家思想之有色眼光說詩。今欲求詩篇之本意，自然不能求答案於彼輩，而應自專意求詩篇本意之學者求之，其理自明。且吾所列舉之名家，亦皆經指導教授王師大安之過濾，當具代表性、可行性已。至於察考諸家解說，吾亦曾以一※符號，注於較為贊成之師說之前。如以此為吾之定見，則《詩序》說詩之與詩之本意，相去將更遠矣。唯自以為後生小輩，於諸師說間擅為指點，已屬踰越，尚何敢另以己說定其是非也哉？故僅作統計而未以己見定奪也。」

第七章　《詩序》與史實之關係

　　《詩序》所述，常有與《左傳》、《史記》相應合者。是以論者多以此爲《詩序》可信之證據。如章太炎先生曰：

　　　　齊魯韓三家《詩序》不傳，而〈毛序〉全存。如《左傳》隱三年，衛莊公娶于齊，東宮得臣之妹曰莊姜，美而無子，衛人所爲賦碩人也。閔二年，鄭人惡高克使帥師次于河上，久而弗召，師潰而歸，高克奔陳，鄭人爲之賦清人。文六年，秦伯任好卒，以子車氏之三子，奄息仲行鍼虎爲殉，皆秦之良也，國人哀之，爲之賦黃鳥。〈毛序〉所云，皆與《左傳》符合，此毛之優於三家者也。又三家詩皆有怪誕之語，毛則無有。（《中國學術思想大綱》引）

　　今考《詩序》所述之史實，可與《左傳》、《史記》相參照者，固不乏其例，然亦有不能與史籍相驗證者。如大雅之祭祀詩：

　　　　《大雅·旱麓》序：旱麓，受祖也。周之先祖，世脩后稷公劉之業，大王王季，申以百福千祿焉。

　　　　《大雅·鳧鷖》序：鳧鷖，守成也。太平之君子，能持盈守成，神祇祖考，安樂之也。

　　小雅讌會或美萬物自然之詩：

　　　　《小雅·伐木》序：伐木，燕朋友故舊也。自天子至于庶人，未有不須友以成者。親親以睦，友賢不棄，不遺故舊，則民德歸厚矣。

　　　　《小雅·鹿鳴》序：鹿鳴，燕群臣嘉賓也。既飲食之，又實幣帛筐篚以將其厚意，然後忠臣嘉賓，得盡其心矣。

　　　　《小雅·魚麗》序：魚麗，美萬物盛多，能備禮也。文武以〈天保〉以上治內，〈采薇〉以下治外。始於憂勤，終於逸樂，故美萬物盛多，可

以告於神明矣。

國風刺時刺虐刺亂之詩：

《衛風‧有狐》序：有狐，刺時也。衛之男女失時，喪其妃耦焉。古者國有凶荒，則殺禮而多昏，會男女之無夫家者，所以育人民也。

《衛風‧伯兮》序：伯兮，刺時也。言君子行役，爲王前驅，過時而不反焉。

《邶風‧北風》序：北風，刺虐也。衛國並爲威虐，百姓不親，莫不相攜持而去也。

《邶風‧簡兮》序：簡兮，刺不用賢也。衛之賢者，仕於伶官，皆可以承事王者也。

《邶風‧北門》序：北門，刺仕不得志也。言衛之忠臣，不得其志爾。

《王風‧黍離》序：黍離，閔宗周也。周大夫行役，至于宗周，過故宗廟，宮室盡爲禾黍。閔周室之顛覆，彷徨不忍去，而作是詩也。

《王風‧大車》序：大車，刺周大夫也。禮義陵遲，男女淫奔，故陳古以刺今，大夫不能聽男女之訟焉。

此皆泛言某事，即指稱賢者、忠臣、大夫，亦係泛稱，未能專指某人，專指某事，遂不能與史籍參照，而定其是非。

又有雖指明某王某后，而其事亦無徵於史籍者，如：

《周南‧關雎序》云：關雎，后妃之德也，風之始也，所以風天下而正夫婦也，故用之鄉人焉，用之邦國焉。

《周南‧葛覃》序：葛覃，后妃之本也。后妃在父母家，則志在於女功之事，躬儉節用，服澣濯之衣，尊敬師傅，則可以歸安父母，化天下以婦道也。

《周南‧汝墳》序：汝墳，道化行也。文王之化，行乎汝墳之國，婦人能閔其君子，猶勉之以正也。

《周南‧漢廣》序：漢廣，德廣所及也。文王之道，被于南國，美化行乎江漢之域。無思犯禮，求而不可得也。

《王風‧君子》于役序：君子于役，刺平王也。君子行役無期度，大夫思其危難以風焉。

《王風‧葛藟》序：葛藟，王族刺平王也。周室道衰，棄其九族焉。

《小雅‧雨無正》序：雨無正，大夫刺幽王也。雨自上下者也。眾

多如雨而非所以爲政也。

　　《小雅・信南山》序：信南山，刺幽王也。不能脩成王業，疆理天
下，以奉禹功，故君子思古焉。

　　《小雅・黍苗》序：黍苗，刺幽王也。不能膏潤天下，卿士不能行
召伯之職焉。

　　蓋《詩序》之基本觀念，認爲文學與政治有關，故三百篇詩，皆政治良窳得
失之反映。而政之好壞，由於在上者之風教，故任何善事惡事，皆與某王某公某
后有關。其善之典型爲文王，故任何大小善事多歸於文王；其惡之典型爲幽王，
故任何大小惡事多歸於幽王。在歷史上，文王爲有道之君，亦爲儒家所稱道之人
物，然序所述之大小善事，繫之文王者，未必皆能有所驗證。吾人不能必其有，
亦不能必其無，但不能不認其多少有「小題大作」之嫌。文王猶其一端也，實則
上述各類情形之例證頗多。惟無所驗證，本章遂不加討論。

　　本章所欲討論者，爲《詩序》所述，有可與史書相驗證者，乃查明其來歷，
附於序文之後，如有可疑之處，亦隨時註記之。

**周南卷耳序：卷耳，后妃之志也。又當輔佐君子，求賢審官，知臣下之勤
勞，內有進賢之志，而無險詖私謁之心，朝夕思念，至於憂勤也。**

按：王師大安曰：「此說蓋本於《左傳》襄公十五年引『嗟我懷人，寘彼周行』，
　　謂『楚于是乎能官人』，遂解周行爲周之行列……度其全詩，純是詠勞人思婦
　　之情，誠不必多所附會。」（《詩經通釋》，下同）

邶風柏舟序：柏舟，言仁而不遇也。衛頃公之詩，仁人不遇，小人在側。

按：《史記》衛世家：「頃侯厚賂周夷王，夷王命衛爲侯。頃侯立十二年，卒。」
　　索隱：「五代孫祖，恒爲方伯。至頃侯德衰，不監諸侯，乃從本爵而稱侯。」
　　此或依索隱爲說。王師大安曰：「《詩序》執著於衛頃公時，無據。實則任何
　　時皆可有此種事也。」

**衛風碩人序：碩人，閔莊姜也。莊公惑於嬖妾，使驕上僭，莊姜賢而不答，
終以無子，國人閔而憂之。**

按：《左傳》隱公三年：「衛莊公娶于齊，東宮得臣之妹，曰莊姜，美而無子，衛
　　人所爲賦碩人也。」細審全詩惟讚美之辭，而無閔憂之語。序蓋因左氏所云
　　賦碩人，在美而無子句下，乃引之爲閔莊姜之義，實則此詩祇爲讚美莊姜之
　　賢也。

邶風綠衣序：綠衣，衛莊姜傷己也。妾上僭，夫人失位，而作是詩也。

按：《左傳》隱公三年云：「衛莊公娶於齊，東宮得臣之妹，曰莊姜，美而無子……公子州吁，嬖人之子也，有寵而好兵。」序蓋據此，而以莊公妾受寵，而夫人莊姜失位，故作是詩。

邶風燕燕序：燕燕，衛莊姜送歸妾也。

按：《左傳》隱公三年：「衛莊公娶於齊，東宮得臣之妹，曰莊姜，美而無子……又娶於陳曰厲嬀，生孝伯，早死，其娣戴嬀生桓公，莊姜以爲己子。」《史記‧衛世家》：「太子完立，是爲桓公。」《鄭箋》云：「莊公薨，完立而州吁殺之，戴嬀於是大歸。莊姜送之于野，作詩以見己志。」

但《史記》及《左傳》，並無戴嬀大歸之語。且《史記‧衛世家》云：「陳女女弟（戴嬀）亦幸於莊公，而生子完。完母死，莊公令夫人齊女子之，立爲太子。」據此，則戴嬀既死於莊公卒前，則其子完立爲衛君之時，戴嬀骨已朽矣，又何能大歸於子完被弒之後？而司馬貞索隱竟依《鄭箋》而注曰：「女弟，戴嬀也。子完爲州吁所殺，戴嬀歸陳，《詩‧燕燕于飛》是也。」矛盾若是，誠可笑也。王師大安曰：「考《詩序》所云，既不見《左傳》，而《史記》又明載戴嬀早死，是詩之作，非莊姜送戴嬀明矣。」

邶風日月序：日月，衛莊姜傷己也。遭州吁之難，傷己不見答於先君，以至困窮之詩也。

按：序謂遭州吁之難，即《左傳》隱公四年：「衛州吁弒桓公而立。」《史記》衛世家：「十六年，州吁收聚衛亡人，以襲殺桓公。州吁自立爲衛君。」

王師大安曰：「其遭州吁之難一語，純屬臆度而湊泊歷史者。此詩乃以莊公不以古之夫婦常道相處，故莊姜怨之也。」

邶風終風序：終風，衛莊姜傷己也。遭州吁之暴，見侮慢而不能正也。

按：朱傳云：詳味詩辭，有夫婦之情，未見母子之意。蓋州吁雖暴，絕無顧我則笑，惠然肯來之態，序說未妥也。

邶風擊鼓序：擊鼓，怨川吁也。衛州吁用兵暴亂，使公孫文仲將，而平陳與宋，國人怨其勇而無禮也。

按：王師大安曰：「此事見《左傳》隱公四年，考其本事與詩不合者甚多。蓋詩中『平陳與宋』一語，爲《詩序》之所據。以爲此語足以證明州吁用兵。然左

氏所載：衛告於宋，要陳蔡同行伐鄭。宋人許之，於是陳蔡方睦於衛。故宋
公陳侯蔡人伐鄭，圍其東門，五日而還。然則何得謂之『平陳與宋』？平者，
討伐平亂之謂。要人同行伐鄭，並未以兵攻伐，何能曰平？至於未言及蔡，
亦覺未合。其圍鄭僅五日而歸，詩中竟言『不我以歸』『死生契濶』固久別難
逢之語，則與《左傳》之事不合甚矣。」

邶風式微序： 式微，黎侯寓於衛，其臣勸以歸也。

邶風旄邱序： 旄邱，責衛伯也。狄人迫逐黎侯，黎侯寓于衛，衛不能脩方
伯連率之職，黎之臣子，以責於衛也。

按：《左傳》宣公十五年，伯宗數赤狄路氏之罪云：「奪黎氏之地，三也。」服虔
　　曰：「黎侯之國」。序蓋據此為說。黎為侯國，故地約當今山西長治縣西。

邶風新臺序： 新臺，刺衛宣公也。納伋之妻，作新臺于河上而要之，國人
惡之，而作是詩也。

按：《左傳》桓公十六年云：「衛宣公烝於夷姜，生急子，屬諸右公子，為之娶於齊
　　而美，公取之。生壽及朔，屬壽於左公子，夷姜縊。」《史記》衛世家：「初，
　　宣公愛夫人夷姜，夷姜生子伋，以為太子，而令右公子傅之。右公子為太子
　　取齊女，未入室，而宣公見所欲為太子婦者好，說而自取之，更為太子取他
　　女。」

鄘風牆有茨序： 「牆有茨，衛人刺其上也。公子頑通乎君母，國人疾之而不
可道也。」

按：《左傳》閔公二年：「初惠公之即位也少，齊人使昭伯（即公子頑）烝於宣姜，
　　不可，強之，生齊子、戴公、文公、宋桓夫人、許穆夫人。」即公子頑通乎
　　君母之事也。

鄘風君子偕老序： 君子偕老，刺衛夫人也。夫人淫亂，失事君子之道，故
陳人君之德，服飾之盛，宜與君子偕老也。

按：王師大安曰：「衛夫人即宣姜也。宣姜初為宣公子伋之妻，宣公納之。宣公卒，
　　宣公之子昭伯頑烝宣姜，生齊子、戴公等。詳見邶風新台及鄘風牆有茨二篇。」
　　按詩明為陳人君之德，服飾之盛，宜與君子偕老；此與夫人淫亂又何干？

鄘風鶉之奔奔序： 鶉之奔奔，刺衛宣姜也。衛人以為宣姜鶉鵲之不若也。

按：王師大安曰：「詩中我以爲兄，我以爲君，釋爲宣姜，都有未合。」

邶風雄雉序：雄雉，刺衛宣公也。淫亂不恤國事，軍旅數起，大夫久役，男女怨曠，國人患之而作是詩。

按：衛宣公淫亂之事，已見前引。然此詩依附宣公淫亂，似有未妥。王師大安曰：
「大夫久役本亦思婦之義，然牽入宣公淫亂，則使人迷惑。」

邶風匏有苦葉序：匏有苦葉，刺衛宣公也。公與夫人並爲淫亂。

按：衛宣公淫亂事，已見前引。然此詩依附宣公淫亂，似有未妥。王師大安曰：「若
依《詩序》之說，則此詩不能爲詩，但爲一甚不切合謎底之謎語耳。而此謎
底之揭出又爲強情獨斷者，何能使人信服？」

邶風二子乘舟序：二子乘舟，思伋壽也。衛宣公之二子，爭相爲死，國人
傷而思之，作是詩也。

按：《左傳》桓公十六年曰：「宣姜與公子朔構急子，公使諸齊，使盜待諸莘，將
殺之，壽子告之使行，不可。曰：『弃父之命，惡用子矣！有無父之國，則可
也。』及行，飲以酒。壽子載其旌以先，盜殺之。急子至曰：『我之求也，此
何罪？請殺我乎！』又殺之。」
《史記‧衛世家》：「宣公得齊女，生子壽、子朔，令左公子傅之。太子伋母
死，宣公正夫人與朔共讒惡太子伋。宣公自以其奪太子妻也，心惡太子，欲
廢之。及聞其惡，大怒，乃使太子伋於齊，而令盜遮界上殺之。與太子白旄，
而告界盜；見持白旄者殺之。且行，子朔之兄壽，太子其母弟也，知朔之惡
太子，而君欲殺之，乃謂太子曰：『界盜見太子白旄，即殺太子，太子可毋行。』
太子曰：『逆父命求生，不可。』遂行。壽見太子不止，乃盜其白旄而先馳至
界，界盜見其驗，即殺之。壽已死，而太子伋又至，請盜曰：『所當殺，乃我
也。』盜並殺太子伋，以報宣公。」

鄘風柏舟序：柏舟，共姜自誓也。衛世子共伯蚤死，其妻守義，父母欲奪
而嫁之，誓而弗許，故作是詩以絕之。

按：《史記‧衛世家》：「四十二年，釐侯卒，太子共伯餘立爲君。共伯弟和有寵於
釐侯，多予之賂，和以其賂賂士，以襲攻共伯於墓上，共伯入釐侯羨，自殺。
衛人因葬之釐侯旁，諡曰共伯。」索隱云：「和殺恭伯代之，此說非也……詩
著衛世子恭伯早卒，不云被殺，若武公殺兄而代之，豈可以爲訓，而形之于

國史乎？蓋太史公採雜說而爲此記耳。」索隱據《詩序》而疑《史記》，但《詩序》是否較《史記》更爲可信，足爲校正正史之依據？無徵也。故王師大安曰：「《史記》之說是否有誤，不足以證明《詩序》之說是否正確。然在尚無確鑿之證據足以駁倒《史記》以前，《史記》足以證《詩序》之可疑。前人多據《詩序》以駁史，蓋以詩爲經，經可以爲據。然《詩序》不足全信，自宋以後，已成定論。自朱傳廢序，說詩者不從序者多矣。序既不足以解其本身之詩，安足據以改史？若史之說可信，則《詩序》共伯蚤卒之言自屬不可信之說。且詩中始終未言及共伯，亦未言及共姜。《詩序》無所據而逕指爲共姜自誓，雖《史記》明載與《詩序》不同，而後世竟據《詩序》駁史，致是非難明耳。」

鄘風定之方中序：定之方中，美衛文公也。衛爲狄所滅，東徙渡河，野處漕邑，齊桓公攘戎狄而封之。文公徙居楚丘，始建城市，而營宮室得其時制，百姓說之，國家殷富焉。

按：《左傳》閔公二年曰：「冬十有二月，狄人伐衛，衛懿公及狄人戰於熒澤，衛師敗績，遂滅衛。衛侯不去其旗，是以甚敗。宋桓公逆諸河，宵濟衛之遺民，男女七百有卅人，立戴公以廬于曹。僖之元年，齊桓公遷邢于夷儀，二年封衛於楚丘。衛文公大布之衣，大帛之冠，務財訓農，通商惠工，敬教勸學，授方任能，元年革車卅乘，季年乃三百乘。」《史記·衛世家》：「齊桓公以衛數亂，乃率諸侯伐翟，爲衛築楚邱，立戴公弟燬爲衛君，是爲文公；文公以亂故奔齊，齊人入之。文公初立，輕賦平罪，身自勞，與百姓同苦，以收衛民。二十五年，文公卒。」

衛風木瓜序：木瓜，美齊桓公也。衛國有狄人之敗，出處于漕。齊桓公救而封之，遺之車馬器服焉。衛人思之，欲厚報之，而作是詩也。

按：《詩序》所言之本事，見閔二年《左傳》及《史記》衛世家，已錄於〈定之方中〉之下。王師大安曰：「強指狄人入衛之事，不免附會，朱傳則疑此乃男女相贈答之辭。」

鄘風載馳序：載馳，許穆夫人作也。閔其宗國顛覆，自傷不能救也。衛懿公爲狄人所滅，國人分散，露於漕邑，許穆夫人閔衛之亡傷，許之小力不能救，思歸唁其兄，又義不得，故賦是詩也。

按：《左傳》閔公二年曰：「冬十二月，狄人伐衛，衛懿公及狄人戰於熒澤，衛師

敗績,遂滅衛。初惠公之即位也少,齊人使昭伯烝於宣姜,生齊子、戴公、文公、宋桓夫人、許穆夫人。文公為衛之多患也,先適齊,及敗,宋桓公逆諸河,宵濟衛之遺民,男女七百有卅人,立戴公以廬於曹,許穆夫人賦載馳。」

衛風淇奧序:淇奧,美武公之德也。有文章,又能聽其規諫,以禮自防,故能入相於周,美而作是詩也。

按:《史記》衛世家:「共伯弟和襲攻共伯於墓上,共伯入釐侯羨,(索隱:羨、墓道)自殺,衛人……立和為衛侯,是為武公。武公即位,修康叔之政,百姓和集。四十二年,犬戎殺周幽王,武公將兵往佐周,平戎甚有功。周平王命武公為公,五十五年,卒。」

衛風芄蘭序:芄蘭,刺惠公也。驕而無禮,大夫刺之。

按:《史記》衛世家云:「十九年,宣公卒,太子朔立,是為惠公。左右公子不平朔之立也。惠公四年,左右公子怨惠公之讒殺太子伋而代立,乃作亂,攻惠公,惠公奔齊。」並無驕而無禮之事。方玉潤云:「惠公縱少而無禮,臣下刺君,不應以童子呼之。」

衛風河廣序:河廣,宋襄公母歸于衛,思而不止,故作是詩也。

按:崔述云:「春秋閔公二年,狄滅衛,衛人渡黃河而廬於曹。僖公九年,宋桓公乃卒。宋襄公之世,衛已徙都黃河之南,適宋不待航而後渡也。詩安得作是言乎?」

王風揚之水序:揚之水,刺平王也。不撫其民,而遠屯戍于母家,周人怨思焉。

按:此非平王時詩也。傅孟真先生云:「此桓莊時詩。(桓莊,周桓王與周莊王。平王之後為桓王,桓王之後為莊王。)桓莊以前,申甫未被迫;垣莊以後,申甫已滅於楚。」據此知此詩在桓莊時,而非平王之時。

鄭風緇衣序:緇衣,美武公也。父子並為司徒,善於其職。國人宜之,故美其德,以明有國善善之功焉。

按:武公為桓公子,名掘突,其父桓公,幽王時為司徒。《史記·鄭世家》:「鄭桓公友者,周厲王少子,而宣王庶弟也。宣王立二十二年,友初封于鄭。封三十三歲,百姓皆便愛之,幽王以為司徒。和集周民,周民皆說,河雒之間,

人便思之。」平王時，鄭武公仍爲周司徒，是父子並爲周司徒矣。

鄭風將仲子序：將仲子，刺莊公也。不勝其母，以害其弟，弟叔失道，而公弗制，祭仲諫，而公弗聽，小不忍，而致大亂焉。

按：《左傳》隱公元年曰：「初，鄭武娶於申，曰武姜，生莊公及共叔段。莊公寤生，驚姜氏，故名曰寤生，遂惡之，愛共叔段，欲立之。亟請於武公，公弗許。及莊公即位，爲之請制。公曰：『制，巖邑也，虢叔死焉，他邑唯命。』請京，使居之，謂之京城大叔。祭仲曰：『都城過百雉，國之害也。先王之制，大都不過參國之一，中五之一，小九之一。今京不度非制也，君將不堪。公曰：『姜氏欲之，焉辟害？』對曰：『姜氏何厭之有？不如早爲之所，無使滋蔓。蔓難圖也，蔓草猶不可除，況君之寵弟乎？』公曰：『多行不義必自斃，子姑待之。』既而大叔命西鄙北鄙貳於己，公子呂曰：『國不堪貳，君將若之何？欲與大叔，臣請事之；若弗與，則請除之，無生民心。』公曰：『無庸，將自及。』大叔又收貳以爲己邑，至于廩延。子封曰：『可矣，厚將得眾。』公曰：『不義不暱，厚將崩。』大叔完聚，繕甲兵，具卒乘，將襲鄭，夫人將啓之。公聞其期曰：『可矣。』命子封帥車二百乘以伐京，京叛大叔段，段入於鄢，公伐諸鄢。五月辛丑，大叔出奔共。書曰：『鄭伯克段於鄢。』段不弟，故不言弟；如二君，故曰克；稱鄭伯，譏失教也，謂之鄭志；不言出奔，難之也。』

又《史記‧鄭世家》云：「武公十年，娶申侯女爲夫人，曰武姜，生太子寤生，生之難，及生，夫人弗愛。後生少子叔段，段生易，夫人愛之。二十七年，武公疾，夫人請公，欲立段爲太子，公弗聽。是歲，武公卒。寤生立，是爲莊公。莊公元年，封弟段於京，號太叔。祭仲曰：『京大國，非所以封庶也。』莊公曰：『武姜欲之，我弗敢奪也。』段至京，繕治甲兵，與其母武姜謀襲鄭。二十二年，段果襲鄭，武姜爲內應。莊公發兵伐段，段走，伐京，京人畔段，段出走鄢，鄢潰；段出奔共。」

王師大安曰：「此詩因有『仲可懷也』、『畏我父母』之語，《詩序》乃引鄭莊公與弟叔段事，而以仲子爲祭仲；以爲畏我父母，是莊公不勝其母，乃指爲刺莊公詩。然此詩與鄭莊公事多不能相合。朱傳已察其不關鄭事矣，然又指爲淫奔之辭。細審全詩，是女子戒男子勿爲非禮之言。」

鄭風叔于田序：叔于田，刺莊公也。叔處于京，繕甲治兵，以出于田，國

人說而歸之。

按：莊公與段事，已見前將仲子下引。王師大安曰：「細審其文詞，決不類刺詩。
　　愚意以爲：此段居京之初，美豐姿，能武事，京人愛之，故爲此詩也。」

鄭風・大叔于田序：大叔于田，刺莊公也。叔多才而好勇，不義而得眾也。

按：王師大安曰：「此詩全文皆讚美之辭，絕無諷刺之語。作序者惟以大叔後侵莊
　　公，行爲不義，故必曲解爲刺，實成見太深之語。」

鄭風・清人序：清人，刺文公也。高克好利，而不顧其君，文公惡而遠之，
不能；使高克將兵，而禦狄于竟，陳其師旅，翱翔河上，久而不召，眾散
而歸，高克奔陳。公子素惡高克，進之不以禮，文公退之不以道，危國亡
師之本，故作是詩也。

按：春秋閔公二年：「冬，十二月，狄入衛，鄭棄其師。」《左傳》：「鄭人惡高克，
　　使帥師次於河上，久而弗召，師潰而歸，高克奔陳，鄭人爲之賦清人。」杜
　　注云：「高克，鄭大夫也，好利而不顧其君。文公惡之，而不能遠，故使帥師
　　而不召。」
　　王師大安曰：「此詩言其師出之久，無事而不得歸，但相與遊戲之狀。清人者，
　　清邑之人，高克所帥之眾也。」

鄭風有女同車序：有女同車，刺忽也。鄭人刺忽之不昏于齊。太子忽嘗有
功于齊，齊侯請妻之。齊女賢而不娶，卒以無大國之助，至于見逐，故國
人刺之。

按：《史記》・鄭世家：「三十八年，北戎伐齊，齊使求助，鄭遣太子忽將兵救齊，
　　齊釐公欲妻之。忽謝曰：『我小國，非齊敵也。』時祭仲與俱，勸使取之，曰：
　　『君多內寵，太子無大援，將不立，三公子皆君也。』所謂三公子者，太子
　　忽，其弟突，次弟亹也。四十三年，鄭莊公卒……宋莊公聞祭仲之立忽，乃
　　使人誘召祭仲而執之。曰：『不立突，將死。』亦執突以求賂焉。祭仲許宋，
　　與宋盟，以突歸，立之。昭公忽聞祭仲以宋要立其弟突，九月辛亥，忽出奔
　　衛。」
　　《左傳》桓公六年：「北戎伐齊，齊侯使乞師於鄭，鄭大子忽帥師救齊，六月，
　大敗戎師，獲其二帥大良少良以獻於齊……公之未昏於齊也，齊侯欲以文姜妻鄭
　大子忽，大子忽辭。人問其故，大子曰：『人各有耦，齊大，非吾耦也。』」又十
　一年傳：「鄭昭公之敗北戎也，齊人將妻之，昭公辭。祭仲曰：『必取之，君多內

寵，子無大援，將不立，三公子皆君也。』弗從。夏，鄭莊公卒……宋雍氏誘祭仲而執之曰：『不立突將死』，亦執厲公而求賂焉。祭仲與宋人盟，以厲公歸，而立之。秋九月丁亥，昭公奔衛，己亥，厲公立。」

王師大安論序曰：「此又盡力牽詩入宮庭者。忽既不昏於齊，何同車之可言？且忽又被逐，尚何須刺之，若刺，則亦宜刺突，方爲刺之對象也。」

鄭風出其東門序：出其東門，閔亂也。公子五爭，兵革不息，男女相棄，民人思保其室家焉。

按：王師大安曰：「所謂五爭者，指公子突二次，公子忽，公子亹，公子儀各一次，詳見《史記・鄭世家》。然詩中所敘與此毫不相關。序說不過將日常之事，強牽入宮庭政治之又一例而已。愚意此詩爲詩人鑒於男子有婦，或已訂婚，而往往見他女甚美，而移情別戀，故爲此詩以勸戒之也。」

齊風・南山序：南山，刺襄公也。鳥獸之行，淫乎其妹，大夫遇是惡，作詩而去之。

按：《史記》・齊世家云：「釐公卒，太子諸兒立，是爲襄公。襄公四年，魯桓公與夫人如齊。齊襄公故嘗私通魯夫人。魯夫人者，襄公女弟也。自釐公時，嫁爲魯桓公婦，及桓公來，而襄公復通焉。魯桓公知之，怒夫人，夫人以告齊襄公。齊襄公與魯君飲，醉之，使力士彭生抱上魯君車，因拉殺魯桓公。桓公下車，則死矣。魯人以爲讓，而齊襄公殺彭生以謝魯。」

又《左傳》桓公十八年：「春，公將有行，遂與姜氏如齊。申繻曰：『女有家，男有室，無相瀆也，謂之有禮，易此必敗。』公會齊侯於濼，遂與文姜如齊，齊侯通焉；公謫之以告。夏四月丙子享公，使公子彭生乘公，公薨于車。魯人告於齊曰：『寡君畏君之威，不敢寧居，來脩舊好，禮成而不反，無所歸咎，惡於諸侯，請以彭生除之。』齊人殺彭生。」莊公二年：「冬，夫人姜氏，會齊侯於禚，書姦也。」又莊四年五年《春秋經》皆有夫人姜氏如齊之記載。

齊風載驅序：載驅，齊人刺襄公也。無禮義，故盛其車服，疾驅於通都大道。與文姜淫，播其惡於萬民也。

按：王師大安曰：「《春秋》書文姜與齊襄公五會：莊公二年冬，會齊侯于禚。四年春，享齊侯于祝丘。五年夏，如齊師。七年春，會齊侯于穀。冬，會齊侯于穀。《詩序》但謂刺襄公，然此詩所言：齊子發夕，齊子豈弟，皆言文姜。是藉文姜之事明襄公之事：淫亂無禮義是在二人也。」

齊風盧令序：盧令，刺荒也。襄公好田獵，畢弋而不倚民事，百姓苦之，故陳古以風焉。

按《史記‧齊世家》：「冬十二月，襄公游姑棼，遂獵沛邱。見彘，從者曰，彭生！公怒射之，彘人立而啼，公懼，墜車，傷足失屨。無知、連稱、管至父等，聞公傷，乃遂率其眾襲宮。茀先入，即匿襄公戶間。無知入宮求公，不得；或見人足於戶間，發視，乃襄公，遂弒之。」《左傳》莊公八年：「冬十月二月，齊侯游於姑棼，遂田於貝丘，見大豕，從者曰：『彭生也。』公怒曰：『彭生敢見！』射之，豕人立而啼，公懼，墜于車。傷足喪屨……賊……見公之足於戶下，遂弒之，而立無知。」

王師大安曰：「襄公好田獵，而其死有關田事。然此詩與襄公全無關涉，更無所謂陳古以風之意。蓋游獵自是齊人風俗，詩人見其人犬美狀，咏而讚之。」

齊風敝笱序：敝笱，刺文姜也。齊人惡魯桓公微弱，不能防閑文姜，使至淫亂，為二國患焉。

按：王師大安曰：「《詩序》所云，大致得此詩要旨。此詩表面是咏文姜嫁於魯之詩。惟自敝笱在梁，其魚魴鰥之句觀之，明存大魚在敝笱則不能制服之意，而寓魯不能制齊女。」

齊風猗嗟序：猗嗟，刺魯莊公也。齊人傷魯莊公有威儀技藝，然而不能以禮防閑其母，失子之道，人以為齊侯之子焉。

王師大安曰：「細審全詩，皆讚美之詞，全無刺意。序云：『人以爲齊侯之子焉。』蓋本《公羊傳》：『夫人譖于齊侯：「公曰：『同非吾子，齊侯之子也！』」』此事爲文姜譖語，焉可以說詩？《詩序》據此，大爲不妥。」

唐風揚之水序：揚之水，刺晉昭公也。昭公分國以封沃，沃盛強，昭公微弱，國人將叛而歸沃焉。

按《史記‧晉世家》：「昭侯元年，封文侯弟成師於曲沃。曲沃邑大於翼。翼，晉君都邑也。成師封曲沃，觀爲桓叔。請侯庶孫欒賓相桓叔。桓叔是時年五十八矣，好德，晉國之眾皆附焉。君子曰：『晉之亂在曲沃邑，末大於本，而得民心，不亂何待？』」

又《左傳》桓公二年：「惠之廿四年，晉始亂，故封桓叔於曲沃，靖侯之孫，欒賓傅之。師服曰：『吾聞國家之立也，本大而末小，是以能固。今晉甸侯也，而建國，本既弱矣，其能久乎！』」

唐風椒聊序：椒聊，刺晉昭公也。君子見沃之盛彊，能脩其政，知其蕃衍盛大，子孫將有晉國焉。

唐風‧杕杜序：杕杜，刺時也。君不能親其宗族，骨肉離散，獨居而無兄弟，將為沃所并爾。

按：王師大安曰：「此說又附會歷史，攀曲沃強大之事，以強合刺時之說，固不足取。」

唐風無衣序：無衣，刺晉武公也。武公始并晉國，其大夫為之請命乎天子之使，而作是詩也。

按《史記‧晉世家》：「晉侯二十八年，曲沃武公伐晉侯緡滅之，盡以其寶器賂獻于周釐王。釐王命曲沃武公為晉君，列為諸侯，於是盡併晉地而有之，曲沃武公已即位三十七年矣，更號曰晉武公。」

秦風‧黃鳥序：黃鳥，哀三良也。國人刺穆公以人從死，而作是詩也。

按：《左傳》文公六年：「秦伯任好卒，以子車氏之三子奄息、仲行、鍼虎為殉，皆秦之良也。國人哀之，為之賦黃鳥。」《史記》秦本記：「繆公卒，葬雍，從死者七十七人。秦之良臣子輿氏三人，名曰奄息、仲行、鍼虎，亦皆在從死之中。秦人哀之，為作歌〈黃鳥〉之詩。」

秦風‧渭陽序：渭陽，康公念母也。康公之母，晉獻公之女。文公遭麗姬之難，未反，而秦姬卒。穆公納文公，康公時為大子，贈送文公于渭之陽，念母之不見也。我見舅氏，如母存焉，及其即位，思而作是詩也。

按《史記》‧秦本紀：「繆公任好四年，迎婦於晉，晉太子申生姊也。晉驪姬作亂，太子申生死新城，重耳夷吾出奔。二十三年，秦迎晉公子重耳於楚……二十四年春，秦使人告晉大臣，欲入重耳，晉許之，於是使人送重耳。……三十九年，繆公卒，葬雍，太子罃代立，是為康公。」又晉世家：「晉國大夫欒郤等，聞重耳在秦，皆陰來勸重耳趙衰等反國，為內應甚眾，於是秦繆公乃發兵與重耳歸晉。重耳出亡凡十九歲而得入，時年六十二矣，晉人多附焉。文公元年春，秦送重耳至河。」又《左傳》僖公二十四年：「春王正月，秦伯納之，不書，不入告也。」

王師大安曰：「此詩顯為送別之詞，而《詩序》謂康公念母也，又云及其即位而作是詩。明為送舅，而必曰念母。強牽孝思，而全不顧詩之原文，《詩序》之拙，至於如此。」

陳風‧株林序：株林，刺靈公也。淫乎夏姬，驅馳而往，朝夕不休息焉。

按：《史記‧陳杞世家》：「十四年，靈公與其大夫孔寧、儀行父皆通於夏姬。泄冶諫曰：『君臣淫亂，民何效焉？』靈公以告二子，二子請殺泄冶，公弗禁，遂殺泄冶。十五年，靈公與二子飲於夏氏，公戲二子曰：『徵舒似汝。』二子曰：『亦似公。』徵舒怒，靈公罷酒出，徵舒伏弩廄門，射殺靈公。孔寧儀行父皆奔楚，靈公太子午奔晉，徵舒自立為陳侯。徵舒，故陳大夫也。夏姬，御叔之妻，舒之母也。」

又《左傳》宣公九年：「陳靈公與孔寧、儀行父通於夏姬，皆衷其衵服以戲于朝。」十年：「陳靈公與孔寧、儀行父飲酒于夏氏。公謂行父曰：『徵舒似女。』對曰：『亦似君。』徵舒病之。」

陳風澤陂序：澤陂，刺時也。言靈公君臣，淫於其國，男女相說，憂思感傷焉。

按：王師大安曰：「《詩序》實由前篇〈株林〉附會而來，絕無可信之處。」

曹風侯人序：侯人，刺近小人也。共公遠君子而近小人也。

按：《左傳》僖公廿八年：「晉侯圍曹……三月丙午，入曹數之，以其不用僖負羈而乘軒者三百人也。」

豳風〈鴟鴞〉序：〈鴟鴞〉，周公救亂也。成王未知周公之志，公乃為詩以遺王，名之曰〈鴟鴞〉焉。

按：屈萬里先生曰：「武王既喪，周公避流言之謗，居東二年，罪人斯得。於後公乃為詩以貽成王，名之曰〈鴟鴞〉：此《尚書‧金縢》之說也。〈金縢〉疑是春秋晚年或戰國初年之作品。」王師大安曰：「〈金縢〉偽書，自不足信。徐察全詩，當是周公自述艱苦為國之詩。」

小雅常棣序：常棣，燕兄弟也。閔管蔡之失道，故作常棣焉。

按：箋云：「周公弔二叔之不咸，而使兄弟之恩疏。召公為作此詩而歌之以親之。」《左傳》僖公廿四年：「召穆公思周德之不類，故糾合宗族於成周，而作詩曰：『常棣之華，鄂不韡韡。』」而《國語‧周語》又云：「周文公之詩曰：『兄弟鬩於牆，外禦其侮。』」

王師大安曰：「然則依〈箋〉為召公作，依《國語》為周公作，依《左傳》則為召公作。《詩序》每無中生有，逐指某詩為某人作，而於此詩竟不指出作者，可

見作序之人，不信此詩之作者爲何人也。愚意以爲此詩當是述兄弟之情，以勸兄弟相親之義。後以其勸兄弟和美，乃引以爲燕兄弟之樂歌也。至謂因閔管蔡之失道故作之，亦近情理。或是詩人感管蔡失道，傷兄弟之相殘，乃爲此詩，以勸兄弟親愛和睦者。然只是近似，非必然者。因詩中固未曾著管蔡字樣，僅後世緣其情理，猜度之而已。」

小雅采薇序云：「遣役也。文王之時，西有昆夷之患，北有玁狁之難，以天子之命，命將率遣戌役以守衛中國，故歌采薇以遣之，出車以勞還，杕杜以勸歸。」

按：王師大安曰：「詩中之言，顯然爲戌役之人歸還之語，如『曰歸曰歸』如『昔我往矣』『今我來思』皆是。且遣戌役應作鼓勵之話，豈宜言『靡室靡家』，『憂心孔疚，我行不來』之語？此語豈僅不能鼓勵士氣，祇打擊士氣而已。」

又高葆光曰：「按文王時北戌，不稱玁狁，書傳亦無伐玁狁之事實。出車詩稱『赫赫南仲，玁狁于襄』，南仲爲宣王時將率……因此可以斷定采薇出車……一同作在宣王時代。照詩內語氣，又知是出征者生還之自訴。」（《詩經新評價》）

大雅抑序：抑，衛武公刺厲王，亦以自警也。

按：《國語》稱（衛）武公年九十五矣，猶箴戒於國，恭恪于朝，作戒自儆，至於沒身，謂之叡聖。其懿戒蓋即此篇也。

　　準上所論，《詩序》之所述，固有合乎史實者，然依附史實，而有矛盾、漏洞、違異之情形，更屬不乏其例。

　　顧頡剛有〈毛詩序之背景與旨趣〉一文，論《詩序》以詩證史之方法，有云：

　　　　《詩序》之方法如何？曰，彼以「政治盛衰」，「道德優劣」，「時代早晚」，「篇第先後」之四事納之于一軌。凡詩篇之在先者，其時代必早，其道德必優，其政治必盛。反是，則一切皆反。在善人之朝，不許有一夫之愁苦；在惡人之世，亦不容有一人之歡樂。善與惡之界畫若是乎明且清也。

　　又進一步論其附會史事之不當。其言曰：

　　　　夫惟彼之善惡不繫于詩之本文而繫於詩篇之位置，故二南，彼以爲文王周召時詩，文王周召則聖人也，是以雖有行露之獄訟而亦說爲「貞信之教興」，雖有野有死麕之男女相誘，而亦說爲「被文王之化而惡無

禮」。小雅之後半,彼以為幽王時詩,幽王則暴主也,故雖有「以饗以祀」之楚茨,而亦說為「祭記不饗」。雖有「兄弟具來」之頍弁而亦說為「不能宴樂同姓」。其指鹿為馬,掩耳盜鈴之狀,至為滑稽。二千年來,儒者乃日誦而不悟!

在〈論詩序附會史事的方法書〉中,顧氏更仿照《詩序》之方法,而造作《唐詩三百首・序》,節錄如下:

> 倘使唐代只傳下這三百首詩,但沒有題目,又不曉得作者,我們只知道是唐朝人所做的,若要硬代他做序,自然可就唐朝的事實去想,也就可說:海上(海上生明月),楊妃思祿山也。祿山辭歸范陽,楊妃念之而作是詩也。煙籠(煙籠寒水月籠沙)傷陳也。陳之宮女離散,猶有暮年鬻歌于江上者,其遺民聞之而興故國之思也。

> 若這三百首詩不能曉得牠傳下的時代,又不懂得詩體的變遷,我們更可以說:寒山(寒山轉蒼翠)美接輿也。安貧樂道,不易其志焉。吾愛(吾愛孟夫子),時人美孟軻也。梁襄王不似人君,孟子不肯仕于其朝,棄軒冕如敝屣也。

> 這樣做去,在我已是極端的附會,但實在尚不能算錯,因為確實是有所根據。若照他們不近情理的亂說,更可以道:寥落(寥落古行宮),好道也。國君好神仙之術,官闈化之,遐齡相對,惟說玄宗(玄妙之義理)也。今夜(今夜鄜州月),思治也。小人(小兒女)亂政(未解憶長安),大夫燕處憂讒,願得明君而事之也。

> 倘使有這種的書流傳下來,請問我們嫉惡的感情應當興奮到怎樣的程度?然而《詩序》至今有人相信為孔子所作,乃至詩人所自作的呢!

此種擬法,甚為滑稽,不免有意氣用事之感。但平心而論,《詩序》依附史實,實有與此相類者。其以美詩為刺詩,以男女為君臣,種種穿鑿附會之情狀,實難為史學家之求真精神所首肯者也。

要之,《詩序》之於史實,不在「述」其真象,而在以此附會之法,表達作序者一己之思想而已。故其所述之事實,與信史有矛盾之處,無足怪也。

第八章　《詩序》抉疑

　　《詩經》自漢而後，分爲齊魯韓毛四家。韓詩、魯詩各自有序，齊詩有序與否，蓋不可考，僅存其遺說而已。《毛詩序》較之三家爲晚出，然信者獨多；且三家詩先後亡佚，惟《毛詩》與序獨存，是以後之讀詩者，惟讀《毛詩》之序而已。

　　《毛詩序》以獨存之故，因而後代言及《詩序》，即指《毛序》而言。《毛詩序》較諸《毛傳》，亦爲晚出（見本書第四章「《詩序》之時代與作者問題」）。漢代學者有鄭玄爲《毛詩》作箋，唐代學者有孔穎達爲《毛詩》作疏，大抵皆尊重《詩序》，即有修正之意見，亦不敢輕易置疑。

　　唐宋以後，疑序之風漸盛，而信序者亦不乏人。究竟《詩序》可信不可信，其可信之程度如何，實亦爲今日研究《詩序》者之一大課題。

　　若紀曉嵐氏，以韓魯詩與《毛詩》皆傳自子夏，然與《毛詩》之序，各有異同；且《毛詩序》引戰國時人高子、孟仲子之言，不能無疑：乃主《毛詩序》爲眞贋相半之作，其言曰：

> 蔡邕本治魯詩，而所作獨斷載周頌三十一篇之序，皆祇有首二句，
> 與〈毛序〉文有詳略，而大旨略同。蓋子夏五傳至孫卿，孫卿授毛亨，
> 毛亨授毛萇，是《毛詩》距孫卿再傳。申培師浮邱伯，浮邱伯師孫卿，
> 是魯詩距孫卿亦再傳。故二家之序，大同小異，其爲孫卿以來，遞相授
> 受者可知。其所授受，祇首二句，而以下出於各家之演說，亦可知也。
> 且《唐書·藝文志》稱《韓詩》，卜商序，韓嬰注，二十卷。是《韓詩》
> 亦有序，其序亦稱出子夏矣。而《韓詩》遺說之傳於今者，往往與《毛
> 詩》迥異，豈非傳其學者遞有增改之故哉？《詩序》稱子夏，而所引高
> 子、孟仲子乃戰國時人，固後來攙續之明證。即成伯璵等所指篇首一句，
> 經師口授，亦未必不失其眞。然去古未遠，必有所受，意其眞贋相半，

亦近似。（《四庫提要》）

此種觀點，較爲愼重，應屬調和信、疑兩極端之中庸主張。而其他學者，則各趨極端，如：

> 葉適曰：「《詩序》隨文發明，或紀本事，或釋詩意，皆在秦、漢之前。雖淺深不能盡當，讀詩者以時考之，以義斷之，惟是之從可也。若盡去本序，自爲之說，失詩意遠矣。」

> 顧實以宋儒辨序之妄，乃宋儒之妄；姚氏斷序爲衛宏作，乃姚氏之妄。蓋衛宏作序，當是別爲之序，猶鄭玄序易，非即十翼之序卦；馬融序書，非即百篇之書序也。至於齊魯韓三家詩皆有《詩序》，齊《詩序》亦可考，而魯韓《詩序》可考者，又不與《毛詩序》同。要如《春秋》三傳之比，各有師承，未可詆爲僞作。（重考《古今僞書考》）

> 歐陽修曰：「自聖人沒，六經多失其傳，一經之學分爲數家，不勝其異說也。當漢之初，詩之說，分爲齊、魯、韓三家。晚而毛氏之詩始出，久之三家之學既廢，而《毛詩》獨行，以至於今不絕。今齊魯之學沒不復見，而《韓詩》遺說往往見於他書。至於經文亦不同，如逶迤郁夷之類是也。然不見其終始，亦莫知其是非。自漢以來學者多矣，其卒舍三家而從毛公者，蓋以其源流所自，得聖人之旨多歟？今考《毛詩》諸序與孟子說詩多合，吾故於詩常以序爲證也。至其時有小失，隨而正之。惟周南、召南，失者頗多，吾固已論之矣。學者可以察焉。」（《毛詩本義·序問》）

葉適以爲《詩序》之來歷，皆在秦漢之前，雖有不能盡當，仍爲說詩之重要依據；若盡去本序，則不免失卻詩意。顧實以四家序各有師承，《毛詩序》來歷甚古，不可詆爲僞作。歐陽修以三家詩既亡，而《毛詩》獨存，必有其得人尊信之理由（得聖人之旨較多）；且《毛詩序》與孟子說詩多合，故《詩序》大致可信。以上三家，皆信仰《詩序》之一派也。

以下錄懷疑《詩序》一派學者之意見：

> 朱熹曰：「《詩序》實不足信。而見鄭漁仲有《詩辨妄》，力詆《詩序》，其間言語太甚，以爲皆是村野妄人所作。始亦疑之，後來仔細看一兩篇，因質之《史記》、《國語》，然後知《詩序》之果不足信。」（《詩序辨說》）

> 陳櫟曰：「諸序本自合爲一篇，自毛氏爲詩訓傳，始引序入經，分置各篇之首。不爲註文，而直作經字。於是讀者轉相尊信，無敢擬議：

至有不通，必為之委曲遷就，穿鑿附合，寧使經之本文繚戾破碎不成文，而終不敢以〈小序〉為出於漢儒也。獨朱文公詩傳，始去〈小序〉，別為一編。序說之可信者取之，其妄者正之，而後學者知〈小序〉之非。」（《詩經句解》序）

崔述曰：「齊詩、魯詩皆自漢初即著於世。魯固孔子所居，齊亦魯之毘鄰，蓋皆傳自七十子者。書既早出，則人見之者多，而附會較難。且當漢初朝廷尚未敦崇經術，則其說本於師傳者為多。其後經學益重，諸家林立，務期相勝，傳其學者亦不能無附會以逢時者，然大要為近古。《韓詩》後起，已非齊魯之比。《毛詩》之顯，又在其後。書出既晚，則師弟子私相授受，雖多增其舊說，傳以己意，世亦無從辨之。況嬰燕人，萇趙人，亦不能逮齊魯間聞見之真也。」（《讀風偶識》）

鄭樵曰：「漢興，四家之詩，《毛詩》未有序，惟《韓詩》以序傳於世。齊詩無序，魯詩之序有無未可知。詩之序大概與今序異。《韓詩》得序而益明，漢儒多宗之，如司馬遷、揚雄、范曄之徒，皆以二南作於衰周之時，此韓學也。《毛詩》至衛宏為之序，鄭玄為之註，而《毛詩》之學盛行，又非《韓詩》所敢望也。」（《詩辨妄》）

程大昌曰：「《詩序》世傳子夏為之，皆漢以後語，本無古據。學者疑其受諸聖人，噤不敢議。積世既久，諸儒之知折衷夫子者，亦覺其違異而致其辨矣。余因參以己意，而極言之。……其他倒易時世，舛誤本文者，觸類有之。又如〈絲衣〉之序，引『高子曰』以綴其下，自是援引他師解詁以釋詩意，決非古語。世儒於其不通者，則姑斂默而闕疑焉。大抵疑其傳授或出聖門焉耳！然則不能明辨著序者之主名，則雖博引曲喻，深見古詩底蘊，學者亦無敢主信也矣！」（《考古編詩論》）

章如愚曰：「《詩序》之壞詩，無異三傳之壞《春秋》。然三傳之壞《春秋》，而《春秋》存；《詩序》之壞詩而詩亡。三傳好為巧說以壞《春秋》，非不酷也，然其三家之學，自相彈射，後儒又有啖、趙之徒能以辨其非；故世人頗知三傳之非《春秋》也，是以《春秋》猶存。若乃《詩序》之作，既無學三家者以攻之，又無後儒以言之，俗學相傳以為出於子夏，妄者又直以為聖人作也。彼求其意者，亦只就序中求之。學者自兒童時讀詩，即先讀序，已入肌骨矣。嗚呼，詩安得不亡乎！春秋之教或不待聖人復生可以行於後；詩人之旨，雖吾夫子復生，不可與世人辨也。然則《詩序》之為害，比之三傳，其酷不愈甚乎？」（《山堂考索》）

宋以後懷疑《詩序》之意見甚多，不必一一列舉。其說多不信《詩序》與聖人有何關係，而認爲漢以後作。又漢代之《詩經學》，毛較三家晚出，反致後來居上，亦頗感不滿。至謂諸序本爲一編，毛氏始分置各篇之首，乃本鄭玄之說，未必可信（見第三章「《詩序》之時代與作者問題」，《詩序》之作，不在毛前），然〈衛宏序〉初行，未必大受尊信，其後列於經文之前，始成權威，乃大致近乎實情者也。至疑序派所最不滿者，厥爲《詩序》之扭曲詩義，使經之本文繚戾破碎而不成文章。

大致言之，自疑序派之興起，數百年來，《詩序》之基礎，實已大受傷損。故屈萬里曰：「至於《毛詩序》所說各首詩的大義，可信的很少。」及乎今日，學者之間，已少有全遵《詩序》之人矣。（參屈著《詩經釋義》敘論二一頁）

《詩序》之可疑，在今日已不成問題。茲歸納歷來懷疑《詩序》之意見，爲以下九點，而分別敘述之：一、因襲故書，來歷有問題；二、違背情理，令人難以接受；三，不合經義；四、牽合穿鑿；五、首句與續文矛盾：六、據詩中一二字發爲妄說，而不深究其意；七、違背詩義；八、依附史實；九、完全以美刺觀點說詩。

一、因襲故書來歷有問題

鄭樵曰：「今觀宏之序，有專取諸書之文至數句者，有雜取諸家之說而辭不堅決者，有委曲宛轉附經以成其義者。

『情動於中，而形於言，言之不足，故嗟歎之。』其文全出於〈樂記〉。『成王未知周公之志，公乃爲詩以遺王』。其文全出於〈金縢〉。『自微子至於戴公，其間禮樂崩壞』，其文全出於《國語》。『古者長民衣服不貳，從容有常，以齊其民」，其文全出於公孫尼子。則《詩序》之作，實在於數書既傳之後明矣。此所謂取諸書之文有至數句者此也。

〈關雎〉之序，既曰：『風之始也，所以風天下而正夫婦也』，意亦足矣；又曰：『風，風也，風以動之』，『上以風化下，下以風刺上』，又曰：『一國之事，繫一人之本，謂之風』；載馳之詩，既曰：『許穆夫人聞其宗國顛覆而作』，又曰：『衛懿公爲狄所滅。』綠衣之詩，既曰：『繹賓尸矣』，又曰：『靈星之尸也』，此蓋眾說並傳，衛氏得有美辭美意，併錄而不忍棄之，此所謂雜取諸家之說而辭不堅決者也。

〈騶虞〉之詩先言『人倫既正，朝廷既治，天下純被文王之化』，而後繼之『蒐田以時，仁如騶虞，則王道成』，行葦之詩，先言『國家忠

厚仁及草木』，然後繼之以『內睦九族，外尊事黃耇，養老乞言』，此所
謂委曲宛轉附經以成其義者此也。」（《詩辨妄》）

朱熹曰：「〈大序〉都好，或者謂補湊而成，亦有此理。」（《詩序辨
說》）

章如愚曰：「『詩有六義：一曰風至六曰頌』，則見於〈周官〉太史
之所掌；『情動於中而形於言』，至『亡國之音哀以思，其民困』，則見
於《戴記》之〈樂記〉；『成王未知周公之志，公乃爲詩遺王，名之曰
〈鴟鴞〉。』則見於《書》之〈金縢〉。『古者長民衣服不貳，從容有常，
以齊其民』，則見於《戴記》之〈緇衣〉；『文公不能使高克將兵而禦狄
於境』，則見於《春秋》之《左氏傳》；『正考甫得《商頌》十二篇於周
之太師，以那爲首。』則見於左氏之《國語》。」（《山堂考索》）

李辰冬先生有〈關於詩經的兩種觀念的批評〉，認爲〈大序〉多與儀禮、《禮
記》、周禮，宋玉的風賦，《左傳》，《孔子世家》等相合，皆屬因襲故書，茲不詳
錄。

《詩序》之因襲故書，亦其晚出之一證。

二、違背情理令人難以接受

鄭樵曰：「風雅正變之說，二南分係之說，羔羊蟋蟀之說，或鬱而
不暢，或巧而不合。……〈何彼穠矣〉言『雖則王姬亦下嫁於諸侯，』
不知王姬不嫁諸侯嫁何人？」（《詩辨妄》）

朱熹曰：「卷耳之序，以求賢審官知臣下之勞爲后妃之志，固不倫
矣；況詩中所謂『嗟我懷人，』其言親暱太甚，寧后妃所得施於使臣者
哉？桃夭之詩，謂婚姻以時，國無鰥民，爲后妃所致；而不知文王刑家
及國，其化固如此，豈專后妃所能致耶？……桑中之詩，放蕩留連止是
淫者相戲之詞，豈有刺人之惡，反自陷於流蕩之中？」（《詩序辨說》）

章如愚曰：「且如二南之詩，謂之周南、召商，此蓋古人採詩於周
之南得之，則爲周南；採詩於召之南得之，則爲召南。周、召皆周地也。
地志、扶風雍縣東北有周城，東南有召城，古以周、召二公分土而治，
主東西方諸侯，於地得其詩，故以爲名，二南之義，蓋出於此。彼序者
乃以關雎、麟趾之化，王者之風，繫之周公；鵲巢、騶虞之德，諸侯之
風，故繫之召公，謬妄之甚也。既以二南繫之二公，則遂以其詩皆文王
之詩。見關雎、葛覃婦人之詩，則遂以他詩亦皆出之婦人。文王一人，

在周南則以爲王者，在召南則以爲諸侯；太姒一人，在周南則以爲后妃，在召南則以爲夫人，豈夫子正名之意乎？

　　小星之詩云：「夙夜在公，肅肅宵征，抱衾與裯。」夫「肅肅宵征」者，遠行不怠也，「夙夜在公」者，勤王之事也，詩之此語多矣。抱衾裯而夜行者，皆不憚勞役之意，豈非命之不均乎？故曰：「實命不猶」，此無疑其爲使臣勤勞之詩也。今其序乃曰：「夫人無妬忌之行，惠及賤妾，進御於君，知其命有貴賤，能盡其心矣。」不知進御於君，何用「肅肅宵征，夙夜在公」爲哉？又何用「抱衾與裯」而往乎？註云：「諸妾夜行，抱被與床帳，進御之次序。」疏云：「雖君所有裯，亦當抱衾裯而往。」學經而不知理，乃至於此，豈貽有識者之笑？（《山堂考索》）

　《詩序》之違背情理，乃因作序者欲將詩義由言情敘事之作用，轉變爲政治教化之作用，故不得不爾。但此亦爲引人指責之一端也。

三、不合經義

　　關於《詩序》之不合經義，章如愚指其違背《春秋》者兩條：

　　嗚呼！齊女文姜嫁於魯，鳥獸之行，終以弒夫滅國，《春秋》屢書，爲戒萬世；彼則刺鄭忽云：「齊女賢而不娶。」齊桓公之霸，正譏其無救衛之功，惟書「城楚丘」以譏之；彼則云「齊桓公攘楚而封之，國人思厚報之」若此之類，背理亂教爲甚，世人乃酷信之，詩烏得而不亡乎？然此無他，學者不深於《春秋》，故詩義無自而見，《詩序》無自知其謬也。（《山堂考索》）

四、牽合穿鑿

　　朱熹曰：「唐是晉未改號時國名，自序者以爲刺僖公，便牽合謂此晉也而謂之唐；乃有堯之遺風。本意豈因此而謂之唐？是皆鑿說。……昊天有成命中說『成王不敢康，』成王只是成王，何須牽合作成王業之王？自序者恁地附會，便謂周公作此，以告成功。他既作周公告成功，便將成王字穿鑿說了。又幾曾是郊祀天地，被序者如此說，後來遂生一場事端，有南北郊之事。此詩自說『昊天有成命，』又不曾說著地，如何說道祭天地之詩？設使合祭，亦須幾句說及后土，如漢之郊祀時，祭某神便說某事，若用以祭地，不應只說天不說地。」（《詩序辨說》）

　　崔述曰：「至若周頌、二南，尤非一世之詩，乃定以二南爲文王詩，

周頌爲周公詩，雖其文之明言爲平王成王者，亦必委曲而歸之於文武，則是吾意所欲與者即與之，所欲奪者即奪之，在我而已，古人夫何能爲？謂白馬爲非馬，豈但戰國橫議之士能之乎哉？……《詩序》好強不知以爲知。孔子之修《春秋》也，特二百年前事耳，史冊尚在，然已不能盡知，往往闕其所疑。《三百篇》之詩，經秦火以後，豈能一一悉其本末？故《史記》稱申公教無傳疑，疑者則缺不傳。是當楚漢之際，居於魯而得孔子之眞傳者，已不能盡知也。今毛公乃趙人，作序者在後漢之初，乃能篇篇皆悉其爲某公之時，某人之事，其將誰欺？然其失經意在此，其能使諸儒信之不疑者亦在此。何者？彼以爲教無傳疑，必有所不知；此言之歷歷者，必其無所不知者也。余有族人子聰穎而無學術，一日有鄉人來以古事相質問，不知也，遂妄言之；鄉人既去，乃謂余曰，『與鄉中愚人語，不可言不知，言不知，則彼將輕我；雖妄言之，彼庸知其非乎？彼見我言之鑿鑿，惟有心悅誠服耳！』嗟夫，申公詩不傳疑，而先亡於西晉。《毛詩》逐篇皆序其由，垂二千年莫敢議其失，乃知族人子之所見良是。無怪乎元、明諸儒之多以朱子《詩序辨說》爲非也。」（《讀風偶識》）

　　章如愚曰：「何彼穠矣曰：『平王之孫，齊侯之子。』考《春秋·莊公元年》，書曰：『王姬歸于齊，』此乃桓王女，平王孫，下嫁於齊襄公，非平王孫齊侯子而何？說者必欲以爲西周之詩，於時未有平王、齊侯，乃以平王爲平正之王，齊侯爲齊一之侯，與書寧王同義，此妄也。據詩，明指其人之子孫，則必直言之。如稱衛莊姜云：『東宮之妹，邢侯之姨。』頌魯僖公云：『周公之孫，莊公之子，』又何疑乎？且其詩刺詩也。以王姬徒以容色之盛，而無肅雍之德，何以使人化之？故曰：『何彼穠矣？棠棣之華；曷不肅雍？王姬之車。』詩人若曰：『言其容色固如棠棣矣，然汝王姬之車，何不肅雍乎？』是譏之也。今其序反曰：『猶執婦道以成肅雍之德。』變白爲黑，於理安乎？觀此一篇之意，則二南之詩與夫三百篇壞於《詩序》，暗昧磨滅禮義殆盡矣！夫子曰：『人而不爲周南召商，其猶正牆面而立也歟？』今人爲二南而反牆面，可不哀哉？或曰：『何彼穠矣之詩，若是東周之詩，何不列之於王、黍離，而列之於此乎？』曰：『爲詩之時，則東周也；採詩之地，則召南也。於召南所得之詩，而列於東周，此不可也。』」（《山堂考索》）

以上所述，爲《詩序》牽合穿鑿之數例。考其所以致此之由，則崔述「強不

知以爲知」一語，庶乎近之。蓋序之所以致誤，肇因於此。

五、首句與續文矛盾

《詩序》首句與續文矛盾或有所齟齬，其例屢見不鮮。本書第八章「〈大序〉與〈小序〉」另有「首句與續文之關係」，作詳細之討論，今僅舉康有爲之言爲證。

康有爲曰：「如凱風云：『美孝子也；』〈續序〉以爲『淫風流行不安其室。』將仲子序云：『刺莊公也；』〈續序〉反謂『莊公小不忍以致大亂。』椒聊序云：「刺晉昭公也，』〈續序〉乃云『君子見沃之盛疆，能修其政；』箋則釋『碩大無朋』爲桓叔之德美廣博，平均不朋黨。凡此皆與首句不合，而傷教害義者。」（《新學僞經考》）

此處列舉凱風、將仲子、椒聊等三篇《詩序》，續文與首句不合，令人疑惑。

六、據詩中一二字發爲妄說而不深究其意

鄭樵曰：「如蕩以『蕩蕩上帝』發語，而曰：『天下蕩蕩無綱紀文章，』召旻以『旻天疾威』發語，而曰：『閔天下無如召公之爲臣；』雨無正乃大夫刺幽王也，而曰『眾多如雨，非所以爲政，』牽合爲文，而取譏於世，此不可不辨也。　　凡詩皆取篇中之字以命題。雨無正取篇中之義，故作序者曰：『雨無正，雨自上下者也。眾多如雨，而非所以爲政也。』此何等語哉！⋯⋯何人斯言『誰暴之云』者，謂暴虐之人也。且二周畿內皆無暴邑，周何嘗有暴公？」（《詩辨妄》）

朱熹曰：「〈小序〉大無義理，皆是後人杜撰，先後增益湊合而成。多就詩中採摭言語，更不能發明詩之大旨。纔見有『漢之廣矣』之句，便以爲『德廣所及』；才見有『命彼後車』之言，便以爲『不能飲食教載』；行葦之序但見『牛羊勿踐』，謂『仁及草木；』但見『戚戚兄弟，』便謂『親睦九族；』見『黃耇台背』，便謂『養老；』見『以祈黃耇，』便謂『乞言；』見『介爾景福』，便謂『成其福祿；』隨文生義，無復倫理。」（《詩序辨說》）

程大昌：「至他序失當，與詩語不應，則有昭然不可掩者矣。蕩之詩以『蕩蕩上帝』發語，召旻詩以『旻天疾威』發語，蓋采詩者摘其首章要語以識篇第，本無深義；今序因其名篇以『蕩』，乃曰：『天下蕩蕩無綱紀文章，』則『蕩蕩上帝』了無附著。于召旻又曰：『旻，閔也。閔天下無如召公之臣也。』不知『旻天疾威』有閔無臣之意乎？凡此皆必

不可通者。」（《考古編詩論》）

　　章如愚曰：「其他無可據者，又只於詩中求之；如見小星之『實命不同』，則云：『知其命有貴賤』；見何彼穠矣云『曷不肅雍』，則云：『以成肅雍之德』，淺陋之見，止如此，他何所見乎？」（《山堂考索》）

　　方玉潤曰：「君子陽陽，〈大序〉謂君子遭亂，相招爲祿仕，此據（詩中）招之一字爲説，臆測也。」（《詩經原始》）

　　以上所辨者，爲蕩、召旻、雨無正、何人斯、漢廣、縣蠻、行葦、君子陽陽等八篇，《詩序》之言，皆由詩中取一二字，不深究其意，而敷演成文者。

七、違背詩義

　　《詩序》之扭曲詩義，情形極爲嚴重。在「〈《詩序》與詩義之關係〉」一章，吾人曾就近人之解釋詩義與序説相爲比較，其結果，序意之與詩義合者，僅百分之十一而已；而其違異與可疑者，竟高達百分之六十五，於此亦可見其扭曲詩義之程度矣。今姑取前人之辨説，條列於下：

　　鄭樵曰：「以芣苢爲婦人樂有子者，據芣苢詩中，全無樂有子之意，彼之言此者何哉？蓋書生之説，例是求義以爲所，此語不徒然也，故以爲樂有子爾。且芣苢之作，興采之也，如後人之采菱，則爲采菱之詩，采藕則爲采藕之詩，以述一時所采之興爾，何它義哉？」（《詩辨妄》）

　　朱熹曰：「某今看得鄭詩，自叔于田等語之外，如狡童、子衿等篇皆淫亂之詩，而説詩者誤以爲刺昭公學校廢耳。……子衿詞意輕儇，豈刺學校之詞？

　　抑詩中間煞有好語，亦非刺厲王。如「於乎小子」，豈是以此指其君？兼厲王是暴虐大惡之王，詩人不應不述其事實，只説謹言節語。況厲王無道，謗訕者必不容，武公如何恁地指斥，曰「小子」？《國語》以爲武公自警之詩，卻是可信。」（《詩序辨》語）

　　程大昌曰：「夫子嘗曰：『關雎樂而不淫，哀而不傷。』是説也，夫子非以言詩也；或者魯太師摯之徒奏樂及關雎，而夫子嘉其音節中度，故曰：『雖樂矣，而不及于淫，雖哀矣，而不至于傷。』皆從樂奏中言之，非以敘列其詩之文義也。亦猶賓弁貫語武易曰：『聲淫及商者，』謂有司失傳而聲音奪倫耳，非謂武王之實荒放無檢也。今序誤認夫子論樂之指，而謂關雎詩意，實具夫『樂淫哀傷』也。遂取其語而折之曰：『憂在進賢，不淫其色。哀窈窕，思賢才，而無傷善之心焉；是關雎之義也。』其與

夫子之語既全不相似,又考之關雎,樂則有之,殊無一語可以附著乎『淫、哀、傷』也。夫其本聖言而推之者,尚破碎如此,其他何可泥名失實,而不敢加辨也歟?」(《考古編詩論》)

　　章如愚謂:「汝墳曰:『既見君子,不我遐棄。』殷其靁曰:『振振君子,歸哉!歸哉!』『皆其宗家思見君子之辭,而勉之以正,勸之以義。』吾未見其可也。」(《山堂考索》)

　　以上諸家所考辨者,爲關雎、茉莒、子衿、狡童、抑、汝墳、殷其靁等七篇,然序之與詩義相違離者,實不止此數也。

八、依附史實

　　《詩序》論及某詩之作也,常貫之以歷史上之某公某事,而又不免有所誤謬者。是《詩序》之依附史實,亦有彰彰然不可或掩者矣。茲舉歷來辯證之言如左:

　　鄭樵曰:「〈小序〉於不知其時者,必強以爲某王某公之時;不知其人者,必強以爲某甲某乙之事。於是傅會書史,依托名諡,鑿空妄語,以誑後人。其所以然者,特以恥其所不知而惟恐人之不見信而已!……若將炫其多知而必於取信,不知將有明者從旁觀之,則適所以暴其眞,不知啓其深不信也。凡〈小序〉之失,以此推之,什得八九矣。……且如(邶風)柏舟,不知其出於婦人而以爲男子;不知其不得於夫,而以爲不得於君,此則失矣。然有所不及而不自欺,則亦未至於大害理也。今乃斷然以爲衛頃公之時,則其故爲欺罔以誑後人之罪,不可揜矣。蓋其偶見此詩冠於三衛變風之首,是以求之春秋之前,而《史記》所書莊桓以上衛之諸君,事皆無可考者,諡亦無甚惡者,獨頃公有賂王請命之事,其諡又爲甄心動懼之名,意其必有忌賢用佞之失,而遂以此詩與之。」(《詩辨妄》)

　　程大昌曰:「又況周自文武以後,魯自定哀以前,無貴賤朝野,胥皆有詩。詩之或指時事,或主時人,則不可概定。其決可揆度者,必因事乃作,不虛發也。今其〈續序〉之指事喻意也,凡《左傳》《國語》所嘗登載,則深切著明,歷歷如見;苟二書之所不言,而古書又無明證,則第能和附詩辭,順暢其意,未有一序而能指言其人其事也。此又有以見序之所起,非親生作詩之世,目擊賦詩之事,自可以審定不疑也。然則曄謂〈續序〉爲宏作,眞實錄矣。」(《考古編詩論》)

　　章如愚曰:「聖人刪詩不爲之序,非不能爲之,正使學者深味其義,

而後可以自得。詩人之意，不若《春秋》之微妙，學者能深思之，不待序而自明；亦如《春秋》，不待傳而自得也。不幸漢儒之陋，一冠之以序，詩殆無傳焉。且彼又烏有據哉！不過多據左氏之說爾！左氏亦自誣妄不足信，以妄傳妄，反可信乎？」（《山堂考索》）

崔述曰：「世儒皆謂《詩序》近古，其說必有所傳。十二國風之中，稱美某公刺某公者，必某公之事無疑也。雖然，余嘗細核之矣。邶鄘衛風三十九篇，直指為某君者十有七；王風十篇，直指為某王者五，鄭則二十一篇，而直指者十有一；齊則十一篇，而直指者六；唐則十二篇，而直指者九；陳則十篇，而直指者七；乃至秦止十篇，而得九；曹止四篇，而得三。惟其事與君無涉則已耳，苟事涉於其君，不舉其謚，則稱其名與字；（如秦仲衛州吁之類。）徒稱君者，百不得三四焉，可謂言之鑿鑿也已。而獨魏風七篇、檜風四篇，則無一篇指為某君者。言及其君，但云『其君儉嗇褊急，』『其君儉以能勤』『君不用道』『憂其君』『刺其君』『疾其君』而已，未嘗一舉其謚若字，此何以說焉？既果真有所傳，何以此二國獨不知其為某公？況檜亡於魯惠之世，魏亡於魯閔之世，且在齊哀陳幽之後二百年，何以遠者知之歷歷，而近者反皆不之知乎？蓋周、齊、秦、晉、鄭、衛、陳、曹之君之謚，皆載於《春秋傳》及《史記》世家、年表，故得以採而附會之。此二國者，《春秋》《史記》之前不載，故無從憑空而撰為某君耳。然則彼八國者，亦非果有所傳，而但就詩詞揣度言之，因取《春秋傳》之事附會之也，彰彰明矣。」

又曰：「《詩序》好取《左傳》之事附會之，蓋三家之詩，其出也早，《左傳》尚未甚行，但本其師所傳為說；《毛詩》之出也晚，《左傳》已行於世，故得以取而牽合之。然考傳所紀及詩所言，往往有不相涉者。伐鄭之役，五日而還，而強屬之居處喪馬之章。宋襄之立，衛在楚邱，而猶欲以刀葦、杭河而渡。言仲則必為祭仲，言叔則必為共叔。亦有采而失其意者，以寔周行為官人，斷章取義也，而誤以為閔使臣之勞。以碩人篇證莊姜，證其美也；而誤以為閔無子之意。蓋緣漢時風氣，最好附會。重黎也而以為羲和，太皥也而以為包羲，炎帝也而以為神農。以彼為此，比比皆然，不之怪也。《漢書·藝文志》云：『漢興，魯申公為詩訓故，而齊轅固，燕韓生皆為之傳，或取《春秋》采雜說，咸非其本意，與不得已，魯最為近之。』則是齊韓諸家，已采《左傳》之事以附會之。況《毛詩》晚出，作序者在後漢之初，其取傳事以附會之，更不

待言。漢末魏晉諸儒不加細核，輒以爲其說有據，遂信而不疑，是《詩序》之失在附會，而其所以能使人信者，亦在於附會也。」（《讀風偶識》）

綜合各家之意見，皆認作序者既不知當時之狀況，而又強不知以爲知，是以錯誤屢出。再者，凡其所言，皆本諸《左傳》、《國語》、《史記》等書；書中有言，則詳而明，書中不言，則略而晦。且其論事，大國詳，小國略；亦有遠者詳，近者略之情形。以大國及久遠之事，史書有言；小國或切近之事，載籍無徵之故也。是其依附史實，乃無可遁形。（另有關依附史實之資料，見本文第七章《詩序》與史實之關係）

九、完全以美刺觀點說詩

二南及頌，有美無刺；若風及雅，則有美有刺。是三百零五篇詩，在作序者之觀點，篇篇皆屬美刺。易言之，即詩篇之作，不爲讚美某人某事，即爲諷刺某人某事。若不諷刺讚美，則不作詩。此點歷來學者亦致不滿。

鄭樵曰：「又其爲說，必使詩無一篇不爲美刺時君國政而作，固已不切於情性之自然；而又拘於事世之先後。其或書傳所載，當此一時，偶無賢君美諡，則雖有辭之美者，亦例以爲陳古而刺今。……彼以候人爲刺共公，共公之前則昭公也，故以蜉蝣爲刺昭公。昭公之實無其迹，但不幸代次迫於共公，故以爲言。」（《詩辨妄》）

朱熹曰：「大率古人作詩，與今人作詩一般，其間亦自有感物道情，吟咏情性，幾時盡是譏刺他人？只緣序者立例，篇篇要作美刺說，將詩人意思盡穿鑿壞了。且如今見人纔做事，便作一詩歌美之或譏刺之，是什麼道理？如此一似里巷無知之人，胡亂稱頌諛說把持放刁，何以見先王之澤，何以爲情性之正？……有女同車等皆以爲刺忽而作。鄭忽不娶齊女，其初亦是好底意思，但見後來失國，便將許多詩盡爲刺忽而作。考之於忽，所謂淫暴之類，皆無其實，遂至目爲狡童，豈詩人愛君之意？況其失國正坐柔懦，何狡之有？幽屬之刺，亦有不然。甫田諸篇，凡詩中無詆譏之意者，皆以爲傷今思古而作。」（《詩序辨說》）

崔述曰：「《詩序》好以詩爲刺時、刺其君者；無論其詞如何，務委曲而歸其故於所刺者。夫詩生於情，情生於境，境有安危亨困之殊，情有喜怒哀樂之異，豈刺時刺君之外，遂無可言之情乎？且即衰世亦何嘗無賢君賢士大夫；在堯舜之世亦有四凶，殷商之末尚有三仁。乃見有稱述頌美之語，必以爲陳古刺今；然則文、武、成、康以後，更無一人可

免於刺者矣。況邶風之雄雉，王風之君子于役，皆其夫行役於外，而其
妻念之之詩，初未嘗有怨君之意，而以爲刺平王宣公，抑何其煅煉也。
尤無理者，鄭昭公忽雖非英主，亦無失道；而連篇累牘，皆指以爲刺忽
之詩，其所關於名教者豈淺哉？至宋朱子始駁其失；然自朱子以後，説
者猶多曲爲序解，以議朱子之非，吾不知其爲何故也。

　　「《詩序》好拘泥於篇次之先後，篇在前者，不問其詞何如，必以
爲盛世之音；篇在後者，亦不聞其詞何如，必以爲衰世之音。不知詩篇
流傳日久，豈能一一悉仍其原次？即如國風定之方中在載馳之前，我送
舅氏在黄鳥之後，其顯然可見者，安得篇次在前者皆以爲美，在後者皆
以爲刺詩乎？如此説詩，古人之受誣者多矣。……以篇次論詩，而不惟
其詞，是特世俗勢力之見耳！京師鬻貨諸肆皆以字號爲高下，其有改業
及歸里者，則鬻其字號與人，多者至數百金，買貨者惟其字號不易則買
之，其貨之良苦不問也。磁州産烟草，楊氏之肆最著名，余魏人皆往販
其貨，偶貨不能給，則取他肆之貨印以楊氏之字號而與之，販者不惜價，
食者無異言也。夫以篇次論詩者，亦若是而已矣。余生平無他長，惟以
文論文，就事論事，未嘗有人之見存焉。奈何説詩而但以篇次爲高下乎？
吾未知世何爲而信之也。」（《讀風偶識》）

　　由上可知，《詩序》不但篇篇皆以美刺爲立説之方式，且其爲美爲刺，亦無一
定之標準，但以篇次先後爲斷也。凡此，皆爲歷代學者所期期難以接受者。

十、結　語

　　以上分述《詩序》之可疑，共分九點。準此九點之分析討論，則《詩序》之
不可全信，應屬毫無疑義。

　　由《詩序》之可信與否，而引起一連帶之問題，即《詩序》之作者與時代。
既然《詩序》所述，疑竇重重，誤謬時起；則《詩序》之作者，必非接近詩篇産
生之時代。否則，資料齊全，考證容易，必不致強不知以爲知，妄解詩義。退一
步言，即使作序者敢於妄言，不顧事實，亦將遭當時學者之群起而攻，不待後世
學者之滔滔辨正矣。

　　「《詩序》可信，則作者必前；《詩序》不可信，則作者必後。」換言之，吾
人既知《詩序》爲後世之所作，則其産生誤謬或疑點，毋乃理所當然之事；倘無
錯誤及可疑之處，則吾人反當生疑者矣。

第九章　〈大序〉與〈小序〉

一、〈大序〉〈小序〉名實之界定

　　《詩序》名稱紛亂，有同名而異實者，有異名而同實者。所謂〈大序〉，有指整部《詩經》之前，統論全書之序者，有指每篇詩前，序文首句以下之部份者；所謂〈小序〉，有指每篇詩前，說明本詩之作用要旨或寫作背景者，有指每篇詩〈前序〉文之首句者，此同名異實之例也。又如各篇詩前之序，其首句或謂之〈前序〉，或謂之〈古序〉：其續文或謂之〈大序〉，成謂之〈下序〉，或謂之〈後序〉，此異名同實之例也。

　　孔子曰：「必也正名乎！名不正，則言不順。」蓋名實定然後可以論理，名實不定，則事理混淆，無由論其是非。

　　茲先解決同名異實之問題：

　　一般皆以《詩經》之前，冠於關雎一篇之首，統論全書之序為〈大序〉；每篇詩前，說明本詩之作用要旨或寫作背景者為〈小序〉。雖〈大、小序〉之首尾，或有異議，然上述之界說，皆為多數學者所承認。惟范處義云：「〈小序〉之下，皆〈大序〉也。」（《詩補傳・明序篇》）程大昌曰：「兩句以外，續而申之，世謂〈大序〉者，宏語也。」（詩議）姚際恆曰：「案世以發端一二語謂之〈小序〉，以其少也；以下續申者謂之〈大序〉，以其多也……今皆從之。」（《古今偽書考・詩序》）則似以〈小序〉之首句為〈小序〉，而以續申之語為〈大序〉。鄭樵反之，以發端命題之語為〈大序〉；其下序所作為之意為〈小序〉，皆與一般之說法不合。

按：所以定〈大序〉〈小序〉之名稱，在論述之方便，並無其他之意義在內。茲以
　　〈大序〉為全書之序，〈小序〉為各篇之序，以從者較多，易於明白之故也。
　　至范處義、程大昌、姚際恆之說，同名異實，易滋誤會，乃不予採取。

　　次論大〈小序〉首尾之問題。〈大序〉爲全書之序,〈小序〉爲各篇之序,本極明白;然〈大序〉與〈關雎篇〉之〈小序〉,乃結合爲一,故由何處至何處爲〈大序〉,由何處至何處爲〈關雎篇〉之〈小序〉,各人之意見,又有不同。茲誌《詩經》頭篇前面之序文於下,以便研討:

　　　　關雎,后妃之德也,風之始也,所以風天下而正夫婦也,故用之鄉人焉,用之邦國焉。風,風也,教也,風以動之,教以化之。

　　　　詩者,志之所之也。在心爲志,發言爲詩。情動于中,而形于言;言之不足,故嗟嘆之;嗟嘆之不足,故詠歌之;詠歌之不足,故不知手之舞之,足之蹈之也。情發于聲,聲成文,謂之音。治世之音安以樂,其政和;亂世之音怨以怒,其政乖;亡國之音哀以思,其民困。故正得失,動天地,感鬼神,莫近于詩。先王以是經夫婦,成孝敬,厚人倫,美教化,移風俗。

　　　　故詩有六義焉:一曰風,二曰賦,三曰比,四曰興,五曰雅,六曰頌。上以風化下,下以風刺上,主文而譎諫。言之者無罪,聞之者足以戒,故曰風。至于王道衰,禮義廢,政教失,國異政,家殊俗,而變風變雅作矣。國史明乎得失之迹,傷人倫之變,哀刑政之苛,吟詠性情,以風其上;達于事變,而懷其舊俗者也。故變風發乎情,止乎禮義。發乎情,民之性也;止乎禮義,先王之澤也。

　　　　是以一國之事,繫一人之本,謂之風;言天下之事,形四方之風,謂之雅。雅者正也,言王政之所由廢興也。政有小大,故有小雅焉,有大雅焉。頌者美盛德之形容,以其成功告於神明者也。是爲四始,詩之至也。

　　　　然則關雎麟趾之化,王者之風,故繫之周公。南,言王化自北而南也。鵲巢騶虞之德,諸侯之風也,先王之所以教,故繫之召公。周南、召南,正始之道,王化之基。

　　　　是以關雎,樂得淑女以配君子,憂在進賢,不淫其色;哀窈窕,思賢才,而無傷善之心焉,是關雎之義也。

（一）蕭統以本文之全部爲〈大序〉（見《昭明文選》),則葛覃以下之序,當爲〈小序〉。（成伯璵、二程子亦有此意）。

（二）陸德明以「風,風也」以下爲〈大序〉,篇首至「用之邦國焉」爲〈小序〉。《經典釋文》《毛詩音義·上》:「自『風,風也』訖末,名爲〈大序〉……舊說云,起此（關雎,后妃之德也），至『用之邦國焉』,名〈關雎序〉,謂

之〈小序〉。」

（三）游敬錄以「詩者志之所之也」以下爲〈大序〉，篇首至「教以化之」爲〈小序〉。

（四）朱熹以「詩者志之所之也」至「詩之至也」爲〈大序〉，前後之文爲〈小序〉。

（《古今圖書集成》所錄之子夏《詩序》，即遵此意，而分序爲二）

其實《詩序》無大小之分，崔述於《讀風偶識》中論之甚詳；而且〈關雎序〉總論全書綱領，亦不宜有所分割。（一）說保留本序之完整性，然難者或曰無關雎〈小序〉；實本序前後之文，皆言關雎之義也。（四）說分本序爲〈大序〉及關雎〈小序〉兩部份，似可救（一）說之窮，但關雎爲全書之首篇，其序旨亦有涉及全書之義者，常需併入〈大序〉而討論之，又以不加分割爲是。（二）（三）之說，顧前而不顧後，似難遵從。

以余之見，當初作序之人，或許序關雎之詩，兼及全書之義，以其在三百篇之首也：故此序不容分割。以（一）說爲是。然若以關雎之〈小序〉與〈大序〉原分爲二，其後經他手鎔爲一體，亦非決無可能。今觀本序前後之語，正及關雎之篇，其中間之部分，乃論詩之全體，則（四）說似又可從也。今本書採折衷之態度，倘單論〈大序〉，則取本序之全體論之（從（一）說），若論本篇詩意，則摘其前後之文作爲關雎之〈小序〉（從（四）說）。

〈小序〉之首句與〈小序〉之續文，又各有異名，此則異名同實之例，述之如下：

（一）首句之異名：

1. 〈小序〉：姚際恆云：「察世以序發端一二語謂之〈小序〉。」（《古今僞書考‧詩序》）。

2. 〈前序〉：姚際恆云：「又謂〈小序〉……爲〈前序〉。」（《古今僞書考‧詩序》）。

3. 〈古序〉：程大昌曰：「凡序發端兩語，如『關雎，后妃之德也。』世人謂之〈小序〉者，〈古序〉也。」（詩論十）姚際恆曰：「世以發端一二語謂之〈小序〉……又以〈小序〉爲〈古序〉……今皆從之。」（《古今僞書考》）

（二）續文之異名：

1. 〈大序〉：范處義曰：「〈小序〉之下，皆〈大序〉也。」（《詩補傳‧明序篇》）程大昌曰：「兩句以外，續而申之，當謂〈大序〉者，宏語也。」（詩議）。姚際恆曰：「以下續申者，謂之〈大序〉，以其多也。」（《古今僞書考》）。

2. 〈後序〉：姚際恆曰：「又以……〈大序〉為後序。」（《古今偽書考》）

3. 〈下序〉：「詩之下序，序所作為之意，其辭顯者其序簡；其辭隱者其序備；其善惡之微者序必明著其迹；而不可言闡者則亦關其目而已。」（六經奧論卷三）

4. 〈宏序〉：有認續文為衛宏所作，故稱之為〈宏序〉。

按：〈小序〉首句與續文，異名甚多，為恐紊亂計，今皆不採，惟以「首句」「續文」表之，意明辭達，而減少誤會。

二、〈大序〉〈小序〉之關係

（一）〈大序〉與〈關雎・小序〉鎔為一體，不可分離：〈關雎序〉云：「關雎，后妃之德也，風之始也。」「關雎麟趾之化，王者之風，故繫之周公；南，言王化自北而南也。」又依〈大序〉之意，詩之主要作用，在於表現政治之良窳，可以經夫婦，成孝敬，厚人倫，美教化，而風之作用，不特可以風教萬民（上以風化下），亦且可以表達民意（下以風刺上），故為全詩之主要部份。今關雎之詩，為風之首篇，又為后妃之德，直可以風化天下，故關雎實為風詩之樞扭，風詩又為全詩之樞扭，換言之，謂關雎為全詩之樞扭，亦無不可。〈大序〉論全詩，關雎為全詩之樞扭，且二序融為一體，難以判然劃分，是二者關係之密切，可以想見矣。

（二）〈小序〉言詩之主要態度為美刺（見下，〈小序〉首句之條例），三〇五篇，非美即刺。其美詩，皆有風化之作用——風教感化——不明言吾人當如何行事，僅舉古之善行美跡，使人油然景慕，而生好善之心，是風化之義也。此與〈大序〉所言，先王以是（即詩）經夫婦，成孝敬，厚人倫，美教化之言全合。

（三）〈小序〉所言之刺詩，共一六八首，較美詩猶多。刺詩固非正面之風教作用，但有反面之懲勸作用，〈大序〉所謂「上以風化下，下以風刺上，主文而譎諫，言之者無罪，聞之者足以戒」是也。故刺詩乃舉古之惡行醜跡，使人知其可羞可惡可恥，而加以儆戒，勿重蹈此種錯誤之覆轍，是刺詩懲勸之義也。美刺乃相為表裏：美乃反面之刺，刺乃反面之美，作用雖異，目標一也。此亦與〈大序〉所言人倫教化之旨相合。

（四）〈大序〉以后妃（文王之妃）之德，風化天下。（夫妻一體，故后妃之德，無異文王之德。）是以下云，關雎麟趾之化，王者之風。諸侯承王者之風，亦有其嘉行美跡之表現，故為諸侯之風。今觀周南關雎葛覃以下之〈小序〉，正依此意而安排。關雎、葛覃、卷耳、樛木、螽斯、桃夭、兔罝、芣苢皆

繫之后妃，漢廣、汝墳皆繫之文王，麟趾爲關雎之應，亦與后妃有關。后妃與文王爲一體，故周南之詩，皆王者之風也。召南鵲巢、采蘩、小星，繫之夫人，草蟲、采蘋繫之大夫妻，（大夫妻與夫人同等）甘棠、行露繫之召伯，殷其靁繫之大夫，（召伯大夫皆與諸侯同等）羔羊騶虞繫之鵲巢，亦與夫人有關。何彼襛矣，美王姬，王姬爲天子之女，下王后一等，與諸侯或夫人之地位相當。其他摽有梅、江有汜，野有死麕，皆言文王之化，是諸侯之德，承王者之風而來。故召南之詩，皆諸侯之風也。此又〈小序〉與〈大序〉之觀念相合。

（五）〈大序〉云：「周南、召南，正始之道，王化之基。」何謂正始？夫婦之道，人倫之始也。關雎言后妃之德，足以風天下而正夫婦，故爲全詩之始。然后妃之德何在耶？該篇〈小序〉之末云：「是以關雎，樂得淑女以配君子，憂在進賢，不淫其色；哀窈窕，思賢才，而無傷善之心焉。」可見求淑女之意，即喻進賢、好德、不淫其色。此爲〈大序〉之重要思想，至諸篇〈小序〉，承其意而云好賢好德者甚多，是其相合之證也。（其例概見下節）

三、〈小序〉首句之條例

古今研究《詩經》之學者，對於〈小序〉雖不乏懷疑者，然對〈小序〉首句，則往往認其具有特殊之價值。今特于摘出，加以分析歸納，並尋求其條例，以爲研討之一助云爾。

依〈小序〉首句，詩篇可大別爲兩組：美詩與刺詩是也。美詩又可分爲四類，甲爲文王后妃或夫人之德，乙爲美某公美某人，丙爲美某事，丁爲祭祀詩。刺詩又可分爲兩類，即甲刺某人，乙刺某事是也。

每篇僅著其篇名，其有篇名相同者，乃分著其所屬，例揚之水有三焉，則分別言鄭風揚之水，唐風揚之水，王風揚之水。

篇名之上，加△記號者，爲該篇僅存〈小序〉首句。

（一）美詩

甲類：稱文王、后妃、夫人或大夫妻之德或其長處，雖不明言美詩，實為美詩之極致也。

A、與文王有關者八例（後三例可入祭祀詩）

△ 思齊，文王所以聖也。　　　　△ 棫樸，文王能官人也。

△ 縣，文王之興，本由太王也。　　△ 文王，文王受命作周也。

△ 大明，文王有明德，故天復命武王也。　　清廟，祀文王也。

△ 我將，祀文王於明堂也。　　　　　△ 維天之命，太平告文王也。

　B、與后妃有關者八例（另麟趾繫乎關雎，附焉）

　　關雎，后妃之德也。　　　　　　　　葛覃，后妃之本也。

　　卷耳，后妃之志也。　　　　　　　　兔罝，后妃之化也。

　　芣苢，后妃之美也。　　　　　　　　桃夭，后妃之所致也。

　　樛木，后妃逮下也。　　　　　　　　螽斯，后妃子孫眾多也。

　　（附）麟之趾，關雎之應也。

　C、與夫人或大夫妻有關者四例（另羔羊騶虞繫於鵲巢，附焉）

　　鵲巢，夫人之德也。　　　　　　　　采蘩，夫人不失職也。

　　采蘋，大夫妻能循法度也。　　　　△ 草蟲，大夫妻能以禮自防也。

　　（附）騶虞，鵲巢之應也。　　　　　羔羊，鵲巢之功致也。

乙類：言「美某人也」，其云嘉、戒、誘、規、誨、頌，亦美之同義語，皆
　　　入此類。

　A、與成王有關者五例

　　假樂，嘉成王也。　　　　　　　　　公劉，召康公戒成王也。

　　泂酌，召康公戒成王也。　　　　　　卷阿，召康公戒成王也。

△ 烈文，成王即政，諸侯助祭也。

　B、與宣王有關者十六例

　　鴻雁，美宣王也。　　　　　　　　　庭燎，美宣王也。

　　吉日，美宣王田也。　　　　　　　　烝民，尹吉甫美宣王也。

　　江漢，尹吉甫美宣王也。　　　　　　崧高，尹吉甫美宣王也。

　　韓奕，尹吉甫美宣王也。　　　　　　常武，召穆公美宣王也。

　　雲漢，仍叔美宣王也。　　　　　　△ 沔水，規宣王也。

△ 鶴鳴，誨宣王也。　　　　　　　　△ 六月，宣王北伐也。

　　（下有一段長文，與本篇無關）

　　采芑，宣王南征也。　　　　　　　　車攻，宣王復古也。

△ 無羊，宣王考牧也。　　　　　　　△ 斯干，宣王考室也。

C、與諸公伯有關者二十二例

伐柯，美周公也。　　　　　　　　九罭，美周公也。

狼跋，美周公也。　　　　　　　　破斧，美周公也。

鴟鴞，周公救亂也。　　　　　　　東山，周公東征也。

緇衣，美武公也。　　　　　　　　唐風無衣，美晉武公也。

淇奧，美衛武公之德也。　　　　　定之方中，美衛文公也。

木瓜，美齊桓公也。　　　　　　　駉，頌僖公也。

△ 泮水，頌僖公能修泮宮也。　　　△ 閟宮，頌僖公能復周公之宇也。

△ 有駜，頌僖公君臣之有道也。　　　衡門，誘僖公也。

駧驖，美襄公也。　　　　　　　　小戎，美襄公也。

終南，戒襄公也。　　　　　　　　甘棠，美召伯也。

行露，召伯聽訟也。

D、其他，四例

何彼穠矣，美王姬也。　　　　　　江有汜，美媵也。

車鄰，美秦仲也。　　　　　　　　凱風，美孝子也。

丙類：美某事。此類詩多不言美字，但美意甚明。

A、美萬物樂自然，五例

魚麗，美萬物盛多，能備禮也。　△ 崇丘，萬物得極其高大也。

△ 由庚，萬物得由其道也。　　　△ 由儀，萬物之生，各得其宜也。

△ 華黍，時和歲豐，宜黍稷也。

B、王道行德澤降，十例

皇矣，美周也。　　　　　　　　　既醉，太平也。

汝墳，道化行也。　　　　　　　　漢廣，德廣所及也。

蓼蕭，澤及四海也。　　　　　　　小星，惠及下也。

天保，下報上也。　　　　　　　△ 彤弓，天子賜有功諸侯也。

七月，陳王業也。　　　　　　　　靈台，民始附也。

C、詠一般政治上之行動，十例

皇皇者華，君遣使臣也。　　　　四牡，勞使臣之來也。

采薇，遣戍役也。　　　　　△ 出車，勞還率也。

△ 杕杜，勞還役也。　　　　　△ 敬之，群臣進戒嗣王。

△ 小毖，嗣王求助也。　　　　　下武，繼文也。

文王有聲，繼伐也。　　　　　鳧鷖，守成也。

D、宴會及奏樂，五例

△ 湛露，天子燕諸侯也。　　　　鹿鳴，燕群臣嘉賓也。

常棣，燕兄弟也。　　　　　伐木，燕朋友故舊也。

△ 武，奏大武也。

E、一般善事德行之讚美，十例（附思歸勸歸）

平旄，美好善也。　　　　　殷其靁，勸以義也。

行葦，忠厚也。　　　　　菁菁者莪，樂育材也。

南有嘉魚，樂與賢也。　　　　南山有臺，樂與賢也。

摽有梅，男女及時也。　　　　△ 南陔，孝子相戒以養也。

△ 小雅白華，孝子之潔白也。　　　陟岵，孝子行役，思念父母也。

　（附）竹竿，衛女思歸也。　　　泉水，衛女思歸也。

△ 式微，黎侯寓於衛，其臣勸以歸也。　△ 河廣，宋襄公母歸于衛，思而不止，故作是詩也。

丁類：祭祀詩，共三十一例。

長發，大禘也。　　　　　△ 昊天有成命，郊祀天地也。

△ 思文后稷，配天也。　　　　生民，尊祀也。

△ 天作，祖先王先公也。　　　　旱麓，受祖也。

△ 雝，禘太祖也。　　　　　絲衣，繹賓尸也。

賚，大封於廟也。　　　　　酌，告成大武也。

那，祀成湯也。　　　　　殷武，祀高宗也。

玄鳥，祀高宗也。　　　　　列祖，祀中宗也。

△ 執競，祀武王也。　　　　△ 有客，微子來見祖廟也。

△ 臣工，諸侯助祭，遣於廟也。　　　△ 振鷺，二王之後，來助祭也。

△ 載見，諸侯始見于武王廟也。　　　△ 閔予小子，嗣王朝于廟也。

△ 訪落，嗣王謀於廟也。　　　　　　△ 有瞽，始作樂，而合乎祖也。

△ 時邁，巡守告祭柴望也。　　　　　△ 般，巡守而視四岳河海也。

△ 載芟，春籍田而祈社稷也。　　　　△ 噫嘻，春夏祈穀於上帝也。

△ 豐年，秋冬報也。　　　　　　　　　　良耜，秋報社稷也。

　　潛，季冬薦魚，春獻鮪也。　　　　　桓，講武類禡也。

△ 維清，奏象舞也。

（二）刺詩
甲類：刺某人

A、刺幽王，共凡三七例（另刺幽后及周大夫各一例附焉）

　　楚茨，刺幽王也。　　　　　　　　　信南山，刺幽王也。

　　大雅甫田，刺幽王也。　　　　　△ 鼓鐘，刺幽王也。

　　魚藻，刺幽王也。　　　　　　　　采菽，刺幽王也。

　　谷風，刺幽王也　　　　　　　　　巷伯，刺幽王也。

　　黍苗，刺幽王也。　　　　　　　　蓼莪，刺幽王也。

　　小弁，刺幽王也。　　　　　　　　巧言，刺幽王也。

△ 十月之交，刺幽王也。　　　　　　隰桑，刺幽王也。

　　鴛鴦，刺幽王也。　　　　　　　　頍弁，刺幽王也。

　　菀柳，刺幽王也。　　　　　　　　瞻彼洛矣，刺幽王也。

　　桑扈，刺幽王也。　　　　　　　　大田，刺幽王也。

　　裳裳者華，刺幽王也。　　　　　　青蠅，大夫刺幽王也。

　　雨無正，大夫刺幽王也。　　　　　車舝，大夫刺幽王也。

　　四月，大夫刺幽王也。　　　　　　北山，大夫刺幽王也。

　　小宛，大夫刺幽王也。　　　　　△ 正月，大夫刺幽王也。

　　小旻，大夫刺幽王也。　　　　　　瓠葉，大夫刺幽王也。

　　角弓，父兄刺幽王也。　　　　　　何草不黃，下國刺幽王也。

漸漸之石，下國刺幽王也。

賓之初筵，衛武公刺幽王也。

△ 瞻仰，凡伯刺幽王大壞也。

召旻，凡伯刺幽王大壞也。

△ 節南山，家父刺幽王也。

（附）△ 小雅白華，周人刺幽后也。

大車，刺周大夫也。

B、刺其他諸王，凡十一例

王風揚之水，刺平王也。

君子于役，刺平王也。

葛藟，王族刺平王也。

我行其野，刺宣王也。

△ 祈父，刺宣王也。

△ 小雅黃鳥，刺宣王也。

△ 白駒，大夫刺宣王也。

抑，衛武公刺厲王亦以自警也。

△ 民勞，召康公刺厲王。

扳，凡伯刺厲王也。

桑柔，芮伯刺厲王也。

C、刺諸公，凡二十七例（另有關之詩附焉）

考槃，刺莊公也。

叔于白，刺莊公也。

將仲子，刺莊公也。

大叔于田，刺莊公也。

猗嗟，刺魯莊公也。

南山，刺襄公也。

蒹葭，刺襄公也。

齊風甫田，大夫刺襄公也。

載驅，齊人刺襄公也。

晨風，刺康公也。

權輿，刺康公也。

（附）渭陽，康公念母也。

株林，刺靈公也。

清人，刺文公也。

芄蘭，刺惠公也。

宛邱，刺幽公也。

何人斯，蘇公刺暴公也。

匏有苦葉，刺衛宣公也。

新臺，刺衛宣公也。

雄雉，刺衛宣公也。

旄邱，責衛伯也。

（附）君子偕老，刺衛夫人也。

牆有茨，衛人刺其上也。

唐風揚之水，刺晉昭公也。

山有樞，刺晉昭公也。

椒聊，刺晉昭公也。

葛生，刺晉獻公也。

采苓，刺晉獻公也。

蟋蟀，刺晉僖公也。

有杕之杜，刺晉武公也。

D、其他，凡十六例（另有關之詩附焉）

敝笱，刺文姜也。 碩人，閔莊姜也。

△ 燕燕，衛莊姜送歸妾也。 日月，衛莊姜傷己也。

綠衣，衛莊姜傷己也。 終風，衛莊姜傷己也。

鶉之奔奔，刺衛宣姜也。 鄘風柏舟，共姜自誓也。

（附）載馳，許穆夫人作也。 山有扶蘇，刺忽也。

有女同車，刺忽也。 狡童，刺忽也。

蘀兮，刺忽也。 擊鼓，怨州吁也。

墓門，刺陳陀也。 二子乘舟，思伋壽也。

黃鳥，哀三良也。

乙類：刺某事。其云閔、思、憂、傷、止、疾、悔，亦刺之同意語，皆入此類。

A、閔周之詩，凡六例

兔爰，閔周也。 君子陽陽，閔周也。

黍離，閔宗周也。 中谷有蓷，閔周也。

蕩，召穆公傷周室大壞也。 匪風，思周道也。

B、「刺時也」，凡十五例

澤陂，刺時也。 東門之池，刺時也。

枌杜，刺時也。 氓，刺時也。

有狐，刺時也。 靜女，刺時也。

著，刺時也。 園有桃，刺時也。

東門之楊，刺時也。 鴇羽，刺時也。

十畝之間，刺時也。 伯兮，刺時也。

唐風羔裘，刺時也。 苕之華，大夫閔時也。

野有蔓草，思遇時也。

C、刺亂之詩，凡十例

東門之墠，刺亂也。 大東，刺亂也。

丰，刺亂也。 溱洧，刺亂也。

縣蠻，微臣刺亂也。　　　　　　綢繆，刺晉亂也。

出其東門，閔亂也。　　　　　　東門之枌，疾亂也。

小明，大夫悔仕於亂。　　　　　下泉，思治也。

D、刺朝及相關之詩，凡十例

鄭風羔裘，刺朝也。　　　　　　鳲鳩，刺不壹也。

北風，刺虐也。　　　　　　　　東方之日，刺衰也。

秦風無衣，刺用兵也。　　　　　碩鼠，刺重歛也。

防有鵲巢，憂讒賊也。　　　△　采葛，懼讒也。

檜風羔裘，大夫以道去其君也。　褰裳，思見正也。

E、刺不用賢及相關之詩，凡十一例

簡兮，刺不用賢也。　　　　　　女曰雞鳴，刺不說德也。

侯人，刺近小人也。　　　　　　王風揚之水，閔無臣也。

北門，刺仕不得志也。　　　　　邶風柏舟，言仁而不遇也。

風雨，思君子也。　　　　　　　遵大路，思君子也。

邱中有麻，思賢也。　　　　　　雞鳴，思賢妃也。

無將大車，大夫悔將小人也。

F、刺學校廢無禮節，凡六例

子衿，刺學校廢也。　　　　　　相鼠，刺無禮也。

野有死麕，惡無禮也。　　　　　東方未明，刺無節也。

都人士，周人刺衣服無常也。　△　素冠，刺不能三年也。

G、刺男女關係失常，五例

谷風，刺夫婦失道也。　　　　　采綠，刺怨曠也。

月出，刺好色也。　　　　　　　桑中，刺奔也。

蝃蝀，止奔也。

H、刺失德，七例

還，刺荒也。　　　　　　　　　盧令，刺荒也。

隰有萇楚，疾恣也。　　　　　　汾沮洳，刺儉也。

蜉蝣，刺奢也。 　　　　　　　　葛屨，刺褊也。

伐檀，刺貪也。

總計以上美詩凡一百四十三首，刺詩凡一百六十八首，合共凡三百一十一首。

四、〈小序〉續文與首句之關係

〈小序〉僅有首句而無續文者，凡七十九篇，如：

召南之草蟲，邶風之燕燕、式微、王風之采葛，檜風之素冠，小雅之出車、杕杜、南陔、白華、由庚、崇丘、蓼蕭、湛露、彤弓、采芑、庭燎、沔水、鶴鳴、祈父、白駒、黃鳥、我行其野、斯干、無羊、節南山、正月、十月之交、小旻、小宛、無將大車、小明、鼓鐘、青蠅，大雅之文王、大明、緜、棫樸、思齊、假樂、民勞、板、抑、桑柔、瞻卬，周頌之維天之命、維清、烈文、天作、昊天有成命、我將、時邁、執競、思文、臣工、噫嘻、振鷺、豐年、有瞽、潛、雝、載見、有客、武、閔予小子、訪落、敬之、小毖、載芟、良耜、般、魯頌之有駜、泮水、閟宮，《商頌》之烈祖、玄鳥、長發、殷武共七十七首。

又小雅之華黍，首句下云：「有其義而亡其辭。」自儀首句下云：「有其義而亡其辭。」此二篇，亦可視為僅有首句。

此七十九篇，既無續文，自無從探討其與首句之關係。其他二百餘篇，〈小序〉之續文與首句之關係，可大別如次：

（一）首句言美某人，續文直言此人之好處，如：

烝民，尹吉甫美宣王也。任賢使能，周室中興焉。

江漢，尹吉甫美宣王也。能興衰撥亂，命召公平准夷。

韓奕，尹吉甫美宣王也。能錫命諸侯。

以下二例，首句雖不言美，實有美意：

行露，召伯聽訟也。衰亂之俗微，貞信之教興，彊暴之男，不能侵陵貞女也。

桃夭，后妃之所致也。不妒忌，則男女以正，婚姻以時，國無鰥民也。

（二）首句言美某人，續文再重提此人，並言其好處，如：

甘棠，美召伯也。召伯之教，明於南國。

車鄰，美秦仲也。秦仲始大，有車馬禮樂侍御之好焉。

雲漢，仍叔美宣王也。宣王承厲王之烈，內有撥亂之志，遇災而懼，側身修行，欲銷去之，天下喜於王化復行，百姓見憂，故作是詩也。

何彼襛矣，美王姬也。雖則王姬，亦下嫁于諸侯，車服不繫其夫，下王后一

等，猶執婦道，以成肅雝之德也。

以下二例，首句雖不言美，實有美意：

葛覃，后妃之本也。后妃在父母家，則志在於女功之事。躬儉節用，服澣濯之衣，尊敬師傅，則可以歸安父母，化天下以婦道也。

騶虞，鵲巢之應也。鵲巢之化行，人倫既正，朝廷既治，天下純被文王之化，則庶類蕃殖，蒐田以時，仁如騶虞，則王道成也。

按鵲巢爲夫人之德，鵲巢之應，即夫人之德所造成之影響，實乃美詩也。至如下例，則續文於數語之後，再重提所美之人：

木瓜，美齊桓公也。衛國有狄人之敗，出處於漕，齊桓公救而封之，遣之車馬器服焉。衛人思之，欲厚報之，而作是詩也。

（三）首句言刺某人，續文直言此人之缺點，如：

揚之水，刺平王也。不撫其民，而遠屯戍于母家，周人怨思焉。

菀柳，刺幽王也。暴虐無親，而刑罰不中，諸侯皆不欲朝，言王者之不可朝事也。

雄雉，刺衛宣公也。淫亂不恤國事，軍旅數起，大夫久役，男女怨曠，國人患之，而作是詩。

新臺，刺衛宣公也。納伋之妻，作新臺于河上而要之，國人惡之，而作是詩也。

山有樞，刺晉昭公也。不能修道，以正其國。有財不能用，有鐘鼓不能以自樂，有朝廷不能以洒掃，政荒民散，將以危亡，四鄰謀取其國家，而不能知，國人作詩以刺之。

以下數例之首句，言何人刺何人：

葛藟，王族刺平王也。周室道衰，棄其九族焉。

漸漸之石，下國刺幽王也。戎狄叛之，荊舒不至，乃命將率東征役，久病於外，故作是詩也。

何艸不黃，下國刺幽王也。四夷交侵，中國背叛，用兵不息，視民如禽獸，君子憂之，故作是詩也。

頍弁，諸公刺幽王也。暴戾無親，不能燕樂同姓，親睦九族，孤危將亡，故作是詩也。

（四）首句言刺某人，續文再重提此人，並言其缺點：

揚之水，刺晉昭公也。昭公分國以封沃，沃盛彊，昭公微弱，國人將叛而歸

沃焉。

有杕之杜，刺晉武公也。武公寡特，兼其宗族，而不求賢以自輔焉。

有女同車，刺忽也。鄭人刺忽之不昏于齊。太子忽嘗有功于齊，齊侯請妻之，齊女賢而不取，卒以無大國之助，至于見逐，故國人刺之。

擊鼓，怨州吁也。衛州吁用兵暴亂，使公孫文仲將而平陳與宋，國人怨其勇而無禮也。

擊鼓首句云，怨州吁也。

怨亦刺之同意語。

至如下例，則續文於數語之後，再重提所刺之人：

大車，刺周大夫也。禮義凌遲，男女淫奔，故陳古以刺今；大夫不能聽男女之訟焉。

旄丘，責衛伯也。狄人迫逐黎侯，黎侯寓於衛，衛不能修方伯連帥之職，黎之臣子，以責於衛也。

（旄丘之末句，以責於衛，實指衛伯而言，因元首乃國家之代表也。）

（五）續文照錄首句，而增語詳言者。例如：

采蘋，大夫妻能循法度也。能循法度，則可以承先祖，共祭祀矣。

南山有臺，樂得賢也。得賢，則能為邦家立太平之基矣。

上二例，續文錄首句之言作為起始，如修辭上之「頂真格」。

清廟，祀文王也。周公既成洛邑，朝諸侯，率以祀文王焉。

摽有梅，男女及時也。

召南之國，被文王之化，男女得以及時也。

北門，刺仕不得志也。言衛之忠臣，不得其志爾。

相鼠，刺無禮也。衛文公能正其群臣，而刺在位，不承先君之化，無禮儀也。

月出，刺好色也。在位不好德，而說美色焉。

侯人，刺近小人也。共公遠君子而好近小人焉。

南有嘉魚，樂與賢也。太平之君子至誠，樂與賢者共之也。

螽斯，后妃子孫眾多也。言若螽斯不妒忌，則子孫眾多也。

匪風，思周道也。國小政亂，憂及禍難，而思周道焉。

上數例，續文於末後數字，錄首句之言。

蜉蝣，刺奢也。昭公國小而迫，無法以自守，好奢而任小人，將無所依焉。

小星，惠及下也。夫人無妒忌之行，惠及賤妾，進御於君，知其命有貴賤，

能盡其心矣。

　　鳧鷖，守成也。太平之君子，能持盈守成；神祇祖考，安樂之也。

　　上數例，續文錄首句之語於中間部份。

　　遵大路，思君子也。莊公失道，君子去之，國人思望焉。

　　此則顛倒首句文字之次序，而引錄之也。

（六）續文與首句不甚關連，僅係依據詩題而敷衍者。如：

　　雨無正，大夫刺幽王也。雨自上下者也，眾多如雨，而非所以爲政也。

　　召旻，凡伯刺幽王大壞也。旻，閔也。閔天下知如召公之臣也。

　　羔羊，鵲巢之功致也。召南之國，化文王之政，在位皆節儉正直，德如羔羊也。

　　常武，召穆公美宣王也。有常德以立武事，因以爲戒然。

　　文王有聲，繼伐也。武王能廣文王之聲，卒其伐功也。

　　桓，講武類禡也。桓，武志也。

　　蕩，召穆公傷周室大壞也。厲王無道，天下蕩蕩無綱紀文章，故作是詩也。

　　麟之趾，關雎之應也。關雎之化行，則天下無犯非禮，雖衰世之公子，皆信厚如麟趾之時也。

　　以上之例，續文似乎仍然照應首句，以下二例，則首句與續文似不如前例之關係密切。

　　賚，大封於廟也。賚，予也。言所以錫予善人也。

　　酌，告成大武也。言能酌先祖之道，以養天下也。

（七）續文與首句關係不甚密切，或不甚銜接聯貫者，如：

　　羔裘，刺時也。晉人刺其在位，不恤其民也。按：首句如言「刺某君也」，則相銜接。

　　大田，刺幽王也。言矜寡不能自存焉。按：本序如改爲「刺時也。天下大亂，矜寡不能自存焉。」則相銜接。

　　皇矣，美周也。天監代殷，莫若周：周世世修德，莫若文王。按：首句如改爲「文王之德也」，則相銜接。

　　叔于田，刺莊公也。叔處于京，繕甲治兵，以出于田，國人說而歸之。

　　大叔于田，刺莊公也。叔多才而好勇，不義而得眾也。

　　按：首句如改爲「刺莊公失教也」或「刺共叔段也」，則相銜接。

　　椒聊，刺晉昭公也。君子見沃之盛彊，能修其政，知其蕃衍盛大，子孫將有

晉國焉。按：首句如改為「刺時也」反較銜接。

鴻鴈，美宣王也。萬民離散，不安其居，而能勞來還定安集之，至于矜寡，無不得其所焉。

君子于役，刺平王也。君子行役無期度，大夫思其危難以風焉。

鴛鴦，刺幽王也。思古明王，交於萬物有道，自奉養有節焉。按：以上三例，首句皆有小題大作之嫌，如云「喜得安也」「苦行役也」「思明王也」反較妥貼，何必繫於天子？

芣苢，后妃之美也。和平，則婦人樂有子矣。按：后妃之美，與婦人樂有子，似無關連。

（八）首句與續文所言美刺有不一致者，如：

九罭，美周公也。周大夫刺朝廷之不知也。

伐柯，美周公也。周大夫刺朝廷之不知也。

破斧，美周公也。周大夫以惡四國焉。

上三例，首句言美，續文言刺。次如：

羔裘，刺朝也。言古之君子，以風其朝焉。

君子偕老，刺衛夫人也。夫人淫亂，失事君子之道；故陳人君之德，服飾之盛，宜與君子偕老也。

上二例，首言刺，續文有美意，而云陳古以刺今，陳美以刺惡。又如：

氓，刺時也。宣公之時，禮義消亡，淫風大行，男女無別，遂相奔誘；華落色衰，復相棄背，或乃困而自悔，喪其配耦，故序其事以風焉。美反正，刺淫佚也。

則首句言刺，續文末句言美又言刺，辭不堅決。

（九）首句泛言某事，續文乃以某人某事實之。如：

旱麓，受祖也。周之先祖，世修后稷公劉之業，太王王季，申以百福千祿焉。

生民，尊祖也。后稷生於姜嫄，文武之功，起於后稷，故推以配天焉。

漢廣，德廣所及也。文王之道，被于南國，美化行于江漢之域，無思犯禮，求而不可得也。

下武，繼文也。武王有聖德，復受天命，能昭先人之功焉。

丘中有麻，思賢也。莊王不明，賢人放逐，國人思之，而作是詩也。

鴇羽，刺時也。昭公之後大亂五世，君子下從征役，不得養其父母，而作是詩也。

蝃蝀，止奔也。衛文公能以道化其民，淫奔之恥，國人不齒也。

七月，陳王業也。周公遭變，故陳后稷先公風化之所由，致王業之艱難也。

揚之水，閔無臣也。君子閔忽之無忠臣良士，終以死亡，而作是詩也。

（十）**首句泛言某事，續文亦不能實指其人，而以泛言作結者，如：**

天保，下報上也。君能下下以成其政，臣能歸美以報其上焉。

凱風，美孝子也。衛之淫風流行，雖有七子之母，猶不能安其室。故美七子，能盡其孝道，以慰其母心，而成其志爾。

陟岵，孝子行役思念父母也。國迫而數侵削，役乎大國，父母兄弟離散，而作是詩也。

羔羊，大夫以道去其君也。國小而迫，君不用道，好潔其衣服，消遙遊燕，而不能自強於政治，故作是詩也。

泉水，衛女思歸也。嫁於諸侯，父母終思歸寧而不得，故作是詩以自見也。

褰裳，思見正也。狂童恣行，國人思大國之正己也。

簡兮，刺不用賢也。衛之賢者，仕於伶官，皆可以承事上者也。

東門之墠，刺亂也。男女有不待禮而相奔者也。

溱洧，刺亂也。兵革不息，男女相棄，淫風大行，莫之能救焉。

丰，刺亂也。婚姻之道缺，陽倡而陰不和，男行而女不隨。

十畝之間，刺時也。言其國削小，民無所居焉。

子衿，刺學校廢也。亂世則學校不修焉。

谷風，刺夫婦失道也。衛人化其上，淫于新婚，而棄其舊室，夫婦離絕，國俗傷敗焉。

北風，刺虐也。衛國並爲威虐，百姓不親，莫不相携持而去焉。

伐檀，刺貪也。在位貪鄙，無功而受祿，君子不得進仕爾。

碩鼠，刺重斂也。國人刺其君重斂，蠶食於民，不修其政，貪而畏人，若大鼠也。

中谷有蓷，閔周也。夫婦日以衰薄，凶年饑饉，室家相棄爾。

君子陽陽，閔周也。君子遭亂，相招爲祿仕，全身遠害而已。

（十一）**首句言某人某事，續文再加補充，如：**

〈鴟鴞〉，周公救亂也。成王未知周公之志，公乃爲詩以遺王，名之曰〈鴟鴞〉。

（十二）**首句言某人作，續文言其寫作之原因及背景。如：**

載馳，許穆夫人作也。閔其宗國顛覆，自傷不能救也。衛懿公爲狄人所滅，國人分散，露於漕邑，許穆夫人閔衛之亡傷，許之小，力不能救，思歸唁其兄，

又義不得，故賦是詩也。

（十三）首句言某事，續文引古人之言，加以解說，如：

絲衣，繹賓尸也。高子曰：靈星之尸也。

（十四）原序語意已明，其後又有贅語，似後人續貂者，如：

「六月，宣王北伐也。」語意已明，其下復云：「鹿鳴廢，則和樂缺矣。四牡廢，則君臣缺矣。皇皇者華廢，則忠信缺矣。常棣廢，則兄弟缺矣。伐木廢，則朋友缺矣。天保廢，則福祿缺矣。采薇廢，則征伐缺矣。出車廢，則功力缺矣。杕杜廢，則師眾缺矣。魚麗廢，則法度缺矣。南陔廢，則孝友缺矣。白華廢，則廉恥缺矣。華黍廢，則蓄積缺矣。由庚廢，則陰陽失其道理矣。南有嘉魚廢，則賢者不安，下不得其所矣。崇丘廢，則萬物不遂矣。南山有臺廢，則爲國之基隊矣。由儀廢，則萬物失其道理矣。蓼蕭廢，則恩澤乖矣。湛露廢，則萬國離矣。彤弓廢，則諸夏衰矣。菁菁者莪廢，則無禮儀矣。小雅盡廢，則四夷交侵，中國微矣。」按：此段文字，與本篇之意無關，有似後人摻入。又如：

「東山，周公東征也。周公東征，三年而歸，勞歸士。大夫美之，故作是詩也。」語意已完足矣，其下又云：「一章言其完也，二章言其思也，三章言其室家之望女也，四章樂男女之得及時也。君子之于人，序其情而閔其勞，所以說也。說以使民，民忘其死，其惟東山乎。」與諸序體例不合，疑係後人摻入。

「有狐，刺時也。衛之男女失時，喪其妃耦焉。」語意已完足矣，其下又云：「古者國有凶荒，則殺禮而多婚，會男女之無夫家者，所以育人民也。」

「蟋蟀，刺晉僖公也。儉不中禮，故作是詩以閔之，欲其及時以禮自虞樂也。」語意已完足矣，其下又云：「此晉也，而謂之唐，本其風俗，憂深思遠，儉而用禮，乃有堯之遺風焉。」皆似贅語，疑係後人所摻入。朱熹謂「多兩三手合成一序，愈說愈疏。」（《詩序辨說》）理或有之。

（十五）首句言刺某人：續文言某人作。如：

小弁，刺幽王也。太子之傅作焉。

巷伯，刺幽王也。寺人傷於讒，故作是詩也。

大概言之，續文多承接首句之言，而詳加申論。然亦有不相承接或令人啓疑者，如上述：（六）（七）（八）（十四）諸例是也。此類情形之產生，常係首句與詩意相去太遠，而續文乃以巧妙之方式予以調處者也。故在首句與續文不一致之情形，續文反常較首句更近詩篇之本義也。昔人或謂首句近古，必有所承，據上所論，則昔人之說，吾亦未敢遽信。

第十章 《詩序》之思想系統

　　《詩序》在說明全部《詩經》之要旨，以及各篇詩之作用、要旨或寫作背景。《詩序》之所言，可信與否，有無可疑之點、或合不合於史實及詩篇之本義，係另一問題，不在本章討論範圍之內。於此章內，吾人所欲問者，爲《詩序》之解說詩篇，究竟包含或表現何種思想？

一、概　說

　　大概言之，《詩序》之解說詩篇，純粹根據一種「政治教化」之觀念。

　　彼以爲，詩之產生，固然完全在於心有所感，宣於文字，而有韻律之美，可以詠歌，合乎樂舞。然人心何以有感，乃由於外界之刺激。若政乖民困之時，則其作品，自然不免於怨、怒、哀、思。反之政治清明，人民安樂，則其作品，必然表現一種和穆之氣象。故詩之由來，追根究底，與政治有關。

　　再就詩之功效言，詩可爲民意之表達，亦可爲政府化民導民之工具。

　　彼認爲政治理想，爲賢人在位。如天子爲聖王，則天子之德，如風之廣被，感化下國；下國之君，承此德化，亦有聖善之德，足以感化臣民。於是天下安樂，各得其所。

　　各篇〈小序〉有一基本之觀念，即爲「美」「刺」。「美」者讚美也。「刺」者諷刺也。然則讚美何事？作序之人以爲美善之人、事，故讚美之。諷刺何事？作序之人以爲醜惡之人、事，斯諷刺之。故由美刺之中，吾人可以窺見作序者之好惡，並可覘知作序者之思想。

二、〈大序〉之思想

　　〈大序〉與〈關雎〉之〈小序〉結合爲一，不易分開；至其表現何種思想，

茲綜合言之。

（一）〈關雎〉與全詩之關係

〈關雎〉一篇，本爲君子求淑女終成婚姻之詩。屈萬里曰：「此祝賀新婚之詩。一章泛言淑女爲君子之好逑，二章言思淑女之切，三章言得淑女之樂：旨義甚明。」

但作序者認爲此篇係言后妃之德。后妃雖未明言爲何人，但儒者向以文王爲最高理想，且夫婦一體，吾人似可暫時認定后妃爲文王之耦。大雅思齊云：「刑于寡妻。」后妃之德實肇自文王，言后妃之德與言文王之德無異。故序云：「關雎麟趾之化，王者之風。」

后妃之德爲何如？序又云：「是以關雎，樂得淑女以配君子，憂在進賢，不淫其色；哀窈窕，思賢才，而無傷善之心焉。」淑女配君子，乃人倫之始，固可樂也。然「淑女配君子」與「進賢不淫其色」有何關係？「哀窈窕」與「思賢才而無傷善之心」有何關係？豈非以好色喻好德耶？（《論語‧子罕篇、衛靈公篇》，子曰：「吾未見好德如好色者也。」又〈女曰雞鳴序〉曰：「刺不說德也。陳古義以刺今：不說德而好色也。」）若然，則「淑女配君子」正所以喻「進賢不淫其色」；「哀窈窕」正所以喻「思賢才而無傷善之心焉。」故卷耳序云：「卷耳，后妃之志也。又當輔佐君子，求賢審官，知臣下之勤勞。內有進賢之志，而無險詖私謁之心；朝夕思念，至於憂勤也」。

文王有明德，能風化天下；而后妃又爲文王之良佐，能推舉賢能，爲王效力，誠爲天下之模範。

夫婦之道，爲人倫之肇始；后妃之於文王，實天下夫婦之模範。故序云：「關雎，后妃之德也，風之始由，所以風天下而正夫婦也。」「關雎……王者之風，故繫之周公；南，言王化自北而南也。」「周南召南，正始之道，王化之基。」

詩之功用，在於「經夫婦，成孝敬，厚人倫，美教化，移風俗。」而五者之中，夫婦之道居首，實有關鍵之作用。

詩分風雅頌三部份。風爲全詩之首。周南召南乃正始之道王化之基，而爲風詩之首。關雎乃后妃之德，王者之風，又爲二南之首。綜合言之，關雎爲全詩之首篇，亦爲「風之始」，可以「風天下而正夫婦」，乃《詩經》之管鍵。從可知〈關雎〉之詩，與全部《詩經》關係之密切爲如何矣。

（二）〈大序〉論詩之產生

詩之產生，就近因言，乃「志之所之也。」何謂「志」？乃心中之感想也。心中之感想，未現於言辭，乃謂之「志」，發爲言辭，即謂之「詩」——此即序文：

「詩者，志之所之也；在心爲志，發言爲詩」一段之意也。

然「志」由何來？來自外界之刺激。故朱子云：「或有問於予曰，詩何爲而作也？予應之曰：人生而靜，天之性也；感於物而動，性之欲也。夫既有欲矣，則不能無思；既有思矣，則不能無言；既有言矣，則言之所不能盡，必有自然之音響節族而不能已矣，此詩之所以作也。」（《詩集傳・序》）故追根結底言之，詩之產生，實根自外界之刺激。

就政治之觀點言之，則政治之好壞，對於臣民亦爲一種主要之刺激。故詩之產生，與政治有關。（見下（四）節）

（三）詩與音樂舞蹈之關係

「情動于中，而形于言；言之不足，故嗟歎之；嗟歎之不足，故詠歌之；詠歌之不足，不知手之舞之足之蹈之也。」心中有所感動，而表現於言辭，乃爲詩所以產生之原因。然若感動甚爲強烈，言辭尚不足以發洩、表達，則必形之於嗟歎、詠歌、手舞、足蹈。故詩與音樂舞蹈發於一源，三者一體。

詩與音樂之關係，尤爲密切。故序云：「情發於聲，聲成文，謂之音。」此言與「詩者，志之所之也。在心爲志，發言爲詩。」「情動於中，而形於言。」辭義俱甚接近。然此皆言詩，而彼乃言音；且「治世之音」以下，皆言音也，而結以「莫近於詩。」

故就志之發於言辭者而論，則謂之詩；就其聲音之抑揚頓挫，有韻律之美者而論，則謂之音樂；就其情緒強烈，而不知不覺形於手足之間者而論，則謂之舞蹈；此三者所以關係密切也。

（四）詩與政治之關係

就詩之產生言，政治環境予人之刺激，爲其根本因素（見前）。故詩可以表現政治。「情發於聲，聲成文，謂之音。治世之音安以樂，其政和；亂世之音怨以怒，其政乖；亡國之音哀以思，其民困。」「至于王道衰，禮義廢，政教失，國異政，家殊俗，而變風變雅作矣。」

就詩之效用言，詩可以「正得失，動天地，感鬼神」可以「經夫婦，成孝敬，厚人倫，美教化，移風俗。」且「上以風化下，下以風刺上。」

（五）詩之作法與體類

序云：「故詩有六義焉：一曰風，二曰賦，三曰比，四曰興，五曰雅，六曰頌。」

六義包括詩之作法與詩之體類。賦、比、興者，詩之作法也；風、雅、頌者，詩之體類也。

賦、此、興之意義爲何？序中未加解說。實則，賦者，直陳其事之表現法也；比者，以比喻之方式表達作者之情思也；興者，以他言引起本意，而不必與本意有何密切關係者也。（王師大安云：「賦者，直陳其事，鋪敘說明，不作隱曲譬喻。……直接以事物比當前之事，不需再以鋪敘之文解釋者爲比，以事物意態之接近聯想引起正文者爲興。」）

「風、風也，教也。風以動之，教以化之。」「上以風化下，下以風刺上，主文而譎諫，言之者無罪，聞之者足以戒，故曰風。」「是以一國之事，繫一人之本，謂之風。」風之意義，實爲各地之民謠。（王師大安曰：「十五國風之詩，爲各國民間之歌謠。」）但作序者之意，則就風在政治上之功用言。其第一句，就政府方面言；政府之一切舉措，對於人民，皆有風動教化之功用。第二句，則分兩面：政府方面，爲教化；人民（或臣下）方面，則爲諷刺、譎諫，亦即爲表達下情之工具。第三句，則仍由政府方面著眼：一國之事，繫一人之本，如后妃、文王、夫人之德，美某王某公，皆是也——即任何事倩之美惡，皆與君王或執政發生關係。（善事表現君王之美，惡事表明君主之失；反之，君王之好壞，亦可造成美惡不同之風俗、政治，而形之歌詩。）

「言天下之事，形四方之風，謂之雅。雅者正也，言王政之所由廢興也。政有小大，故有小雅焉，有大雅焉。」雅之意義，實爲朝庭樂章。（王師大安曰：「雅者多爲燕享朝會公卿大夫之作。」）依序之意，則爲與天下有關之事，且足以造成四方之風者，謂之雅。雅之內容，「言王政之所由廢興也，」故與天子有關。至於大小雅之分，序云：「政有小大，故有小雅焉，有大雅焉。」乃以政之小大，爲小雅大雅區分之依據。實則依近人之研究，「宴饗之樂歸之小雅。朝會之樂，受釐陳戒之辭，歸之大雅。蓋小雅大雅之間，詞氣不同，音節亦異也。」（王師大安說）

「頌者，美盛德之形容，以其成功，告於神明者也。」實則頌本祭祀頌神或頌祖先之樂歌。（王師大安說）無論頌神或頌祖先，皆須稱美其盛德之形容，而祭者本身有所成就，亦可禱祝於神明之前。故頌皆美詩，其所稱美之人或事，亦可爲後人之楷模。

（六）四始與正變

以上言六義——詩之作法與體類。〈大序〉又有「四始」「正變」之說，亦一併及之。

依序之意：「……謂之風……謂之雅……故有小雅焉，有大雅焉。頌者……是謂四始，詩之至也。」一般人據此，遂以風、小雅、大雅與頌，謂之四始。然依個人之見，四始非指此四部份之詩篇，而係認清風、小雅、大雅、頌之正確意義：

風有風動教化以及表達民意之功用；雅有大小，皆具反映王政興廢之功用；頌言盛德成功，有使人感發興起之功用。此種觀點：爲了解《詩經》之重要基礎，故謂之四始。

其次言「正變」。據序，僅言變風變雅，未言變頌，故風雅有正變，頌無正變。或云，正變與美刺有關。按序云：「上以風化下，下以風刺上，言之者無罪，聞之者足以戒。」此段文字，在論及變風變雅以前，可爲正風；然而其中有美有刺，可見美刺不即等於正變。實則，正變與政治有關。詩篇之在於治平之世者爲正，詩篇之在於動亂之世者爲變。故序云：「至于王道衰，禮義廢，政教失，國異政，家殊俗，而變風變雅作矣。」然變風變雅雖爲衰世之作，並非完全消極頹廢之詩篇，彼仍能吟詠性情，合乎禮義，且有風動時君，反乎正道之功用，故序云：「國史明乎得失之迹，傷人倫之廢，哀刑政之苛，吟詠情性，以風其上。達於事變，而懷其舊俗者也。故變風發乎情，止乎禮義。發乎情，民之性也；止乎禮義，先王之澤也。」

綜合言之，〈大序〉除論詩之產生，詩與樂舞之關係，詩之作法與體類而外，完全注重詩與政治教化之關係。其理想中之聖王爲文王，而后妃能求賢審官輔佐君子，以爲婦道之無上典型。故關睢居全詩之首，足以風天下正夫婦。周南爲王者之風，召南爲諸侯之風，其所以用南字，則係「王化（文王之德化）自北而南。」故二南實爲全詩之表率，所謂正始之道王化之基。二南以下，有美有刺。美刺爲政治好壞之表現，美者見其善，刺者懲其惡，故又有風化勸誘之功效。於是，詩之產生，與政治有關；詩之效用，與政治有關；詩之美刺，又爲政治善惡之表現，有獎善懲惡之效用，與政治教化之關係且更爲密切矣。

三、〈小序〉首句之思想

〈小序〉之首句，以美刺爲說詩之著眼點。其所美者，自爲作序者所贊同之人或事；其所刺者，遂爲作序者所反對之人或事。故由美刺一事，亦可覘知作序者之思想。

其所美之人，有

文王，如：「緜，文王所以聖也。」

后妃，如：「關睢，后妃之德也。」

王姬，如：「何彼襛矣，美王姬也。」

召伯，如：「甘棠，美召伯也。」

夫人，如：「鵲巢，夫人之德也。」

　　　　媵妾，如：「江有汜，美媵也。」
　　　　成王，如：「假樂，嘉成王也。」
　　　　宣王，如：「鴻雁，美宣王也。」
　　　　周公，如：「伐柯，美周公也。」
　　　　武公，如：「緇衣，美武公也。」
　　　　僖公，如：「駉，頌僖公也。」（魯頌）
　　　　襄公，如：「駉驖，美襄公也。」
　　　　衛文公，如：「定之方中，美衛文公也。」
　　　　齊桓公，如：「木瓜，美齊桓公也。」
　　　　衛武公，如：「湛奧，美衛武公也。」
　　　　晉武公，如：「無衣，美晉武公也。」（唐風）
　　　　秦仲，如：「車鄰，美秦仲也。」
　　其所刺之人，有
　　　　幽王，如：「楚茨，刺幽王也。」
　　　　幽后，如：「白華，周人刺幽后也。」
　　　　厲王，如：「抑，衛武公刺厲王亦以自警也。」
　　　　平王，如：「揚之水，刺平王也。」（王風）
　　　　宣王，如：「祈父，刺宣王也。」
　　　　莊公，如：「考槃，刺莊公也。」
　　　　僖公，如「衡門，誘僖公也。」（陳風）
　　　　襄公，如：「南山，刺襄公也。」
　　　　康公，如：「晨風，刺康公也。」
　　　　靈公，如：「株林，刺靈公也。」
　　　　文公，如：「清人，刺文公也。」
　　　　惠公，如：「苑蘭，刺惠公也。」
　　　　幽公，如：「宛丘，刺幽公也。」
　　　　暴公，如：「何人斯，蘇公刺暴公也。」
　　　　衛宣公，如：「匏有苦葉，刺衛宣公也。」
　　　　晉昭公，如：「揚之水，刺晉昭公也。」（唐風）
　　　　晉獻公，如：「葛生，刺晉獻公也。」
　　　　晉僖公，如：「蟋蟀，刺晉僖公也。」
　　　　晉武公，如：「有杕之杜，刺晉武公也。」

　　文姜，如：「敝笱，刺文姜也。」

　　宣姜，如：「鶉之奔奔，刺衛宣姜也。」

　　公子忽，如：「山有扶疏，刺忽也。」

　　州吁，如：「擊鼓，怨州吁也。」

　　陳陀，如：「墓門，刺陳陀也。」

　由以上所美所刺之人，再參照此人在歷史上之行爲或表現，則可知作序者之好惡矣。

　再就所美之事言，依本書第八章之歸納，可分

　　美萬物樂自然，如：「魚麗，美萬物盛多。」「由儀，萬物之生各得其宜。」

　　王道行德澤降。如：「汝墳，道化行也。」「漢廣，德廣所及也。」

　　一般政治上之行動。如：「皇皇者華，君遣使臣也。」「四牡，勞使臣之來也。」

　　宴會及奏樂。如：「湛露，天子燕諸侯也。」「武，奏大武也。」

　　一般善事德行之讚美。如：「干旄，美好善也。」「行葦，忠厚也。」

　　祭祀詩。如「長發，大禘也。」「那，祀成湯也。」

　所刺之事，則有

　　閔周，如：「兔爰，閔周也。」

　　刺時，如：「澤陂，刺時也。」

　　刺亂，如：「東門之墠，刺亂也。」

　　刺朝，如：「羔裘，刺朝也。」（鄭風）

　大抵〈小序〉首句之思想，以文王爲理想之人物，以幽王爲最壞之人物。而夫妻一體，美文王兼及后妃，刺幽王兼及幽后。其他諸公諸王，以及歷史人物，凡有惡跡者，皆刺之；凡有善行者，皆美之。刺之所以懲惡也，美之所以勸善也。

　　聖王在上，則王道行，德澤降；諸侯承王者之風教，亦有佳行美跡，而上下和睦，君臣一體。至祭祀之詩，如祭古代聖王，則爲崇德報功之意；如爲祭上帝或郊天，則與美萬物樂自然，同爲作序者之天道思想，表現其對天及自然之崇敬與愛慕。

　　若天子失德，王政不綱，則治體混亂，下民困苦，此作序者引爲當政之炯戒者也。其刺時、刺亂、刺朝之詩，皆因此而起。

　　衰世之朝廷，有何現象？

　　人君無德，如：「尸鳩，刺不壹也。」言二三其德也。

　　虐待下民，如：「北風，刺虐也。」

剝削民財，如：「碩鼠，刺重斂也。」

貪得無厭，如：「伐檀，刺貪也。」

用兵無已，如：「無衣，刺用兵也。」（秦風）

不用賢臣，如：「簡兮，刺不用賢也。」

媟近小人，如：「侯人，刺近小人也。」

忠臣懼讒，如：「采葛，懼讒也。」

賢能退避，如：「羔裘，大夫以道去其君也。」

日益衰微，如：「東方之日，刺衰也。」（檜風）

此時民間及社會，有何現象？

學校荒廢，如：「子衿，刺學校廢也。」

民無禮節，如：「野有死麕，惡無禮也。」「東方未明，刺無節也。」

服制無常，如：「都人士，周人刺衣服無常也。」

夫婦失道，如：「谷風，刺夫婦失道也。」

男女怨曠，如：「采綠，刺怨曠也。」

淫奔成風，如：「桑中，刺奔也。」

迷戀美色，如：「月出，刺好色也。」

節儉奢侈，如：「汾沮洳，刺儉也。」「蜉蝣，刺奢也。」過份節儉或奢
　　侈，皆不合中庸之道。

荒恣放蕩，如：「盧令，刺荒也。」「隰有萇楚，疾恣也。」

　　衰世之民，生於政衰俗弊之會，其痛苦可知。於是乃發為刺詩，希冀執政者之眷顧民憂而幡然改圖也。如不能有所改革，而民眾之痛苦如故，則惟有寄望於革命或大國之征伐矣。蹇裳序云：「蹇裳，思見正也。」或即此不得已之辦法也。

　　凡刺朝刺時等衰世之詩，均足為人君之鑑戒，而思所儆惕者也。

四、〈小序〉續文之思想

　　大概言之，〈小序〉之續文多承首句之意而加以發揮，亦有不相承接者，今分析如次：（引證續文之時，如無首句則意思不完，即與首句連引之）

（一）道德禮義

　　續文之主要思想，為道德禮義。如

　　　洞酌序：言皇天親有德饗有道也。

　　　靜女序：衛君無道，夫人無德。

　　此道德並言者也。又

免罝序：關雎之化行，則莫不好德，賢人眾多也。

既醉序，醉酒飽德，人有士君子之行焉。

葛屨序：魏地狹隘，其民機巧趨利，其君儉嗇褊急，而無德以將之。

此單言德。道德乃爲政之本，無德則民不從也。其次言禮義，如：

甫田序：無禮義而求大功，不修德而求諸侯，志大心勞，所以求者非其
道也。

載驅序：無禮義，故盛其車服，疾驅于通道大都。

此禮義連言者也。序之言禮者甚多，如：

蒹葭序：未能用周禮，將無以固其國焉。

淇奧序：有文章，又能聽其規諫，以禮自防，故能入相于周，美而作是
詩也。

瓠葉序：古之人，不以微薄廢禮焉。

竹竿序：適異國而不見答，思而能以禮者也。

桑扈序：君臣上下，動無禮文焉。

東方之日序：君臣失道，男女淫奔，不能以禮化也。

野有死麕序：被文王之化，雖當亂世，猶惡無禮也。

汾沮洳序：其君儉以能勤，刺不得禮也。

芄蘭序：驕而無禮，大夫刺之。

又節度服制，亦禮之用：

東方未明序：朝廷興居無節，號令不時，挈壺民不能掌其職焉。

都人士序：古者長民，衣服不貳，從容有常，以齊其民，則民歸一；傷
今不復見古人也。

禮爲固國之具，制度之本，可以正身，可以防邪，上至國家，下至個人，皆
不可無禮，故禮之效用，至廣且大。

道德禮義皆源自天命之性，萬物失性，則亂亡痛苦薦至焉。

魚藻序：言萬物失其性，王居鎬京，將不能以自樂。

（二）君道

戰國以後之儒者，漸有以詩《三百篇》爲諫書之趨勢（見何定生《詩經今論》
卷一，從樂章到諫書看《詩經》）。《詩序》承此趨勢，亦有以《三百篇》爲諫書之
意味，故其言有關君道者甚多。茲分別言之。

1. 君位以德為本，惟有德者乃能居之

正面之例，文王有靈德，民乃歸附，如

靈臺序：文王受命，而民樂其有靈德，以及鳥獸昆蟲焉。

反面之例，如桓王失信，王師傷敗；幽王貪殘，怨亂並興。

兔爰序：桓王失信，諸侯背叛，構怨連禍，王師傷敗，君子不樂其生焉。

四月序：在位貪殘，下國搆禍，怨亂並興焉。

2. 人君當有決斷，能號令於下

正面之例，如古之明王，能爵命諸侯，賞善罰惡。

瞻彼洛矣序：思古明王，能爵命諸侯，賞善罰惡焉。

反面之例，如忽之君弱臣強，僖公之愿而無立志，文公之不能以道退高克。

擇兮序：刺忽也。君弱臣強，不倡而和也。

衡門序：誘僖公也。愿而無立志，故作是詩，以誘掖其君也。

清人序：高克好利，而不顧其君。文公惡而欲遠之，不能；使高克將兵，而禦狄于境，陳其師旅，翱翔河上，久而不召，眾散而歸，高克奔陳。公子素惡高克，進之不以禮，文公退之不以道，危國亡師之本，故作是詩也。

3. 人君當抵禦外侮，保衛國家

文王宣王，皆為抵禦外侮，保衛中國之理想人物。襄公能討伐西戎，亦為贊美之對象：

采薇序：文王之時，西有昆夷之患，北有玁狁之難，以天子之命，命將率，遣戍役，以守衛中國。

車攻序：宣王能內修政事，外攘夷狄，復文王之故土，修車馬，備器械，復會諸侯於東都，因田獵而選車徒焉。

小戎序：美襄公也。備其兵甲，以討西戎，西戎方彊，而征伐不休；國人則矜其車甲，婦人能閔其君子焉。

4. 人君不可以淫荒遊蕩有虧職守

如以下諸例，即刺田獵、飲酒、昏亂、荒淫者也：

賓之初筵序：幽王荒廢，媟近小人，飲酒無度，天下化之。君臣上下，沈湎淫泆。

宛丘序：刺幽公也。淫荒昏亂，遊蕩無度焉。

還序：哀公好田獵，從禽獸而無厭，國人化之，遂成風俗。習于田獵謂之賢；閑于馳逐謂之好焉。

隰有萇楚：國人疾其君之淫恣，而思無情欲者也。

盧令序：襄公好田獵，畢弋而不修民事，百姓苦之，故陳古以風焉。

5. 人君不可聽信讒言，棄賢而任用群小

如采苓、巧言、防有鵲巢、角弓，皆刺信讒之例：

采苓序：獻公好聽讒焉。

巧言序：大夫傷於讒，故作是詩也。

防有鵲巢序：宣公多信讒，君子憂懼焉。

角弓序：不親九族，而好讒佞，骨肉相怨，故作是詩也。

如權輿、考槃、柏舟、卷阿、狡童、裳裳者華，皆刺棄賢或勸用賢之例：

權輿序：刺康公也。忘先君之舊臣與賢者，有始而無終也。

考槃序：刺莊公也。不能繼先公之業，使賢者退而窮處也。

柏舟序：衛頃公之時，仁人不遇，小人在側。

卷阿序：言求賢用吉士也。

狡童序：刺忽也。不能與賢人圖事，權臣擅命也。

裳裳者華序：刺幽王也。古之仕者世祿；小人在位，則讒諂並進，棄賢
　　者之類，絕功臣之世焉。

6. 人君當推其仁恩，厚待臣下及人民。

如黃鳥序：哀三良也。國人刺穆公以人從死，而作是詩也。

穆公以人從死，是無仁心。然有仁心而不推其恩惠，則不免於骨肉析離。如

杕杜序：君不能親其宗族，骨肉離散，獨居而無兄弟，將為沃所并爾。

以下為推恩愛民之例：

公劉序：美公劉之厚於民，而獻是詩也。

鹿鳴序：既飲食之，又實幣帛筐篚，以將其厚意，然後忠臣嘉賓，得盡其
　　心矣。

駉序：僖公能遵伯禽之法，儉以足用，寬以愛民，務農重穀，牧于坰野。
　　魯人尊之，於是季孫行父請命於周，而史克作是頌。

以下為侵刻臣民之例：

楚茨序：政煩賦重，田萊多荒，饑饉降喪，民卒流亡，祭祀不饗，故君
　　子思古焉。

北山序：大夫刺幽王也。役使不均，勞於從事，不得養父母焉。

園有桃序：大夫憂其君，國小而迫，而儉以嗇，不能用其民，而無德教，
　　日以侵削，故作是詩也。

下泉序：曹人疾共公侵刻，下民不得其所，憂而思明王賢伯也。

7. 人君應謙虛待下，閔其憂勞，則臣下歸心焉。

如幽王侮慢諸侯，是反面之例，故刺之。

采菽序：刺幽王也。侮慢諸侯，諸侯來朝，不能錫命以禮，數徵會而無信義，君子見微而思古焉。

正面之例，如東山、吉日、四牡：

東山序：君子之于人，序其情的閔其勞，所以說也。說以使民，民忘其死，其惟東山乎！

吉日序：能慎微接下，無不自盡，以奉其上焉。

四牡序：有功而見知，則說矣。

（三）臣道

大臣應發揮仁心，顧念微賤，反之則刺焉。如

緜蠻序：大臣不用仁心，遺忘微賤，不肯飲食教載之，故作是詩也。

群臣應忠於職守，努力服務。如：

緇衣序：美武公也。父子並為周司徒，善于其職，國人宜之，故美其德，以明有國善善之功焉。

（四）夫道

丈夫應尊重妻妾之序，不可以妾為妻，顛倒正道。故

白華序云：幽王取申女以為后，又得褒姒而黜申后。故下國化之，以妾為妻，以孽代宗，而王弗能治；周人為之作是詩也。

碩人序云：閔莊姜也。莊公惑於嬖妾，使驕上僭，莊姜賢而不答，終以無子，國人閔而憂之。

綠衣序云：妾上僭，夫人失位，而作是詩也。

丈夫應剛強果毅，不可放縱妻室，使之淫亂：

敝笱序：刺文姜也。齊人惡魯桓公微弱，不能防閑文姜，使至淫亂，為二國患焉。

（五）妻道

妻之責任，在為夫之輔佐；故后妃之志，有似宰輔；而褒姒嫉妒，則無道並進。

卷耳序云：后妃……又當輔佐君子，求賢審官，知臣下之勤勞。內有進賢之志，而無險詖私謁之心，朝夕思念，至於憂勤也。

車舝序：褒姒嫉妒，無道並進，讒巧敗國，德澤不加於民，周人思得賢女，以配君子。

賢女配君子，則能勉之以正，勸之以義：

東門之池序云：疾其君之淫昏，而思賢女以配君子也。

雞鳴序云：思賢妃也。哀公荒淫怠慢，故陳賢妃貞女，夙夜警戒，相成之道焉。

汝墳序云：文王之化，行乎汝墳之國，婦人能閔其君子，猶勉之以正也。

殷其靁序云：召南之大夫，遠行從政，不遑寧處；其室家能閔其勤勞，勸以義也。

言及妻道，則貞潔之操，自亦不容忽視。

柏舟序云：共姜自誓也。衛世子共伯即位死，其妻守義，父母欲奪而嫁之。誓而弗許，故作是詩以絕之。（鄘風）

（六）子道

人子應孝養父母，愛戀父母，乃理所當然。故

蓼莪序云：刺幽王也。民人勞苦，孝子不得終養爾。

河廣序云：宋襄公母歸于衛，思而不止，故作是詩也。

助親行義，防親過惡，亦人子之責任。故

猗嗟序云：刺魯莊公也。齊人傷魯莊公有威儀技藝，然而不能以禮防閑其母，失子之道，人以爲齊侯之子焉。

（七）友道

友道包括朋友之交與兄弟之愛，如

伐木序：自天子至于庶人，未有不須友以成者。親親以睦，友賢不棄，不遺故舊，則民德歸厚矣。

谷風序：刺幽王也。天下俗薄，朋友道絕焉。

此言朋友之交也。子曰：「以友輔仁」信不誣矣。若二子乘舟，則言兄弟之友愛。

二子乘舟序云：衛宣公之二子，爭相爲死；國人傷而思之，作是詩也。

（八）師道

師之責任，在長育人材，使明爲人之義：

墓門序云：陳佗無良師傅，以至於不義，惡加於萬民焉。

菁菁者莪序：樂育材也。君子能長育人材，則天下喜樂之矣。

（九）君子及一般修養

君子乃成德之人，而《詩序》之基本思想，又爲德化政治，故其云君子者甚

多。君子者，實乃吾人進德之楷模也。如

　　鳲鳩序：在位無君子，用心之不一也。

　　風雨序：亂世則思君子不改其度焉。

　　隰桑序：小人在位，君子在野，思見君子，盡心以事之。

君子用心專一，亂世不改其度，故能得人之歸心，而欲盡心事之矣。

至其他善道或修養之例，如：

　　干旄序：臣子多好善，賢者樂，告以善道也。

　　魚麗序云：始於憂勤，終於逸樂。

　　將仲子序：刺莊公也。不勝其母，以害其弟；弟叔失道，而公弗制，祭
　　　　仲諫，而公弗聽。小不忍，以致大亂焉。

　　狼跋序：周公攝政，遠則四國流言，近則王不知，周大夫美其不失聖也。

　　江有汜序：美媵也。勤而無怨，嫡能悔過也。文王之時，江汜之間，有
　　　　嫡不以其媵備數，媵遇勞而無怨，嫡亦自悔也。

約言其意，則為德不孤一也；先憂後樂二也；忍小成大，三也；盡其在我，
四也：勞而無怨，五也。

（十）對怨曠及淫亂之批判

按作序之意，乃以在上荒淫政亂，則下民失所，男女怨曠，婚姻道衰，而淫
奔之俗興矣。

　　采綠序云：幽王之時，多怨曠者也。

　　東門之枌序云：幽公淫荒，風化之所行，男女棄其舊業，亟會於道路，
　　　　歌舞於市井爾。

　　澤陂序：言靈公君臣，淫于其國，男女相說，憂思感傷焉。

　　著序：刺時也。時不親迎也。

　　東門之楊序云：昏姻失時，男女多違；親迎，女猶有不至者也。

　　綢繆序：國亂則昏姻不得其時焉。

　　桑中序：刺奔也。衛之公室淫亂，男女相奔，至于世族在位，相竊妻妾，
　　　　期于幽遠，政荒民流而不可止。

　　野有蔓草，序：君之澤不下流，民窮于兵革，男女失時，思不期而會焉。

　　野有死麕，序：天下大亂，彊暴相陵，遂成淫風。

（十一）反對無意義之戰爭與不合理之勞役

其例如下：

出其東門，序：公子五爭，兵革不息，男女相棄，民人思保其室家焉。

葛生，序：刺晉獻公也。好攻戰，則國人多喪矣。

無衣，序：秦人刺其君好攻戰，亟用兵，而不與民同欲焉。

大東，序：刺亂也。東國困於役，傷於財，譚大夫作是詩告病焉。

五、《詩序》思想系統表

《詩序》之思想系統，已詳析於前；今特紬其意旨，製爲簡表如下：

說明：《詩序》之中心思想，爲德化政治，而其表現之方式，則在於美刺－善斯美，惡斯刺；美所以勸善，刺所以懲惡。其美之最高典型，爲文王與后妃；惡之極端典型，爲幽王與幽后。美惡之關鍵，在於倫理道德之高下，而夫婦之道，乃人倫之始。文王后妃所以善，在夫婦和諧，足式天下；幽王幽后之所以惡，在夫婦失道，垂戒萬世。以下分言善惡兩面。文王爲善之典型，善王善事則造成善風，善風之表現，則有善人若干，善事若干；幽王爲惡之典型，惡王惡事則造成惡風，惡風之表現，則有惡人若干，惡事若干。善人善事則美政懿行可爲風標，惡人惡事則亂政惡節足爲炯戒。總言而之，詩有美刺，始可表現於輔政導民。善則可以化下，惡則由下刺之。詩有信史之功，可爲後世之借鏡，吾人應引以爲訓，共達美政佳俗圓滿至治之境，是乃《詩序》作者之一番苦心孤詣也。

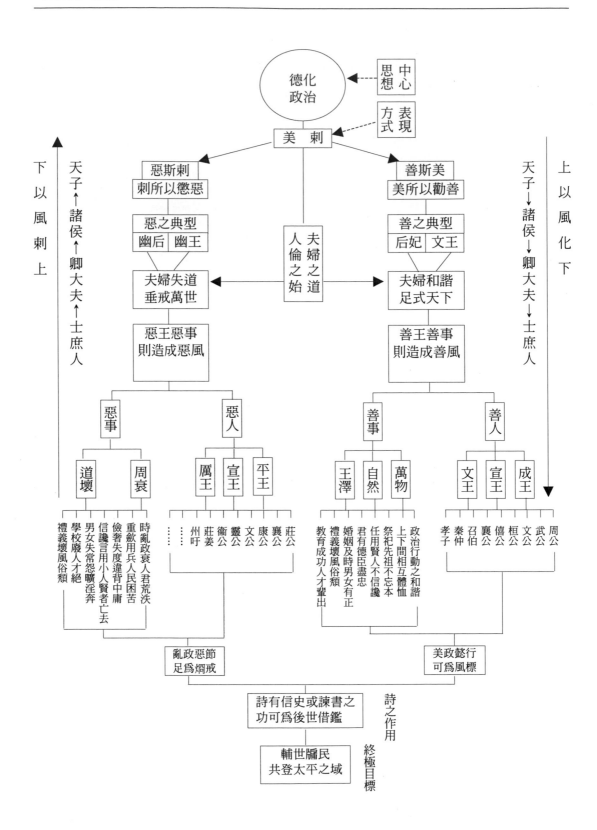

結　論

　　《詩經》一書，本爲有周一代之詩篇總集，純係文學作品；然後世加以應用，加以曲解，遂成爲一部經典，亦即儒家思想之教科書，而影響詩義特別重大者，則爲《詩序》。

　　歷代學者對於《詩序》之態度，簡述如下：自漢代至三國、六朝、以至於有唐之世，皆爲尊序（亦即信序）派之天下。宋代學者，始懷疑《詩序》，其中影響最大者，爲朱熹，元、明兩代，爲朱子《集傳》之全盛時期，至清代則信序疑序兩派並立，民國以來，學者之興趣，多在探究詩篇之本義，對於《詩序》，僅作有選擇之接受。

　　《詩序》之作者，說者多家，然大別言之，不外六類：即一、詩人或國史，二、孔子，三、子夏，四、漢儒，五、毛公，六、衛宏。據本人之研判，當以衛宏作序之說較爲可信。

　　《詩序》之說詩，乃由春秋、戰國，以至漢初，長時之應用、曲解，因而造成以《詩經》爲諫書或教本（教化工具）之態度，可謂淵源有自。

　　《詩序》之寫作態度，乃「以述爲作」。所謂「以述爲作」者，即表面上在敘述史實、解釋詩義，實則利用此一方式，發表作序者個人之思想、見解。

　　《詩序》之說詩，與詩義有相合者，有相異者。根據統計，《詩序》與詩義相合者，約佔百分之十一點二；與詩義相異者，約佔百分之六十五，其餘則在同異之間。

　　《詩序》與史實，固有相合者，而矛盾、漏洞、違異之情形，更屬不乏其例，其詳具見本書第七章。

　　歷來《詩經》學者，對於《詩序》之懷疑，凡有九點：一、因襲故書來歷有問題，二、違背情理令人難以接受，三、不合經義，四、牽合穿鑿，五、首句與

續文矛盾，六、據詩中一二字發爲妄說而不深究其意，七、違背詩意，八、依附史實，九、完全以美刺觀點說詩。

〈大序〉與〈小序〉之說法極多，本書則以〈大序〉爲全書之序，〈小序〉爲各篇之序，至〈小序〉之中，首句與續文，學者又各有異名。本書則以別立名稱易滋紛擾，故直以「首句」及「續文」名之。

《詩序》之主要思想，偏於儒家（孔孟）思想在政治上之發揮，亦即以「德化政治」爲主；德化政治之手段，則在詩篇，故曰：「上以風化下，下以風刺上」。又詩有美刺：美表贊成，刺表反對，由美刺可知作序之好惡，亦由此可引出作序者之思想，其所好者爲何？所惡者爲何？具見第十章「《詩序》思想系統表」，茲不詳贅。

參考書目舉要

1. 《國學論文索引》，原編國立北平圖書館，國立台灣大學藏本。
2. 《中國近二十年文史哲論文分類索引》，國立中央圖書館編印出版。
3. 《文學論文索引》，初編陳璧如、張陳卿、李維墀編，續編、三編劉修業編，學生書店印行。
4. 《中國歷代經籍典》，中華書局就古今圖書集成經部整理刊行。
5. 《四庫全書總目提要》，紀昀撰。
6. 《古今偽書考》，姚際恒著，開明書局。
7. 《偽書通考》，張心澂編著，明倫出版社印行。
8. 《先秦經籍考》，江俠菴編譯，新欣出版社印行。
9. 《古書真偽及其年代》，梁啓超撰，中華書局。
10. 《古史辨》第三冊，顧頡剛編著，明倫出版社印行。
11. 《經典常談》，朱自清著，華聯書局出版。
12. 《詩言志辨》，朱自清著，五洲出版社印行。
13. 《群經大義相通論》，劉師培著，國民出版社。
14. 《經義考》，朱彝尊著，中華書局，《四部備要》本。
15. 《六經討源與孔子述作》，華仲麐撰，《孔孟月刊》七卷九期。
16. 《詩經學》，胡樸安著，商務印書館。
17. 《詩經學新論》，金公亮，啓明書局。
18. 《詩經研究》，謝无量撰，商務印書館。
19. 《三百篇演論》，蔣善國著，商務印書館。
20. 《詩經新評價》，高葆光著，中央書局。
21. 《詩經今論》，何定生著，商務印書館。
22. 《詩序明辨》，潘重規撰，《學術季刊》四卷四期。
23. 《詩序略談》，潘重規撰，《大學生活》三卷十二期。
24. 《毛詩序傳違異考》，《大陸雜誌》三十三卷八期。
25. 《毛詩序再檢討》，高葆光，《東海學報》七卷一期。
26. 《詩序作者考》，林礽乾撰，《孔孟月刊》八卷一期。
27. 《詩序管窺》，姚榮松撰，《孔孟學報》二十五期。

28. 《毛詩小序的重估價》，戴君仁撰，《孔孟學報》二十二期。
29. 《孟子詩說》，王冬珍撰，《孔孟月刊》十卷二期。
30. 《孟子與詩經》，糜文開，《大陸雜誌》三十六卷一二期。
31. 《從言教到諫書看《詩經》的面貌》何定生撰，《孔孟學報》十一期。
32. 《毛詩》，世界書局縮印景刊唐石經本。
33. 《詩序》，漢人衛宏撰。
34. 《毛詩注疏及補正》，漢毛亨傳，鄭玄箋，唐孔穎達疏，世界書局。
35. 《毛詩詞例舉要詳本》，略本，劉師培撰，國民出版社。
36. 《毛詩指說》，唐成伯璵撰，大通書局，《通志堂經解》第十六冊。
37. 《詩本義》，歐陽修撰，《通志堂經解》第十六冊。
38. 《詩集傳》，宋朱熹撰，藝文印書館。
39. 《呂氏家塾讀詩記》，呂祖謙撰。
40. 《詩緝》，嚴粲著，廣文書局。
41. 《詩疑》，王柏著，開明書局。
42. 《讀風偶識》，崔述撰，在《崔東壁遺書》內，世界書局。
43. 《詩經原始》，方玉潤撰，藝文印書館。
44. 《詩經通論》，姚際恒撰，廣文書局。
45. 《毛詩傳箋通釋》，馬瑞辰，中華書局。
46. 《詩毛氏傳疏》，陳奐，世界書局。
47. 《詩經通釋》，王靜芝著，輔仁大學文學院出版。
48. 《詩經通釋》，李辰冬撰，水牛出版社。
49. 《國學發微》，劉師培著，國民出版社印行。
50. 《中國哲學史》，馮友蘭著。
51. 《中國學術思想大綱》，林尹著，學生書局。
52. 《春秋左氏傳》，左丘明撰，藝文印書館。
53. 《史記》，司馬遷撰，藝文印書館。
54. 《後漢書》，南朝范曄撰，藝文印書館。
55. 《戰國策》，劉向輯，文化圖書公司。
56. 《楚辭補注》，劉向集，王逸章句，洪興祖補注，廣文書局。
57. 《荀子集解》，清謝墉，盧文弨集解，新興書局影印。
58. 《四書集註》，朱熹撰，臺灣書店印行。
59. 《中國文學發達史》，劉大杰撰，中華書局。

孫星衍《尚書今古文注疏》研究

吳國宏　著

作者簡介

吳國宏，臺灣大學中文系學士、中正大學中文所碩士、香港珠海大學中文所博士。現職：大仁科技大學副教授

提　　要

本文計分五章。首章略述孫星衍之生平行誼，「求真」、「崇古」的治學態度，及其整理古文獻之卓越學術成就。統稱為「孫星衍學記」，以求符合知人論事之旨趣。

第二章首論乾嘉考據學風興盛之原因，及其所建立的治經理論，並由吳、皖之異，論及漢、宋之爭的緣起，以期能闡明乾嘉學風的真象，及《孫疏》成書的學術背景。其次則重檢偽古文《尚書》辨正史，並引乾嘉諸家語，以證偽古文定讞於乾嘉時期。末殿以江、王、段、孫四家《尚書》新疏之介紹，以彰顯其時代意義。

第三章首先對《孫疏》之著作動機、方法逐一敘述，從中可見孫星衍是以去偽存真的方法、藏諸名山的志向為此新疏。其次所辨《孫疏》之書名、卷數、版本，則略寓辨彰學術、考鏡源流之意。

第四章首論漢代《尚書》的今古文問題，並指出欲由師法、家法觀點釐清漢代今古文說差異的盲點。其次則詮釋《孫疏》的中心架構—「五家三科」說的真正函意，從而知其今古文觀並不十分正確。

第五章是本文對《孫疏》內在體式的具體研究，即對其書輯注、疏釋的通盤考察。本章首論其於漢代《書》說，蒐羅略備，態度亦稱嚴謹。次論其許多「論學之言」，並不符於注疏家應有的態度。末節則徵以《孫疏》實際的疏釋，發現其擅用考據學的理論和方法，對《尚書》經文及漢儒《書》傳作覈實的詮釋。

本文末附結論，嘗試比較《孫疏》的著作動機與其疏釋成就的契合度，並給與適當的評價。兼論為學不宜有門戶之見。

目

錄

緒 言

　　本文以「孫星衍《尚書今古文注疏》研究」為題，故涉及的論題分別是：清代《尚書》學之發展、《尚書》之今古文問題、《尚書》新舊注疏之問題等。以這些論題衡諸《孫疏》則為：《孫疏》在清代《尚書》學史上的地位如何？其對《尚書》今古文的態度如何？及其如何看待舊注疏與創為新注疏等等。又以孫星衍為乾嘉考據學盛行時期，標榜「漢學」最力的「吳派」經學家一員。故本文之論題亦涉及「考據」與「義理」、「漢學」與「宋學」、「吳派惠學」與「皖派戴學」等學術史問題的探討。

　　本文計分五章。首章略述孫星衍之生平行誼，「求真」、「崇古」的治學態度，及其整理古文獻之卓越學術成就。統稱為「孫星衍學記」，以求符合知人論世之旨趣。

　　第二章首論乾嘉考據學風興盛之原因，及其所建立的治經理論，並由吳、皖之異，論及漢、宋之爭的緣起，以期能闡明乾嘉學風的真象，及《孫疏》成書的學術背景。其次則重檢偽古文《尚書》辨正史，並引乾嘉諸家語，以證偽古文定讞於乾嘉時期。末殿以江、王、段、孫四家《尚書》新疏之介紹，以彰顯其時代意義。

　　第三章首先對《孫疏》之著作動機、方法逐一敘述，從中可見孫星衍是以去偽存真的方法、藏諸名山的志向為此新疏。其次所辨《孫疏》之書名、卷數、版本，則略寓辨彰學術、考鏡源流之意。

　　第四章首論漢代《尚書》的今古文問題，並指出欲由師法、家法觀點釐清漢代今古文說差異的盲點。其次則詮釋《孫疏》的中心架構—「五家三科」說的真正涵意，從而知其今古文觀並不十分正確。

　　第五章是本文對《孫疏》內在體式的具體研究，即對其書輯注、疏釋的通盤考察。

　　本章首論其於漢代《書》說，蒐羅略備，態度亦稱嚴謹。次論其許多「論學之

言」，並不符於注疏家應有的態度。末節則徵以《孫疏》實際的疏釋，發現其擅用考據學的理論和方法，對《尚書》經文及漢儒《書》傳作覈實的詮釋。

　　本文末附結論，嘗試比較《孫疏》的著作動機與其疏釋成就的契合度，並給與適當的評價，兼論為學不宜有門戶之見。

第一章　孫星衍學記

第一節　孫星衍之生平述要

　　孫星衍，字淵如，江蘇陽湖人。生於乾隆十八年，卒於嘉慶二十三年（西元一七五三～一八一八），年六十六。父孫勳是乾隆二十一年舉人，曾親授淵如學業。此外，淵如幼時還曾受教於叔父孫晚霞，讀書常州家塾、句容學舍。淵如幼有異稟，《文選》能全部背誦無誤；天性仁恕，曾與同舍生嬉戲傷額，恐大人責罰同舍生，遂於入門時故作失足致傷狀。未冠，補陽湖縣學學生員。及冠，先後肄業於常州龍城書院、金陵鍾山書院。時與盧文弨、錢大昕等老一輩學者共同考證古學，講論經術、小學。仰慕當時漢學家朱筠之為人，託同邑洪稚存為紹，願遙執弟子之禮。

　　乾隆四十五年，淵如為應舉，溫書金陵城西瓦官寺，翻閱多部佛典，見《大藏經》中唐釋玄應之《一切經音義》引書博贍，足與陸德明《經典釋文》、李善《文選注》相抗衡；其中又多引古代字書《倉頡》、《三倉》、衛宏古文、葛洪《字苑》、《字林》、《聲類》、服虔《通俗文》、《說文》、《漢石經》之屬。然而，「自唐以來傳注類書皆未及引，通人碩儒亦未及覽閱」〔註1〕。於是「隨加摭拾，兼采儒書，閱五年矣，粗具條理，始刊行之」〔註2〕。淵如後來致力古學、重新整理《倉頡篇》，受到此書的啟發頗大。

　　往後四年，淵如居西安巡撫畢沅幕府，參與纂修《邠州志》、《醴泉縣志》、《澄城縣志》、《三水縣志》等陝西地方志，校刻《神農本草經》、《孫子》、《墨子》、《山

〔註1〕見孫星衍、莊炘、錢坫同校唐·釋玄應《一切經音義》，莊炘〈一切經音義序〉。
〔註2〕見孫星衍《問字堂集》卷四，〈倉頡篇集本序〉。

海經注》等古代典籍及惠棟所著諸書，並助王昶編撰《金石萃編》。

乾隆五十一年丙午，淵如與阮元、張惠言同榜中舉，後三人咸以經術知名，世人皆以江南丙午科為名榜。翌年，高中一甲第二名進士，授官翰林院編修。隨後轉任刑部主事，在部寬仁，務求平法，遇有疑獄，則循古法為斷，平反核讞，全活甚眾。淵如當時居京師，海內能文講學之士皆樂登其堂。與王念孫、徐大榕、張問陶、阮元等過從甚密。

乾隆六十年，淵如簡放山東，官兗州府、沂州府、曹州府、濟寧府巡道，兼管黃河兵備道。操守清廉，治河甚力，省國家數百萬帑金。當時阮元官山東學政，武憶、桂馥諸名士皆在其幕，與淵如常相燕集。淵如性喜獎掖後進，曾論及一前輩：「彼之不愛才，畢竟自家才識有限耳」〔註3〕。所拔擢畢以田、王宗敬等人，後皆成名士。

淵如官山東期間，政事之暇，致力於勘查歷史遺跡。據訪得之宋元碑碣，重考伏羲陵當在魚臺而非在陳州〔註4〕。又遍考諸書，知山西榮河之湯陵實宋以來傳訛之跡，真湯陵在濟陰，書傳有明文為證〔註5〕。

嘉慶初年，淵如居母喪，自山東歸常州，主講於安定書院、蕺山書院。阮元時任浙江巡撫，設詁經精舍於西湖之濱，延聘淵如與王昶為首任山長，一講經義，一授詞章。淵如授諸生經史疑義，旁及小學、天文、曆算。

後淵如返常州，數年間致力於刊刻《寰宇訪碑錄》、《元和姓纂》、《宋本爾雅圖》、《岱南閣叢書》等書。又以簡放遠省，不能迎養，頗有致仕之意。然先前有人彈劾他與繼任者治河失當，應負責賠償國庫九萬兩銀子，世人雖冤之，終議由其官俸扣繳以償賠銀。遂再度出仕，授官山東督糧道。他任此職一直到嘉慶十六年因病致仕為止。

淵如辭官後居金陵，邀校勘學家顧廣圻至寓所，校訂刊行《抱朴子》、《古文苑》、《唐律疏議》、《尚書考異》等典籍。刊刻頗享盛名的《平津館叢書》這部大型叢書；與其族弟輯錄《孔子集語》。其生平代表作《尚書今古文注疏》亦在此時期完成。同時，他還主講於鍾山書院，敦勸諸生致力古學，諸生執經問字者日盈於庭。

嘉慶二十三年，淵如以病卒，嚴可均、顧廣圻等友人整理其未刊之文為《冶城山館遺稿》。好友阮元曾為他寫傳並作贊曰：「君為儒者，亦為文人，以廉為孝，以直為仁，執法在平，布治以循，測學之海，得經之神，人亡書在，千載常新」〔註6〕。

〔註3〕見李桓輯《國朝耆獻類徵初編》卷二百十三，張維屏錄《群雅集》。
〔註4〕見孫星衍《岱南閣集》卷一，〈咨覆河南布政司伏羲陵稿〉、〈伏羲陵考〉。
〔註5〕同上，卷一，〈咨覆稿山西布政司議湯陵稿〉、〈再咨浙江布政司議湯陵稿〉、〈湯陵考〉。
〔註6〕見阮元《揅經室二集》卷三，〈山東糧道淵如孫君傳〉。

簡要且眞實地描繪出孫星衍的一生〔註7〕。

第二節　孫星衍之治學態度

　　孫星衍是乾嘉時期「吳派」漢學家的一員，「尊古法古」是「吳派」一貫的主張（詳第二章）。他的治學態度，主要是承繼韓愈〈原道〉的「道統」主張〔註8〕。他以爲：

　　　　道存乎經，統本於堯、舜、禹、湯、文、武。伏生不傳《尚書》，則
　　道何所存？統何所述〔註9〕？

「道存乎經」，故欲「明道」則須「宗經」；「統本於聖」，故欲「紹統」則須「徵聖」。這即是傳統的「徵聖宗經」思想。

　　在「徵聖宗經」之思想格局下，孫星衍又有「無一字背先聖之言，無一言爲欺世之學」〔註10〕的主張。「先王聖化，布在方冊」〔註11〕，思得「先聖之言」，必本之於古代經典，即求古。蓋「夫所謂理義，苟可以舍經而空憑胸臆，將人人鑿空得之，奚有於經學之云乎哉！惟空憑胸臆之卒無當於賢人聖人之理義，然後求之古經」〔註12〕。不爲「欺世之學」，必徵之於實，即求眞。故求古與求眞爲孫星衍治學之重要主張。

　　孫星衍既標榜求古，不背「先聖之言」，則記載聖言之古經典、解釋聖言之古經說，乃至存聖人制作之意的典章制度，及有助於瞭解經義的輔助學科，一并都受到他的重視。故孫星衍「求古」、「徵古」的治學態度，具體的表現在二方面：其一、重視古經說，尤其是漢儒經說；其二、重視輔經之學。

〔註7〕本節主要參考《清儒學案》卷一百十、《清史稿》卷四八七、《清史列傳》卷六十九、《清代通史》附學者著述表、《國朝耆獻類徵初編》卷二百十三、《國朝先正事略》卷三十五、《國朝漢學師承記》卷四、《文獻徵存錄》卷九、《國朝書人輯略》卷六、《國朝詩人徵略》卷四十八、《碑傳集》卷八十七、《清代學者象傳》卷三、《清代樸學大師列傳》卷四、《孫淵如先生年譜》（張紹南編、王德福續編）、《孫淵如先生年譜》（繆荃孫編）、〈山東糧道淵如孫君傳〉（阮元《揅經室二集》卷三）。
〔註8〕見韓愈《韓昌黎集》卷一，〈原道〉：「斯吾所謂道也堯以是傳之舜，舜以是傳之禹，禹以是傳之湯，湯以是傳之文武周公，文武周公傳之孔子，孔子傳之孟軻，軻之死，不得其傳焉」。
〔註9〕見孫星衍《岱南閣集》卷一，〈咨請會奏置立伏鄭博士稿〉。
〔註10〕見孫星衍《平津館文稿》卷下，〈洪筠軒文鈔序〉。
〔註11〕見劉勰《文心雕龍‧宗經》第三。
〔註12〕見戴震《戴震文集》卷十一，〈題惠定宇先生授經圖〉。

（一）、重視古經說

孫星衍云：

> 夫孔子微言大義，七十子得其傳，有漢諸儒授其學〔註13〕。

> 漢魏人說經，出於七十子，謂之「師傳」，亦曰「家法」，六朝唐人疏義守之不失，以及近代仿王應麟輯錄古注，皆遺經佚說之僅存者，學有淵原，可資誦法〔註14〕。

可見孫星衍以為七十子遺說、漢魏人經說、六朝唐人義疏及後人所輯古注疏，是「遺經佚說之僅存者」，後人生千載之下，欲知先聖之遺言，可資憑藉唯此，其重要性固不待言。而在這些遺經佚說當中，孫星衍又特別推崇漢儒傳經之功：

> 漢代諸儒承秦絕學之後，傳授經文經義，去古不遠，皆親得七十子之傳，若伏生、鄭康成，其功在經學絕續之際，較七十子為難，又迴在唐宋諸儒之上〔註15〕。

> 考漢儒學有師法，所注諸經，率本七十子微言大義〔註16〕。

> 漢以來傳儒林者，以通經詁，宗家法〔註17〕。

> 今儒家欲知聖道，上則考之周公、孔子作述之書，次則漢儒傳經之學，又次則為唐人疏義，最下則宋人語錄，及後世應舉之文〔註18〕。

> 僕嘗言許叔重以字解經，鄭康成以經解經，孔門之外，身通六藝，古今惟此二人，而世人好議前修，蓋有不知而作〔註19〕。

綜上所述，可知孫星衍以為釋經應遵行漢儒的理由有三：一是在時代上漢儒與古聖賢較接近，所謂「去古不遠」；二是漢人所傳為有本之學，所謂有「師法」、「家法」；三是漢儒解經的方法可採，所謂「以字解經」、「以經解經」，而非以「臆說解經」。又以漢儒經說直接於周、孔之後，并可見其注重漢人注經之學。

（二）、重視輔經之學

孫星衍和同時期的漢學家一樣，把經學以外的許多學科，都當成是佐經的工具，這些學科之所以重要，在於它們或存「聖人制作之意」，或具「箋經注史」之功。孫

〔註13〕見孫星衍《建立伏博士始末‧序》。
〔註14〕見孫星衍《孫氏祠堂書目‧序》。
〔註15〕見孫星衍《岱南閣集》卷一，〈咨請會奏置立伏鄭博士稿〉。
〔註16〕見孫星衍《嘉穀堂集》〈天文辨惑論〉。
〔註17〕見孫星衍《平津館文稿》卷下，〈清故江南道監察御史孫君志祖傳〉。
〔註18〕見孫星衍《問字堂集》卷二，〈三教論〉。
〔註19〕同上，卷四，〈與段大令若膺書〉。

星衍於〈答袁簡齋前輩書〉中自敘其治學歷程：

> 侍少讀書，爲訓詁之學，以爲經義生于文字，文字本于六書，六書當
> 求之篆籀古文，始知《倉頡》、《爾雅》之本旨。于是，博稽鐘鼎款識，及
> 漢人小學之書，而九經三史之疑義，可得而釋。及壯，稍通經術，又欲知
> 聖人制作之意，以爲儒者立身出政，皆則天法地，于是考周天日月之度，
> 明堂井田之法，陰陽五行、推十合一之數，而後知人之所以貴于萬物，及
> 儒者之學之所以貴于諸子百家〔註20〕。

這段話包含了兩個重要觀念；其一、經義透過文字來傳達，欲知字義則須「博稽」
於金石、文字、訓詁等小學。這和戴震在〈古經解鉤沉序〉中的說法是一致的：

> 嗚呼！經之至者道也，所以明道者其詞也，所以成詞者未有能外小學
> 文字者也。由文字以通乎語言，由語言以通乎古聖賢之心志，譬之適堂壇
> 之必循其階，而不可以躐等〔註21〕。

其二、欲知聖人制作之意，可由考察「周天日月之度，明堂井田之法，陰陽五行、
推十合一之數」入手，「周天日月之度」，指天文、曆法之學；「明堂井田之法」，
指禮制、田制之學；「陰陽五行、推十合一之數」，指術數之學；要而言之，都是
典章制度之學也。戴震〈題惠定宇先生授經圖〉一文，亦有聖人理義存於典章制
度的說法：

> 故訓明則古經明，古經明則賢人聖人之理義明，而我心之所同然者乃
> 因之而明。賢人聖人之理義非他，存乎典章制度者是也〔註22〕。

金石、文字、訓詁等小學，有助於解經；典章制度之學，可考知聖人制作之意。故
同以「輔經學科」的身份，受到孫星衍等乾嘉漢學家的重視。此外，孫星衍看待緯
書、釋道之書、諸子百家之書、地理學之書，往往亦持相同態度：

> 緯書出于周末，猶通古義……緯書有三代古說，不可廢也〔註23〕。
>
> 閱釋道兩藏，有最先古本，足證儒書及陰陽術數家言，取其不詭於
> 經者〔註24〕。
>
> 是書明抄本，備具歷代占驗之學……此本抄存家塾。予不省占驗，徒
> 以中引古書，可用爲解經証據，補注疏未備云〔註25〕。

〔註20〕同上，卷四，〈答袁簡齋前輩書〉。
〔註21〕見戴震《戴震文集》卷十，〈古經解鉤沉序〉。
〔註22〕同上，卷十一，〈題惠定宇先生授經圖〉。
〔註23〕見孫星衍《岱南閣集》卷二，〈封禪論〉。
〔註24〕見孫星衍《五松園文稿》卷一，〈孫忠愍侯祠堂藏書記〉。
〔註25〕見孫星衍《平津館文稿》卷下，〈乾象通鑑跋〉。

今惟李吉甫所著《元和郡縣圖志》獨存，《志》載州郡、都城、山川、塚墓，皆本古書，合于經證，無不根之說，誠一代鉅製。古今地理書，賴有此以箋經注史，此其所長也〔註26〕。

緯書取其存古義；釋道之書，錄其不詭於經者；諸子之書，擷以爲解經證據、補注疏所未備；地理之書，可資以箋經注史，亦即皆取其輔翼古經之功，諸學科并以經學的附庸性質而受到孫星衍的重視。

孫星衍所崇尚的另一治學態度爲求眞，所謂不爲「欺世之學」。乾嘉漢學家標舉以漢儒徵實治學之精神爲典範，稱之爲「實學」，意即「徵實之學」。「實學」以「實事求是」爲精神，以「經世致用」爲目的。對於空談心性之宋明理學，鄙之爲「虛學」。「虛學」與作僞亂眞的「僞學」，并爲孫星衍所謂的「欺世之學」。此外，詩文等純文學之作，在當時亦不受到重視，以其爲無用之文，不具「經世致用」功能。遍考孫星衍的言論，其求眞、求實的治學態度，和當時漢學家的論點是一致的，可分四方面來說明：

（一）、實事求是精神

孫星衍重視實事求是的治學精神，可由他與師友間的論學態度得知。孫星衍曾受教 錢大昕於鍾山書院，袁枚對他也有「知遇」之恩，兩人并是其師執輩，然而孫星衍在古天文曆法上有一些見解和錢大昕不合，因作〈答錢少詹師書論上元本星度〉〔註27〕、〈再答錢少詹書〉〔註28〕，反覆辨論，於〈再答錢少詹書〉中並言：「星衍似尚不能無言，爲後世之以師言爲重，恐不察古書也」。孫星衍與袁枚對「考據」二字之名義，看法歧異，孫星衍於〈答袁簡齋前輩書〉〔註29〕、〈隨園隨筆序〉〔註30〕中，對袁枚的看法皆有所辨證。〈答袁簡齋前輩書〉末云：「所以言者，侍非敢與前輩矜舌辨，懼世之聰明自用之士，誤信閣下之言，不求根柢之學，他日詒儒者之恥」，其意甚爲剴切。

江聲長於孫星衍三十餘歲，相與爲平輩交，江聲閱孫星衍《問字堂集》，贈言：「拙刻散布者多矣，其得之者，以字不通俗而不能閱者，有之；其僅僅涉獵者，亦有之；其能潛心閱竟，與夫愛之而反覆數四者，亦皆有之。未有如足下精研討論，尋求間隙，以相駁難者」〔註31〕。理之所在，「精研討論，尋求間隙，以相駁難」，

〔註26〕見孫星衍《岱南閣集》卷二，〈元和郡縣圖志序〉。
〔註27〕見孫星衍《問字堂集》卷四，〈答錢少詹師書論上元本星度〉。
〔註28〕同上，卷五，〈再答錢少詹書〉。
〔註29〕同上，卷四，〈答袁簡齋前輩書〉。
〔註30〕見孫星衍《平津館文稿》卷下，〈隨園隨筆序〉。
〔註31〕見孫星衍《問字堂集》卷首，江聲〈閱問字堂集贈言〉。

雖是師友，亦不多讓，這正是實事求是精神所在。故錢大昕閱孫星衍《問字堂集》，贈言：「承示新刊文集，皆實事求是，足以傳信後學」〔註32〕，誠非過譽也。

（二）、經世致用主張

「經世致用」意指：「經劃世務，將個人所學致用於世，以獲得實際成效」〔註33〕。在傳統儒家社會中，這種觀念一直是文人學者的最高理想。乾嘉漢學家致力於經籍之考據訓詁，罕言義理之學，故後人常以考據之學「無裨世用」譏之。其實此種批評未盡平允。

孫星衍以徵實態度治學，亦重視經世思想，嘗言：「世之讀書出牧民者，不知天人經世之學，輒干祿思得官，既得官矣，則問所治之肥瘠，以爲身家計，及到官，則又覬他邑以爲勝此邑，秋毫終無益于民」〔註34〕。可見他痛恨不務「經世之學」、「無益于民」的庸官。他的經世主張頗多，諸如：興水利、闢山林、建倉儲、禁煙酒、倡平糶、主寬刑、議速葬、舉孝廉……等，散見於其文集中。張壽安先生亦以爲：

> 事實上，乾嘉學者在專注詁訓考據的同時，留心時務的也比比皆是。

> 如孫星衍議論科舉、特重法律、批評吏治、改革漕運〔註35〕。

故知「經世致用」亦是孫星衍治學的重要主張，近三十年的仕宦生涯中，孫星衍也一直以實踐經世致用爲理想。邵秉華跋《平津館文稿》：「讀先生之文，知文必源於經術，有裨於世教，旁推交通，實事求是……而必傳於後無疑」〔註36〕。即是推崇孫氏重視經世思想，不爲無用無本之文，其說甚是。

（三）、反宋學

孫星衍是乾嘉漢學鼎盛時期的學者，他的學術立場是揚漢抑宋，對宋學採全盤否定的態度。他輕視、反對宋學的理由在於：

> 古書多亡於北宋，故輯書始於王應麟，近代惠微君棟踵爲之〔註37〕。

> 汴京淪喪，古籍盡亡，其時雖有好學之儒，抱殘守缺〔註38〕。

就文獻資料而言，孫星衍認爲古書亡於宋代，宋人文獻資料不及漢人、清人，

〔註32〕同上，錢大昕〈閱問字堂集贈言〉。
〔註33〕見林保淳《經世思想與文學經世——明末清初經世文論研究》，頁六。
〔註34〕見孫星衍《岱南閣集》卷二，〈清故賜進士出身薦舉博學宏詞平番縣知縣牛君墓表〉。
〔註35〕見張壽安〈乾嘉實學研究展望〉（「明清實學研究的現況及展望」座談會論文），頁一九，《中國文哲研究通訊》第二卷‧第四期。
〔註36〕見孫星衍《平津館文稿》卷首，邵秉華〈平津館文稿書後〉。
〔註37〕見孫星衍《五松園文稿》卷一，〈章宗源傳〉。
〔註38〕見孫星衍《岱南閣集》卷二，〈呈覆座主朱石君尚書〉。

是「抱殘守缺」之學，故輕視宋學。

> 宋人考古之書，多參臆見，不能深悉許、鄭制作原流，反以爲謬，故不足取〔註39〕。

> 周、程、張、朱註解，不出鄭註範圍，亦或遜其精密〔註40〕。

> 宋人說字，至以如心爲恕；立心如一日爲恆；教者教孝，故從孝。以此而言，甚于馬頭人、人持十之類矣〔註41〕。

就解經方法而言，孫星衍以爲宋人疏於考古，文字訓詁的解經、注經功夫亦不如漢儒，故從而非之。

> 自宋人忽名物象數，而講求性理空虛之學，後世之言歷算始不能通知古書矣〔註42〕。

> 往於都官中見有談明心見性之學者，自以爲有得，試以疑獄，卒不能斷，是知虛空之理無益於政治也。……（宋人）以釋典解經，遁入空談性命之學〔註43〕。

> 故聖人貴實而惡虛，言有不言無，貴剛而賤柔，則儒家之異於道家，三代之學之異於宋學也〔註44〕。

就宋學的內容而言，孫星衍以爲宋人所談的性理之學，是空虛之學。宋學以釋典解經、談道家之虛無理論，即所謂「雜佛老」，這都是與「聖人之學」、「儒學」、「三代之學」尚實、崇有、貴剛的精神相違背的。以其爲「虛學」，無益於政治民生，故排斥宋學。

（四）、斥僞學

孫星衍治學重視求眞、求實，故嚴斥作僞之學：

> 背康成由王肅，信王肅由宋人，王肅之背經誣聖，由僞造《家語》、《孔叢子》，及作《聖證論》，改易漢以上郊祀宗廟喪紀之制〔註45〕。

直斥王肅僞造《家語》等書爲「背經誣聖」，不少假借。此外，孫星衍批評王肅之語如：「王肅，逆臣之子，經學之罪人」〔註46〕、「王肅叛經……肅小人儒，不足言」

〔註39〕見孫星衍《廉石居藏書記》內編卷上，題宋陳祥道《禮書》一百五十卷。
〔註40〕見孫星衍《岱南閣集》卷一，〈咨請會奏置立伏鄭博士稿〉。
〔註41〕見孫星衍《問字堂集》卷四，〈倉頡篇集本序〉。
〔註42〕同上，卷三，〈日纏考〉。
〔註43〕見孫星衍《岱南閣集》卷二，〈呈覆座主朱石君尚書〉。
〔註44〕見孫星衍《問字堂集》卷一，〈原性篇〉。
〔註45〕見孫星衍《平津館文稿》卷下，〈清故江南道監察御史孫君志祖傳〉。
〔註46〕見孫星衍《問字堂集》卷四，〈與段大令若膺書〉。

〔註47〕等，皆是因王肅作僞而發。

孫星衍反僞學的立場，在其〈呈覆座主朱石君尙書〉一文中所論最明確：

> 若吾師以《僞尙書》無損益於人心風俗，竊又非之，孔子曰：君子
> 亦有惡，惡莠紫、鄭聲。莠何損於苗？紫何損於色？鄭聲何損於雅樂？
> 是非不可亂也。堯、舜、禹、湯、文、武之言，可任其以僞亂眞乎？張
> 霸之《書》、王莽之《誥》，其言必衷諸道，不可以敎後世？何必〈太甲〉、
> 〈旅獒〉篇哉？《僞孔古文》，剽襲經傳引《書》之語，故有雅正之言，
> 然是非倒置。……若知其僞而不疑，反附於闕疑之義，是見義不爲，非
> 愼言其餘也〔註48〕。

可見孫星衍的態度只是求眞、求實，而他所求的眞又只是史料之眞、歷史之眞，所
有僞學、僞作之書的義理的眞或善，對他來說，是不重要的。只要是作僞之書，便
當拿出懷疑的精神來辨明它，不可任其「以僞亂眞」。

縱觀孫星衍的治學態度，實以崇聖宗經爲主，其他佐經學科爲輔，透過實事
求是的精神，探求遺經佚說中的先聖立言之旨，以爲今用。焦循曾與孫星衍論學：

> 經學者以經文爲主，以百家子史、天文術算、陰陽五行、六書七音等
> 爲之輔。彙而通之，析而辨之，求其訓詁，核其制度，明其道義，得聖賢
> 立言之指，以正立身經世之法〔註49〕。

所言與孫星衍之治學主張正若合符節。可知「得聖賢立言之指，以正立身經世之
法」是當時學者的共同理想，而他們所用的方法則是「彙而通之，析而辨之，求
其訓詁，核其制度」的樸實考證法，故後代學者稱其時學術爲「樸學」。又因他們
皆標舉「求古」、「求眞」的治學態度，在考證遺經佚說時，皆講求證據，故又名
「考據學」。

然而孫星衍與其同時期許多「吳派」漢學家一樣，他們對於「眞不眞」、「是不
是」的判斷標準，唯在「古不古」。如王鳴盛所言：「舍古亦無以求是」〔註50〕。於
是「唯漢是尊，唯古是信」，雖然提出求古與求眞的主張，實際上仍以求古爲主。這
種信古太過的態度，在其從事訓詁考據的治學過程中，往往不得其實，這也是「吳
派」漢學家最爲後人詬病的地方。

〔註47〕同上，卷六，〈五廟二祧辨〉。
〔註48〕見孫星衍《岱南閣集》卷二，〈呈覆座主朱石君尙書〉。
〔註49〕見焦循《雕菰集》卷十三，〈與孫淵如觀察論考據著作書〉。
〔註50〕見戴震《戴震文集》附錄，洪榜〈戴先生行狀〉。

第三節　孫星衍之學術

孫星衍早年工詩，與同輩詩人洪亮吉、楊芳燦、黃景仁齊名，與洪亮吉交往尤密，時人目為「孫洪」〔註51〕，多酬唱之作。曾懷詩往謁當時著名的詩人袁枚，袁枚見其詩，跋曰：「天下清才多，奇才少，讀足下之詩，天下之奇才也」〔註52〕。恨相見之晚，相與為忘年之交。由於袁枚為之延譽，孫星衍一時以詩名重文壇。

孫星衍之文才，亦曾受到多人的推崇。袁枚以為其文似韓愈〔註53〕；阮元以為有蘇東坡之風〔註54〕；錢大昕則囑孫星衍為他作身後傳志〔註55〕；張之洞《書目答問》亦列其為國朝駢體文家〔註56〕。

由上述可略見其詩文之工。然而，由於當時重考據、輕詩文的學術風氣的影響，孫星衍遂棄「抒寫性靈」的詩文之學，而置身考據學者的行列。袁枚曾為此寫信給他，與他再三討論「考據」、「著作」的名義及高下〔註57〕。孫星衍執著於考據的理由是：

> 然則從事于考據者，于古或有干祿欺世之學，于今必皆篤行好學之士〔註58〕。

> 今覽北宋類書，如《太平御覽》、《太平寰宇記》、《事類賦》所引諸書，南宋已失之，朱晦庵、王伯厚，號稱博涉，其所引據，亦無今世未有之書。近時開四庫館，得《永樂大典》，所出佚書甚多，及釋道二藏，載有善本古書，前世或未之睹。而鐘鼎碑碣，則歲時出土而無窮，以此而言，考據之學，今人必當勝古〔註59〕。

他以為無論治學態度上的「篤行好學」，乃至文獻資料的「出土無窮」，即欲「求古」、

〔註51〕見江藩《國朝漢學師承記》卷四，洪亮吉條。
〔註52〕見阮元《擘經室二集》卷三，〈山東糧道淵如孫君傳〉。
〔註53〕見孫星衍《問字堂集》卷四，〈答袁簡齋前輩書〉。
〔註54〕見孫星衍《平津館文稿》卷首，〈平津館文稿自序〉。
〔註55〕同上。
〔註56〕見張之洞《書目答問》附錄〈國朝著述家姓名略〉。
〔註57〕孫星衍《問字堂集》卷四，〈答袁簡齋前輩書〉及所附袁枚答書、《平津館文稿》卷下〈隨園隨筆序〉，皆載有此事。由於袁枚先前曾以「奇才」許孫氏，而二十年後，「近日見足下之詩之文，才竟不奇矣，不得不歸咎于考據，蓋晝長則夜短，天且不能兼也，而況人乎？」故亟勸孫星衍當棄「抄撮故實」之考據，而從事「抒寫性靈」之著作才是。孫星衍則不贊同袁枚輕考據，重著作的說法，且提出「古人重考據甚于重著作，又不分為二」、「古人之著作，即其考據」的說法。
〔註58〕見孫星衍《問字堂集》卷四，〈答袁簡齋前輩書〉。
〔註59〕同上。

「求眞」的內在、外在兩大要件，後人皆勝過前人，乃毅然投注畢生心力於考據之學，其主要學術成就亦在此。因其「雅不欲以詩名」，詩作亡佚甚多，唯有《芳茂山人詩錄》十卷傳世。

孫星衍的考據之作，主要見於其自作的《問字堂集》六卷、《岱南閣集》二卷、《五松園文稿》一卷、《平津館文稿》二卷、《嘉穀堂集》三卷等文集。五部文集計一百六十餘篇文章，除《問字堂集》有〈原性篇〉，辨正宋儒所言心性之涵意違背經典，其餘絕無談性理處，多考據之作。

其考辨範圍十分廣博，文字、訓詁方面如：〈釋人〉、〈容作聖論〉、〈釋儒〉、〈身度解〉、〈用國考〉、〈委吏解〉；名物、制度方面如：〈稷考〉、〈河圖洛書考〉、〈三禘釋〉、〈五廟二祧辨〉、〈封禪論〉、〈明堂法天論〉；天文、曆法方面如：〈太陰考〉、〈斗建辨〉、〈日纏考〉、〈答江處士聲論中星古今不異〉、〈答錢少詹師書論上元本星度〉；地理、古蹟方面如：〈畢原畢陌考〉、〈伏羲陵考〉、〈湯陵考〉、〈太甲陵考〉、〈分淮注江論〉。諸文皆旁徵博引，取證於古典籍，可見孫星衍在考據學上，下過很大的功夫，錢大昕亦曾稱讚其考據之精密〔註60〕。故得在清乾嘉時期卓然以考據名家。

孫星衍另一重要學術成就爲對古文獻的整理。由於其治學首重「求古」、「求眞」，又有「凡古則近眞」的思想，故他很注重古文獻的整理工作，亦取得很大的成績，茲分兩方面敘述其成就：

（一）、古文獻之注解

孫星衍所作《尙書今古文注疏》，是一部清人的《尙書》新注，孫星衍積二十餘年之功夫才成書，堪稱其一生之代表作，該書在《尙書》學史上，享有很高的評價。本論文即爲討論其價值而作，其學術價值容後再議。

（二）、古文獻之校勘、輯佚、刊刻

孫星衍自年少即治訓詁文字之學，並視其爲通經之道，故頗深於小學。江藩又稱其「讀書破萬卷」〔註61〕，即贊其博極群書；他又熱衷藏書，講求善本，私藏達二千三百餘種，多宋元善本舊刻〔註62〕，且工於「金石碑版之學」〔註63〕。而這些工夫正是從事校勘工作需具備的重要條件和依據〔註64〕。孫詒讓《籀廎述林》在總

〔註60〕見錢大昕《潛研堂文集》卷十，〈答問〉七。

〔註61〕見江藩《國朝漢學師承記》卷四，朱筍河先生條。

〔註62〕見劉玉《孫星衍藏書研究》，頁七六（東海大學中文所碩士論文，民國七五年）。

〔註63〕見《國朝書人輯略》卷六，孫星衍條。

〔註64〕張舜徽先生曾論及校書的條件：首先要在文字、聲韻、訓詁方面有些素養；其次對通行的、常見的古籍，務求比較精熟。並論校書的依據是採用較早、較好的本子，龜甲和金石刻辭、古書卷等文物（《中國文獻學》，頁九九～一○六）。

論清代校勘家之成就時說：

> 近代鉅儒，修學好古，校刊舊籍，率有記述。而王懷祖觀察及子伯申
> 尚書、盧弨弓學士、孫淵如觀察、顧澗賓文學、洪筠軒州倅、嚴鐵橋文學、
> 顧尚之明經及年丈俞陰甫編修，所論著尤眾。……綜論厥善，大抵以舊刊
> 精校爲據依，而究其微恉，通其大例。精思博考，不參成見〔註65〕。

可見孫詒讓主要在贊揚孫星衍等人「精思博考，不參成見」的校勘態度及方法。值
得注意的是，孫星衍和孫詒讓提及的盧文弨、嚴可均、顧廣圻、洪頤煊等校勘名家
彼此素有交誼，常有切磋琢磨機會。由於具備良好的校勘條件、依據、態度，復有
益友相砥礪，孫星衍亦以校勘學名家。又清代校勘學者每兼治輯佚、目錄版本之學。
由於孫星衍特別重視「遺經佚說」，故其在古代文獻方面的輯佚成果亦很可觀。

　　孫星衍之輯校成就，主要見於他自己刊刻的兩部大型叢書《岱南閣叢書》、《平
津館叢書》之中，兩部叢書共收六十二種書籍，內有許多他所校補或輯錄的古代
典籍。較重要者如：輯馬鄭《書》說最完備的《古文尚書馬鄭注》；長期受冷落，
但在《尚書》學史上占重要地位的《尚書考異》；古代重要字書《倉頡篇》；亡佚
多時的七世紀地理書《括地志》；承續唐人《古文苑》而作的《續古文苑》；《吳子》、
《牟子》、《孫子》、《尸子》、……等。孫星衍重新校補了多本諸子書，這在諸子學
不受到重視的乾嘉時代來說，是很難能可貴的。

　　孫星衍曾參與輯校，但不在這兩部叢書之中的典籍尚多，如《一切經音義》、《晏
子春秋》及他早年在畢沅幕所校的多本地方志。此外，相傳嚴可均所輯的《全上古
三代秦漢三國六朝文》及孫馮翼所刻的《問經堂叢書》，亦出自孫星衍之手或至少他
曾參與其事〔註66〕。

　　由上述可知孫星衍之學術成就，是與其治學態度息息相關的。其治學重視「求

〔註65〕見孫詒讓《籀廎述林》卷五，〈札迻序〉。

〔註66〕王德福續撰《孫淵如先生年譜》嘉慶二十一年繫言：「君六十四歲，主講鍾山書院，
　　　　二月與嚴孝廉及弟星衡，撰輯《全上古三代秦漢三國六朝文》」。俞正燮《癸巳類稿》
　　　　卷十二〈全上古至隋文目錄不全本識語〉則云：「實陽湖孫淵如之力。……鐵橋搜校
　　　　古書金石，補至十分之一」。然而嚴書卻絕不提及孫星衍。錢鍾書先生詳細考辨諸說
　　　　法後云：「嚴、孫或始欲協作，漸即隙末，而嚴不舍以底於大成，孫則中道廢置。故
　　　　嚴敘絕不道孫，以原有共輯之議，恐人以己爲掠美也；而孫譜必道嚴，亦正以初議
　　　　共輯而終讓嚴氏獨爲，恐其書成而專美也。俞氏〈識語〉，當是惑於悠悠之口」（《管
　　　　錐篇》　頁八五四）。〈叢書百部提要〉述及《問經堂叢書》：「書凡十八種，其《鄭氏
　　　　遺書》、《世本》、《神農本草經》、《尸子》、《燕丹子》，均有星衍序。……是書之刻，
　　　　馮翼尸其名，實成於星衍之手。觀於《神農本草經》，題二人同輯；《尸子》卷末，
　　　　署星衍弟星衡星衢二人校正，是可知也。故所收各書，卓然可傳，馮翼亦附驥尾而
　　　　名益彰焉」（《叢書集成初編目錄》　頁二九）。

古」、「求眞」，而當時盛行的考據學風正提供了考辨眞、古的方法，因而他有許多考據之作；再則考辨古學不能憑空而爲，必得借助於文獻資料，因而他對許多古文獻作了整理，也取得相當大的成就。

　　然而他的某些不夠客觀的說法、作品，當分別看待，如全盤否定宋學、《僞孔古文》、王肅學術之價值等。此外由於他信古太甚，一切以古書記載爲憑的觀念，也常顯得滯礙難通，甚至發生據古書來反駁西法地圓、歲差、日食諸說的謬誤〔註67〕。這些都是在研究孫氏學術思想時必須特別留意的地方。

〔註67〕孫星衍：「西法誤會《大戴禮》四角不揜之言，而創地圓之說；誤會諸子九天及《楚辭》圜則九重之言，而創宗動天之說；誤會歲差之言，而疑恆星有古今之差；變古日月徑千里月來食日之言，而云日體大於地，地影蔽日，故日食……皆非先王之法言，聖人所不論」（《五松園文稿》卷一，〈楊光先傳〉）。

第二章　乾嘉學風及《尙書》學之發展

第一節　考據學盛行

　　考據又名考證，是自古以來學者所普遍使用的一種整理文獻的技能或方法。考據本身不是目的，只是進行學術研究的一個環節，一種手段。然而考據在清代，一度發展成爲專門之學—考據學。關於考據如何在近代興起並蔚爲專門學風？學者眾說紛紜〔註1〕，然而其中若排除政治等外緣因素，考據學的興起，實可歸因於學者對已盛行了數百年、流弊日多的宋明理學之種種反動。

　　梁啓超說：「其在我國，自秦以後，確能成爲時代思潮者，則漢之經學，隋唐之佛學，宋明之理學，清之考證學，四者而已」〔註2〕。清代考據學，雖在清初已有其端緒，然而眞正在學術上形成風氣，支配時代的，則是十八世紀（相當於乾嘉時代）〔註3〕標榜「漢學」時期之事〔註4〕。

〔註1〕金炯均先生歸納學者所提近代經學復興的原因，達十三種之多。其中屬於明末清初的有（一）朝廷的稽古右文（二）一般士人對八股時文的厭惡（三）異族的政治壓迫（四）對王學末流的反動（五）經世思想的影響（六）對朝廷提倡宋學的反動；溯因於明代後期的有（七）一般士人對朱學傳統的承繼（八）前後七子的復古運動（九）西學的輸入（十）理學內部程、朱學派與陸、王學派對義理爭論的結果（十一）左派王學（王門泰州學派）的產物（十二）儒學內部漢學派與宋學派之間爭論的結果（十三）重氣哲學的影響等（見《近代經學之復興》，頁二六七輔仁大學中國文學研究所碩士論文民國八一年六月）。按：文中所謂的「近代經學」，實即清代考據學。

〔註2〕見梁啓超《中國近三百年學術史》〈清代學術變遷與政治的影響（上）〉，頁一二。

〔註3〕清乾隆朝（一七三五～一七九五）計六十年、嘉慶朝（一七九六～一八二○）計二五年，相當於十八世紀的大半，及十九世紀初的二十年。

〔註4〕見徐復觀《中國思想史論集續編》〈清代漢學衡論〉，頁五一二。

考據學在乾嘉時期所具有的特質，《清代哲學》一書曾作簡要地描述：

考據學在乾嘉是一種方法，也是一種學風，當時分學問之途爲三：義理、考據、文章；考據是相對于專講「義理」的宋學而言的，相對於文章，它又稱「樸學」；就其重實證，又稱「實學」，就其取證特重漢儒經注，又稱「漢學」；就其在理論上尊崇原始儒學，又稱「古學」〔註5〕。

所謂「分學問之途爲三」，指的是戴震所說的：「天下有義理之源，有考核之源，有文章之源」〔註6〕。「考據學」、「樸學」、「實學」、「漢學」、「古學」等異稱，正彰顯出乾嘉「考據學」具輕視空談「義理」及獨抒性靈的「文章」之作，重視實證、漢儒經注、原始儒學（古代儒家經典）等特質。因此，乾嘉考據學者治學多反「宋學」、輕詩文、實事求是、重視「漢學」、重視古經典經說。

清代考據學既因不滿理學家的解經方式而興起，考據學者本身，亦建構了其理論依據。乾嘉考據學的中心理論有二：其一是由小學以通古經義。這是承續清初顧炎武「讀九經自考文始，考文自知音始」〔註7〕的觀念。乾嘉時代，此種理論最爲流行。惠棟首先提出古訓的重要：

漢人通經有家法，故有五經師；訓詁之學，皆由師所口授，其後乃著竹帛。所以漢經師之說，立於學官，與經並行。《五經》出於屋壁，多古言古字，非經師不能辨。經之義存乎訓，識字審音乃知其義。是故古訓不可改也，經師不可廢也〔註8〕。

錢大昕則進一步稱義理由訓詁而生：

嘗謂《六經》者聖人之言，因其言以求其義，則必自詁訓始，謂詁訓之外別有義理非吾儒之學也。詁訓必依漢儒，以其去古未遠，家法相承……三代以前，文字聲音，與訓詁相通，漢儒猶能識之〔註9〕。

有文字而後有詁訓；有詁訓而後有義理，詁訓者義理之所由出，非別有義理出乎訓詁之外者也〔註10〕。

此外，如戴震：「故訓明，則古經明；古經明，則賢人聖人之理義明」〔註11〕、孫星

〔註5〕見王茂等著《清代哲學》，頁五八四。

〔註6〕見段玉裁《戴東原先生年譜》引戴震語，（《戴震文集》附錄），戴震〈與方希原書〉亦云：「古今學問之途，其大致有三：或事於理義，或事於制數，或事於文章」。兩者所述大抵相同。（《戴震文集》卷九）。

〔註7〕見顧炎武《顧亭林文集》卷四，〈答李子德書〉。

〔註8〕見惠棟《松崖文鈔》卷一，〈九經古義述首〉。

〔註9〕見錢大昕《潛研堂文集》卷二十四，〈臧玉林經義雜記序〉。

〔註10〕同上，〈經籍纂詁序〉。

〔註11〕見戴震《戴震文集》卷十一，〈題惠定宇先生授經圖〉。

衍：「訓詁之學不明，則說經不能通貫」〔註12〕、阮元：「聖人之道，譬若宮牆，文字訓詁，其門徑也」〔註13〕等，亦皆是主張以文字訓詁通經。同時，他們又都以爲文字訓詁之學，應取法漢儒，以其時代上「去古未遠」、治學重視「師法家法」，猶能知經典之古義。

　　清人不滿宋人的經說經注，轉而求之更近古的漢儒經說，重視漢儒的經學資料，這是必要的，也正是乾嘉考據學的創造性。這種理論，促成了漢儒所擅長的文字、訓詁、之學在乾嘉時代盛極一時。同時，由於講求一字一義的正確，目錄、版本、校勘、輯佚等學科，亦得到了空前的發展。

　　乾嘉考據學的另一重要理論是博考，即廣博、全面地取證、考證。戴震云：

　　　凡僕所以尋求遺經，俱聖人之緒言闇閟于後世也。然尋求而獲，有十
　　分之見，有未至十分之見。所謂十分之見，必徵之古而靡不條貫，合諸道
　　而不留餘議。巨細畢究，本末兼察〔註14〕。

戴震所提出的「十分之見」，意即全面性地考證，「巨細畢究，本末兼察」，然後才能印證於古書而「靡不貫串」，紹合聖道而「不留餘議」。焦循在此理論基礎上，亦建立「通核」之主張：

　　　通核者，主以全經，貫以百氏，協其文辭，揆以道理，人之所蔽，獨
　　得其間。可以別是非，化拘滯。相授以意，各慊其衷。其弊也，自師成見，
　　亡其所宗。故遲鈍者苦其不及，高明者苦其太過焉〔註15〕。

一方面「主以全經」，將全經視爲一個整體來研究，一方面要「貫以百氏」，博考百家說法，互相印證。這已突破了逐字逐句的文字訓詁所能獲得的「零辭碎義」之範圍。再則，博考諸說之後，還要「獨得其間」，加上自己的判斷，下判斷的過程，需避免「自師成見」，如此經過一番博覽、求證、推理之後，所得的結論最客觀最接近事實。焦循並曾舉乾嘉年間《論語》之研究爲例：

　　　數十年來，每以孔子之言參孔子之言。且私淑孔子而得其指者，莫
　　如孟子，復以孟子之言參之。既佐以《易》、《詩》、《春秋》、《禮記》之
　　書，或旁及荀卿、董仲舒、揚雄、班固之說，而知聖人之道，唯在仁恕
　　〔註16〕。

─────────────

〔註12〕見孫星衍《五松園文稿》卷一，〈孫忠愍侯祠堂藏書記〉。
〔註13〕見阮元《揅經室一集》卷二，〈擬國史儒林傳序〉。
〔註14〕見戴震《戴震集》卷九，〈與姚孝廉姬傳書〉。
〔註15〕見焦循《雕菰集》卷七，〈辨學〉。
〔註16〕見焦循《論語通釋》卷首。

博考儒家經典、儒者之言，全面性地探究孔子學說之宗旨，在於「仁恕」。如此獲得的結論是很可信的。除了經典之外，這種方法還廣汎地被用於考辨史籍、諸子、文學、天文、曆算、地理、名物、制度等學科。且皆取得相當大的成就。清初以來，學者幾乎皆以古代幾部經書作爲考辨對象，至此時則範圍擴及諸學科，考據範圍的擴大，正是乾嘉考據學的發展性。

　　乾嘉考據學者主張由小學以通經義，同時又側重借助漢儒成說以求經典古義，我們可簡稱之爲「求古」理論；他們又主張博考，這無疑是一種更科學的治學方法，我們姑且名之爲「求眞」理論。由於這兩個主張受到當時許多學者的認同，考據學在乾嘉時期遂蔚爲一股風潮。

　　黃紹海先生根據徐世昌《清儒學案》所載，列出「在清代或對後世確有影響」的乾嘉學者七十人，發現：

> 這個時期江蘇學者占有壓倒多數，在七十位較有影響者中有三十七人；其次爲浙江，有十二人；安徽也趕了上來，有九人……；就學術內容而言，理學在各個地區都已無人問津，盛行的是經學和史學，以及由此派生出來的歷史地理，文字音韻和曆算學等。……這時期經史之學雖成時尚，但在具體研究的門徑、方法上，各地區的差別還是相當明顯的。例如同是經學，吳皖就頗不一致，同是史學，江浙又各存異趣，亦即在總趨勢之下，不斷地表現出各地區的個性〔註17〕。

此文告訴我們兩個要點：一、乾嘉重要學者多集中在江蘇、浙江、安徽三地，且其學風又有地區色彩；二、乾嘉學風排斥理學，以治經學、史學、地理、小學、曆算等爲主流，而「深受考證之風影響」〔註18〕則是其「總趨勢」。

　　杜維運先生研究乾嘉時代流行於知識分子的隱退思想云：

> 時逢盛世，隱退思想，只是點綴。例外的是清乾嘉時代。乾嘉時代，學術研究氣氛，尤其濃厚。……「易家人人本虞氏、毖緯戶戶知何休，聲音文字各窔奧，大抵鐘鼎工冥搜」。一地一時的學風如此，自然人思競爭，而澹泊仕宦之情了〔註19〕。

乾嘉年間，尙屬清之盛世，而文人卻有爲學術而學術，遂辭官退隱的風氣。這大概

〔註17〕見黃紹海〈試論清代學術的地域分布特點及其對近代中國文化的影響〉，頁五六（《中國文化問題》）。
〔註18〕同上，頁六四。
〔註19〕見杜維運〈清乾嘉時代流行於知識分子間的隱退思想〉頁六四～六五，（《國立政治大學學報》第七期，民國七九年）。

只能歸因於乾嘉考據學的影響，因為「實事求是」的純學術主張，正是乾嘉考據學的重要特質之一。

第二節　漢宋之爭

在學術史上，漢、宋學有幾個發展階段〔註20〕。本文所欲探討的「漢、宋之爭」，乃指「清乾隆、嘉慶年間，漢學極盛，宋學起而抗之」的學風。

關於漢、宋學之名義，皮錫瑞《經學歷史》曾作簡要的敘述：

前漢今文說，專明大義微言，後漢雜古文，多詳章句訓詁。章句訓詁不能盡饜學者之心，於是宋儒起而言義理。此漢、宋之經學所以分也〔註21〕。

皮氏此言，實指歷史上漢代的學術和宋代的學術各有特色。西漢治經專明「微言大義」；東漢詳於「章句訓詁」；宋代則崇尚「義理」。一個時代本有一個時代的學術特色，在此意義之下，「漢學」、「宋學」似乎沒有爭論的必要〔註22〕。然而，前文已言，清代考據學興起之一要因，在於對宋明理學的「反動」，推演皮錫瑞之語，即「義理之學不能盡饜學者之心，於是清儒起而言考據，倡漢學」。著有《國朝漢學師承記》、《宋學淵源記》的乾嘉學者江藩，他所陳述的漢、宋學名義，最具代表性，也較能解釋乾嘉年間漢、宋之爭的緣由：

何謂「漢學」？許、鄭諸儒之學也。何謂「宋學」？程、朱諸儒之學也。二學何以異？漢儒釋經，皆有師法：如鄭之箋《詩》，則宗毛為主，許氏著《說文解字》，則博采通人，至於小大，信而有證。即其中今人所視為極迂且曲之義，亦必碻有所受，不同臆造。宋儒不然，凡事皆決於理，理有不合，即舍古訓而妄出以己意。……其說禮制且有據後世之說釋三代之書之弊。此漢、宋二家之所以異，而經家之所以不取宋儒也〔註23〕。

〔註20〕林慶彰師〈明代的漢宋學問題〉云：「『漢宋學』一詞既涉及兩個研究對象，必須要待宋人出現以後此一問題始能正式成立。由漢至北宋初年可算是此一問題的前奏。以後則有數個階段的發展：（一）北宋中葉至南宋末年，是宋人反漢學時期；（二）元至明中葉，是吸收宋學，並加以反省的時期；（三）明中葉至清康熙年間，是對漢宋優劣提出質疑，並主張漢宋兼採的時期；（四）清乾隆、嘉慶年間，是漢學極盛，宋學起而抗之的時期；（五）清道光、咸豐年間至清末，是調和漢宋學的時期」，頁一三三（《東吳文史學報》第五號，民國七十五年八月）。

〔註21〕見皮錫瑞《經學歷史》，頁八五。

〔註22〕說本岑溢成《詩補傳與戴震解經方法》，頁三五。

〔註23〕見江藩《經解入門》卷三，〈漢宋門戶異同第十五〉。

江藩從解經立場著言，以東漢許愼、鄭玄等古文經學爲「漢學」；以宋代二程、朱子等義理之學爲「宋學」。並認爲「漢學」釋經「皆有師法」、「宗法古訓」；「宋學」解經「臆造」、「皆決於理」、「不依古訓」。這指出了乾嘉年間所提倡的「漢學」，具有宗法東漢古文經說、排斥宋人學說的雙重特性。當時持類似看法的學者頗多，後人統稱之爲「乾嘉學派」、「乾嘉漢學」或「清代漢學」。然而他們的學說、成就，並不爲同時代擁護「宋學」的學者所認同，彼此遂交相指責，形成了漢、宋門戶之爭。

後人研究乾嘉漢學，多採用吳、皖二派分法〔註24〕。吳派以惠棟（江蘇蘇州人）爲宗師，一名惠派；皖派以戴震（安徽休寧人）爲代表，又名戴派。其實兩派治學并「尊漢反宋」，且皆主張以考據方法「求古」、「求眞」，「惠學」和「戴學」亦有頗深的傳承關係。故也有學者反對這種以創派人之地望來分派的作法〔註25〕。然而我們若仔細比較乾嘉漢學家「尊漢反宋」的治學理論及其實踐，確實可發現存在著保守、拘舊與較開放、革新的兩種不同學風，而又有跡象顯示這兩種學風分別創自惠棟、戴震，盛行於江蘇、安徽。在此意義之下則吳、皖分野說，自有其理論依據。

吳、皖學風之異，主要在於其「尊漢反宋」的態度不同。就「尊漢」而言，吳派特別重視漢儒遺說，其學風「信而好古，于漢經師賈、馬、服、鄭諸儒，散失遺落，幾不復傳于今者，旁搜廣摭，包袞成書，謂之古義」〔註26〕；對於漢儒注疏「堅確不移，不求於心，固守其說，一字句不敢議」〔註27〕。可見其「尊漢」、「信漢」之深。故學者或譏之「不問眞不眞，唯問漢不漢」〔註28〕、「由好古、信古，乃至佞古」〔註29〕。就「反宋」而言，他們以爲「訓詁之外別無義理」，遂全盤地否定宋學之價值，不獨針對宋代經學。故不發議論，不談心性義理之學。惠棟及其弟子江聲、余蕭客，以及錢大昕、王鳴盛、孫星衍等持論相當，堪稱爲吳派代表。

皖派學風亦「尊漢」，治學頗倚重漢儒遺說，然又持論：「漢人之書，雖一書中有師承可據者，有失傳附會者」、「《說文》所載九千餘文當小學廢失之后，固未能一合於古；即《爾雅》亦不足多據」〔註30〕，「鄭氏果非，何妨違之；鄭氏果是，又

〔註24〕參李威熊〈清代吳派經學評述〉，頁五九～八〇（《中華學苑》第卅六期，民國七七年四月）。

〔註25〕參陳祖武〈乾嘉學派吳、皖分野說商榷〉，頁一一一～一一七（中央研究院中國文哲研究所「清代經學國際會議」論文，民國八一年十二月）、暴鴻昌〈乾嘉考據學派辨析——「吳派、皖派」說質疑〉，頁六八～七四（《史學集刊》一九九二年第三期）。

〔註26〕見洪榜《戴先生行狀》（《戴震文集》附錄）。

〔註27〕見焦循《雕菰集》卷八，〈辨學〉。

〔註28〕見梁啓超《清代學術概論》，頁五十五。

〔註29〕見張舜徽《清代揚州學記》，頁三。又見其《清儒學記》，頁三七九。

〔註30〕見戴震《戴震文集》卷三，〈答江愼修論小學書〉。

何可違」〔註31〕。眞可謂信漢而不泥於漢。皖派學者亦「反宋」，然其中如戴震弟子段玉裁、王念孫、任大椿，或專治小學，或致力於考辨典章制度，而不言義理；戴震、程瑤田、凌廷堪、焦循、阮元等人則一方面倡導藉考據以「求眞」，另一方面則倡言「執義理然后能考核」，即肯定義理之學的功用，故不諱言義理。然而他們所肯定的義理，是與程、朱理學迥異的，於是針對程、朱理學的學理，用激烈的言辭，提出種種反駁，並賦予新的解釋，試圖建立另一義理體系〔註32〕。故與吳派相較，皖派實是一種較爲開放的學風。

乾嘉時期擁護「宋學」，並對「漢學」大加撻伐的，可以姚鼐及其弟子方東樹爲代表。姚鼐對「漢學」的指責，顯得主觀且無系統，徒以其理學立場，任意批判倡「漢學」者，以「攻駁程、朱爲能」、乃「專己好名」、「大爲學術之害」〔註33〕。甚至謾罵戴震等人宗「漢學」、駁程、朱，以致「身滅嗣絕」，並非偶然〔註34〕。方東樹之《漢學商兌》則對「漢學」理論作出較有系統的批評。就解經態度而言，方氏以爲漢學家重視訓詁輕義理是「誤以小學當大學」、又辨「義理本於訓詁之不盡然」、「義理不必存乎典章制度」〔註35〕。所論皆屬實，態度亦持平。然由擁護理學立場著眼，方東樹所評則近乎姚鼐。方氏云：

> 反覆究論，以爲漢學之人，有六蔽焉。其一力破理字，首以窮理爲屬禁，此最誖道害教；其二考之不實，謂程、朱空言窮理，啓後學空疏之陋，不知朱子教人，固未嘗廢注疏，而如周、程諸子，所發明聖意經旨，迥非漢儒所及；……其三則由於忌程、朱理學之名，及《宋史》道學之傳；其四則畏程、朱檢身，動繩以理法，不若漢儒不修小節，不矜細行，得以寬便其私，故曰『宋儒以理殺人』；……其五則奈何不下腹中數卷書及其新慧小辨，不知是爲駁雜細碎，迂晦不安，乃大儒所棄餘，而不屑有之者也；其六則見世科舉俗士，空疏者眾，貪於難能可貴之名，欲以加少爲多，臨深爲高也〔註36〕。

前二點指出漢學家是反理學的客觀事實，包括「力破理字」及指理學家「空言窮理」，只因方氏站在理學立場，遂謂其爲漢學之「蔽」。後四蔽批評漢學家「忌程、朱之名」，

〔註31〕見阮元《揅經室一集》卷十四，〈浙江圖考〉。
〔註32〕如戴震提出「理欲之辨」，凌廷堪的「以禮代理」說，阮元的「仁學」等，皆是建立在反程、朱理學的基礎上（參《清代哲學》，頁五八一～七六五）。
〔註33〕見姚鼐《惜抱軒文集》卷六，〈復蔣松如書〉。
〔註34〕同上，〈再復簡齋書〉。
〔註35〕見方東樹《漢學商兌》卷中之下，頁八七～八九。
〔註36〕同上，卷下，頁一四七～一四九。

卻「貪於難能可貴之名」；只爲「寬便其私」、逞其「新慧小辨」，故與理學立異。這幾項指責，態度偏頗，所論非關學術因素，然其影響很大，「此論一出，後之攻漢學者，紛紛在人身攻擊上下工夫」〔註37〕。漢、宋之爭，從此流於意氣之爭，勢同水火，爲害學術發展甚大。

第三節　僞古文《尚書》定讞

　　《尚書》歷來最重要的三種傳本，分別是西漢伏生本《今文尚書》、孔安國孔壁本《古文尚書》，以及魏晉之際的孔《傳》本《古文尚書》。其中流傳於西漢的今文、古文《尚書》，皆亡佚於永嘉之亂。唯孔《傳》本《古文尚書》，千餘年來盛行於世，關於其來歷，《隋書‧經籍志》云：

　　　　至東晉豫章內史梅賾，始得安國之《傳》奏之，時又缺〈舜典〉一篇，齊建武中，吳興姚方興，於大桁頭市得其書奏上，比馬、鄭所注多二十八字，於是始立國學〔註38〕。

孔穎達《尚書正義》所載略同：

　　　　《晉書‧皇甫謐傳》：「姑子外弟梁柳邊得《古文尚書》，故作《帝王世紀》往往載孔氏《傳》五十八篇之書」。《晉書》又云：「晉太保公鄭沖以古文授扶風蘇愉，愉字休預；預授天水梁柳，字洪季，即謐之外弟也；季授城陽臧曹，字彥始；始授郡守子汝南梅賾，字仲眞，又爲豫章內史，遂于前晉奏上其書，而施行焉」。時已亡失〈舜典〉一篇，晉末范寧爲解時已不得焉，至齊蕭鸞建武四年，姚方興于大航頭得而獻之〔註39〕。

綜合兩說，則孔《傳》本乃東晉梅賾始獻於朝，其篇數爲五十八篇，且立於學官。所謂五十八篇，據其書孔安國〈序〉：「增多伏生二十五篇。伏生又以〈舜典〉合於〈堯典〉、〈益稷〉合於〈皋陶謨〉、〈盤庚〉三篇合爲一、〈康王之誥〉合於〈顧命〉，復出此篇并〈序〉，爲五十九篇」，即由伏生二十八篇析爲三十三篇之外，又增多二十五篇，若并孔安國〈序〉數之，則爲五十九篇。

　　孔《傳》本《古文尚書》出現之後，以其經文完整、注釋簡明，再加上王朝的

〔註37〕見王茂等著《清代哲學》，頁六八一。

〔註38〕《隋書‧經籍志》卷三二。

〔註39〕見孔穎達《尚書正義》，頁一八。張西堂引簡朝亮《尚書集注述疏》云：「《晉書》言『梁柳邊』者，『邊』猶『所』也，若禮之言邊坐也」。齊召南云：「『邊』衍文，上脫『從』字，言從姑子外弟梁柳得之爾，蓋失『邊』之義而易其文也」。兩說皆可通。（《尚書引論》，頁七九～八〇）。

提倡，於是很快就風行起來〔註40〕。唐初陸德明《經典釋文》、孔穎達《五經正義》復據以作《尚書音義》、《尚書正義》，其地位愈形重要，官修的《五經正義》既是唐代明經考試的範本，孔《傳》本遂成為天下必需恪守之經典。其後宋、元、明、清各朝，傳授不絕，今日通行之《十三經注疏·尚書注疏》仍用此本，則其影響學界之深遠可想而知。

然而另一方面，此書的眞實性，很早便受到學者的懷疑，由宋至清，辨其僞者即不下數十家之多，構成一部《尚書》辨僞史。這是《尚書》學史上的大事，也是著名的學術公案。

梁啓超《中國近三百年學術史》云：「清初學者對《尚書》第一件功勞，在把東晉僞《古文尚書》和孔安國《傳》宣告死刑」〔註41〕；其於《清代學術概論》又云：「《尚書古文疏證》，專辨東晉晚出之《古文尚書》十六篇及同時出現之孔安國《尚書傳》皆僞書也。此書之僞，自宋朱熹元吳澄以來，既有疑之者；顧雖積疑，然有所憚而莫敢斷，自若璩此書出而讞乃定」〔註42〕。可見梁啓超認爲：將僞《古文尚書》併孔安國《傳》定讞一即推翻此僞著之經典地位，使其眞性質大明於世者，要歸功於清初閻若璩《尚書古文疏證》一書。

其實閻若璩以前的辨僞《古文尚書》學者，已提出了幾個重要疑點，並蔚爲一股辨僞《尚書》的風氣：

一、疑僞古文文體不古

此言晚出古文所增多的二十五篇之文體，與今文本的二十九篇（或析爲三十三篇）、商周彝器銘文、《詩經》的〈商頌〉、〈周頌〉；《孟子》、《大學》等先秦典籍所引逸《書》之文辭格制不同。一爲平淺易曉，一爲詰曲難懂。按照常理，平淺易曉的文辭當出自後代，絕非三代遺文，故疑晚出古文爲僞。自吳棫、朱子、吳澄、鄭曉、郝敬等，有多人提及此論點〔註43〕。蔣善國云：「大概地說來，由宋到明，疑

〔註40〕見劉起釪《尚書源流及傳本考》，頁五〇。
〔註41〕見梁啓超《中國近三百年學術史》，頁二〇二。
〔註42〕見梁啓超《清代學術概論》，頁二四。
〔註43〕吳棫：「安國所增多之書，今篇目俱在，皆文從字順」（梅鷟《尚書考異》卷一引《書裨傳》言）；朱子：「如何出于孔氏者多分明易曉，出于伏生者都難理會？」（《朱子語類》卷七八）；吳澄：「梅氏所增二十五篇，體製如出一手，采輯補綴，雖無一字無所本，而平緩卑弱，殊不類先漢以前之文」（《吳文正集》卷一〈四經敍錄〉）；鄭瑗：「觀商周遺器，其銘識皆類今文《書》，無一如古文之易曉者」（《井觀瑣言》卷一）；郝敬：「諸傳獨《孟子》近古，七篇中所引《書》，如〈太甲〉、〈伊訓〉、〈湯誓〉等語，質直而少逸響，正與二十八篇文字一律，足証伏《書》是眞，孔《書》是假。

古文的，不外古文怎樣易讀，今文怎樣難讀兩句話，範圍只限於文體本身」〔註44〕。

二、疑偽古文出於一手

吳澄曾評晚出諸篇體制：「梅賾所增二十五篇，體製如出一手」〔註45〕，不過他並沒有進一步的論證。王充耕則就晚出的〈蔡仲之命〉、〈太甲〉等篇加以比對，發現諸篇有文句重複的現象：「吾意古文只是出于一手，綴拾附會，故自不覺犯重耳」〔註46〕。所謂「體製如出一手」、「古文只是出于一手」實即懷疑「晚出古文是由某一個人所偽造的」。

三、疑偽古文採輯補綴

此言晚出古文諸篇同於古書記載部份，是「采輯補綴」自古書，亦即「雜取傳記中語以成文」。顧廣圻校正梅鷟《尙書考異・序》云：「元吳澄雖有『采輯補綴，無一字無所本』之論，而羅列書傳以相證驗，實至鷟乃始密。如言『人心道心』出於《荀子》所引《道經》；言『舞干羽、有苗格』出於《淮南子》。及言割裂《論語》，與夫改竄《左傳》之失其本旨者，往往精確不磨，切中偽古文膏肓」〔註47〕。顧氏推崇梅鷟能明辨作偽者采輯補綴之源，為「切中偽古文膏肓」，所言甚是。

「文體不古」、「出於一手」、「采輯補綴」諸論，足令偽作難遁其跡。增多諸篇既偽，則同屬晚出的孔安國《傳》、〈序〉為偽自不待言。著有辨偽《古文尙書》專著《尙書考異》、《尙書譜》的梅鷟，在諸家中年代較晚，而能集其大成。張西堂云：「（梅鷟）差不多已將辨偽古文的破綻儘量尋出……後人以為《古文尙書》一案，至閻氏而大白。但其實則不過閻氏將梅氏之說『推廣為《疏證》』，偽《古文尙書》一案，可以說至梅氏已漸明的」〔註48〕。

又如《大學》所引〈康誥〉『作新民』、『若保赤子』、『惟命不于常』等語，篇內自然渾合。孔《書》取引語，填補痕跡宛然」。又云：「孔《書》四代文字一律，必無此理。《詩》如〈商頌〉縟栗而淵瑟，〈周頌〉清越而馴雅，二代文質之分也。《詩》既爾，《書》宜然；豈得〈商書〉清淺，反不如〈周書〉樸茂？」（《尚書辨解》卷九）。

〔註44〕見蔣善國《尚書綜述》，頁二八二。
〔註45〕參註43所引吳澄語。
〔註46〕王充耕《讀書管見》：「〈蔡仲之命〉一段，絕與〈太甲〉篇相出入。言『天輔民懷』，即是『克敬惟親』、『懷于有仁』之說；『為善同歸於治，為惡同歸於亂』，即是『與治同道罔不興，與亂同事無不亡』之說；『惟厥終，終以不困；不惟厥終，終以困窮』，即是『自周有終，相亦周終』之說。吾意古文只是出于一手，綴拾附會，故自不覺犯重耳」。
〔註47〕見顧廣圻《尚書考異・序》。
〔註48〕見張西堂《尚書引論》，頁一六〇。案：張氏「推廣為《疏證》」之說蓋本自孫星衍：「明梅鷟創為《考異》，就偽書本文，究其據摭錯誤之處，條舉件繫，加總論於前，

　　然而基於幾點理由，我們不宜認定「僞古文定讞」自梅鷟：一、梅鷟主要辨僞著作《尚書考異》流傳不廣，「其書不甚顯於世，故著錄家有五卷四卷一卷之不同」〔註49〕。且清初重要辨僞《尚書》學者如閻若璩、黃宗羲等人皆未見此書，影響當時學界有限。二、梅鷟只信伏生今文二十八篇，不信漢代有眞《古文尚書》、〈太誓〉，以爲「古文出孔子壁中者盡後儒僞作」。此說之誤，要待閻若璩、惠棟方辨明之。錢大昕〈序〉惠棟《古文尚書考》云：

　　　　自宋訖明，攻其僞者多矣，而終無以窒信古文者之口，其故有三：謂晚出《書》爲僞，則并壁中《書》而疑之，不知東晉之古文自僞，而西漢之古文自眞。謂梅本不可信，則鄭本當可信，又疑其出於張霸，不知鄭所受于賈、馬者，即孔安國之古文，不特非張霸書，并非歐陽、夏侯本也。孔壁本有〈太誓〉，與今文同，太史公所載，許叔重所引，鄭康成所注，皆眞〈太誓〉也，自梅（賾）書別有〈太誓〉，乃以舊〈太誓〉屬之今文，東晉之〈太誓〉固僞，西漢之〈太誓〉則非僞也〔註50〕。

錢氏此說，一方面批評梅鷟等攻僞《尚書》者之不足處，並認爲其成就「終無以窒信古文者之口」；一方面則是贊揚惠棟的三個論點：一、西漢有眞古文。二、眞古文的傳授系統是孔安國—賈逵、馬融—鄭玄。三、西漢眞《古文尚書》有〈太誓〉篇。惠棟之論看似頗簡單，戴君仁先生卻認爲「意雖簡單，而關係頗大」、「因攻僞古經傳，只是破壞工作；搜求漢人遺說，才是建設工作」〔註51〕。以「破壞」、「建設」來區別梅鷟（明）與惠棟（清）等學者在《古文尚書》辨證史上的意義，說甚確切。

　　蓋宋明儒攻古文之僞的創獲，在於找出其「僞作來源」，或進而對僞篇「棄而不讀」，是功在「破壞」；清初以來，考據盛行，漢學抬頭，學者「崇古」、「求眞」的意念漸濃，單是對僞古文「棄而不讀」，並不足以厭其心，故學者紛起，考據史傳，建立眞《古文尚書》流傳史，以別黑白而定一尊，是功在「建設」。

　　《漢志・書類敍》載孔安國所得《古文尚書》篇數：「以考二十九篇，得多十六篇」。〈劉歆移太常博士書〉、顏師古《漢書・藝文志注》所言略同〔註52〕。此十

存舊文於後，於是閻若璩推廣爲《疏證》……世儒方信二十五篇孔《傳》之不可雜於二十九篇矣」（孫星衍《尚書考異・序》）。

〔註49〕見顧廣圻《尚書考異・序》。
〔註50〕見錢大昕《潛研堂文集》卷二四，〈古文尚書考・序〉。
〔註51〕見戴君仁《閻毛古文尚書公案》，頁一三七。
〔註52〕《漢書・楚元王傳》〈劉歆移太常博士書〉：「得古文於壞壁之中，逸……《書》十六篇」。顏師古《漢書・藝文志注》：「壁中《書》多，以考見行世二十九篇之外，更得

六篇之篇目、性質，《尚書正義》云：「鄭註〈書序〉：『〈舜典〉一、〈汩作〉二、〈九共〉九篇十一、〈冏命〉二十四』。以此二十四為十六卷，以〈九共〉九篇共卷；除八篇，故為十六」、「前漢諸儒知孔本有五十八篇，不見孔《傳》，遂有張霸之徒，於鄭《註》之外，偽造《尚書》凡二十四篇，以足鄭《註》三十四篇為五十八篇」〔註53〕。可見孔穎達載明十六篇即二十四篇，並斷其性質為漢代偽書，宋明儒皆沿襲此說法。

閻若璩的《尚書古文疏證》則考辨真古文的篇目、傳承：

> 予之辨偽古文喫緊在孔壁原有真古文，為〈舜典〉、〈汩作〉、〈九共〉等二十四篇，非張霸偽撰，孔安國以下，馬、鄭以上，傳習盡在於是；〈大禹謨〉、〈五子之歌〉等二十五篇則晚出魏、晉間，假託安國之名者，此根柢也。得此根柢在手，然後以攻二十五篇，其文理之疏脫、依傍之分明，節節皆迎刃而解矣〔註54〕！

此「根柢」乃《疏證》最重要的創見，以二十四篇（即十六篇）為傳自孔壁的真古文，孔安國、馬、鄭所傳習皆同，與二十五篇之篇數、篇名截然有別。《疏證》百三十條之前四條，皆是為證成此「根柢」而設，《疏證》中許多精闢的考證，以辨偽古文「文理之疏脫」、「依傍之分明」，亦由此「根柢」而發。

然而，閻氏《疏證》的真正意義，在當時並未立刻獲得學術界的瞭解和肯定，「愛之者爭相繕寫，以為得未曾有；而怪且非之者亦復不少」〔註55〕。《疏證》刊刻成書，漸受學界倚重，則是乾隆十年以後的事，距若璩之卒已四十年〔註56〕。

惠棟是閻若璩之後考辨偽古文的重要學者，於雍正、乾隆之際著有《古文尚書考》二卷，據其自述，成書之前並未見閻若璩《尚書古文疏證》〔註57〕。其最重要論點，見前引錢大昕言。可見其對真古文之歷史、性質等種種看法與閻若璩不謀而合，唯對〈太誓〉篇的性質意見相左。

十六篇」。

〔註53〕見孔穎達《尚書正義》〈虞書〉下。

〔註54〕見閻若璩《尚書古文疏證》卷八，頁三。

〔註55〕同上，閻詠《尚書古文疏證‧後序》。

〔註56〕閻若璩卒於一七〇四年，其生前《疏證》並未刊刻，直至乾隆十年（一七四五）才由其孫閻學林刻成，相距四十一年之久。

〔註57〕惠棟《古文尚書考》：「甲寅（一七三四）夏秋以後陸續作〈辨正義〉、〈古文證〉、〈辨偽書〉等，辨《正義》之非，以鄭玄二十四篇為孔氏真古文，又辨二十五篇采摭傳記，兼錄其由來；甲寅後九年（乾隆八年），始於友人處得閻氏《疏證》一書（此時《疏證》未刊刻，當是手鈔本）」。是惠棟見《疏證》在其《古文尚書考》定稿之後，而未受其直接影響。

　　閻、惠之說的意義，一使「辨僞之工夫轉向求眞」〔註58〕；再則魏、晉晚出之古文既不足恃，遂開道返求古說於漢儒。這與盛行於乾、嘉年間的「求眞」、「求古」學風是並行不悖的，故其學說成就深受乾、嘉漢學家推崇。章學誠云：

　　　　《古文尚書》之僞，自宋迄今六百餘年，先儒歷有指駁，已如水落石出，至閻氏而專門攻辨，不遺餘力，攻古文者至此可以無餘憾矣。譬如已斃之虎，雖奮挺搏之，不足爲勇〔註59〕。

段玉裁云：

　　　　《僞古文》自有宋朱子創議於前，迄我朝閻氏百詩（有《尚書古文疏證》）、惠氏定宇（有《古文尚書考》），辭而辟之，其說大備，舉鄭君逸篇之目，正二十五篇之非眞，析三十一篇爲三十三篇之非是，鑄鼎象物，物無遁情，海内學者，家喻户曉〔註60〕。

孫星衍云：

　　　　僞孔《古文尚書》，宋吳棫、朱文公嘗疑之，當時不能博考，以證其詭舛。近世閻若璩、惠棟互加考證，別黑白而箴膏肓，學者始知僞孔《傳》之非眞古文矣〔註61〕。

凌廷堪與焦循亦分別說：

　　　　讀〈堯典〉未竟，已知僞古文〔註62〕。

　　　　東晉晚出《尚書孔傳》，今日稍能讀《書》者，皆知其僞〔註63〕。

乾、嘉以降，梅賾所獻書被直呼爲「僞《古文尚書》」、「僞古文」、「僞孔《傳》」。乾隆五十二年代表官方的《四庫提要》，亦贊譽閻若璩的成就：「有據之言，先立於不可敗也」〔註64〕。自此後僞《古文尚書》千餘年來的經典地位不復存在。而學者所謂「古文尚書」一詞，指的是「由史傳、《說文》、《正義》等資料中重新認定的眞古文」〔註65〕。就此意義而言，本文以爲：「僞古文定讞」於乾、嘉年間，閻、惠書出以後。梁啓超所言「若璩此書出而讞乃定」是正確的。

〔註58〕見錢穆《中國近三百年學術史》，頁三二〇。
〔註59〕見章學誠《文史通義・外編》，〈淮南子洪保辨〉，頁二二四。
〔註60〕見段玉裁《古文尚書撰異・序》。
〔註61〕見孫星衍《古文尚書馬鄭注・序》。
〔註62〕見凌廷堪《校禮堂文集》卷二三，〈與胡敬仲書〉。
〔註63〕焦循《尚書補疏・序》。
〔註64〕見《四庫全書總目》卷十二，〈經部・書類二〉。
〔註65〕見劉人鵬〈詮釋與考證——閻若璩辨僞論據分析〉，頁二二（中央研究院中國文哲研究所「清代經學國際會議」論文，民國八一年十二月）。

第四節　《尚書》新注疏興起

　　有清一代研經風氣鼎盛，皮錫瑞稱之爲「經學復興時期」〔註66〕。梁啓超亦道：「清儒的學問，若在學術史上還有相當價值，那麼經學就是它們唯一的生命」〔註67〕。是兩者皆推崇清儒治經的成績。然而清儒治經的成就何在？皮錫瑞就清儒的治經方法：「國朝經師有功於後學者有三事。一曰輯佚書……一曰精校勘……一曰通小學」〔註68〕。梁啓超則就清儒治經的具體成果云：「清學自當以經學爲中堅，其最有功於經學者，則諸經殆皆有新疏也」〔註69〕。

　　乾嘉時期，是清代經學的高峰，當時重視考據、漢學的學者，博考古文獻，羅輯經書的佚文、佚注，精心加以校勘，復用其深邃的小學功力，重新爲作訓詁、注釋，取得很大的成就。就其性質而言，堪稱爲清人群經新注疏。梁啓超《中國近三百年學術史》所列舉的乾嘉諸經新疏便有：江聲《尚書集注音疏》、王鳴盛《尚書後案》、邵晉涵《爾雅正義》、孫星衍《尚書今古文注疏》、胡培翬《儀禮正義》、陳奐《詩毛氏傳疏》、焦循《孟子正義》等〔註70〕。可見其一時風氣。諸經之中，則又以《尚書》新注疏之作最興盛。

　　張舜徽云：「大抵欲作新疏以代舊疏，首必熟繹舊疏，洞知其書之利弊得失，而後能匡其謬誤，補其闕漏，以從事於改作之役」〔註71〕。這頗能說明《尚書》新疏盛行於乾嘉時期的原因。蓋就學風而言，乾嘉學者頗重視古注疏，尤其是漢、唐注疏。他們以爲漢、唐人的說法「去古未遠，據以繹釋古書，較爲可信」〔註72〕，故治學時皆能熟繹古注、古疏，並評斷其利弊得失，如詁經精舍諸生之〈（唐）孔穎達五經義疏得失論〉即其著者〔註73〕。若就《尚書》學的發展而言，乾嘉年間僞《古文尚書》之定讞，衍生了兩重要影響：一是僞《古文尚書》文字、篇章之謬誤，魏晉孔《傳》、唐孔《疏》乃至宋、元以降諸《書》說依傍僞古文的闕漏，皆漸漸顯露出來。「匡其謬誤，補其闕漏」，適成了《尚書》新疏的動機。一是確立了閻若璩提出的「兩漢學者所治爲眞古文」的信念。則將兩漢眞古文經及經說復原，自是學者

〔註66〕見皮錫瑞《經學歷史》〈經學復盛時代〉，頁三二三。
〔註67〕見梁啓超《中國近三百年學術史》〈清代經學之建設〉，頁五九。
〔註68〕同註66，頁三六三～三六四。
〔註69〕見梁啓超《清代學術概論》，頁八一。
〔註70〕同註67，頁二一六～二二三。
〔註71〕見張舜徽《訒庵學術講論集》，頁八四九。
〔註72〕同上，頁八六五。
〔註73〕見阮元《詁經精舍文集》卷六所錄胡敬、趙坦、陶定山、錢福林、周中孚等所著〈（唐）孔穎達五經義疏得失論〉。

們重要的任務。復原兩漢《尚書》古經、古注的過程，則啓發了有志改役《尚書》舊注疏者新的方法。

乾隆中葉，漢學復興，漢儒《書》說重新受到重視。吳派宗師惠棟輯有《尚書古義》一卷，全以漢儒《書》說爲訓，開風氣之先。影響所及，鄭珍〈鄭學錄〉云：「乾隆間，王光祿鳴盛因王（應麟）輯注本又加增補，作《尚書後案》；江徵君聲作《尚書集注音疏》；孫觀察星衍集《古文尚書》注，又作《古今文尚書注疏》；段大令玉裁作《古文尚書撰異》。皆以闡鄭氏學，康成《尚書》注義復明」〔註74〕。鄭珍所舉的江、王、段、孫四家，向來並稱，一般皆以爲乾嘉《尚書》研究的代表作。然四家之《書》說各有特色，闡明鄭學，特其一端，並非義盡於此。

江聲《尚書集注音疏》十卷，及百篇〈書序〉一卷、佚文一卷，凡十二卷，成書於乾隆三十八年，在四家中爲最早，其書蒐集漢儒之說，以注二十九篇。據其〈尚書集注音疏述〉所言，篇中擷取漢儒馬融、鄭玄之注爲主，次及《尚書大傳》、及諸子百家（如《說文》、《論衡》等）之有涉《尚書》者。王肅《注》及晚出之孔《傳》，則愼擇其不謬于經者，間亦取焉〔註75〕。其書有三大特色。首先，其書係採「自注自疏」方式疏解《尚書》全書的第一人。〈尚書集注後述〉云：

> 自南北朝以至唐初，義疏迭出，而傳注又賴以證明矣。凡此皆後人疏前人之書，未有己注之，而己疏之，出于一人手者，有之，自唐明皇帝之《道德經注疏》始。吾師惠松崖先生《周易述》，融會漢儒之說以爲之注，而復爲之疏，其體例固有自來矣〔註76〕。

可見江聲自集漢儒各家之說，以注《尚書》二十九篇，并自爲之音疏的方法，是受其師惠棟的影響。

其次，《尚書集注音疏》所錄〈太誓〉三篇，是輯自漢儒引〈太誓〉的資料、佚文，與僞孔本的〈泰誓〉完全不同。漢〈太誓〉是眞古文，晉〈泰誓〉是僞古文，惠棟《古文尚書考》曾經提及，江聲更舉出六條證據，反覆論述〔註77〕。再則，江

〔註74〕見鄭珍《鄭珍集・經學》〈鄭學錄〉頁三一七～三一八。
〔註75〕江聲《尚書集注音疏》書後附〈尚書集注音疏述〉，其自疏：「『述』即『敍』也，不名『敍』者，《正義》謂鄭康成〈書贊〉避孔子百篇之〈敍〉名而曰〈贊〉，然則鄭君且不敢稱『敍』，聲安敢『敍』邪？故曰『述』，『述』者，述《尚書》興廢之由，并自述集注之大意」。可見其所謂「述」即「敍」之意。其〈述〉所言取材依據見前引書頁五一二。
〔註76〕見江聲《尚書集注音述》書後附〈尚書集注音疏後述〉。
〔註77〕江聲所辯爲：〈太誓〉並非後得，乃伏生年老，不能記憶其全故爾，此其一。《漢書・藝文志》「《尚書古文經》四十六卷，爲五十七篇」。而伏生之書爲二十八篇，三分〈盤庚〉則爲三十，加孔氏多出之二十四篇，才五十四。另加〈太誓〉三篇，方合五十

聲深信東漢古文，以爲《說文》所載古文字，最能得古文之眞，於是全書用小篆寫成，爲其書另一特色。

王鳴盛《尚書後案》，亦專釋眞古文二十九篇（析爲三十二篇），其中〈太誓〉一篇亦輯漢代佚文。其書起草於乾隆十年，在四家中爲最早，然其成書於乾隆四十四年，稍後於江聲。

其書專宗東漢古文，亦採「自注自疏」的體例，擷取馬融、鄭玄、王肅、僞孔《傳》、孔穎達《疏》諸家《書》說爲釋，每條則作《案》語以闡己意。以《史記》、《大傳》非古文說，捨而不取。據其自〈序〉：

> 予遍觀群書，搜羅鄭《注》，惜已殘闕，聊取馬、王、《傳》、《疏》益之，又作《案》以釋鄭義，馬、王、《傳》、《疏》與鄭異者，條晰其非，折中於鄭氏，名曰《後案》者，言最後所存之《案》也〔註78〕。

可見王鳴盛意主發揮鄭玄一家之學，並自信其案語堪爲「最後之論斷」。乾嘉年間杭世駿爲《後案》作〈序〉，頗伸王鳴盛之著作旨意：

> 馬融，鄭所師也，馬之言，不盡從也。存馬之說，知鄭之不墨守家法也。王肅，難鄭者也，六天、喪服，難禮者迭出，于《書》，未數數然也。參王之說，存鄭之諍友也。孔《傳》後出，疑在魏晉之間，孔曾竊鄭，非鄭襲孔也。《疏》之與《傳》，若禰之繼祖，而亦兼出鄭《注》，則孔穎達亦鄭之功臣也。……此西莊論撰之微意也。其曰《後案》何也？以經證經而經明，以四家證鄭，而鄭益明〔註79〕。

據此則知西莊取此四家爲釋的目的乃是「以四家證鄭，而鄭益明」。《後案》所收東漢古文學派及其傳衍的經說可說已搜羅無遺，非常詳備，特別是鄭玄之說，一查即得。是一部非常便于利用的豐富的漢代《古文尚書》資料集。

段玉裁《古文尚書撰異》創於乾隆五十三年，成於乾隆五十六年，亦捨僞篇不釋，專釋伏生二十九篇，析〈盤庚〉爲三，并〈書序〉，篇各爲卷，凡三十二卷。〈太誓〉則只列篇名於目錄，未輯釋佚文，並自注：「唐後乃亡，故存其目」〔註80〕。

七之數，此其二。兩漢諸儒備見今古文者，未嘗疑〈太誓〉有今古文之異，則今古文〈太誓〉必定相同。此其三。〈太誓〉中神奇怪異之說，《史記》載武王伐殷，師渡孟津一段，即已引用。可見是信而有徵。此其四。祥瑞徵兆，孔子並不視爲怪力亂神，如《論語》中載「鳳鳥不至，河不出圖，吾已矣夫！」便是。此其五。先秦典籍引文，不見於〈太誓〉中，乃是逸文。此其六。（孫劍秋《清代吳派經學研究》，頁一五四～一五五）。

〔註78〕見王鳴盛《尚書後案·序》。

〔註79〕見杭世駿《道古堂全集·文集》卷上，〈尚書後案序〉。

〔註80〕見段玉裁《古文尚書撰異·序》所附〈太誓〉目錄。

是與江、王不同之處。其自述爲書要旨有四：一、正唐天寶、開寶年間以《今文尚書》竄亂古文之非。二、斥唐以降有集古篆繕寫之《尚書》，號「壁中本」，是僞中之僞。三、謂歐陽、夏侯《尚書》雖佚，不可以《大傳》、《史記》、兩《漢書》……等記載妄改經文。四、謂不可取《說文》、經傳諸子等爲憑妄改經文〔註81〕。

可見其書著意在分辨今、古文字，「今廣搜補缺，因篇爲卷，略於義說，文字是詳」是也〔註82〕。其書多說文字，鮮解經義，故不是標準的疏體，然而由於段氏深湛的小學功力，在校訂今古文字異同、分辨句讀的同時，亦解決了不少訓詁問題。故此書頗能代表乾嘉時期皖派學者的《尚書》研究成果。

乾嘉時期最致力探究漢代《尚書》原貌者，當推孫星衍。孫氏於乾隆五十六年完成《古文尚書馬鄭注》十卷，并佚文一卷，所輯馬、鄭注相當完備。時值《尚書》新注疏蔚爲風氣，孫氏自乾隆五十八年，迄嘉慶二十年，更費二十二年時間，在《古文尚書馬鄭注》的基礎上，兼輯《史記》及今文《書》說，創爲《尚書今古文注疏》三十卷，專釋伏生二十九篇，〈太誓〉則輯自漢代佚文，與江聲同。在四家之中，孫氏所搜羅的漢代今古文說最爲詳備。疏體是總結性的研究著作，大體而言，後出者轉精，孫《疏》在四家中既最晚出，據此而言，孫《疏》洵足爲乾嘉《尚書》新注疏的代表。

<hr />

〔註81〕同上。
〔註82〕同上。

第三章 《尚書今古文注疏》之成書及流傳

第一節　著作動機

　　孫星衍少年熱衷詩文，然乾嘉盛行的考據學風對他造成了很大的衝擊，中年以後的淵如，不但自身汲汲於考據工作，更以顯宦的身份大力提倡考據學：「古人重考據甚於著作，而又不分為二，古人之考據即其著作也」〔註1〕。可見其極力強調「考據」的重要性，欲置其重要性於「著作」之上，且將「考據」與「著作」混為一談〔註2〕。孫氏雖欲以考據學者自居，然其《尚書今古文注疏》（以下簡稱《孫疏》），通釋《尚書》全經，時出己見，是標準的「疏體」，就其性質而言，堪稱清人的《尚書》新疏，是「著作」而非只是「考據」。

　　關於其著作動機，可分四點說明：

一、繼承聖學、道統

　　孫星衍是傳統道統的擁護者，他肯定伏生傳《尚書》對維繫道統有莫大貢獻：「是漢無伏生，則《尚書》不傳，傳而無伏生亦不明其義，即古文《書》，後山孔壁，無伏生之今文，亦不能識讀。是伏生一人，為唐、虞三代微言道統之所寄」〔註3〕。既肯定伏生傳經之功，孫星衍遂數度奏請為伏生立祠，追立其六十五世孫敬祖，為五經博士。嘉慶七年，其議終行，該事詳載於孫星衍《建立伏博士始末》一書中。

　　《孫疏》擷取諸家《書》說，亦皆首列伏生《尚書大傳》，可見其表彰伏生之心。

〔註1〕見孫星衍《問字堂集》卷四，〈答袁簡齋前輩書〉。
〔註2〕見暴鴻昌〈袁枚與乾嘉考據學〉，頁四一（《史學月刊》一九九三年第一期）。
〔註3〕見孫星衍《建立伏博士始末》卷上，〈公牘〉。

推究其意，則可歸結爲繼承伏生所傳的聖學、道統。

二、網羅放失舊聞、存其是而削繁增簡

　　求古、徵古、乃至於存古，是乾嘉漢學家共同的職志，孫星衍的《孫子十家注》、《孔子集語》、《周易集解》等著作，皆緣此而發。故其《周易集解·序》：「蒙爲此書，無所發明，竊比于信而好古，網羅天下放失舊聞云爾」〔註4〕。《孫疏·序》亦云：

> 孔氏之爲《書正義》，〈序〉云據蔡大寶、巢猗、費甝、顧彪、劉焯、劉炫等。又云：「覽古人之傳記，質近代之異同，存其是而去其非，削其煩而增其簡」。是孔氏之疏不專出于己。今依其例，遍採古人傳記之涉《書》義者，自漢魏迄于隋唐。不取宋已來諸人注者，以其時文籍散亡，較今代無異聞，又無師傳，恐滋臆說也〔註5〕。

是孫星衍所推崇的《孔疏》，在於其不出於一己之見，而能博覽古今傳記，存是去非、削繁增簡，故亦依其例，「遍採古人傳記之涉《書》義者」。唯其駐「漢學」立場，不取「宋學」諸說，這是乾嘉學者常有的現象。

三、分別今古文、補時人《書》疏之缺失

　　清儒研究《尚書》最致力於二件事：一是辨別眞僞《尚書》；其次則是釐清眞《尚書》中的今古文差異。僞古文定讞之後，《尚書》今古文的異同，遂成了焦點問題。今古文問題的發生，與漢代經師重視「師法」關係密切。乾嘉吳、皖諸家既標榜漢學，亦特別重視師法，故治《尚書》者，莫不強調當明辨今古文。孫書既名爲《尚書今古文注疏》，則其分別今古文之用意甚明。《孫疏·序》云：「兼疏今古文者，放《詩》疏之例，毛、鄭異義，各如其說以疏之……今古文說之不能合一，猶三家《詩》及三《傳》難以折衷」〔註6〕。并可見其分別今古文之心。

　　此外，江、王、段諸家既成書在前，《孫疏》所以復作，即在於孫星衍對諸家《書》說不盡滿意。《孫疏·序》：

> 近代王光祿鳴盛、江徵君聲、段大令玉裁諸君《書》說，皆有古書証據……但王光祿用鄭注，兼存僞《傳》，不載《史記》、《大傳》異說。江氏聲篆寫經文，所注〈禹貢〉，僅有古地名，不便學者循誦。段氏《撰異》

〔註4〕見孫星衍《周易集解·序》。
〔註5〕見《孫疏·序》，頁三。
〔註6〕同上，頁一。

一書，亦僅分別今古文字〔註7〕。

孫氏對諸家的批評頗爲客觀，皆中其失，故其自作不取僞《傳》，兼載《史記》、《大傳》說法、不妄據古文改動經文、郡縣皆釋以今名、分別今古文字之外復詳細分疏今古文說等。皆是爲補時人《書》疏之缺失。

四、立於學官、代替舊疏

孫星衍關於《尚書》的著作有二，其中《古文尚書馬鄭注》是輯佚之作，略於義說，專輯馬鄭《書》注，並附有《尚書》逸文二卷，成書於乾隆五十九年。其〈與段大令若膺書〉曾自述作意：「僕近撰集《古文尚書馬鄭注》，庶此二十九篇之文有專行本，他時或與梅氏僞書，同立于學官，此則區區負山之志」〔註8〕。其〈答錢少詹師書論上元本星度〉所言略同：「星衍近校刊馬鄭注《尚書》，附以逸文，自爲敘表，庶眞古文卅四篇復見于世。尙當爲作正義，異時或立于學官，得遂負山之志」〔註9〕。然而《古文尚書馬鄭注》略於義說，其份量實不足與舊注疏相抗衡。所謂「尙當爲作正義」，此《尚書今古文注疏》所由作也。《孫疏》費時二十二年，其基礎正建立在《古文尚書馬鄭注》之上，唯輯佚範圍擴大，且詳疏各家義說。其書開宗明義云：

> 《書》有孔氏穎達《正義》，復又作疏者，以孔氏用梅賾書雜于廿九
> 篇，析亂〈書序〉，以冠各篇之首，又作僞《傳》而舍古說。欽奉高宗純
> 皇帝鑒定四庫書，採梅鷟、閻若璩之議，以梅氏書爲非眞古文，則書疏之
> 不能已于復作也〔註10〕。

據此，一方面可見其對舊疏雜僞亂眞的不滿，一方面我們當可推知其意在立於學官，代替舊疏。

第二節　著述方法

《孫疏》的著述方法，簡要的說，即「明辨眞僞，去僞存眞」。他一方面汲取前人的辨僞成果，一方面亦精研僞古文經傳，斥責其可疑之跡。唯有釐清僞作，才能進一步輯取眞《尚書》，再爲之作注疏，這是其精愼的地方。

〔註7〕同上，頁三。
〔註8〕見孫星衍《問字堂集》卷四，〈與段大令若膺書〉。
〔註9〕同上，〈答錢少詹師書論上元本星度〉。
〔註10〕見《孫疏·序》，頁一。

一、審明真偽《尚書》

繼閻若璩、惠棟之後，孫星衍對偽古文亦有精彩的辯證：

今考梅賾《書》篇數，與古不相應，采會書傳，又多舛錯。或非經文，而以爲經；（「水、火、金、木、土、穀」四句，乃郤缺之語；「德乃降」，莊公之語；「于父母」，長息之語；「兼弱攻昧」，隨武子引武之善，經下云：「兼，弱也」，隨武子釋仲虺之言；「推亡固存」，中行獻子及子皮之言；而皆作經文）。或非傳義而以爲傳；（孔安國注《論語》「予小子履」四十五字云：「此伐桀告天之文。《墨子》引〈湯誓〉，其言若此」。《偽傳》以爲〈湯誥〉。安國又注《論語》「雖有周親，不如仁人」。以「周親」爲管、蔡，「仁人」爲箕子、微子。《偽傳》則云：周，至也。言紂至親雖多，不如周家之多仁人。）或以此篇爲彼篇；（「舜往于田，號泣于旻天」，〈舜典〉文，而以爲〈大禹謨〉。「惟彼陶唐」四句，賈、服解爲夏桀之時，而以爲〈五子之歌〉。「葛伯仇餉」，〈湯征〉文，而以爲〈仲虺之誥〉。「惟尹躬先見于西夏」，鄭云〈尹告〉，則〈咸有一德〉文，而以爲〈太甲〉。「厥篚元黃」，〈允征〉文，「殪戎殷」即「壹戎衣」，〈中庸〉篇引〈康誥〉文，而以爲〈武成〉。）或以此言爲彼言；（《孟子》言：「舜舍己從人」，而以爲「舜稱堯」。《太平御覽》引《尸子》曰：「舜云：從道必吉，反道必凶，如影如響」。而以爲禹言。）或背于典禮；（〈九歌〉啓樂，而爲禹言。古制天子駕四，而云「六馬」。夏商五廟，而云「七廟」。日食在夏四月，始伐鼓用幣，而云「在季秋月朔」。虞官五十而以爲百。周司徒掌十二教，而云「敷五典」。「太僕正于群僕」，侵太馭之職。）或乖于史例；（《尚書》例不書時，至《春秋》乃日、月、時、年皆具。而〈泰誓〉「有十有三年春」之文。越日皆從本日數，丁未越三日，則爲己酉，而〈武成〉有「越三日庚戌」之文。）或謬于是非；（「分北三苗」、「竄絕苗民」皆見于《書》，而以爲「七旬有苗格」，「五子」即「五觀」，淫泆失家之人，而以爲「述戒作歌」。）或敍事而失詞（《孟子》：「象曰：『鬱陶思君爾』」，下云「忸怩」，敍事之詞。武王曰：「無畏寧爾也，非敵百姓也」。下云「若崩厥角稽首」，亦敍事詞。而以爲五子及武王之言。成王命蔡仲，而稱乃祖。）或重文二字；（「斆」即「學」字，而作斆學半，古今字並用，《禮記》俱作「學」也）。其他經義，大異史遷所從孔安國問故之文，與顯背鄭説者，蓋難更僕。若〈允征〉之以人名爲國，〈旅獒〉之以「酋豪」爲「犬」，尤可怪也。伏生廿九篇本文存此書中，亦或刪改：如「十有三年」下改「放

勳」爲「帝」字，《說文》引《周書》：「撻以記之」，今爲《虞書》。「帝曰：
母若丹朱傲」、「禹曰：予娶塗山」云云，皆脱「帝曰」、「禹曰」。賴有《孟
子》、董仲舒書、《史記》、《漢書》、《論衡》可證耳〔註11〕。

是孫氏心目中之僞古文，篇數與古書記載不合，此其一；其性質乃「采會書傳」而
成，且多舛錯，此其二。即令其與伏生相同篇章，亦有刪改之跡。那麼，僞古文是
否一無可取呢？孫星衍的看法是：

僞孔書雖非眞古文，而廿九篇經文，僅賴以存。亦或竊取馬、鄭義訓，
孔穎達《正義》，多引古書爲其有所取材，亦且不廢，以應劉歆「過而存
之」之論〔註12〕。

此〈序〉文作於乾隆五十九年，顯然孫氏此時認爲僞古文可議之處雖多，然以其有
存經之功，當「過而存之」。然而嘉慶二年，孫星衍〈呈覆座主朱石君尚書〉一文中
其對僞古文的態度，明顯有所不同：

若吾師以僞《尚書》無損益於人心風俗，竊又非之。孔子曰：「君子
亦有惡，惡莠紫鄭聲」。莠何損於苗？紫何損於色？鄭聲何損於雅樂？是
非不可亂也。堯、舜、禹、湯、文、武之言，可任其以僞亂眞？張霸之書、
王芬之誥，其言必衰諸道，不可以教後世，何必〈太甲〉、〈旅獒〉篇哉！
僞古文剽襲經傳引《書》之語，故有雅正之言，然是非倒置。瞽叟父也，
以爲信順其子；五觀非賢，以爲作歌拒君。無論其制度典章之謬。且聖人
之學，具在《九經》，何言不足垂教，而藉僞晉人之言，以爲木鐸。則盜
亦有道，釋典亦有勸善之言，豈儒者所宜擇善服膺哉！若知其僞而不疑，
反附於闕疑之義，是見義不爲，非慎言其餘也〔註13〕。

他這番言論，則是以衛道儒者自居，認爲僞書及釋典儘管有雅正之言、勸善之道，
皆不足取，則僞古文《尚書》自在摒棄之列。這種立場的改變，影響所及，其後來
作《孫疏》時，不但不取資僞傳，且多所抨擊。

關於眞《尚書》，淵如亦有所考訂。《孫疏·序》：「伏生出自壁藏，授之晁錯，
教于齊、魯，立于學官，大小夏侯、歐陽爲之句解，傳述有本。後人疑爲口授經文，
說爲略以其意屬讀者，誤也」〔註14〕。此說係爲駁斥顏師古注《漢書·儒林傳》引
衛宏〈定古文官書序〉所載：「伏生老，不能正言，言不可曉也，使其女傳言教錯，

〔註11〕見孫星衍《古文尚書馬鄭注·序》。
〔註12〕同上。
〔註13〕見孫星衍《岱南閣集》卷二，〈呈覆座主朱石君尚書〉。
〔註14〕見《孫疏·序》，頁一。

齊人語多與潁川異，錯所不知者凡十二三，略以其意屬讀而已」〔註15〕。「口授的價值不如本經」，是自漢代經師即有的觀念〔註16〕。淵如既推崇伏生所傳今文之眞實可貴，故據史傳記載，撰成〈伏生不肯口授尚書論〉一文加以考辨〔註17〕。在他之前，清儒已有多人探討過這個問題，然程元敏師以爲：「孫星衍撰〈伏生不肯口授尚書論〉，其說後出，意在折衷群言……。言今文廿八篇非伏生口授女子傳言，經諸儒討論，已無復可疑」〔註18〕。是亦肯定淵如考辨之功。

二、整理眞《尚書》

《孫疏》所採用之經文，其書〈凡例〉有作說明：

「經文相傳既久，謹依孔氏穎達《正義》本，參用唐《開成石經》，即今世列學官循誦之本。若改從古文，便恐驚俗。止注明文字異同，疏其出處。惟〈堯典〉分出〈舜典〉，〈皋陶謨〉分〈益稷〉，〈書序〉一篇分列各篇之首，前人俱以爲非，不得不改從舊本，以符廿九篇之數。〈盤庚〉等三篇爲一，依《漢石經》每篇空格。及〈泰誓〉用《史記》，參以《書大傳》，不敢湊集佚文」〔註19〕。

其所說的廿九篇篇次爲：〈堯典〉、〈皋陶謨〉、〈禹貢〉、〈甘誓〉、〈湯誓〉、〈盤庚〉、〈高宗肜日〉、〈西伯戡黎〉、〈微子〉、〈泰誓〉、〈牧誓〉、〈洪範〉、〈金縢〉、〈大誥〉、〈康誥〉、〈酒誥〉、〈梓材〉、〈召誥〉、〈洛誥〉、〈多士〉、〈無逸〉、〈君奭〉、〈多方〉、〈立政〉、〈顧命〉、〈費誓〉、〈呂刑〉、〈文侯之命〉、〈秦誓〉。其中〈金縢〉在〈大誥〉之前，〈費誓〉在〈呂刑〉前，是馬、鄭本之次第，與伏生、孔〈傳〉本不同。

《孫疏》經文最特殊的，在於列有〈泰誓〉篇，其書〈泰誓·疏〉：「此篇在伏生二十九篇中。《史記·儒林傳》、《漢書·藝文志》俱云伏生壁藏，得二十九篇。〈太誓〉之文見于《尚書大傳》及《史記》〈周本紀〉、〈齊世家〉，婁敬、董仲舒、終軍等皆引之，則不似武帝末始得于民間者」〔註20〕。淵如據《書大傳》、《史記》所輯的〈泰誓〉經文，爲先秦眞〈泰誓〉殘文，與武帝末所得〈泰誓〉、及孔《傳》本〈泰誓〉皆不同。然其謂此〈泰誓〉爲伏生本所有則非〔註21〕。

〔註15〕見《漢書》卷八六，〈儒林傳〉。
〔註16〕見劉人鵬《閻若璩與古文尚書辨僞～一個學術史的個案研究》，頁三四（國立臺灣大學中文研究所博士論文，民國八〇年六月）。
〔註17〕見孫星衍《平津館文稿》卷上，〈伏生不肯口授尚書論〉。
〔註18〕見程元敏師《王柏之生平與學術》，頁六〇七。
〔註19〕見《孫疏·凡例》，頁二。
〔註20〕見《孫疏》卷十，〈泰誓〉，頁一。
〔註21〕參程元敏師〈古文尚書之壁藏發現獻上及篇卷目次考〉一文所述〈泰誓〉問題（孔孟

　　《孫疏》注文的取得方法，與江聲、王鳴盛大致相同，「都是拿《史記》、《尚書大傳》當底本，再把唐以前各種子書及箋注類的書，以至《太平御覽》以前之各種類書，凡有徵引漢儒解釋《尚書》之文慢慢搜集起來，分綴每篇每句之下，成爲一部漢儒的新注」〔註22〕。這是一種極繁瑣的輯佚工作。王鳴盛於其《尚書後案·後辨》自稱：「抄撮群書經史子集共一百三十一部」〔註23〕。《孫疏》輯佚對象較王氏廣，所錄群書當不止此數。故古國順先生贊曰：「孫淵如之於《今古文注疏》，創始於乾隆五十九年，至嘉慶二十年始告迄功，亦歷二十餘載，此種治學之專業精神，實堪爲吾人所效法也」〔註24〕。

　　《孫疏》注文安排之嚴謹，是其另一特色，其於漢儒遺說，僅取最具代表性的《大傳》、《史記》、歐陽、大小夏侯、馬鄭等《書》說升爲〈注〉文，他稱之爲「五家三科」說，其餘漢魏以降諸說則降爲〈疏〉文，所取實堪代表今日得見的漢儒《書》注樣貌。於經義未當的「五家三科」說，則亦降爲〈疏〉文，不牽強比附，尤爲難得。

　　《孫疏》疏文之取得方法與注文相同，多輯自漢魏人遺說，唯亦汲取江聲、段玉裁、王鳴盛、王氏父子、惠棟、宋鑒、唐煥、莊述祖、畢亨等清人的研究成果〔註25〕。其疏文之別擇亦頗精當：凡無關經文、注文者不錄；注文有數條時，依時代先後爲疏，且必疏明注文出處；郡縣皆釋以今名；《家語》、《孔叢》、《小爾雅》、《神異經》、《搜神記》等，或係僞書，或同小說，不敢取以說經〔註26〕。其〈與王念孫書〉曾自述爲疏態度：「侍之爲疏，則各就今古文疏通之，並不敢折衷」〔註27〕。由於其態度持平，不好作調和，故屈萬里先生云：「《尚書今古文注疏》……就義訓言，亦遠勝於前人」〔註28〕。

第三節　書名、卷數及流傳版本

　　《孫疏》之書名，其初蓋作《尚書今古文義疏》或《尚書古今文義疏》。其〈與王念孫書〉：「數月睽違，不勝企戀耳。舟中爲《書今古文義疏》成〈皋陶謨〉一篇」

　　　　學報第六六期，民國八二年九月）。
〔註22〕見梁啓超《中國近三百年學術史》，頁二○二。
〔註23〕見王鳴盛《尚書後案·後辨》。
〔註24〕見古國順《清代尚書學》，頁二七二。
〔註25〕見《孫疏·序》，頁三。
〔註26〕見《孫疏·凡例》，頁二～三。
〔註27〕見孫星衍《孫淵如外集》卷五，〈與王念孫書〉。
〔註28〕見屈萬里《尚書釋義·敘論》，頁一八。

〔註29〕。這封信當寫於嘉慶十二年，此據其同里張紹南所作《孫淵如先生年譜》嘉慶十二年條：「君五十五歲，官山東督糧道，二月，督運北上，舟中著《尚書古今文義疏》成〈皋陶謨〉及同洪君頤煊撰今文〈泰誓〉兩篇」可知〔註30〕。張紹南所撰年譜止於嘉慶十六年，嘉慶十七年以降則由王德福續撰，王氏所撰年譜嘉慶二十年條亦載：「是年《孔子集語》、《尚書古今文義疏》刊成。此外刊於嘉慶十一年的《平津館文稿》亦云：「筠軒進猶未也，近館於安德平津館，與予商撰《尚書今古文義疏》」〔註31〕。皆足為證。

而其嘉慶二十年「題元戴淳伏生授經圖」詩則云：「乙亥歲，正月十日，病中撰《尚書今古文注疏》成」〔註32〕。則其成書後蓋即以《尚書今古文注疏》為名。此外亦有稱之為《尚書古今文注疏》者〔註33〕，蓋筆誤耳。

《孫疏》之卷數，其〈自序〉：「經廿九篇，并〈序〉為卅卷」；其為詩亦云：「手疏典謨誥，絕學矢畢生，廿年抱卅卷」〔註34〕。是其卷數為卅無疑。然又有數說：《皇清經解》卷七三五至七七三即著錄《尚書今古文注疏》，計三十九卷，此因將〈堯典〉、〈洪範〉、〈顧命〉、〈呂刑〉、〈書序〉分為上下卷；〈皋陶謨〉、〈禹貢〉各分上中下卷數之故。另有周予同《經學歷史‧注》載為四十八卷；蔣善國《尚書綜述》載為三十二卷〔註35〕，皆屬誤記。

《孫疏》之版本，自以其生前（嘉慶二十年）自刻的冶城山館本最重要，此本後來收錄於孫氏自刻的《平津館叢書》第七集中，故亦稱《平津館叢書》本。此外尚有《皇清經解》本、光緒廿五年上海點石齋石印經學輯要本、《叢書集成初編》本、《四部備要》本、商務印書館（人人文庫）排印本……等。近年尚有北京中華書局陳抗、盛冬鈴點校本，最方便學者。

〔註29〕見孫星衍《孫淵如外集》卷五，〈與王念孫書〉。

〔註30〕見張紹南撰，王德福續撰《孫淵如先生年譜》卷下。

〔註31〕見孫星衍《平津館文稿》卷下，〈洪筠軒文鈔序〉。

〔註32〕見孫星衍《芳茂山人詩錄》卷六，《冶城臞養集》卷上。

〔註33〕見梁啟超《清代學術概論》，頁八一。

〔註34〕見孫星衍《芳茂山人詩錄》卷六，《冶城臞養集》卷上。

〔註35〕周予同《經學歷史‧注》：「孫所撰《尚書今古文注疏》，凡四十八卷」，頁三五八。蔣善國《尚書綜述》：「《尚書今古文注疏》三十二卷，以二十八篇為限」 頁二九八。

第四章　《尚書今古文注疏》之今古文觀

第一節　《尚書》今、古文問題述要

　　經今、古文問題的發生，實源於秦廷焚書與項羽燒秦宮，導致經籍流傳中斷，而有殘缺散佚的情形出現。《尚書》今古文問題的發生，正是如此。《史記‧儒林傳》云：「秦時燒書，伏生壁藏之。其後兵大作，流亡。漢定，伏生求其書，亡數十篇，獨得二十九篇，即以教於齊魯之間。學者由是頗能言《尚書》。諸山東大師，無不涉《尚書》以教矣」〔註1〕。是伏生之書，原由壁藏，經亂散失，僅存二十九篇。「伏生在秦二世時曾做過博士，他所藏在牆裏面的《書》，如不是古文，必是秦朝當時通行的小篆。不過到了漢朝通行隸字，伏生既然在齊、魯把《書》拿來教人，到文帝時，他已傳授《書》四十八年了，在這四十八年間，伏生當然要把他所藏的古文或小篆簡書譯成漢朝當時通行的隸字，即『古隸』」〔註2〕。這番推論，頗為合理。伏生《尚書》既以通行的漢隸傳授，故一般稱之為「今文《尚書》」，以便與古文本《尚書》作區別。

　　關於《古文尚書》的來歷，劉歆〈移太常博士書〉云：「及魯恭王壞孔子宅，欲以為宮，而得古文於壞壁之中，逸《禮》有三十九，《書》十六篇。天漢之後，孔安國（家）獻之，遭巫蠱倉卒之難，未及施行」〔註3〕。《漢書‧藝文志》所載略同，然更詳云「以考二十九篇，得多十六篇」〔註4〕。唯據諸家所考，劉、班之

〔註1〕見《史記‧儒林傳》卷一百二十一。
〔註2〕見蔣善國《尚書綜述》，頁三五。
〔註3〕見《漢書‧楚元王傳》附《劉歆傳》卷三十六，〈移太常博士書〉。
〔註4〕《漢書‧藝文志》云：「武帝末，魯恭王壞孔子宅，欲以廣其宮而得《古文尚書》及《禮記》、《論語》、《孝經》凡數十篇。孔安國者，孔子後也，悉得其書，以考二十

說，均未得其實。一則壞孔宅得書，當在景帝之世；再則安國生前未及獻書，獻書者乃其家人〔註5〕。《史記》雖沒有孔壁出古文經的記載，但其書〈儒林傳〉：「孔氏有古文《尚書》，而安國以今文讀之，因以起其家，逸《書》得十餘篇，蓋《尚書》滋多於是矣」〔註6〕。故一般均理解爲孔安國以伏生今文校讀孔壁古文，因而成其古文家學。

由於伏生今文早出，很早便得立於學官，武帝時立歐陽《尚書》，宣帝時又立大、小夏侯《尚書》博士，皆是今文一脈。孔安國所得《尚書》雖較伏生本多十六篇（或廿四篇），但是，關於兩漢《尚書》的傳授記載，均止於今、古文相同的二十九篇，至於古文獨有的十六篇，馬融云：「佚十六篇，絕無師說」〔註7〕。其實此十六篇有無師說姑且不論，其傳誦者甚少則是事實，故遂導致經文亡佚無存。

既然今、古文《尚書》最初所傳誦的皆是二十九篇，則其篇章差異並不大。其主要的差別，實在於經文及經說上。這即是學者們所稱的《尚書》「今、古文字」與「今、古文說」。伏、孔所傳《尚書》版本的不同造成今、古文字有別；伏、孔暨其後學說解《尚書》的內容不同導致今、古文經說迥異。

關於《尚書》今、古文的差異，有幾則重要記載；《漢書·藝文志》云：

> 劉向以中古文校歐陽、大、小夏侯三家經文，〈酒誥〉脫簡一，〈召誥〉脫簡二，率簡二十五字者，脫亦二十五字；簡二十二字者，脫亦二十二字，文字異者七百有餘，脫字數十〔註8〕。

《後漢書·賈逵傳》云：

> 肅宗立……逵數爲帝言古文《尚書》與經傳、《爾雅》詁訓相應，詔令撰歐陽、大、小夏侯《尚書》、古文同異，逵集爲三卷，帝善之〔註9〕。

同書〈劉陶傳〉記載：

> 陶明《尚書》、《春秋》，爲之訓詁，推三家《尚書》及古文，是正文

九篇，得多十六篇」。

〔註5〕程元敏師〈古文尚書之壁藏發現獻上及篇卷目次考〉云：「漢景帝初年，魯恭王劉餘壞孔壁得書，以書歸孔家。得書，或以爲當武帝世，或以爲當天漢後，皆失時；劉歆亦以爲當武帝世，在帝末年，余考其〈移書〉上下文、參稽《別錄》及《七略》知之，舊說察未及此；獻書者，孔安國家人也，朱（彝尊）、閻、王（鳴盛）、戴（熙）竝主，余網羅眾家，補引史文，辯駁異端，以充實其誼，證成其說」，頁九五（《孔孟學報》第六十六期，民國八二年九月）。

〔註6〕見《史記·儒林傳》卷一百二十一。

〔註7〕見孔穎達《尚書正義》引馬融《書序》語，卷二，頁三。

〔註8〕見《漢書·藝文志》卷三十。

〔註9〕見《後漢書·賈逵傳》卷三十六。

字三百餘事，名曰《中文尚書》〔註10〕。

設若劉向所見中古文《尚書》與賈逵、劉陶所見古文《尚書》，同出自孔安國所傳孔壁本，則據上述可知：劉向曾校定今、古文《尚書》異字七百餘，脫簡若干；劉陶亦曾校正文字三百餘事。這是兩漢《尚書》今、古文字差異的重要記載。賈逵所撰「歐陽、大、小夏侯《尚書》、古文同異」，應是最可靠的漢代今、古文經說差異。然而很可惜地，中祕古文及賈、劉之書皆已亡佚，無法據以為說。

然則，造成漢代《尚書》今、古文之糾葛者，另有三重要原因：一是《尚書》流傳之多遭困厄，以致今日無法一窺漢代《尚書》今文或古文及其經說之原來樣貌；二是除了孔安國所得孔壁本外，尚有他本古文《尚書》的流傳記載，導致分辨古文《書》說的困難；三是師法、家法的紊亂，泯滅了今、古文的界限。

關於《尚書》之流傳，孫星衍云：

> 《尚書》一厄於秦火，則百篇為廿九；再厄于建武，而亡〈武成〉；三厄于永嘉，則眾家《書》及古文盡亡；四厄于梅賾，則以偽亂真，而鄭學微；五厄于孔穎達，則以是為非，而馬、鄭之《注》亡于宋；六厄于唐開元時，詔衛包改古文從今文，則并偽孔《傳》中所存廿九篇本文失其真；七厄于開寶中，李鄂刪定《釋文》，則并德明《音義》俱非其舊矣〔註11〕。

《尚書》流傳遭此眾厄，不但經文非漢代原貌，即漢代經說，亦多散佚。屈萬里先生《尚書異文彙錄》一書，收錄歷代《尚書》廿九篇異文，其中有異文的《尚書》文句便有八百多條，異文數量更達二千以上，較諸劉向所校七百餘字，多出一倍有餘，其中有多少是漢代今、古文異字，則未可遽言。

東漢許慎所撰《五經異義》十卷，原專為區別今、古文經說而作，然其書早佚，且不知《尚書》異義所佔比例如何。清人雖有輯本，然已什不存一。劉起釪根據清人輯本，摘引其中重要的《尚書》今、古文異說，計得八則，分別是：九族、三公、天號、類祭、六宗、冠年、五服里數、五勝五行等。此外，他另引皮錫瑞〈古文《尚書》說變易今文，亂唐虞三代之事實〉一文所述十則今、古文經說之異，以明其差異之大〔註12〕。這是今日所得見較具體的《尚書》今、古文異說。然以此十八條，相較於賈逵之三卷，當有頗大的距離。

西漢除孔壁本外，另有古文《尚書》問世。《漢書・景十三王傳》云：

> 河間獻王德……所得書皆古文先秦舊書，《周官》、《尚書》、《禮》、《禮

〔註10〕同上，〈劉陶傳〉卷五十七。

〔註11〕見孫星衍《古文尚書馬鄭注・序》。

〔註12〕見劉起釪《尚書學史》，頁一三五。

記》、《孟子》、《老子》之屬〔註13〕。

蔣善國引《文選》李善《注》亦云：

> 劉歆《七略》曰：孝武皇帝敕丞相公孫弘廣開獻書之路，百年之間，
> 書積如山，故內則延閣廣內秘書之府。又曰：《尚書》有青絲編目錄〔註14〕。

關於獻王所得及所謂「青絲編目錄《尚書》」之篇卷、內容、及其與孔壁本的關係如何？今日已無法探究，然而這些記載實顯示西漢可能有多本古文《尚書》傳世。東漢時出現的杜林本《尚書》，則是古文《尚書》流傳史上的一件大事。《後漢書·杜林傳》云：

> 林前於西州得漆書古文《尚書》一卷，常寶愛之〔註15〕。

同書〈儒林傳〉亦云：

> 扶風杜林傳古文《尚書》，林同郡賈逵爲之作《訓》，馬融作《傳》，
> 鄭玄注解，由是古文《尚書》遂顯于世〔註16〕。

馬、鄭《書》注，雖已亡於北宋〔註17〕，然據王應麟、江聲、王鳴盛、孫星衍等人所輯，仍得見其大部份樣貌，爲今日得見數量最多，且是最重要的漢儒《書》注。馬、鄭《書》學既傳自杜林，則杜林本自有其重要性。

　　關於杜林本的性質，向來多有異說。屈萬里先生據前條記載云：「漆書古文《尚書》僅一卷，至多不過二三篇。而賈、馬、鄭皆傳孔安國之古文《尚書》者，其傳注訓解，皆安國之本；謂爲杜林漆書作訓解者，誤也」〔註18〕。屈先生就篇卷立論，以爲馬、鄭所傳篇卷，非杜林一卷漆書所能涵蓋，故斷言《後漢書》所言爲非。其所謂「賈、馬、鄭皆傳孔安國之古文《尚書》者」，蓋據鄭玄《書贊》所云：「我先師棘下生子安國亦好此學，衛、賈、馬二三君子之業，則雅才好博，既傳之矣」〔註19〕。鄭玄此言，實指出衛宏、賈逵、馬融及其本身皆傳孔安國之學。屈先生雖認爲

〔註13〕見《漢書·景十三王傳》卷五十三。
〔註14〕見蔣善國《尚書綜述》，頁六四。
〔註15〕見《後漢書·杜林傳》卷二十七。
〔註16〕同上，〈儒林傳〉卷七十九。
〔註17〕周予同《經學歷史·注》：「馬融《尚書注》十一卷，見於《隋書·經籍志》。《新唐書·藝文志》作馬融《傳》十卷，雖卷帙稍有不同，然其書尚存。至《宋史·藝文志》，始不著錄。蓋亡於唐之後、南、北宋之前。又鄭玄《尚書注》九卷。見於《隋書·經籍志》。《隋志》又云：『梁、陳所講、有孔、鄭二家。齊代惟傳鄭義。至隋，孔、鄭並行，而鄭氏甚微。』然《新唐書·藝文志》仍著錄『鄭玄《古文尚書注》九卷』，則其書尚存。至《宋史·藝文志》，始不著錄。蓋亦亡於唐之後、南、北宋之前。頁三六七～三六八。
〔註18〕見屈萬里《尚書釋義·敍論》，頁一三。
〔註19〕見孔穎達《尚書正義》引鄭玄《書贊》語，卷二，頁三。

賈、馬、鄭所注解非杜林漆書，並未言明杜林本的性質。

皮錫瑞亦曾就篇卷立言：

> 馬、鄭古文，本於杜林漆書。古文四十六卷，漆書止一卷，則非全文。
> 孔安國本藏於中祕，新莽赤眉之亂蓋已亡佚，此一卷當即其中佚出者。漢
> 時民間相傳本有古文《尚書》，蓋孔安國副本，然不立學，私相授受，……
> 杜林好小學，蓋用漆書一卷校正當時之古文《尚書》文字，其本較他本為
> 善，故馬、鄭依用之。然漆書非完文，近人以為馬、鄭即孔壁古文，非也
> 〔註20〕。

是皮氏亦認為杜林本止漆書一卷，但經其校正當時古文《尚書》之文字後，為馬、
鄭所採用，其書既經過杜林的一番校正，則非孔壁舊本可知。

另有通繹上述兩則《後漢書》的記載，以為杜林得漆書一卷是一事，其傳古文
《尚書》可以是另一事的說法。蔣善國云：

> 人們常以杜林傳《古文尚書》一事，與他得漆書《古文尚書》一事并
> 作一談。而他傳的《古文尚書》是與《今文尚書》相同的二十九篇；他得
> 的漆書《古文尚書》只是一卷〔註21〕。

由於史傳記載的模糊，諸家對杜林本的性質各執一說，亦皆言之成理。

既知漢代官府及民間有多本古文《尚書》流傳，在無法釐清諸本與孔安國傳本
的關係之下，實會造成若干困擾。諸如馬、鄭究竟是傳孔安國或杜林系統《尚書》？
又如漢代文獻《說文解字》、《五經異義》、《白虎通》、《漢書》等徵引《尚書》時常
只作「古《書》說」、「古《尚書》說」，則其所云究竟是孔安國本或另有所指則不可
知。清代今文家則有直謂出自劉歆者。皮錫瑞云：

> 《後漢書‧儒林傳》云：「杜林古文《尚書》，賈逵為之作《訓》」。又
> 云：「衛宏從杜林受古文《尚書》，為作《訓旨》」。杜林止有定本而無訓義，
> 衛、賈、馬、鄭相繼成之。馬、鄭注《尚書》，多引《周禮》說虞、夏之
> 制，或亦本於劉歆說也。《漢書‧地理志》、《論衡》、《說文》、《異義》引
> 古文《尚書》說，亦即劉歆、衛、賈之說〔註22〕。

清代今文家之厚誣劉歆，前人辨之甚詳，此特一端。然漢代古文《尚書》傳授系統
不明才是此說的導因。古文《書》說體系未明之前，難以折皮氏也。

清代漢學家推崇漢儒的治經態度時，總會說漢儒重師法，不同於宋儒之臆說。

〔註20〕見皮錫瑞《今文尚書考證‧凡例》，頁四。
〔註21〕見蔣善國《尚書綜述》，頁五一。
〔註22〕見皮錫瑞《今文尚書考證‧凡例》，頁四。

皮錫瑞《經學歷史》云：「前漢重師法，後漢重家法」〔註23〕。馬宗霍《中國經學史》亦云：「師法家法，爲漢儒所最重」〔註24〕。是皆以守師法、遵家法爲漢代經學的特色。

師法者，即「說經者傳先師之言，非從已出」〔註25〕。除此之外，漢代所謂師法，具有官學性質，唯立學官的經學博士，其所傳習才是師法。古文經在漢代並未長期立學，故沒有師法。所謂家法，就是私學、私法，也就是一家之學，私人或私家學說、學派。《後漢書‧左雄列傳》曰：「儒有一家之學，故稱家法」。一家之學，也就是太史公所謂的「成一家之言」〔註26〕。

故師法、家法實即漢代今文、古文學派門戶之見的產物。今文博士據立學師法教授，即是今文師法；據其一家之言爲說，則株生了博士家法。古文經師據古文經立說，亦滋生了古文家法。如果說，漢代學者皆謹守師法、家法，以「師說爲義」、「己說爲非」，則我們由漢儒遺說中，當很容易可辨別出今、古文異說。其實不然，范曄云：「及東京，學者亦各名家。而守文之徒，滯固所稟，異端紛紜，互相詭激，遂令經有數家，家有數說」〔註27〕。「經有數家，家有數說」即意味著家法之過度衍生，及今、古文義界之趨於模糊。

近來研究漢代博士家法的學者，皆認爲博士家法之興起遲至宣帝以後。錢穆云：「夷考漢博士家法，事實後起，遲在宣帝之世。及其枝分脈散，漫失統紀，歧途亡羊，無所歸宿」〔註28〕。羅義俊亦云：「兩漢博士家法實起於昭宣之後」〔註29〕。若說漢初經生皆篤守師法，則武帝時之《五經》博士，何以驟增爲宣帝時之十四博士？故其意當指博士家法在宣帝之後才趨於嚴謹，「及其枝分脈散，漫失統紀」，則是指家法的過度株生，終而由盛轉衰，「無所歸宿」。

驗諸兩漢《尚書》的傳授情形，正是如此。漢初倪寬從孔安國及歐陽生受業，孔安國傳古文《尚書》，歐陽生傳今文《尚書》，是倪寬所習，已混同了今、古文。則其時若非尚無家法觀念，便是家法觀念還不嚴謹。再如《漢書‧夏侯勝傳》云：

　　夏侯勝字長公……從始昌受《尚書》及《洪範五行傳》，說災異。後

〔註23〕見皮錫瑞《經學歷史》，頁一三九。
〔註24〕見馬宗霍《中國經學史》，頁三八。
〔註25〕見《後漢書‧魯丕傳》卷二十五。
〔註26〕見羅義俊〈論兩漢博士家法及其株生原因〉，頁三五（《中國文化月刊》第一一六期，民國七八年六月）。
〔註27〕見《後漢書‧鄭玄傳》卷三十五。
〔註28〕見錢穆《兩漢經學今古文平議‧自序》，頁二。
〔註29〕同註46，頁三二。

事簡卿，又從歐陽氏問。爲學精孰，所問非一師也〔註30〕。

又云：

> 勝從父子建字長卿，自師事勝及歐陽高，左右采獲，又從《五經》諸儒問與《尚書》相出入者，牽引以次章句，具文飾說。勝非之曰：「建所謂章句，小儒破碎大道」。建亦非勝爲學疏略，難以應敵。建卒自顓門名經〔註31〕。

大、小夏侯「所問非一師」、「左右采獲」，正說明師法未嚴格，家法、經說在創造中。而宣帝甘露三年，他們得并立於學官，則表示他們這種爲學態度是被朝廷所認可的。

其時習歐陽《尚書》者，可做歐陽《尚書》博士；習大、小夏侯《尚書》者，可做大、小夏侯《尚書》博士。於是「習《尚書》的得師就可以榮顯，得家就可以立學。本師都願意自家博士弟子的人數增多，來鞏固家法，好與他家爭勝；弟子也以從負盛名的大師受業爲光榮。博士既位高名重，權勢自盛，因此家法、師法一天比一天嚴密，壁壘一天比一天深固」〔註32〕。然而物極必反，博士家法競生的結果，加速了其腐化。《漢書‧儒林傳》云：「（秦）恭增師法至百萬言」〔註33〕。《文心雕龍‧論說》亦云：「秦延君注〈堯典〉十餘萬字」〔註34〕。《後漢書》桓榮子桓郁附傳載：「初，榮受朱普學章句四十萬言，浮辭繁長，多過其實。及榮入授顯宗，減爲二十萬言。郁復刪省，定成十二萬言。由是有《桓君大小太常章句》」〔註35〕。秦恭傳小夏侯《尚書》，朱普所傳爲歐陽《尚書》，其任意增益師說，導致「浮辭繁長，多過其實」，即已自亂家法，盡失西漢今文《尚書》經說原貌可知矣！

另一方面，經西漢末年王莽、劉歆的提倡，古文經說得到空前的發展。不但於平帝時一度立學，且引發數次著名的今、古文之爭。在這種學術環境之下，學者再也不能囿於今文或古文的藩籬，而需兼習今、古文，才足以「應敵」，才能活躍於學術舞台。江聲〈尚書經師系表〉所載如賈逵、尹敏、丁鴻、劉陶等，皆是兼習今、古文《尚書》者〔註36〕。漢末兩大經學家馬融、鄭玄，治經亦皆融合今、古文〔註37〕。此諸家雖皆治古文《尚書》，然間亦習今文《尚書》，則欲由其所傳探求古文《尚

〔註30〕見《漢書‧夏侯勝傳》卷七十五。
〔註31〕同上。
〔註32〕見蔣善國《尚書綜述》，頁九五。
〔註33〕見《漢書‧儒林傳》，卷八十八。
〔註34〕見《文心雕龍‧論說》第十八。
〔註35〕見《後漢書‧桓榮傳》，卷三十七。
〔註36〕見江聲《尚書集注音疏》附〈尚書經師系表〉。
〔註37〕參王靜芝《經學通論》，頁二二〇，李威熊《中國經學發展史論》，頁一四四、一五一。

書》家法，亦不可得。故今、古文融合所呈現的意義是―漢代師法、家法體系的破壞，及今、古文義界之不可分。

蔣逸雪批評漢代今文家法云：「今文家……有篤守師說者，申公、王式其人也；有增益師說者，秦恭、朱普其人也；有詆毀師說者，夏侯建、呂步舒其人也。……足證博士之業，並非一脉相生也。其解說龐雜，流派紛歧，可勝言哉」〔註38〕！鄭玄師事馬融，李威熊先生《馬融之經學》曾就馬、鄭一百五十五處相同經文的《書》注加以比較，發現馬、鄭異說即達四十九條，約佔三分之一〔註39〕。可見「解說龐雜，流派紛歧」的，不獨是今文家。諸家傳授既非「一脉相生」，欲據經學家法嚴分今、古文必有其局限性。

孫星衍所輯〈堯典〉「禋于六宗」條，所錄諸家對「六宗」的不同解釋，可說提供了一個頗堪玩味的例子：伏生以天、地、四時爲六宗；歐陽、大、小夏侯以天、地、四方六者之中爲六宗；馬融以日、月、星辰、岱山、河、海爲六宗；鄭玄則以星、辰、司中、司命、風伯、雨師爲六宗〔註40〕。則何者爲今文說？何者爲古文說？

《尚書》之今、古文問題，既有如上述諸多糾葛，其眞相始終未明。故黃宗羲云：「《書》之今古文……至今尚無定說」〔註41〕。若據今、古文家法以求今、古文區別，亦有時窮。因爲「要想把今、古文家法，絕對劃分清楚，那根本不可能」〔註42〕。深究經今、古文問題的錢玄同云：「我以爲我們今後對於過去的一切箋、注、解、疏，不管它是今文說或古文說，漢儒說或宋儒說或清儒說，正注或雜說，都可以資我們的參考及采取……應該以『實事求是』爲鵠的，而絕對破除『師說』『家法』這些分別門戶，是丹非素，出主入奴的陋見」〔註43〕！錢氏所謂破除門戶之見，這當然是我們今日所當追求的正確治學態度，然這對我們暸解歷史上經今、古文，或《尚書》今、古文問題的眞相，並無實質的幫助。

第四節 《尚書今古文注疏》之五家三科說

荀悅《申鑒・時事》云：

> 仲尼作經，本一而已，古今文不同，而皆自謂眞本經。古今先師，義

〔註38〕見蔣逸雪《南谷類稿》，頁四三。

〔註39〕見李威熊《馬融之經學》，頁二九五～三二五。

〔註40〕見《孫疏》卷一下，〈堯典〉，頁八～九。

〔註41〕見黃宗羲《南雷文定》前集卷八，〈萬充宗墓誌銘〉。

〔註42〕見李威熊《中國經學發展史論》，頁一四四。

〔註43〕見錢玄同〈重論經今古文學問題〉，頁九八～一〇〇（《古史辨》第五冊）。

一而已，異家別說不同，而皆自謂古今〔註44〕。

「古今文不同，而皆自謂眞本經」、「異家別說不同，而皆自謂古今」，這是漢代今、古文之爭的寫照。而荀悅認爲先師所傳唯「本一」、「義一」而已，蓋對後起的異家別說頗有不滿之意。孫星衍對《尚書》今、古文的看法，與荀悅有類似之處，《孫疏·序》云：

> 文有今古之分者，孔壁《書》科斗文字，安國以今文讀之。蓋秦已來改篆爲隸，或以今文寫《書》，安國據以讀古文，其字則異，其辭不異也。司馬氏用安國故，夏侯、歐陽用伏生說，馬、鄭用衛、賈說，其說與文字雖異，而經文不異也〔註45〕。

孫氏所云「秦以來改篆爲隸，或以今文寫《書》」，指的是伏生首將先秦本《尚書》經文改成漢代通行的隸書，故又稱今文本。而後「安國據以讀古文」，則指孔安國據伏生今文本來譯讀其得自孔壁的古文本。據此，則知今、古文不過是字體的不同，其文辭則一也，所謂「其字則異，其辭不異也」即是。這是孫星衍對《尚書》今、古文字之差異的看法。

至於《孫疏》對《尚書》今、古文字的處理工作，據孫星衍執教於詁經精舍時的弟子周中孚表示：「自有此書（段玉裁《古文尚書撰異》）而今文古文之異同，昭昭然黑白分矣。故孫淵如師撰《今古文注疏》，於字之異同，一本是書，不假他求也」〔註46〕。其實此其大略耳。蓋兩書基本上即有所不同：一、段玉裁《撰異》專爲區別今、古文字而作，所謂「略于義說，文字是詳」是也；而《孫疏》的重點在於疏明今、古文「五家三科」說，關於今、古文異字之辨別，則非其主要工作。二、段氏認爲《史記》所載《尚書》多屬今文，又以「梅賾所傳之古文三十一篇，字字爲孔安國眞本」〔註47〕，唯遭後人妄改耳；《孫疏》則以爲《史記》傳古文《尚書》，多載古文字、古文說。至於僞《傳》，孫氏認爲全係僞造，一概不取，即於僞古文三十一篇經文，亦多所懷疑。

這些態度上的不同，首先造成他們之於字說、義解互有詳略。再則所依據之材料不同，有時於今、古文字的判定，亦有不同的看法。然整體而言，他們皆能倚重《說文》、《五經異義》、《周禮》鄭玄《注》、《白虎通》……等漢代資料，作爲辨別漢代《尚書》今、古文異字的依據，而不附會後起的字書，是皆有正確的今、古文

〔註44〕見荀悅《申鑑·時事》卷二。
〔註45〕見《孫疏·序》，頁二。
〔註46〕見周中孚《鄭堂讀書記》卷九。
〔註47〕見李慈銘《越縵堂讀書記》，頁一〇七～一〇八。

字觀。

　　《孫疏》的主要架構，係蒐集漢儒具代表性的《書》說爲注，再用漢魏相關資料加以疏解。其所取最具代表性的漢儒《書》說，他稱之爲「五家三科」說。《孫疏・凡例》云：

　　　　《尚書》古注散佚，今刺取《書》傳升爲注者，五家三科之說。一、司馬氏遷從孔氏安國問故，是古文說。一、《書大傳》伏生所傳歐陽高、大夏侯勝、小夏侯建，是今文說。一、馬氏融、鄭氏康成雖有異同，多本衛氏宏、賈氏逵，是孔壁古文說〔註48〕。

《尚書正義》卷二標目「〈堯典〉第一《虞書》」下，孔穎達引鄭玄語云：「鄭〈序〉以爲『《虞夏書》二十篇，《商書》四十篇，《周書》四十篇』，〈贊〉云：『三科之條，五家之教』。是虞夏同科也」〔註49〕。孫星衍的「五家三科說」，當即取義於鄭玄〈書贊〉所謂之「三科之條，五家之教」。

　　關於「五家之教」，段玉裁以爲出自伏生，乃今文家說。段氏云：

　　　　五家者，今文家說，《唐書》、《虞書》、《夏書》、《商書》、《周書》是也。……伏生有五家之教，故《尚書大傳》有《唐傳》、《虞傳》、《夏傳》、《殷傳》、《周傳》之目〔註50〕。

　　　　五家，……蓋謂唐一家、虞一家、夏一家、商一家、周一家也。五家之教，謂五代之《書》──〈堯典〉爲《唐書》，〈皋陶謨〉爲《虞書》，〈禹貢〉已下爲《夏書》，〈湯誓〉、〈盤庚〉已下爲《商書》，〈牧誓〉已下爲《周書》：今文《尚書》例也〔註51〕。

「三科之條」義近「五家之教」，唯係代表古文家說。孔穎達《正義》曰：

　　　　馬融、鄭玄、王肅、《別錄》題皆曰《虞夏書》，以虞、夏同科，雖虞事亦連夏〔註52〕。

是馬、鄭、王、劉皆以《虞夏書》、《商書》、《周書》三者總括《尚書》篇題，孔穎達的解釋是題作《虞夏書》的篇章，事涉虞、夏兩代，故採取兼題方式。又因劉、馬、鄭、王皆以古文名家，故此說足以代表古文說。段玉裁亦云：

　　　　三科者，謂虞夏一科、商一科、周一科也。……三科，謂作三《書》

〔註48〕見《孫疏・凡例》，頁一。
〔註49〕見孔穎達《尚書正義》卷二。
〔註50〕見段玉裁《說文解字注》第七篇上，「稘」字下《注》語，頁三三二。
〔註51〕見段玉裁《古文尚書撰異》卷二，〈堯典〉「五品不遜」。
〔註52〕同註49。

之時代。〈堯典〉、〈皋陶謨〉、〈禹貢〉，是三篇者，或曰虞史記之，或云夏史記之，莫能別異，故相承謂之《虞夏書》；商史所記者爲《商書》，周史所記爲《周書》：古文《尚書》例也〔註53〕。

皮錫瑞亦有相同的看法：

> 三科者，古文家說，謂虞夏一科、商一科、周一科也〔註54〕。

程元敏師則進一步申論云：

> 「三科」科，與「五家」家有異，五家者唐、虞、夏、商、周五朝《書》，以五數實稱；三科者虞、夏、商、周四朝《書》，以四數稱三。四而稱三者，以虞夏共爲一類、商自爲一類、周自爲一類也，故「科」乃品類之義。段氏「三科，謂作三《書》之時代」，未切「科」義。「三科之條」條，猶言法教（《漢書·董仲舒傳》「帝王之道，豈不同條共貫與、帝王之條貫同」）。誼同「五家之教」教；條、教互文。是知三科之條云者，《虞夏書》一、《商書》一、《周書》一凡三類《書》之教也：諸家之論，竝未及此〔註55〕。

由上述知鄭玄所謂「五家之教」者，指唐、虞、夏、商、周五家之號令也，乃漢代今文家《尚書》之例。「三科之條者」，表虞夏、商、周三類《書》之法教，爲漢代古文家《尚書》慣列。而其區別，係由《尚書》篇題標目之爲五或三來分。反觀孫星衍的「五家三科」說，則是統稱伏生、歐陽、大、小夏侯、孔安國、司馬遷、衛宏、賈逵、馬融、鄭玄等人之今、古文《書》說而言。就其取義於「漢代的今、古文家《書》說」的立場，實與鄭玄所云「三科之條，五家之教」是一致的。然而若欲析分，則孫氏所謂「五家」並無確指。其所謂「三科」，似指「孔安國古文說」、「伏生今文說」、「孔壁古文說」三者。則其就師承、家法觀點分科，是與傳統就《尚書》篇題標目區分今、古文說不同。

孫星衍治學非常重視師法，《孫疏》較江聲、王鳴盛、段玉裁《書》注更倚重《大傳》等今文說，即是著眼於今文家最重師承、家法。其不取僞《傳》、宋學，亦是爲此。他推崇古人的解經之例時，亦首標師法云：

> 古人解經之例有三，一曰守師說，如三家《易》、今古文《書》、《禮》、三家《詩》、三《傳》，文字章句殊異，以核漢魏碑碣所引，自相合符。……一曰以經解經，……一曰以字解經〔註56〕。

〔註53〕同註51。
〔註54〕見皮錫瑞《今文尚書考證》卷一，〈堯典〉篇題下皮氏《注》語，頁二。
〔註55〕同註5，頁七二。
〔註56〕見王重民輯《孫淵如外集》卷二，〈五經異義駁義及鄭學四種敘〉，頁二三。

「五家三科」說既是《孫疏》據師法、家法觀點來區分漢代今、古文《書》說的產物，且是《孫疏》全書的主要架構，則其分別諸家《書》說是否得當？事涉《孫疏》的今、古文觀正確與否？及《孫疏》的價值等。影響可謂至鉅。然衡諸史實，「五家三科」說。確有可議之處：

一、《史記》引《尚書》多今文說，非古文說

《漢書‧儒林傳》云：

> 安國爲諫大夫，授都尉朝，而司馬遷亦從安國問故。遷書載〈堯典〉、
> 〈禹貢〉、〈洪範〉、〈微子〉、〈金縢〉諸篇，多古文說〔註57〕。

這是關於孔安國曾傳授古文《尚書》，及《史記》所載《尚書》究竟屬何種性質的唯一記載。因而對這則記載，向來有三種不同的理解：一、逕謂《史記》爲古文說（如孫星衍）；二、既云〈堯典〉等五篇多古文說，則《史記》引此五篇之外多今文說可知（如段玉裁、王先謙）〔註58〕；三、不相信此則記載，以爲孔安國並無義訓，故以史遷所傳當爲今文說（如魏源、皮錫瑞）〔註59〕。

王先謙云：「史遷從孔安國問故，明孔氏嘗爲故矣。遷書載〈堯典〉諸篇，多古文說，是古文有說矣」〔註60〕。他的這番推論，全以史料爲憑。據此，我們可先將清代今文家據其牽強的今文立場，認定西漢無古文《書》說的臆測先行排除。再則，我們若細繹《漢書》上下文意，則當發現第二種以《史記》兼採今、古文說，唯引〈堯典〉諸篇多古文說的說法較爲可信。

考諸《史記》所引《尚書》，篇目同於伏生傳本者，即達二十二篇之多，數量遠超過班固所述〈堯典〉等五篇。其中〈五帝本紀〉述〈堯典〉；〈夏本紀〉述〈皋陶謨〉、〈禹貢〉、〈甘誓〉；〈殷本紀〉述〈湯誓〉、〈盤庚〉、〈高宗肜日〉、〈西伯戡黎〉；〈宋微子世家〉述〈微子〉、〈洪範〉；〈周本紀〉述〈牧誓〉、〈顧命〉（〈康王之誥〉）、〈呂刑〉；〈魯周公世家〉述〈金縢〉、〈召誥〉、〈多士〉、〈無逸〉、〈費誓〉；〈燕召公世家〉述〈君奭〉；〈晉世家〉述〈文侯之命〉；〈秦本紀〉述〈秦誓〉等。諸篇引述《尚書》的多寡頗不一致，如〈康誥〉僅引「惟命不于常」一句；〈盤庚〉、〈召誥〉、〈多士〉、〈無逸〉、〈君奭〉、〈顧命〉、〈呂刑〉、〈文侯之命〉、〈費誓〉等則或節引經文，或少量引述；其餘篇章則幾乎全篇迻錄。其引述《尚書》的方式，亦有多種變

〔註57〕見《漢書‧儒林傳》卷八十八。
〔註58〕參段玉裁《古文尚書撰異‧序》、王先謙《尚書孔傳參正序例》。
〔註59〕參魏源《書古微‧序》、皮錫瑞《今文尚書考證‧凡例》。
〔註60〕見王先謙〈今文尚書考證序〉，頁一。

化：或迻錄原文，或摘要剪裁，或訓詁文字，或繙譯文句，或改寫原文，或增插注釋〔註61〕。不一而定。

《史記‧太史公自序》言其作意云：「略以拾遺補藝，成一家之言，厥協《六經》異傳，整齊百家雜語」〔註62〕。可見《史記》所載經說，原不專主一家，既然武帝世孔安國與歐陽《尚書》皆已立學官，史遷實得並觀今、古文，「厥協《六經》異傳，整齊百家雜語」一番的。馮登府《經詁答問》云：「班孟堅稱司馬遷從孔安國問故，遷書所載〈堯典〉、〈禹貢〉、〈微子〉、〈金縢〉、〈洪範〉諸篇多古文說。而亦有用今文者，蓋遷時今文立之學官，武帝建元五年《書》立歐陽，即伏生本也。遷成《史記》在武帝太初時，古文至平帝時始立，旋廢。今文是功令所貴，兼用古文者，遷好博覽，不專一家之說也」〔註63〕。所言甚是。

清代學者臧琳，其《經義雜記‧五帝本紀書說》條云：「《史記》載《尚書》今文為多，閒存古文義」〔註64〕。然並未詳細舉證。近代學者金德建及古國順，則分別對《史記》引述《尚書》的情形，作了詳盡的考述。

金德建著有《經今古文字考》，其中〈史記引今文本尚書考〉一文，舉例證明《史記》引《尚書》兼用今、古文，而以今文為主。因在其所舉近九十個例子當中，《史記》用古文《尚書》僅十八處，其餘皆為今文〔註65〕。然而，李零〈出土發現與古書年代的再認識〉文中對其所用方法有所批評：「金德建《經今古文字考》把鄭注今古異文的個別字挑出來，推而廣之，作判別今、古文的標準，這是有問題的」〔註66〕。這番評論是正確的。蓋鄭玄經注所記某字今文作某，古文作某，並不等於今、古文字體的差異，往往只是用字和讀法的不同而已。史遷引《書》，常代以訓詁字，情況與此類似，亦不能一概視為今、古文異說。再則其書引用了大量後代字書如《玉篇》、《隸釋》、《汗簡》、《龍龕手鑑》等為釋，這些字書所載今、古文之異是否等同漢代今、古文之差別，則有待商榷。不過其以《史記》引《尚書》兼採今、古文，且以今文為主，則是正確的看法。

古國順先生所著《史記述尚書研究》一書，對《史記》引述《尚書》的情況，作了較詳盡的研究。其書採用了許多清儒的研究成果，且將已知的漢代今文家、古

〔註61〕見古國順《史記述尚書研究》〈緒論〉，頁四～一四。

〔註62〕見《史記‧太史公自序》卷一百三十。

〔註63〕見馮登府《十三經詁答問》卷一（《皇清經解續編》卷七四一）。

〔註64〕見臧琳《經義雜記‧五帝本紀書說》條（《皇清經解》卷二〇二）。

〔註65〕見金德建《經今古文字考》，頁一二二～一六六。

〔註66〕見李零〈出土發現與古書年代的再認識〉，頁一一八（《九州學刊》第三卷第一期民國七十七年四月）。

文家《書》說，與《史記》所引作比較研究，而不獨拘泥於文字之形辨，所見更廣，所得亦較客觀。其述《史記》引《書》之概況云：

> 考《史記》用古文者，計有〈堯典〉、〈禹貢〉、〈牧誓〉、〈微子〉、〈洪範〉、〈金縢〉、〈召誥〉、〈無逸〉，則班固謂《史記》所載〈堯典〉等五篇多古文說，誠非虛語。至其用今文者，計有〈堯典〉、〈皋陶謨〉、〈禹貢〉、〈甘誓〉、〈微子〉、〈洪範〉、〈金縢〉、〈無逸〉、〈呂刑〉，其餘則因文獻不足，無從比較得知，或今、古文皆同也。以今所見，計用今文二百十三則，用古文者二十則，即此可知《史記》採取今、古文《尚書》之多寡矣。清儒謂《史記》用今文《尚書》，乃就其多數言之，謂《史記》兼用今、古文，則為不刊之論也〔註67〕。

既知《史記》引述《尚書》兼用今、古文，且以今文為主，則《孫疏》以史遷為古文說未得其實，其書最為人詬病的地方亦在於此。蓋其書本為區別今、古文而作，卻誤植《史記》為古文說，是自亂家法於先。再者，既以《史記》從古文說，必欲與《大傳》、大、小夏侯說法求其別，與馬融、鄭玄等同屬古文說者求其同。然在發現史遷說法多處與馬、鄭相抵牾時，遂創言「史遷傳安國古文說，馬、鄭為孔壁古文說」來強求其分，則與真實漸去漸遠。

二、以孔安國古文不同於孔壁古文並無確據

古文《尚書》為漢代魯恭王劉餘壞孔壁而發現，諸文獻所記載皆同。《書‧大序》云：

> 至魯共王，好治宮室，壞孔子舊宅以廣其居，於壁中得先人所藏古文虞夏商周之書，……皆蝌蚪文字〔註68〕。

《漢紀》云：

> 魯恭王壞孔子宅以廣其居，得古文《尚書》，多十六篇〔註69〕。

《說文解字》云：

> 一曰古文，孔子壁中書也。……壁中書者，魯恭王壞孔子宅，而得《禮記》、《尚書》、《春秋》、《論語》、《孝經》〔註70〕。

《論衡》亦載：

〔註67〕見古國順《史記述尚書研究》，頁二五。
〔註68〕見孔穎達《尚書正義》卷一，〈尚書序〉。
〔註69〕見荀悅《漢紀‧成帝紀》卷二十五。
〔註70〕見許慎《說文解字‧敘》。

孝武皇帝封弟爲魯恭王，恭王壞孔子宅以爲宮，得佚《尚書》百篇
〔註71〕。
至於孔壁古文《尚書》之流傳，眾家皆以爲由魯恭王交與孔安國，因其書本爲孔家
所有，其後再由孔安國家人獻上朝廷。《書·大序》云：
魯恭王悉以書還孔氏〔註72〕。
前引劉歆〈移太常博士書〉亦云：
及魯恭王壞孔子宅，……《書》十六篇。天漢之後，孔安國（家）獻
之，遭巫蠱倉卒之難，未及施行。
《孔子家語·後序》則云：
魯恭王悉以書歸子國〔註73〕。
據上述可知孔安國所得古文《尚書》，即是出自孔子舊宅的孔壁本，則所謂安國古文
與孔壁古文本是一事，欲分爲二，則徒滋糾擾。《孫疏·序》云：「史遷所說則孔安
國故……馬、鄭注則本衛宏、賈逵孔壁古文說，皆有師法，不可遺也」。其「五家三
科」說言：「司馬遷從孔氏安國問故，是古文說，……馬氏融、鄭氏康成雖有異同，
多本衛氏宏、賈氏逵，是孔壁古文說」。其書〈金縢〉篇題下亦載：「馬、鄭曾見孔
壁古文，……馬鄭所守衛宏、賈逵古文說，又與史公之問故孔氏安國者不同」〔註74〕。
所述大抵相同，皆以孔安國古文說，不同於孔壁古文說。誠然西漢時期古文《尚書》
的傳授情形不甚明朗，且無可靠的孔安國《書》傳可考，但若進而認定東漢古文《尚
書》說創自衛、賈，馬、鄭因之，則亦無確證，其仍有可能是自安國一脈相承而來。
故《孫疏》此言確有可議之處。設若《孫疏》以爲衛、賈、馬、鄭傳杜林本，在杜
林本性質不明的情況下，自然可假定其與安國、史遷所傳有別。但《孫疏》已明言
馬、鄭等所傳爲孔壁本，再欲與孔安國古文求其分，則未免流於臆測。究其實，《孫
疏》此言乃上承植《史記》爲古文說之誤。他既誤會班固之言在先，故於疏解《書》
傳異說時，往往失去正確的立場。例如〈盤庚〉篇題下《孫疏·注》云：
史遷說：「帝盤庚崩，弟小辛立，是爲帝小辛。帝小辛立，殷復衰。
百姓思盤庚，迺作〈盤庚〉三篇」。馬融曰：「盤庚，祖乙曾孫，祖丁之子。
不言〈盤庚誥〉何？非但錄其誥也，取其徙而立功，故以〈盤庚〉名篇」。

〔註71〕見王充《論衡·佚文》。
〔註72〕同註68。
〔註73〕見《孔子家語·後序》。
〔註74〕見《孫疏》卷十三，頁一。

　　鄭康成曰：「……上篇是盤庚爲臣時事，下篇盤庚爲君時事」〔註75〕。
史遷之意，在於強調〈盤庚〉篇作於盤庚死後，著眼於著作年代；馬融則解釋以〈盤
庚〉名篇之緣由，係「取其徙而立功」，所釋乃由內容推及篇題命意；鄭玄則直云〈盤
庚〉上、下篇所載內容之年代問題。三者所述各有所重，義本不相涉，然《孫疏・
疏》云：「史公說見〈殷本紀〉。云此〈盤庚〉三篇是小辛時百姓所作者，言小辛時
民思盤庚，追紀盤庚遷居申戒群臣之事。此孔安國故，與馬、鄭異也」。既然三家所
述，義本不相干，故孫《疏》以爲史遷傳孔安國故，與馬、鄭不同的說法是毫無意
義的。孫氏蓋誤會「著作年代」與「內容之年代」爲一，遂以爲史遷、鄭玄所釋不
同，進而謂史遷與馬、鄭異。凡此皆爲誤分史遷爲安國古文說，馬、鄭爲孔壁古文
說之病也。

　　可見整體而言，孫星衍之今、古文觀並不十分正確。其「五家三科」說，固然
與鄭玄〈書贊〉「三科之條，五家之教」同指「漢代之今、古文說」，但是他以爲《史
記》宗古文說，實今文說之誤，此其一；孔壁古文與孔安國古文實出一系，而他卻
強分爲「安國古文說」與「孔壁古文說」此其二；馬、鄭《書》說雖以古文爲主，
間亦採今文說，《孫疏》則認爲其是古文說，以與伏生等今文求區別，此其三。《孫
疏》本專爲區別今、古文而作，以此而言，則有治絲益棼之嫌，凡此缺失，實閱《孫
疏》者不可不曉也。

〔註75〕見《孫疏》卷十三，頁一～二。

第五章 《尚書今古文注疏》之注、疏研究

第一節 《尚書今古文注疏》之輯注

古代的各種文獻，在其流傳過程中，由於自然和人為的原因，散佚甚多。馬端臨云：「漢、隋、唐、宋之史，俱有《藝文志》。然《漢志》所載之書，以《隋志》考之，十已亡其六、七；以《宋志》考之，隋、唐亦復如是」〔註1〕。由此可見歷代書籍散佚之嚴重。然而這些散佚的書籍，往往在同時的其他文獻中，保存著某些片斷，後人把這些殘篇斷句，一點一滴　稽出來，匯集成書，這便是輯佚〔註2〕。

關於輯佚之起源，歷來有數種不同的說法：

一、輯佚始於晉代說

許憶彭〈略談輯佚書〉云：「輯佚書工作，不自清代始，晉梅賾早就輯過偽《尚書》古文」〔註3〕。然王玉德則云：「東晉元帝時梅賾所奏《古文尚書》，到了清代被閻若璩判為偽造，鐵案推翻。既是偽造，還能不能稱為輯佚？其次梅賾從未講過是他撰的《偽古文尚書》，他本人承認此書是魏末晉初的鄭沖傳于世，幾經易手傳給他。梅賾從未當過豫章太守，此人及《偽古文尚書》的疑點很多……大多數學者不以為梅賾最先輯佚」〔註4〕。程元敏師亦認為：「東晉梅賾所獻古文《尚書》，絕多雜取先秦典籍引《尚書》逸文，依百篇序目，偽造二十五篇經文，於先秦書原引，

〔註1〕見馬端臨《文獻通考・經籍考序》。
〔註2〕見洪湛侯《中國文獻學新探》，頁九三。
〔註3〕見程元敏師〈尚書輯逸微獻——併論輯逸書非始於唐宋〉一文所引許憶彭語，頁七五。（國立中央圖書館館刊，第二十四卷第一期，民國八〇年六月）
〔註4〕見王玉德《輯佚學稿》，頁一二（《古籍整理研究八種》）。

本屬甲篇，僞者或編入乙篇；本屬丙、丁篇，僞者或編入甲、乙篇，用售厥欺。是製作僞書，意不在輯考佚《尚書》，亦不在輯存佚《尚書》某篇，固不屬輯佚範疇」〔註5〕。既知梅賾僞古文《尚書》本非輯佚之作，則輯佚源於晉代的說法乃不可信。

二、輯佚始於唐代說

白新良《清代前期的輯佚書活動》云：「從浩瀚的古籍中爬梳、整理出這些已經亡佚書籍的字句片斷，以恢復原書的大致面貌，這便是輯佚。這種工作，清朝以前，便已有人在做。如唐朝時期的馬總，曾從各種類書、經注中抄錄當時已經亡佚了的漢朝以前諸子著作中的散見條文匯爲《意林》一書」〔註6〕。這是輯佚源於唐代馬總的說法。然《四庫提要》《意林》五卷下云：「南朝梁庾仲容取周秦以來諸家雜記凡一百七家，摘其要語爲三十卷，名曰《子鈔》，唐馬總復增損以成《意林》一書」〔註7〕。可見《子鈔》、《意林》皆裁剪見存書籍本文，作爲該書之簡編，非自某書中輯出另一書之文聚爲一編，於是題書之名者，故不合輯佚書要件〔註8〕。再則，若以《意林》爲輯佚書，則《意林》之底本－南朝梁庾仲容的《子鈔》豈不也應稱爲輯佚書？

三、輯佚始於宋代說

章學誠云：「昔王應麟以《易》學獨傳王弼，《尚書》止存僞孔《傳》，乃採鄭玄《易注》、《書注》之見于群書者，爲鄭氏《易》、鄭氏《尚書注》；又以四家之《詩》，獨毛《傳》不亡，乃采三家《詩》說之見于群書者，爲《三家詩考》。嗣後好古之士，踵成其法，往往綴輯逸文，搜羅略遍」〔註9〕。皮錫瑞、梁啓超所論略同〔註10〕。是眾人皆以王應麟所輯鄭玄《易注》、《書注》、《三家詩考》等經注，爲輯佚之濫觴。唯葉德輝《書林清話》〈輯刻古書不始於王應麟〉條，則認爲輯佚始於北宋黃伯思之輯《相鶴經》〔註11〕，比王應麟早了一百多年。張舜徽則折衷道：「輯佚的工作，畢

〔註5〕同註3，頁七五。
〔註6〕見白新良〈清代前期的輯佚書活動〉，頁六七（《南開學報》一九八六年第二期）。
〔註7〕見《四庫全書總目》卷一二三，《子部·雜家類七》。
〔註8〕同註3，頁七五。
〔註9〕見章學誠《校讎通義·補鄭篇》。
〔註10〕見皮錫瑞《經學歷史》，頁三六四、梁啓超《中國近三百年學術史》，頁二二八。
〔註11〕葉德輝《書林清話》卷七，〈輯刻古書不始於王應麟〉條云：「古書散佚，復從他書所引；搜輯成書，世皆以爲自宋王應麟輯《三家詩》始，不知其前即已有之。宋黃伯思《東觀餘論》中，有〈跋慎漢公所藏相鶴經後〉云：『按《隋書經籍志》、《唐書藝文志》，《相鶴經》皆一卷，今完書逸矣。特從馬總《意林》及李善《文選注》、鮑照《舞鶴賦》抄出大略，今眞靜陳尊師所書即此也』。……據此，則輯佚之書，當以此

竟是宋代學者開其端,這是大家所公認的了。我們今天也不必再糾纏於開始於哪一個人、哪一部書,作些不必要的爭論了」〔註12〕。

張氏的折衷論調,並未成為定論。程元敏師因見《隋書經籍志·書類》載有「《尚書逸篇》二卷」,〈書類後序〉亦云:「又有《尚書逸篇》,出於齊、梁之間,考其篇目,似孔壁中書之殘缺者,故附《尚書》之末」〔註13〕。因而推斷道:

> 此編(《尚書逸篇》),齊、梁間人某氏作,殆彙集先秦、兩漢人著書所引《尚書》逸篇之經文(若徒為篇目,不應多至二卷,且《隋志》著錄亦未曰「尚書逸篇目」),唐人(《隋志》作者)尚親睹斯文,云「篇目似壁中書之殘文」,則當出二十四逸篇之外。書為最早輯《尚書》逸經文之專著,唐以後乃散亡〔註14〕。

本來,從情理上推測,有文獻流散,即可能有輯佚之作,輯佚之業應該起源甚早。此說以《隋志》為據,將輯佚始功上推至齊、梁之際,則源於晉、唐、宋諸舊說洵不足據,誠是輯佚學史上的一大發現。

值得注意的是,諸家探討輯佚起源的論據,無論是齊、梁間的《尚書逸篇》、晉梅賾的偽古文《尚書》、宋王應麟之輯鄭玄《書注》,皆與《尚書》有關,這一方面說明了《尚書》經、注的流散情形較他書嚴重,一方面則意味著《尚書》輯佚有著悠久的歷史。

清代經學復興,學者研經風氣鼎盛,直接帶動了經書、經注的輯佚工作。乾嘉時期,漢學獨盛,仿王應麟之輯漢注遂一時蔚為風潮。先是乾嘉宗師惠棟從唐李鼎祚《周易集解》中,掇集孟喜、京房等漢人舊注,成《易漢學》八卷,其後再廣收諸經漢注,擴充為《九經古義》十六卷。惠棟弟子余蕭客,繼承師法,輯有《古經解鉤沉》三十卷,所收漢注十分豐富。直承其後的,則是《尚書》漢注的搜羅。梁啟超云:

> 自偽古文《尚書》定案之後,舊注疏裏頭的偽孔《傳》跟著根本推翻,孔穎達《疏》也自然「樹倒猢猻散」了。於是這部經需要新疏,比別的經更形急切。孫、江、王三家和段茂堂的《古文尚書撰異》都是供給這種需要的應時著述。但這件事業奇難,因為別的疏都是隨注詮釋,有一定範圍,這部經現行的注既要不得,而舊注又皆散佚,必須無中生有造出一部注

經為鼻祖」。
〔註12〕見張舜徽《中國文獻學》,頁一九三。
〔註13〕見《隋書·經籍志》卷三十二。
〔註14〕同註3,頁七〇。

來，纔可以做疏的基本。孫、江、王、段年輩相若，他們著手著述，像是不相謀，而孫書最晚成。四家中除段著專分別今古文字罕及義訓外，餘三家皆詮釋全經，純屬疏體。江氏裁斷之識較薄，其書用篆體寫經文，依《說文》改原字，其他缺點甚多。王氏用鄭《注》而兼存偽《傳》，又不載《史記》及《大傳》異說，是其所短。孫書特色，一在辨清今古文界限，二在所輯新注確立範圍〔註15〕。

如梁氏所言，江、王、段、孫四家之功，在於「無中生有的造出一部注來」。再則梁氏評斷四家所輯《書》注高下的標準，並不在於何者所收古注獨多，而在於何者體例、裁斷之擅場。其獨取《孫疏》輯注能辨清今、古文界限、確立範圍，實為中肯之論。茲分述如下：

一、辨清今、古文界限

《孫疏》所輯今、古文「五家三科」說，皆於《注》文明標史遷曰、《大傳》曰、歐陽、夏侯曰……等。只要明白《大傳》、歐陽、夏侯為今文說；馬融、鄭玄為古文說，其所謂史遷為古文說實今文說之誤，則一覽其《注》文，今、古文異說得並觀，今、古文界限立判。實為其書一大優點。

再則《孫疏》之輯注，皆先列史遷語，次列《大傳》，蓋其以史遷傳安國古文《書》學，為最古說法，抑或以《大傳》並非全出自伏生之手，部分乃其弟子掇集而成。再依序為歐陽、夏侯、馬融、鄭玄語，皆按時代先後。王鳴盛《尚書後案》因為祖鄭，皆先列鄭玄，次列馬融，可謂顛倒時代。

二、確立《尚書》輯注的範圍

王應麟、惠棟、余蕭容、江聲、王鳴盛等人皆在孫星衍之前輯有漢人《書》注，但多以馬、鄭，尤其是鄭玄《注》為主。孫星衍早年，亦輯有《古文尚書馬鄭注》十卷，此書馬、鄭《注》兼收，且注明出處。其〈自序〉云：「予校定此書，蓋本於王應麟之書，證以閻惠兩君之說，參之王光祿鳴盛、江處士艮庭之著述，又質疑於王侍郎念孫，復有張太史燮、章孝廉宗源助予討論」〔註16〕。故能萃眾說成篇。至今尚被學者譽為輯馬、鄭《注》最完備者〔註17〕。

〔註15〕見梁啓超《中國近三百年學術史》，頁二一七。
〔註16〕見孫星衍《古文尚書馬鄭注·序》。
〔註17〕古國順〈清儒輯佚尚書之成績〉（一）云：「孫星衍《古文尚書馬鄭注》……輯《尚書》馬、鄭注者，固以此本為最完備也，頁五三～五四（《孔孟月刊》第十九卷第六期，民國七〇年二月）。

　　《孫疏》是於其所輯的《古文尚書馬鄭注》的基礎上，復輯史遷、《大傳》、歐陽、夏侯等今文《書》說而成的。其時整個學術界皆競研東漢的許、鄭之學，遠挑西漢的今文經學則尚未興起。《史記》所載《書》說，以其多以訓詁字解經，不同於注釋之體，而未受到重視；甫奏上朝廷的《四庫提要》則評《大傳》云：「此《傳》乃張生、歐陽生所述，特源出於勝爾，非勝自撰也。……其文或說《尚書》，或不說《尚書》，大抵如《詩外傳》、《春秋繁露》，與經義在離合之間，而古訓舊典，往往而在，所謂六藝之支流也」〔註18〕。頗有輕蔑之意。孫星衍卻能慧眼獨具，認為《史記》、《大傳》中許多說解《尚書》的文句，具有解說經義的價值，而加以剪裁，援引入《注》，又旁輯歐陽、夏侯遺說。如此一來，漢代的今文《書》說即搜羅略備，再加上完善的馬、鄭輯《注》，《孫疏》堪稱輯漢儒《書》注之善本。

　　《孫疏》以漢儒「五家三科」說為輯佚對象，可說確立了清代《尚書》經說的輯佚範圍，孫氏之後疏解《尚書》全經者如簡朝亮《尚書集注述疏》、王先謙《尚書孔傳參正》、皮錫瑞《今文尚書考證》、楊筠如《尚書覈詁》等，所採體例及所輯漢《注》，皆大致同於《孫疏》，影響可謂十分深遠。陳喬樅、馬國翰、黃奭等人之輯歐陽、大小夏侯遺說，亦可謂是淵如開其先聲〔註19〕。

　　然則《孫疏》之輯注，亦有其未盡善處，據陳抗、盛冬鈴之校勘，《孫疏》輯注之脫文、衍文、倒文、誤字等即有數十處之多，然多屬一、二文字之誤，罕涉多字文句之誤者〔註20〕。此外，亦有情節重大者，如「誤引注文」：《孫疏·禹貢》「厥田惟中下，厥賦貞作，十有三載乃同」，《注》文引馬融曰：「禹治水三年，八州平，故堯以為功而禪舜。是十二年而八州平，十三年而兗州平。兗州平，在舜受終之年也」。此段《注》文係《正義》引馬融語，《正義》引馬融說應至「故堯以為功而禪舜」止，「是十二年而八州平」以下乃《正義》結成之語，孫氏誤以為馬融語〔註21〕；再如《孫疏·洪範》「次八曰念用庶徵」，《注》文引鄭玄曰：「庶，眾也。徵，驗也。謂眾行得失之驗」。此文本為《禮記·禮器》《正義》之語，孫氏誤以為鄭玄《注》文〔註22〕。

　　《孫疏》雖有這些闕誤，然平心而論，其對《注》文之輯取，可謂相當矜慎。

〔註18〕見《四庫全書總目》卷三，《經部·書類二》。
〔註19〕見古國順〈清儒輯佚尚書之成績〉（二），頁二六～二八（《孔孟月刊》第十九卷第七期，民國七〇年三月）。
〔註20〕參陳抗、盛冬鈴點校本《孫疏》諸篇之校勘記。
〔註21〕見張寶三《五經正義研究》，頁三九六（國立臺灣大學中文所博士論文，民國八一年六月）。
〔註22〕見屈萬里《尚書集釋·校讀後記》，頁三三〇。

如《孫疏・盤庚》「今予其敷心腹腎腸，歷告爾百姓于朕志」，前人引《書》傳云「歷，試也」、「優賢揚歷，謂揚其所歷試」。《孫疏・疏》則言：「未知此云『歷，試也』及『謂其所歷試』，是鄭《注》否？不敢妄載爲《注》」〔註23〕；再如《孫疏・高宗肜日》「典祀無豐于昵」，《疏》文引《尚書大傳》云：「武丁祭成湯，有雉飛鼎升耳而雊。武丁問諸祖己，祖己曰：『野鳥也，不能升鼎。今升鼎者，欲爲用也。無則遠方將有來朝者乎？』故武丁內反諸己，以思失王之道。三年，編髮重譯來朝者六國」。其下孫氏則《疏》曰：「其說無補經文，故附及之」〔註24〕。可見其於不確定的《書》說，或採闕疑、或以附錄方式存於《疏》文之中，並非一味勉強入《注》。故整體而言，《孫疏》之輯注，無論是體裁、內容，皆具有極高的價值。

第二節　《尚書今古文注疏》之疏釋態度

　　中國由於幅員廣大，很早便出現了「言語異聲，文字異形」的局面。加以今語和古語的不同，人們閱讀古典文獻，往往不容易理解，因此，需要有人來爲他們解釋古今異語和各地方言，訓詁遂應運而興。

　　早期的訓詁大都只是通其指意，而不是逐字的詮釋。從西漢開始，訓詁始有更大的發展，且確立了兩種基本的體式—訓詁傳注和專著。所謂傳注，指的是隨文釋義的注疏；所謂專著，指的是通釋語義的專門著作。周大璞云：「章太炎《國故論衡・明解故》（上）以爲訓詁有通論、駢經、序錄、略例四種。其所謂駢經，即指注疏。略例多附于注疏中；通論、序錄，大都可以納入通釋語義一類」〔註25〕。董洪利亦云：「傳統的訓詁學有兩種實踐的形式，即專書的訓詁和傳注的訓詁」〔註26〕。通釋語義的專著主要是編撰字典辭書，如《爾雅》、《方言》、《說文解字》、《釋名》之類都屬於專書的訓詁。隨文釋義的訓詁，指的是注疏，由於歷代皆重視經籍，故以經書之注疏爲大宗。其中又可分爲駢經和不駢經兩種。早期的注疏基本上以不駢經的形式爲主，駢經的形式比較後起。岑溢成先生云：「就訓詁之存在形式來說，只有隨文釋義這個大類是眞正的訓詁。……《爾雅》之類都只能視爲訓詁之資料書或參考書」〔註27〕。以此而言，隨文釋義的經籍注疏，實是歷來訓詁之主要存在形式。

〔註23〕見《孫疏》卷六，〈盤庚〉，頁一七～一八。
〔註24〕同上，卷七，〈高宗肜日〉，頁五～六。
〔註25〕見周大璞《訓詁學要略》，頁三六。
〔註26〕見董洪利〈注釋與訓詁異同辨〉，頁九〇（《中國典籍與文化》一九九三年第一期）。
〔註27〕見岑溢成《訓詁學與清儒訓詁方法》，頁二一一～二一二。

「訓詁」二字即「解釋古語語意」之意，然而由於歷代學者的門戶之見，雖然同是注解古書，而內容和方式卻有所不同。李兆洛〈詒經堂續經解序〉云：

> 治經之途有二：一曰專家，確守一師之法，尺寸不敢違越，唐以前諸儒類然。一曰心得，通之以理，空所依傍，惟求乎己之所安，唐以後諸儒類然。孔子曰：「述而不作，信而好古」。專家是也；孟子曰：「以意逆志，是謂得之」。心得是也。能守專家者，莫如鄭氏康成。而其於經也，泛濫博涉，彼此通會，故能集一代之長。能發心得者，莫如朱子。而其於經也，搜採眾說，惟是之從，故能爲百世之宗〔註28〕。

所謂「專家」、「心得」，即學術史上「漢學」、「宋學」之治學分野。專家之學重考據，所以求眞；心得之學重義理，所以求善，此就其優點而言。至於其流弊，龔鵬程先生云：

> 一個義理系統，若是在訓詁性問題上遭遇到無法證明，或與其他資料矛盾之類的困難，這個系統就有問題。……許多講義理的學者，喜歡以「這些小地方旳疏誤，不影響整個義理內容」來搪塞，其實是說不通的。……同樣的，講考據的學者也必須有所警覺。考據基本上是在義理脈絡中講的，脫離了義理，考據根本失去意義，根本無法成立〔註29〕。

這說明了義理、考據各有缺失，不宜偏重。張舜徽亦言：「由專家的途徑發展下去，便流於拘隘；由心得的途徑發展下去，便流於悍肆；這就形成了兩派末流的大弊病」〔註30〕。既知義理、考據之得失，學者持平之論，咸以爲治學當漢、宋並重，不可偏廢〔註31〕。

孫星衍生逢乾嘉年間漢學鼎盛時期，其治學亦張漢幟，重考據。《孫疏》之疏釋態度，亦是重漢輕宋，根深蒂固的門戶觀念，使得他不唯不取宋人《書》注，就連解說經、注的疏文，亦不取宋人《書》說。其〈自序〉云：「不取宋已來諸人注者，以其時文籍散亡，較今代無異聞，又無師傳，恐滋臆說也」。以缺乏「文獻」、「師傳」之理由全盤推翻宋人《書》說的價值，是責之太甚。宋鼎宗先生〈漢宋書經學〉一文，即分論漢、宋學者治《尙書》之特色道：「漢儒分今古之殊宋儒則斷以己意」、「漢儒重師法與家法宋學不遵家法間出新義」、「漢儒詳名物訓詁宋儒

〔註28〕見李兆洛《養一齋文集》卷三，〈詒經堂續經解序〉。

〔註29〕見龔鵬程〈訓詁與義理〉，頁四一（《鵝湖》第九卷第十一期，民國七三年五月）。

〔註30〕見張舜徽《中國文獻學》第六編〈前人整理文獻的具體工作〉，頁一七一。

〔註31〕參何佑森師〈清代漢宋之爭平議〉，頁九七～一一三（《文史哲學報》第二七期民國六七年十二月）、張君勱〈中國學術思想史上漢宋兩派之長短得失〉頁四一九～四四〇（《中西印哲學論文集》）。

好發明義理」、「漢儒信而好古故多造僞宋儒善於懷疑多疑經改經」、「漢儒雜讖緯宋儒間心禪」〔註32〕。《孫疏》既趨步於漢儒，故其疏釋特點亦在分辨今、古文異說、條述五家三科師法家法、詳於名物訓詁、極力蒐羅遠古說法、取緯書（孫氏不信讖）記載爲釋。其疏釋的明顯缺失則爲罕出己意、新義，缺乏義理之發揮。凡此皆爲其疏釋態度偏頗所致。

《孫疏》的另一重要疏釋態度，是「不作折衷」。孫星衍〈與王念孫書〉云：

數月睽違，不勝企戀耳，舟中爲《書今古文義疏》，成〈皋陶謨〉一篇。……侍之爲《疏》，則各就今古文疏通之，並不敢折衷。

其《平津館文稿》〈策問〉亦云：

問：《尚書》有今古文，師說殊異，若金縢之啓，或謂周公已死，或言尚存；〈文侯之命〉，或以爲晉文侯，或云文公，幾不可折衷〔註33〕。

可見《孫疏》認爲今古文異說無法折衷，故於疏釋時「各就今古文疏通之」。亦即其疏釋工作只做到對《注》文異說的闡述，而沒有進一步的批評和發揮。《孫疏》疏文往往只舉漢魏諸儒《書》傳，或《爾雅》、《說文》等訓詁書，來解釋史遷、伏生、馬、鄭等人《書》說的辭意、字意如何，欲由其中得知孫氏本人的看法、立場，則往往闕如。楊樹達〈尚書正讀序〉對此曾有所批評道：

《尚書》一經，以詰詘聱牙爲病者二千年矣。王氏（王念孫父子）《書》說雖善，顧未能及全經也。自如江艮庭、王西莊、孫淵如諸家，能說全經矣，訓釋之精不逮王氏遠甚。往往讀一篇竟，有如聞異邦人語，但見其唇動，聞其聲響，不知其意旨終何在也〔註34〕。

其批評雖然過於苛譴，但確能指出孫星衍等人疏釋態度上的缺失。

注疏的主要目的無疑地是爲了理解古籍原文，以此而言，作注者依原文譜注，爲疏者循注文疏釋，則是理所當然。然而注、疏的功能、任務並不止於此，因爲除了詞語的解釋之外，注、疏中還有很多內容，如歷史事實的考證、說明、補充；名物典故、引用書籍的介紹；思想內容的分析、發揮、批判；作者創作意圖的分析、評價；文學作品的藝術欣賞和評價；各種材料的補輯、辨析等等。既知注疏的多樣性，則《孫疏》依傍注文爲疏，不敢折衷的態度，顯然是不正確的。這種疏釋態度，實即學者們所稱的「疏不破注」理論。皮錫瑞《經學歷史》「經學統一時代」云：

議孔《疏》之失者，曰彼此互異，曰曲徇注文，曰雜引讖緯。案：著

〔註32〕參宋鼎宗〈漢宋書經學〉，頁一○七～一一九（《中國學術年刊》，民國六五年十二月）。
〔註33〕見孫星衍《平津館文稿》卷上，〈策問〉。
〔註34〕見楊樹達〈曾星笠尚書正讀序〉，頁三○三（《尚書正讀》）。

書之例，注不駁經，疏不駁注；不取異義，專宗一家；曲徇注文，未足爲病〔註35〕。

甘鵬雲《經學源流考》亦云：

> 唐承六朝南北學派分歧之後，其時陸德明作《經典釋文》，多據南學，而北儒如徐遵明諸人之說，乃不一引及。孔穎達作《五經正義》，并同《釋文》。其時顏師古首董其事，本其家學顏之推遺訓，是江南而非河北。故孔穎達據師古定本，群經率用南學。惟於《詩正義》以焯、炫特爲殊絕，據其義疏以爲藍本，用北學特多。今觀其書，兼崇毛、鄭，引申兩家之說，不復以習故進退，守疏不破注之例，而毛、鄭古義賴之以存〔註36〕。

皮錫瑞所說的「曲徇注文」、「注不駁經、疏不駁注」，即甘鵬雲所言的「疏不破注」之意。而皮氏以爲孔穎達《五經正義》曲徇注文，未足爲病；甘氏亦讚其存毛、鄭古義。是皆肯定其「疏不破注」之功。

衡諸情理，昔人對古書所作的傳注，爲後人發現有難通、難懂或有新資料、新見解可資補正其說時，方有疏義之作，則刊謬補缺，在所難免，倡言「疏不破注」，實守專家之學者拘隘的說法。據張寶三之考證，唐以前實無嚴守「疏不破注」之例者。氏云：「世所謂『疏不破注』者，固不可據以言唐前之義疏；而唐修《正義》，雖大體遵注，亦非全不破注也。若謂《正義》以『不破注』爲原則乃可，謂其嚴守此例，則非確論也」〔註37〕。由此益知「疏不破注」、「不敢折衷」，爲唐以後注疏家之錯誤心態。

經疏的主要功用，是訓詁、詮釋經旨及注義。傅偉勳將詮釋分爲五個辯證層次：「實謂」、「意謂」、「蘊謂」、「當謂」與「創謂」等。各層次所要詮釋的問題分別是：「原作者實際上說了什麼」、「原作者想要表達什麼，他的眞正意思是什麼」、「原作者可能想說什麼」、「原作者（本來）應該指謂什麼，意謂什麼」、「爲了救活原有思想，或爲了突破性的理路創新，我必須踐行什麼，創造地表達什麼」。其中「實謂」涉及原典校勘、版本考證等校讎學課題；「意謂」之探求，在於先假設原典有其客觀意義，可透過訓詁、考據等手法得知；「蘊謂」之產生，乃因「意謂」沒有定論，轉而收集歷代有過的種種注疏，以圖從中尋找唯一正確的答案；「當謂」層次要求詮釋者要設法在原作者教義的表面結構底下，探查掘發深層結構，據此批判地考察在「蘊謂」層次所找到的種種可能義蘊，是一種批判的繼承；「創謂」層次是種創造的發展，

〔註35〕見皮錫瑞《經學歷史》，頁二一五。
〔註36〕見甘鵬雲《經學源流考》卷三，頁九～一○。
〔註37〕同註21，頁三九五。

其理想在於批判地超克原作者的教義局限性或內在難題，並儘可能解決他所留下未能完成的思想課題〔註38〕。

以此理論檢視孫星衍等乾嘉考據學者之疏釋態度，當可更清楚地瞭解其癥結所在。「乾嘉考據學的特徵，在於強調經典的訓詁考證是詮釋聖人義理的唯一途徑」〔註39〕。這便是過分強調文獻的客觀意義，是屬於「意謂」層次。孫星衍認爲：「漢代諸儒承秦絕學之後，傳授經文經義，去古不遠，皆親得七十子之傳」，然而，漢代諸儒所言或異，於是便蒐羅眾說互相參證，以期獲得最客觀之意義，如此是屬於「蘊謂」層次。然其認爲藉由訓詁考證可得聖賢本意之初衷則並未改變。是充其量他的疏釋只作到「蘊謂」層次，至於「當謂」、「創謂」層次則往往付之闕如。

余英時曾批評從清初到乾嘉的考據學者，標舉「經學即理學」口號，以爲《六經》、孔、孟中的道或理祇有一種正確的解釋，經過客觀的考證之後便會層次分明地呈現出來。如此想法是「建立在一個過份樂觀的假定之上」〔註40〕。陸寶千亦云：「考據者，術也，非學也。以此治經，求其典章制度名物訓詁，清儒之成績甚偉。求通制作之原，則亭林黎洲而後，甚少措意之者。求作聖之道，尤非其力之所及矣」〔註41〕。這些批評皆指出孫星衍輩以考據治經之局限所在。畢竟欲「求通制作之原」、「求作聖之道」，非賴「當謂」、「創謂」之疏釋態度無以竟功。

第三節　《尚書今古文注疏》之疏釋

繁冗的章句，固然是訓詁之一弊，但是疏義之優劣，與疏文之長短並無絕對的關係，故本文不打算作這方面的探討。

乾嘉考據學者雖建立「由小學以通經義」、「博考」等考據理論，然其考據方法往往藏於具體成果中，不見得有方法學上的反省。岑溢成先生歸類清代學者之治學方法云：

> 清儒善用二種理據：一是資料性理據，二是理論性理據。資料性理據的運用，須先熟悉資料，再蒐集起來作系統整理，作爲考據學上的根本支

〔註38〕參傅偉勳〈從德法之爭談到儒學現代詮釋學課題〉，頁九六～一〇六（《二十一世紀雙月刊》一九九三年四月號）。
〔註39〕見黃啓華〈乾嘉考據學興起的一些線索——兼論顧炎武錢大昕學術思想的發展關係〉，頁一一九（《故宮學術季刊》，民國八十年春季號）。
〔註40〕參余英時《歷史與思想》〈清代思想史的一個新解釋〉，頁一四五。
〔註41〕見陸寶千〈論清代經學——以考據治經之起源及其成就之限度〉，頁一八（《國立臺灣師範大學歷史學報》第三期，民國七四年）。

持。單靠此項理據，成就極爲有限，因爲不管資料有多少，關鍵仍在對所
掌握的資料性理據是否作過完整處理，這就牽涉到理論性理據的問題了。
清儒往往根據語言、歷史、文化各種理論爲基礎，來取得考據成果。最顯
赫一時的例子就是「通假字破讀」，以及他們對古代音義關係理論的掌握
而作出的推論〔註42〕。

以「資料性理據、理論性理據」來概括清儒之考據訓詁方法，可謂十分恰當，《孫疏》
所用以正經、演注之疏釋方法，即是此兩者。《孫疏》所據之資料性理據，以漢魏人
《書》說爲主；其所探之理論性理據，則多爲清儒據文字音義關係所建立的「聲近
義通」、「古音通假」等理論。至於其具體實踐，則有「校文」、「闡義」、「明聲」、「辨
物」等方面。茲據《孫疏》疏釋之正經、演注情形，分述如下：

一、《尚書今古文注疏》之「正經」

（一）、校　文

　　《孫疏》校勘《尚書》經文最有名的例子，首推其考訂自「王亦未敢誚公」以
上爲〈金縢〉經文；自「秋大熟」以下，當爲〈亳姑〉逸文。《孫疏・疏》云：

　　　　〈書序〉云：「周公作〈金縢〉」。《史記・魯周公世家》載其文，又云：
　　「周公奉王命，興師東伐，作〈大誥〉」。又云：「寧淮夷東土，二年而畢
　　定」。是以周公居東二年爲伐叛，非避居也。又云：「唐叔得禾，成王命唐
　　叔以餽周公于東土，作〈餽禾〉。周公既受命禾，嘉天子之命，作〈嘉禾〉」。
　　下云：「東土以集，周公歸報成王，乃爲詩貽王，命之曰〈鴟鴞〉。王亦未
　　敢訓周公」。案：〈金縢〉篇中有「公乃爲詩以貽王，命之曰〈鴟鴞〉」等
　　詞，是〈金縢〉作于〈大誥〉、〈歸禾〉、〈嘉禾〉之後，今篇次在前者，以
　　禱疾事在二年也。《史記》又載：成王病，周公祝神藏策。成王用事，周
　　公被譖奔楚。成王發府，見禱書，反周公，是非因天變開金縢。又載周公
　　卒後，乃有暴風雷雨，命魯郊祭之事。是經文「秋大熟」已下，必非〈金
　　縢〉之文。孔子見百篇之《書》，而〈序〉稱周公作〈金縢〉。周公不應自
　　言死後之事，此篇經文當止于「王翼日乃瘳」。或史臣附記其事，亦止于
　　「王亦未敢誚公」也。其「秋大熟」已下，考之〈書序〉，有成王告周公
　　作〈薄姑〉，則是其逸文。後人見其詞有「以啓金縢之書」，乃以屬于〈金

〔註42〕見「清乾嘉學術研究之回顧」座談會紀要——〈乾嘉學者治學方法之探討〉，頁五二
　　　　（《中國文哲研究通訊》第四卷第一期，民國八三年三月）。

滕〉耳〔註43〕。

孫星衍之〈尚書錯簡考〉亦論及「〈亳姑〉逸文」，所論大抵與此相同〔註44〕。其主
要論據是〈書序〉載：「周公在豐，將沒，欲葬成周。周公薨，成王葬于畢，告周公，
作〈亳姑〉」。則〈亳姑〉為周公薨後，成王告周公之作。《孫疏》認為〈金縢〉「秋
大熟」以下所述「暴風雷雨，命魯郊祭」，為周公卒後之事，與〈書序〉所言周公作
〈金縢〉相抵牾，故推斷其為〈亳姑〉逸文。本田成之《中國經學史》引有此文，
並讚其考證之精當〔註45〕。

〈洪範〉「五福」，偽孔本經文作「一曰壽，二曰富，三曰康寧，四曰攸好德，
五曰考終命」。然而《孫疏》據劉向《說苑》校勘經文，有了新的發現道：

> 《說苑・建本篇》云：「河間獻王曰：『夫穀者，國家所以昌熾，士女
> 所以姣好，禮義所以行，而人心所以安也。《尚書》「五福」，以富為始』」。
> 據此則今文《尚書》為「一曰富」也。「一曰富」，則當云「二曰壽」矣。
> 江、王、段三君均未及指出〔註46〕。

偽古文《尚書》之為偽作，固為清儒所周知，然其與伏生本篇目相同之經文，江、
王、段、孫諸家，多半以為係漢代真古文《尚書》。故凡遇經傳所引《尚書》經文與
此異者，往往以為是今文《尚書》，這種作法是值得商榷的。《孫疏》此引河間獻王
語，並斷言其為今文《尚書》即是一例。據《史記》、《漢書》的記載，河間獻王是
一位熱衷收藏古文經籍的貴族，在沒有其他佐證的情況下，實不宜斷言獻王此說為
今文《尚書》經文。

此外，《孫疏》亦校正若干經文之衍文、句讀。如〈微子〉「吾家耄『遜』于荒」、
「王子，天毒降災荒殷邦，『方興沈酗于酒』，乃罔畏畏，咈其耇長舊有位人」，《孫
疏》并以為「遜」、「方興沈酗于酒」皆為衍文〔註47〕。再如〈康誥〉「用康乃心，
顧乃德，遠乃猷裕，乃以民寧，不汝瑕殄」，偽《傳》以「猷」字絕字，「裕」字下
屬，《孫疏》評其「不詞矣」〔註48〕。

（二）、闡　義

《孫疏》之輯注，雖號稱完備，然由於《書》傳流散情況嚴重，其書實仍有多
處經文有疏無注。而這些經文，擺脫了注文的束縛，直以己意為疏，對於經義之闡

〔註43〕見《孫疏》卷十三，〈金縢〉，頁一～二。
〔註44〕見孫星衍《嘉穀堂集》卷首，〈尚書錯簡考〉之「〈亳姑〉逸文」條。
〔註45〕見本田成之《中國經學史》，頁二九三～二九四。
〔註46〕見《孫疏》卷十二下，〈洪範〉，頁一六。
〔註47〕同上，卷九，〈微子〉，頁六、頁七。
〔註48〕同上，卷十五，〈康誥〉，頁一五。

明，反而有很大的幫助。例如〈召誥〉「夫知保抱攜持厥婦子，以哀籲天。徂厥亡，出執」，《孫疏·疏》云：

> 夫者，鄭注〈曲禮〉「若夫」云：「丈夫」。知者，〈釋詁〉云：「匹也」。保，同「緥」，《說文》云：「小兒衣也」。籲者，《說文》云：「呼也」。徂者，〈釋詁〉云：「在也」。執者，《廣雅·釋言》云：「脅也」。言丈夫之有匹偶者，緥負其子，攜持其妻屬，以哀號呼天。在者喪亡，出被迫脅〔註49〕。

再如〈康誥〉「凡民自得罪，寇攘姦宄，殺越人于貨，暋不畏死，罔弗憝」，《孫疏·疏》云：

> 言民有自罹于罪者，寇賊攘奪，內爲姦，外爲宄，殺于人，取于貨，強冒不畏死，無不怨之者，當順民怨以行罰，則罪人亦自服其罪也〔註50〕。

這類例子尚有很多，孫氏每於疏文之末，總括經義作「言……」，凡此皆可視爲《孫疏》對經義最直接之詮釋。其於經字之解釋，亦皆引漢魏訓詁書爲據，既能避免如宋儒般之「臆說」，又不局限於注文之推演，當分別觀之。

《孫疏》於各篇篇題之下皆有題解，或陳其篇旨、或考訂成書年代、或敘述該篇歷史背景……等，對於闡述經義亦有相當的幫助。

（三）、明　聲

「明聲」意指「因聲求義」，這是清儒據古音知識所建立的訓詁條例。戴震云：「故訓聲音，相爲表裏」〔註51〕；又云：「疑于義者，以聲求之，疑于聲者，以義正之」〔註52〕；邵晉涵道：「聲音遞轉，文字日孳，聲近之字，義存乎聲」〔註53〕。王念孫亦言：「言竊以訓詁之旨，本于聲音。故有聲同字異，聲近義同；……今則就古音以求古義，引申觸類，不限形體」〔註54〕。可見「因聲求義」的理論爲乾嘉學者所樂道。而其具體意義則是「義存乎聲」與「聲近義通」。

《孫疏》中有大量關於文字音義之疏釋，其中或明言「假借」、或言「聲近」、「音近」、「音轉」、「聲轉」、或述「古韻同在第幾部」、或只作「某與某通」。皆是借用「義存乎聲」及「聲近義通」的原理爲釋。

吳孟復《訓詁通論》云：「訓詁上講的『因音求義』，主要是就假借字言之的」

〔註49〕同上，卷十八，〈召誥〉，頁七。
〔註50〕同上，卷十五，〈康誥〉，頁一二。
〔註51〕見戴震《戴震文集》卷十，〈六書音韻表序〉。
〔註52〕同上，卷四，〈轉語二十章序〉。
〔註53〕見邵晉涵《爾雅正義·自序》。
〔註54〕見王念孫《廣雅疏證·自序》。

〔註55〕。《孫疏》「因聲求義」之主要貢獻，即對《尚書》經文之許多假借字，作出了正確的疏釋。例如〈皋陶謨〉「日宣三德，夙夜浚明有家」，《孫疏‧疏》云：

> 浚者，《方言》云：「敬也」。明者，〈釋詁〉云：「成也」。或「明」與「孟」通，故「孟諸」即「明都」。〈釋詁〉云：「孟，勉也」。言早夜旬宣三德，以敬勉有家之人。家，謂有采地之臣〔註56〕。

「明」、「孟」同屬古韻陽部，故有音近關係；《周禮‧職方氏》鄭玄注「望諸明都也」曰：「明都即宋之孟諸也」〔註57〕，則是古書通用之證據。故《孫疏》認爲「明」、「孟」義通是可信的。周富美師於〈尚書假借字集證〉一文，曾舉出《孫疏》所釋正確的《尚書》假借字例，有八十餘組之多〔註58〕；姜允玉《尚書通假字研究》整理《尚書》通假字總共二四七組，其所引《尚書》係以《孫疏》爲底本，取資其中的假借說法頗多〔註59〕。並可見《孫疏》「因聲求義」之一般。

（四）、辨　物

孫星衍認爲考證典章制度、辨別名物有助於瞭解「聖人制作之旨」，故《孫疏》中亦頗多「考辨名物制度」之舉，是其「正經」工作之另一體現。例如〈盤庚〉「越其罔有黍稷」，《孫疏‧疏》云：

> 黍者，《說文》云：「禾屬而黏者也。以大暑而種，故謂之黍」。禾之屬，穄也。稷者，《說文》云：「齋也」。齋，或作「粢」，漢人謂之嘉穀，亦謂之粟，即今俗云小米也〔註60〕。

其《岱南閣文集》〈稷考〉一文亦言：「五穀稻則秔、糯米，黍則穄之屬，稷則小米及高粱之屬，麥、菽不必言」〔註61〕。所考與此相同，皆以黍爲穄之屬，稷爲小米。

再如〈召誥〉「攻位于洛汭」，《孫疏‧疏》云：

> 《周書‧作雒解》云：「乃作大邑成周于土中，城方千七百二十丈，郭方七十里，南繫于洛水，北因于郟山，以爲天下之大湊」。……案：古者，六尺四寸爲步，三百步爲里，則一里之長百九十二丈。依《考工記》「匠人營國方九里」，則當云方千七百二十八丈，《周書》云千七百二十丈，

〔註55〕見吳孟復《訓詁通論》，頁七四。

〔註56〕見《孫疏》卷二上，〈皋陶謨〉，頁四～五。

〔註57〕見《周禮‧職方氏》卷三十三。

〔註58〕參周富美〈尚書假借字集證〉，頁一八八～二四四（《大陸雜誌》第三六卷第六、七期合刊，民國五七年四月）。

〔註59〕參姜允玉《尚書通假字研究》（國立政治大學中國文學研究所碩士論文，民國八二年六月）。

〔註60〕見《孫疏》卷六，〈盤庚〉，頁六。

〔註61〕見孫星衍《岱南閣集》卷二，〈稷考〉。

略其數也〔註62〕。

此則據《逸周書》、《考工記》及其古史知識，考證出周初營洛邑城方千七百二十八丈。此外，《孫疏》中尚有許多對職官、天文、曆法、禮制等名物制度的考證。故「考辨名物制度」，為其疏解的另一特色。

二、《尚書今古文注疏》之「演注」
（一）、校　文

《孫疏》一方面極力蒐求「五家三科」古說為注，一方面亦引相關文獻，對其注文做覈實的考校。例如〈酒誥〉「父肇牽車牛，遠服賈，用孝養厥父母。厥父母慶，自洗腆，致用酒」，《孫疏・注》引馬融曰：「洗，盡也」。《孫疏・疏》云：

> 經言亞牽車牛，遠為商賈之事，以孝養父母，及父母善慶，自滌器設膳，致用此酒。馬注見《釋文》。云「洗，盡」者，盡蓋盥字之誤。《說文》云：「盥，滌器也」〔註63〕。

是《孫疏》蓋因釋「洗」為「滌器」，故認為「盡」乃「盥」字之形誤。

《孫疏》「演注」之另一形態，為據注文校正經文。〈費誓〉「魯人三郊、三遂，峙乃芻茭，無敢不多，汝則有大刑」，《孫疏・注》曰：「史遷『多』作『及』。鄭康成曰：『茭，乾芻也』」。其下則《疏》云：

> 史公作「峙乃芻茭、糗糧、楨榦，無敢不逮。我甲戌築而征徐戎，無敢不及，有大刑」。則此「不及」，蓋「不多」之異文也。芻茭不至，牛馬不得食，不可以戰，故有大刑。若及而不多，不應云大刑也。當從《史記》。「多」字與「及」相似而誤〔註64〕。

是《孫疏》此例乃據上下文意，推斷經文「多」字為「及」之形誤。

（二）、闡　義

《孫疏》名為「清人的《尚書》新疏」，此「新」主要是指孫書乃替所輯新注，作出一番新的疏釋而言。在此意義之下，《孫疏》「闡述注義」的工夫，攸關其書是否足以「立於學官、代替舊疏」，故顯得格外重要。

「各如其說，不作折衷」，是《孫疏》常用的疏解方法，其重點在於如實地疏明注文旨意，至於對異說「不作折衷」，蓋非得已。

〔註62〕見《孫疏》卷十八，〈召誥〉，頁三～四。
〔註63〕同上，卷十六，〈酒誥〉，頁四～五。
〔註64〕同上，卷廿六，〈費誓〉，頁六。案：古國順先生對此則有不同的看法。《史記述尚書研究》云：「……又『無敢不及』乃順征徐戎峙糗糧之下，當是不逮之訓詁，逮訓及，見《說文》，《孫疏》以不及為不多之異文，恐非」，頁三七七。

例如〈微子〉篇載微子諫紂不成，未能自決去留，詢於父師、少師。鄭玄《注》以「父師、少師」為箕子、比干，史公則以為紂時樂師太師摯、少師陽。《孫疏・疏》以為解決此異說的關鍵，在於微子去商與紂之囚箕子、殺比干的先後問題，礙於文獻難徵，故兩說並存〔註65〕。

類似的例子如〈堯典〉「六宗」、〈洪範〉「五行、五事」、〈酒誥〉篇首脫文「成王」……等今、古文異說〔註66〕，孫氏亦皆採窮源竟委，事必數典、語必核其指歸、字必還其根據的態度為疏，實為「專家」注疏的典型。令人稍憾的是，孫氏既不作折衷，則從中難以看出其立場所在。

據前述孫星衍之若干論學主張，如曲徇注文、不取孔《傳》及宋學；過分強調師法，以史公、馬、鄭專宗古文說等等，實皆有其偏頗之處。《孫疏》全書最精采處，則在於孫星衍將其「實事求是」的治學精神，具體發揮於注義之闡釋工作上。這些持平的疏例，可作為我們重估《孫疏》價值的憑籍。

首先，《孫疏》實有許多駁注之論，並非全不破注。例如「未可以戚我先王」，鄭玄釋「戚」為「憂」，孫《疏》云：「不應如鄭說也」〔註67〕；又鄭玄以〈康誥〉之「康」為諡號，孫《疏》云：「則康非諡甚明，舊說以為國名，是也」〔註68〕。

《孫疏》用以駁正注文之重要論據，為「不可以後制說前代事」。如〈堯典〉「流宥五刑」，鄭玄據周制「九刑」為釋，孫云：「不應以說唐、虞象刑之制，鄭氏失之」〔註69〕；又〈湯誓〉「予則奴戮汝」，鄭玄曰：「大罪不止其身，又奴戮其子孫。《周禮》云：『其奴，男子入于罪隸，女子入于舂稾』」《孫疏・疏》則云：「古無從坐之法，漢法因暴秦之舊，未能盡除。鄭用漢法說經，失之」〔註70〕。〈康誥〉「無或劓刵人」，《孫疏・疏》亦評鄭《注》云：「鄭氏律學漢法，故以沒官從坐解經，非三代仁厚之政，學者審之」〔註71〕。凡此皆為不易之論。

《孫疏》對於若干無法考覈的注文，則標示「未知其審」、「未詳」、「不知出典」，以明闕疑慎言之義。如馬、鄭以「饕餮」釋〈堯典〉「三苗」，高誘則兼指「渾敦、窮奇、饕餮」，孫即《疏》云：「未知其審」〔註72〕。

〔註65〕見《孫疏》卷九，〈微子〉，頁二～三。
〔註66〕同上，卷一下，〈堯典〉，頁八～九、卷十二上，〈洪範〉，頁五～九、卷十六，〈酒誥〉，頁一～二。
〔註67〕同上，卷十三，〈金縢〉，頁二。
〔註68〕同上，卷十三，〈康誥〉，頁一。
〔註69〕同上，卷一下，〈堯典〉，頁二〇～二一。
〔註70〕同上，卷五，〈湯誓〉，頁五。
〔註71〕同上，卷十五，〈康誥〉，頁一〇。
〔註72〕同上，卷一下，〈堯典〉，頁二三～二四。

　　《孫疏》偶亦引孔《傳》、宋儒張載、王應麟的說法與注文相參證〔註 73〕。這雖與其自敘之為疏態度不符，卻正是實事求是的表現。

　　《孫疏》在闡釋注文的實際工作中，亦指出史公、馬、鄭有兼採今文之例，與其「五家三科」說相較，這無疑是較接近事實的看法。如其云：「史公『畁』為『從』者，今文《尚書》字也」〔註74〕、「馬《注》見《釋文》，以教胄為教長，用今文說」〔註75〕、「鄭雖為古文學兼用今文說」〔註76〕皆是。

　　孫星衍〈唐虞象刑論〉云：「伏生見先秦之書，勝于古文家言」〔註77〕。其〈虞書五服五章今文論〉亦云：「伏生年九十餘，親見先秦周末制度，口授晁錯、歐陽、夏侯以此五章之說，著之《大傳》，似為可信，故吾以為今文之說勝于鄭氏也」〔註78〕。可見其折衷今、古文異說時，多站在今文立場，以其較久遠可信之故。

　　縱觀《孫疏》之闡釋注義，亦可發現其宗法今文的態度不變。首先，其書於今文伏生、三家之說皆無駁，對馬、鄭等注則屢有駁正；其次，今、古文異說臚列時，孫氏往往贊同今文說注，並非「不作折衷」。例如〈堯典〉「璿璣玉衡」，《大傳》釋為「北極」，馬、鄭皆以為「渾天儀」，孫《疏》則博引諸同於《大傳》的說法云：「是漢、魏人多不以璿璣為渾儀也」〔註79〕；〈洪範〉「思曰睿」、「睿作聖」，今文「睿」皆作容，與馬、鄭等不同。孫《疏》考云：「可見先秦古書，俱如今文說也」〔註80〕。又如〈洪範〉「六極」，孫《疏》亦云：「似鄭說俱遜于今文說也」〔註81〕。皆灼然可見其今文立場。凡此類說法，《孫疏》皆引有古書證據，而非純作情理上的推測。

（三）、明　聲

　　《孫疏》中亦常用「聲近義通」、「因聲求義」的方法來推演注義。例如〈堯典〉「共工方鳩僝功」，史公「方」作「旁」，「鳩」作「聚」，「僝」作「布」。馬融則云：「僝，具也」。《孫疏‧疏》云：

　　　　史公說「方」為「旁」者，〈皋陶謨〉「方施象刑」，《白虎通‧聖人篇》

〔註73〕如〈顧命〉引孔《傳》申鄭注（卷二五上，頁三～四）；〈洪範〉、〈酒誥〉、〈召誥〉分別引王應麟《困學紀聞》之記載與今、古文諸說相參證（卷十二下，頁三）、（卷十六，頁一○）、（卷十八，頁七）。
〔註74〕見《孫疏》卷十二上，〈洪範〉，頁三。
〔註75〕同上，卷一下，〈堯典〉，頁三五。
〔註76〕同上，卷十五，〈康誥〉，頁五。
〔註77〕見孫星衍《平津館文稿》卷上，〈唐虞象刑論〉。
〔註78〕同上，〈虞書五服五章今文論〉。
〔註79〕見《孫疏》卷一下，〈堯典〉，頁四～七。
〔註80〕同上，卷十二上，〈洪範〉，頁八。
〔註81〕同上，卷十二下，頁一九。

以「方」爲「旁」。……「偽」爲「布」者，偽與撰聲相近。王逸注《楚辭》云：「撰，猶博也」。博義近布。馬注見《釋文》。云「偽，具」者，孔安國注《論語》云：「撰，具也」。偽與撰聲相近，用其義〔註82〕。

《孫疏》釋「方」（陽部、平聲）爲「旁」（陽部、平聲），釋「偽」（元部、平聲）爲「撰」（元部、平聲），是皆有古音關係。其中方與旁有《白虎通》通用證據，最爲可信；「偽與撰聲相近，用其義」，則馬融訓「偽」爲「具」，亦有孔安國訓「撰」爲「具」之證，此其次；至於以「偽」爲「布」，則是先認定「偽、撰」聲近義通，而古書「撰」亦有「博」義，進而推論「博」義近「布」，故「偽」可釋爲「布」，這種迂曲的說法，較不具說服力。本來，「聲近義通」、「聲轉義通」若是泛濫地運用，便易流於牽強附會，失去「因聲明義」的意義，凡此當分別看待。

（四）、辨物

《孫疏》之「演注」過程，亦注重「名物制度之考辨」，然其考辨疏密有別，宜作區分。如〈顧命〉「上宗奉同瑁，由阼隮」，鄭玄曰：「上宗猶大宗。變其文者，宗伯之長大宗伯一人，與小宗伯二人，凡三人。使其上二人也，一人奉同，一人奉瑁。同，酒杯」。《孫疏・疏》云：

〈虞翻別傳〉云：「鄭玄解《尚書》違失事四：以〈顧命〉康王執瑁，古『曰』字似『同』，從誤作『同』，既不覺定，復訓爲杯。〈玉人職〉『天子執瑁以朝諸侯』，謂之酒杯。誤莫大焉」。虞意欲以「同」爲「曰」，解經云受曰瑁，謂曰圭者，瑁以爲一物。妄詆鄭氏，實非也。下文王受同，三宿，三祭，三咤，太保受同，是同爲酒器，俱不可謂之曰。始知鄭説不可易也〔註83〕。

孫星衍引〈顧命〉經文本證，以明「同」即酒器，不當作「曰」，這種說法是可信的。屈萬里先生亦云：

姚鼐云（見《惜抱軒筆記》卷一）：「經本是『上宗奉同』；其瑁字則作偽者因虞翻語而妄增。……若經本有瑁字，虞翻安得復讀同爲曰，而反譏康成釋爲酒杯之非乎？」按：姚氏説可信；蓋《尚書》或有作曰之本，讀者注瑁字於曰字下；其後瑁字誤變爲正也。然此字實不應作曰〔註84〕。

屈先生以爲「同」或形誤爲「曰」，可釋爲「瑁」，此與孫《疏》不同；至於其釋「同」爲酒器、以「同」不得作「曰」，則與淵如之旨相符。

〔註82〕同上，卷一上，〈堯典〉，頁二一。
〔註83〕同上，卷二五下，〈顧命〉，頁一一～一二。
〔註84〕見屈萬里《尚書集釋》，頁二四一。

又如〈堯典〉「金作贖刑」，馬融曰：「金，黃金也。意善功惡，使出金贖罪，坐不戒愼者」。《孫疏‧疏》云：

> 案：金可用以鑄兵。《淮南‧汜論訓》云：「齊桓公將欲征伐，甲兵不足，令有重罪者出犀甲、一戟，有輕罪者贖以金分，訟而不勝者出一束箭」。是金可鑄兵，非黃金矣。馬注見《史記集解》。云「黃金」者，本漢法說經也。《書》疏引鄭氏《駁異義》云：「贖死罪千鍰，鍰六兩大半兩，爲四百一十六斤十兩大半兩銅，與今贖死罪金三斤爲價相依附」。是古贖罪皆用銅也〔註85〕。

《孫疏》以爲「金可鑄兵，非黃金矣」，然《淮南子》只言「有輕罪者贖以金分」，並未提及其用途爲「鑄兵」；鄭玄則以古、今「死罪」分別罰以銅、金若干爲義，本與《淮南子》所釋「輕罪」不同，且鄭亦未言古無以黃金贖刑之制。《孫疏》推論「金」不得爲「黃金」、「古贖罪皆用銅也」，像這一類的考證，是難以成立的。

〔註85〕見《孫疏》卷一下，〈堯典〉，頁二一～二二。

結　論

《文心雕龍‧時序》云：「時運交移，質文代變」、「文變染乎世情，興廢繫乎時序」〔註1〕，這是說明一時代有一時代的學風，及政治社會環境對文風有一定程度的影響。胡楚生先生云：

> 昔者，江都焦禮堂氏嘗曰：「一代有一代之所勝，舍其所勝，而就其所不勝，皆寄人籬下者也」。夫宋元理學，至於明末，已涸竭無華，清初諸儒，乘其衰弊，而別創新猷，務重篤行，是真能卓然建立一代之所勝者也〔註2〕。

可見其以清初顧亭林、黃黎洲、王船山等人新創的徵實篤行學風，足以代表「清學」，堪稱為「一代之所勝者也」。

皮錫瑞則云：

> 國朝經學凡三變。國初，漢學方萌芽，皆以宋學為根柢，不分門戶，各取所長，是為漢、宋兼采之學。乾隆以後，許、鄭之學大明，治宋學者已憨。說經皆主實證，不空談義理，是為專門漢學〔註3〕。

據此，則知清初「漢、宋兼採」的學風，發展至乾隆時，已為「宗法許、鄭」、講求「翔實考證」的「專門漢學」所取代。前引孫星衍所述：「古人重考據甚于著作，又不分為二。……考據之學，今人必當勝古，而反以列代考據如林，不必從而附益之，非通論矣」、「鐘鼎碑碣，則歲時出土而無窮，以此而言，考據之學，今人必當勝古」。這種「考據之學，今人必當勝古」的說法，是為乾嘉學者所普遍接受的，此由當時盛行的考據風潮即可為證。故後代多數學者皆以為，考證之學才足以代表清代的「一

〔註1〕見《文心雕龍‧時序》第四十五。
〔註2〕見胡楚生《清代學術史研究‧自敘》，頁三。
〔註3〕見皮錫瑞《經學歷史》，頁三七六。

代之所勝」。

夫「學求心得，勿爭門戶，若分門戶，必起詬爭」〔註4〕。清初學風漢、宋兼採，故能免此流弊。乾嘉繼承清初徵實的學風，而遺其篤行的經世精神。吳、皖學風雖異，其標榜「漢學」、「考據」，排斥「宋學」、「義理」則一。門戶既立，相襲成風，詬爭遂起。章學誠云：

> 嗟乎！學術豈易言哉。前後則有風氣循環，同時則有門戶角立；欲以一人一時之見使人姑舍汝而從我，雖夫子之聖猶且難之，況學者乎？前輩移書辨難，最為門戶聲氣之習，鄙人不敢出也〔註5〕。

章氏此言，蓋對當時「風氣循環、門戶角立」的情形感到不滿。風氣所趨，戴震之前後論學殊途，「其先以康成程朱分說，謂於義理制數互有得失者」，其後則以為「所得盡在漢，所失盡在宋，義理統於故訓典制」〔註6〕。孫星衍則棄早年的詩文之業，而躋身漢學考據的行列；門戶角立，朱筠反對洪榜將戴震談論「性與天道」的〈答彭進士允初書〉，收錄在《戴先生行狀》裡〔註7〕。江聲亦對孫星衍《問字堂集》收錄的〈原性篇〉不以為然〔註8〕。此皆其著者。

乾嘉學派門戶爭立、風氣相循的弊端尚不止這些。岑溢成先生云：

> 戴震的「論學」言論，大多見於書信、書序、題辭等比較容易受客觀處境影響的文章。書信有特定的受信人、書序和題辭亦有特定的關係人。這些文章對於特定受信人或關係人的思想和學術背景有時不得不顧，所以不一定能充分反映戴震本人的真正觀點。不管戴震怎麼說，他的學問觀點，還是會直接表現在他治經、解經的實踐中。因此，任何關於戴震學術的分期，都必須通過戴震「為學」過程的檢驗，才是可取的〔註9〕。

此說以「論學之言」與「為學之實」，來區別戴震等乾嘉學者治學的兩種型態。並認為其若干「論學之言」，受到「客觀處境」的影響，而與其「為學之實」不盡相符，可謂確論。所謂「客觀處境」，即指當時「尊漢反宋，重考據輕義理」的學風。此說亦可徵之當時推崇「漢學」最力的吳派學者。惠棟、江聲、王鳴盛、孫星衍等人由於過度「崇古」，故其「論學之言」於標舉近古的漢儒之學的優點時，總誇大其師法、家法的重要性，及其學術的嚴謹性；又於批評宋儒之學治經的缺點時，過分渲染其

〔註4〕同上，頁三四四。

〔註5〕見章學誠《文史通義‧內編》〈與孫淵如論學十規書〉。

〔註6〕見錢穆《中國近三百年學術史》，頁三二三。

〔註7〕參江藩《漢學師承記》卷六，〈洪榜傳〉。

〔註8〕見孫星衍《問字堂集》卷首，江聲〈閱問字堂集贈言〉。

〔註9〕見岑溢成《詩補傳與戴震解經方法》，頁二〇。

空疏、臆說，以致毫芥不足取。這種偏頗的論點，招致後人「吳派學者不問眞不眞，唯問漢不漢」的批評。至於其實際的「爲學」，絕非不問眞假。趨風承響之弊，此其尤著者。

　　清初徵實學風於經學之首功，在於考辨群經之眞僞〔註10〕。其於《尙書》，則考辨僞古文《尙書》及孔《傳》係僞作，這屬於「破壞」工作。經過閻、惠諸君的努力，漢代眞《尙書》的流傳史確立，僞作的作僞之迹乃彰顯於世。乾嘉時期，僞古文終於定讞。晉僞古文既不可信，乾嘉學者遂上輯漢儒《書》傳，並博考漢、魏《書》說，爲作新的注疏，以求漢代今、古文《尙書》的樣貌。這是《尙書》的「建設」工作。江、王、段、孫首董其功，四家《尙書》新疏，各有特色，其中《孫疏》最晚出，論者以爲能集諸家之大成。

　　《孫疏》起草於乾隆五十八年，成書於嘉慶二十年，歷時二十二年之久，是孫星衍生平的代表作。茲據前述《孫疏》的著作動機、疏釋態度，及具體的疏釋實踐，并論其書得失如下：

一、繼承聖學、道統

　　堯、舜、禹、湯、文、武、周公之彝訓，見諸《尙書》者最多。漢儒伏生、孔安國，曾見先秦《尙書》部分樣貌者，僞古文既不足恃，孫星衍等力圖恢復伏、孔舊說，無疑堪膺繼承聖學、道統之大任。

二、網羅放失舊聞、存其是而削繁增簡

　　清代《尙書》新疏的基礎，在於歷代《書》注、《書》說的蒐集。《孫疏》所輯漢代今、古文「五家三科」說，是漢代最具代表性的《尙書》遺說。江、王、段三家獨重馬、鄭等東漢《書》說，《孫疏》兼重《史記》、《大傳》、歐陽、夏侯等說法，可謂慧眼獨具；再則《孫疏》所輯的馬、鄭注，亦已相當完備，有善本之稱。至於其所確立的輯佚範圍，則爲其後治《尙書》學者所宗，網羅漢代放失舊聞，厥功可謂至偉。然而其書罕取宋、明《書》說，是門戶陋見，輕忽孔《傳》及王肅《書注》某些精闢的說法，是其「網羅放失舊聞」的缺失處。

　　孫星衍雖有拘守「師法、家法」、「不敢折衷」的「論學之言」，然其於具體的疏釋實踐時，多能本「實事求是」的精神，從事「正經」、「演注」的工作。其所用的理論，是乾嘉考據學者建立的「以小學以通經義」、「博考」等理論；其所用的方法，則是以「資料性理據」、「理論性理據」，作一番覈實的考證；至於其具體成果，則爲對《尙書》經、注，作了「校文」、「闡義」、「明聲」、「辨物」等疏釋。這些疏釋，

〔註10〕參林慶彰師《清初的群經辨僞學》，頁一〇～一五。

雖有若干闕誤，須分別觀之。然大體而言，稱得上是「存其是而去其非」。

《孫疏》亦頗注重「削繁增簡」的工作。如其引《史記》、《大傳》中以訓詁說經的繁長辭句爲注時，多只略引其意，於疏文中才加詳。對經文相同文句作疏解時，亦多只作參某篇之疏。對於文意淺顯的經注亦有「此節義易明不復釋之」之例〔註11〕。這些都是其「削繁」之舉。至於許多有疏無注的經文，其類似案語的「闡義」之言，正有「增簡」功能。

三、分別今古文、補時人《書》疏之缺失

漢代《尚書》的今、古文問題，主要有「今、古文字」與「今、古文說」的差別，《孫疏》之「今、古文字」觀相當正確，但其以師法、家法觀點對「今、古文說」的分別，則頗有值得商榷之處。今知其誤以《史記》今文說爲古文說、以孔安國古文與孔壁古文不同並無確據、以馬鄭宗法古文亦有未周全處。以此而言，其今、古文觀並不十分正確。然於具體的疏釋中，可發現其亦以史公、馬、鄭之《書》學，實兼採今、古文，此可視爲其對本身學說的修正。

江聲篆寫經文、所注〈禹貢〉只有古地名，王鳴盛兼存僞《傳》，不取《史記》、《大傳》，段玉裁僅分別今、古文字。《孫疏》對這些缺失皆有補正之功，然王氏兼存僞《傳》實未足爲病，唯孫氏對僞《傳》仍堅持排拒。

四、立於學官、代替舊疏

《孫疏》的最終目的，是想「立於學官、代替舊疏」。其弟子周中孚首申其說：

> 吾師實取三家之書（王氏《後案》、江氏《集注音疏》、段氏《撰異》）
>
> 而折其衷，定著此書，眞能集《尚書》之大成〔註12〕。

晚清碩儒王懿榮亦於光緒十年奏請以此書立學，並讚其「不逞私臆，最稱矜愼。所錄古文爲眞古文，所採古注爲眞古注」〔註13〕。是皆以爲《孫疏》足以立於學官，代替舊疏。

本文則以爲，《孫疏》的「建設」工作，是由辨僞進而「求眞」，其勝於晉以後之舊注疏者，亦在於此。然其「求眞」實踐，尚有不足之處。以注文而言，「馬鄭注和夏侯遺說，孫氏蒐集未到而再經後人輯出者也很不少」〔註14〕；再則其所輯漢注，某些誤輯之處有待刊正。就疏文來講，孫星衍用的是清代考據學者建立的理論和方法，以考據治經的最大特點，在於過分相信前哲義理或制作旨意，是種客觀的存在，

〔註11〕見《孫疏》卷廿，〈多士〉，頁八。
〔註12〕見周中孚《鄭堂讀書記》卷九。
〔註13〕見《清史列傳》卷六十五，〈王懿榮傳〉。
〔註14〕見梁啓超《中國近三百年學術史》，頁二一七。

透過訓詁、考證便可求得，但這是不正確的，亦是其「求真」的局限性。

這便有待於「求善」。理想的疏釋應兼顧「實謂」、「意謂」、「蘊謂」、「當謂」、「創謂」等五個層次，方能求其真，臻其善。《孫疏》所作的工作，多屬前三者，宋儒雖擅言「當謂」、「創謂」，然用之太甚，轉流於空疏、臆見。是參酌宋儒成說及其方法之佳者，當可補《孫疏》疏解之未盡善處。

總而言之，《孫疏》於漢代《尚書》學之重建，厥功至偉。其以漢儒重師法、家法，因而謂今、古文說不能強合；又以漢人治經皆以字解經，以經解經，而不以臆說解經，故其疏解漢注時句句核其指歸，字字還其根據，這都是相當難得的。其於清代《尚書》學之發展，亦有重要貢獻。《孫疏》擷取江、王、段三家及王氏父子等人之成就於一書，是集大成之作。無論其書之體例、輯注之範圍、疏釋之方法及許多精闢的疏義，皆影響後來治《尚書》之學者甚鉅，洵足以「代替舊疏」。

參考書目

一、尚書類

1. 《尚書正義》，（漢）孔安國傳、（唐）孔穎達疏（《十三經注疏》本，藝文印書館，民國七四年）。
2. 《東坡書傳》，（宋）蘇軾（《學津討原》本，新文豐出版公司，民國七五年）。
3. 《尚書全解》，（宋）林之奇（《通志堂經解》本，漢京文化事業公司，未著出版年）。
4. 《書集傳》，（宋）蔡沈（《尚書類聚》本，新文豐出版公司，民國七三年）。
5. 《書疑》，（宋）王柏（《通志堂經解》本，漢京文化事業公司，未著出版年）。
6. 《尚書詳解》，（宋）胡士行（《通志堂經解》本，漢京文化事業公司，未著出版年）。
7. 《尚書表注》，（元）金履祥（《通志堂經解》本，漢京文化事業公司，未著出版年）。
8. 《書纂言》，（元）吳澄（《四庫全書》本，商務印書館，民國七二年）。
9. 《尚書辨解》，（明）郝敬（《湖北叢書》本，藝文印書館，未著出版年）。
10. 《欽定書經傳說彙纂》，（清）聖祖欽定、王頊齡等撰（世界書局，民國七五年）。
11. 《尚書古文疏證》，（清）閻若璩（《乾隆十年眷西堂刻》本，上海古籍出版社，一九八七年）。
12. 《尚書地理今釋》，（清）蔣廷錫（《皇清經解》本，藝文印書館，民國七五年）。
13. 《尚書注疏考證》，（清）齊召南（《皇清經解》本，藝文印書館，民國七五年）。
14. 《古文尚書考》，（清）惠棟（《皇清經解》本，藝文印書館，民國七五年）。
15. 《尚書集注音疏》，（清）江聲（《皇清經解》本，藝文印書館，民國七五年）。
16. 《古文尚書撰異》，（清）段玉裁（《皇清經解》本，藝文印書館，民國七五年）。
17. 《尚書後案》，（清）王鳴盛（《皇清經解》本，藝文印書館，民國七五年）。
18. 《尚書補疏》，（清）焦循（《皇清經解》本，廣東學海堂，清道光九年）。

19. 《尚書古注便讀》，（清）朱駿聲（廣文書局，民國六六年）。

20. 《尚書今古文集解》，（清）劉逢祿（《皇清經解經續編》本，藝文印書館，民國七五年）。

21. 《尚書大傳輯校》，（清）陳壽祺（《皇清經解續編》本，藝文印書館，民國七五年）。

22. 《尚書歐陽夏侯遺說考》，（清）陳喬樅（《皇清經解續編》本，藝文印書館，民國七五年）。

23. 《今文尚書經說考》，（清）陳喬樅（《皇清經解續編》本，藝文印書館，民國七五年）。

24. 《今文尚書考證》，（清）皮錫瑞（《尚書類聚》本，新文豐出版公司，民國七三年）。

25. 《尚書孔傳參證》，（清）王先謙（《尚書類聚》本，新文豐出版公司，民國七三年）。

26. 《尚書集注述疏》，（清）簡朝亮（《尚書類聚》本，新文豐出版公司，民國七三年）。

27. 《清儒書經彙解》，（清）抉經心室主人編（鼎文書局，民國六一年）。

28. 《尚書大義》，吳闓生（台灣中華書局，民國七五年）。

29. 《今文尚書正偽》，李泰棻（台灣力行書局，民國五九年）。

30. 《尚書覈詁》，楊筠如（學海出版社，民國六七年）。

31. 《尚書新證》，于省吾（崧高書社，民國七四年）。

32. 《尚書通論》，陳夢家（仰哲出版社，民國七六年）。

33. 《尚書大綱》，吳康（台灣商務印書館，民國五五年）。

34. 《尚書引論》，張西堂（崧高書社，民國七四年）。

35. 《書經注釋》，高本漢著、陳舜政譯（中華叢書編審委員會，民國七〇年）。

36. 《尚書正讀》，曾運乾（華正書局，民國七一年）。

37. 《尚書述聞》，張元夫（臺灣商務印書館，民國六九年）。

38. 《尚書異文彙錄》，屈萬里（聯經出版公司，民七二年）。

39. 《閻毛古文尚書公案》，戴君仁（國立編譯館中華叢書編委會，民國六八年）。

40. 《尚書釋義》，屈萬里（中國文化大學出版部，民國七三年）。

41. 《尚書集釋》，屈萬里（聯經出版公司，民國七五年）。

42. 《漢石經尚書殘字集證》，屈萬里（聯經出版公司，民國七三年）。

43. 《尚書異文集證》，朱廷獻（臺灣中華書局，民國五九年）。

44. 《清代尚書學》，古國順（文史哲出版社，民國七〇年）。

45. 《尚書流衍及大義探討》，李振興（文史哲出版社，民國七一年）。

46. 《尚書研究》，朱廷獻（台灣商務印書館，民國七六年）。

47. 《梅鷟辨偽略說及尚書考異證補》，傅兆寬（文史哲出版社，民國七七年）。

48. 《尚書與古史研究》，李民（河南中州書畫社，一九八三年）。

49. 《尚書史話》，馬雍（北京中華書局，一九八七年）。

50. 《尚書綜述》，蔣善國（上海古籍出版社，一九八八年）。

51. 《尚書學史》，劉起釪（北京中華書局，一九八九年）。

52. 《今古文尚書全譯》，江灝、錢宗武譯注（貴州人民出版社，一九九〇年）。

53. 《尚書源流及傳本考》，劉起釪（遼寧大學出版社，一九八七年）。

54. 《尚書論文集》，于大成、陳新雄主編（西南書局，民國七八年）。

55. 《尚書研究論集》，劉德漢等著（黎明文化事業公司，民國七一年）。

56. 《詩書成詞考釋》，姜昆武（齊魯書社，一九八九年）。

57. 《史記述尚書研究》，古國順（文史哲出版社，民國七四年）。

二、孫星衍重要著作集

1. 《尚書今古文注疏》，（清）孫星衍撰（《平津館叢書》本，《百部叢書集成》，藝文印書館）。

2. 《吳子》，周吳起撰・（清）孫星衍輯（《平津館叢書》本，《百部叢書集成》，藝文印書館）。

3. 《尸子》，周尸佼撰・（清）孫星衍輯（《平津館叢書》本，《百部叢書集成》，藝文印書館）。

4. 《燕丹子》，（清）孫星衍輯（《平津館叢書》本，《百部叢書集成》，藝文印書館）。

5. 《寰宇訪碑錄》，（清）孫星衍・邢澍撰（《平津館叢書》本，《百部叢書集成》，藝文印書館）。

6. 《建立伏博士始末》，（清）孫星衍撰（《平津館叢書》本，《百部叢書集成》，藝文印書館）。

7. 《孔子集語》，（清）孫星衍輯（《平津館叢書》本，《百部叢書集成》，藝文印書館）。

8. 《尚書考異》，（明）梅鷟撰・（清）孫星衍校（《平津館叢書》本，《百部叢書集成》，藝文印書館）。

9. 《芳茂山人詩錄》，（清）孫星衍撰（《平津館叢書》本，《百部叢書集成》，藝文印書館）。

10. 《古文尚書馬鄭注》，（漢）馬融、鄭玄注，清孫星衍輯（《岱南閣叢書》本，《百部叢書集成》，藝文印書館）。

11. 《春秋釋例》，（晉）杜預撰、（清）莊述祖、孫星衍校（《岱南閣叢書》本，《百部叢書集成》，藝文印書館）。

12. 《蒼頡篇》，（清）孫星衍輯（《岱南閣叢書》本，《百部叢書集成》，藝文印書館）。

13. 《孫子十家注》，（宋）吉天保輯・（清）孫星衍校（《岱南閣叢書》本，《百部叢書集成》，藝文印書館）。

14. 《括地志》，（唐）李泰等撰・（清）孫星衍輯（《岱南閣叢書》本，《百部叢書集成》，藝文印書館）。

15. 《問字堂集》，（清）孫星衍撰（《岱南閣叢書》本，《百部叢書集成》，藝文印書館）。

16. 《岱南閣集》，（清）孫星衍撰（《岱南閣叢書》本，《百部叢書集成》，藝文印書館）。

17. 《平津館文稿》，（清）孫星衍撰（《岱南閣叢書》本，《百部叢書集成》，藝文印書館）。

18. 《五松園文稿》，（清）孫星衍撰（《岱南閣叢書》本，《百部叢書集成》，藝文印書館）。

19. 《嘉穀堂集》，（清）孫星衍撰（《岱南閣叢書》本，《百部叢書集成》，藝文印書館）。

20. 《周易集解》，（清）孫星衍撰（《叢書集成初編》本，北京中華書局，一九八六年）。

21. 《平津館鑒藏記》，（清）孫星衍撰（《叢書集成初編》本，北京中華書局，一九八六年）。

22. 《廉石居藏書記》，（清）孫星衍撰（《叢書集成初編》本，北京中華書局，一九八六年）。

23. 《孫氏祠堂書目》，（清）孫星衍撰（《叢書集成初編》本，北京中華書局，一九八六年）。

24. 《一切經音義》，唐釋玄應撰・（清）孫星衍校（《叢書集成初編》本，北京中華書局，一九八六年）。

25. 《孫淵如詩文集》，（清）孫星衍撰（《四部叢刊正編》本，臺灣商務印書館，民國六八年）。

26. 《孫淵如外集》，（清）孫星衍撰・（民國）王重民輯，國立北平圖書館，民國二一年）。

27. 《孫淵如先生文補遺》，（清）孫星衍撰・（民國）王大隆輯（《戊寅叢編》本）。

三、一般參考書目

1. 《周易正義》，（魏）王弼・（韓）康伯注、（唐）孔穎達正義（《十三經注疏》本，藝文印書館，民國七四年）。

2. 《毛詩正義》，（漢）毛公傳・鄭玄箋、（唐）孔穎達正義（《十三經注疏》本，藝文印書館，民國七四年）。

3. 《周禮注疏》，（漢）鄭玄注・（唐）賈公彥疏（《十三經注疏》本，藝文印書館，民國七四年）。

4. 《儀禮注疏》，（漢）鄭玄注・（唐）賈公彥疏（《十三經注疏》本，藝文印書館，民國七四年）。

5. 《禮記正義》，（漢）鄭玄注・（唐）孔穎達正義（《十三經注疏》本，藝文印書館，民國七四年）。

6. 《大戴禮記》，（漢）戴德撰・（北周）盧辯注（《四部叢刊正編》本，臺灣商務印書館，民國六八年）。

7. 《史記》，（漢）司馬遷（鼎文書局，民國七四年）。

8. 《說苑》，（西漢）劉向（《四部叢刊正編》本，臺灣商務印書館，民國六八年）。

9. 《法言》，（漢）揚雄，（漢）魏叢書本（新文豐出版公司，民國七五年）。

10. 《論衡》，（東漢）王充（《四部叢刊正編》本，臺灣商務印書館，民國六八年）。

11. 《孟子注疏》，（漢）趙岐注・（宋）孫奭疏（《十三經注疏》本，藝文印書館，民國七四年）。

12. 《漢書》，（漢）班固（鼎文書局，民國七四年）。

13. 《白虎通疏證》，（漢）班固撰・（清）陳立疏證（廣文書局，民七六年）。

14. 《申鑑》，（漢）荀悅（上海書店，一九八九年）。

15. 《淮南子注》，（漢）高誘注（世界書局，民國七四年）。

16. 《釋名疏證》，（漢）劉熙著・（清）畢沅疏證（《經訓堂叢書》本，新文豐出版公司，民國七五年）。

17. 《爾雅注疏》，（晉）郭璞注・（宋）邢昺疏（《十三經注疏》本，藝文印書館，民國七四年）。

18. 《三國志》，（晉）陳壽（鼎文書局，民國七四年）。

19. 《後漢書》，（宋）范曄（鼎文書局，民國七四年）。

20. 《文心雕龍》，（梁）劉勰（里仁書局，民國七三年）。

21. 《文選》，（梁）昭明太子輯撰・（唐）李善注（藝文印書館，民國七八年）。

22. 《經典釋文》，（唐）陸德明（《抱經堂叢書》本，新文豐出版公司，民國七五年）。

23. 《韓昌黎集》，（唐）韓愈（臺灣商務印書館，民國五四年）。

24. 《太平御覽》，（宋）李昉等（《四庫全書》本，台灣商務印書館，民國七五年）。

25. 《朱子語類》，（宋）朱熹（北京中華書局，一九八六年）。

26. 《吳文正集》，（元）吳澄（《四庫全書》本，商務印書館，民國七二年）。

27. 《文獻通考》，（元）馬端臨（《四庫全書》本，商務印書館，民國七二年）。

28. 《井觀瑣言》，（明）鄭瑗（《叢書集成初編》本，北京中華書局，一九八五年）。

29. 《讀書管見》，（明）王充耕，明刊本（未著出版年）。

30. 《南雷文定》，（清）黃宗羲（《叢書集成初編》本，北京中華書局，一九八五年）。

31. 《道古堂文集》，（清）杭世駿（大華印書館，民國五七年）。

32. 《九經古義》，（清）惠棟（《皇清經解》本，藝文印書館，民國七五年）。

33. 《戴震文集》，（清）戴震（北京中華書局，一九九〇年）。

34. 《古經解鉤沈》，（清）余蕭客（廣文書局，民國六一年）。

35. 《潛研堂文集》，（清）錢大昕（上海古籍出版社，一九八九年）。

36. 《爾雅正義》，（清）邵晉涵（《皇清經解》本，藝文印書館，民國七五年）。

37. 《廣雅疏證》，（清）王念孫（廣文書局，民國八〇年）。

38. 《孫淵如先生年譜》，（清）張紹南編·王德福續編，清刊本（未著出版年）。

39. 《全上古三代秦漢三國六朝文》，（清）嚴可均輯（北京中華書局，一九五八年）。

40. 《說文解字注》，（清）段玉裁（漢京文化事業公司，民國七二年）。

41. 《經義述聞》，（清）王引之（廣文書局，民國五二年）。

42. 《文史通義》，（清）章學誠（史學出版社，民國六三年）。

43. 《校讎通義》，（清）章學誠（世界書局，未著出版年）。

44. 《揅經室二集》，（清）阮元（《叢書集成初編》本，北京中華書局，一九八五年）。

45. 《詁經精舍文集》，（清）阮元（《叢書集成初編》本，北京中華書局，一九八五年）。

46. 《校禮堂文集》，（清）凌廷堪（《皇清經解》本，藝文印書館，民國七五年）。

47. 《國朝漢學師承記》，（清）江藩（明文書局，民國七四年）。

48. 《經解入門》，（清）江藩（廣文書局，民國六六年）。

49. 《儀禮正義》，（清）胡培翬（江蘇古籍出版社，一九九三年）。

50. 《詩毛氏傳疏》，（清）陳奐（廣文書局，民國六〇年）。

51. 《雕菰集》，（清）焦循（《叢書集成初編》本，北京中華書局，一九八五年）。

52. 《孟子正義》，（清）焦循（河北人民出版社，一九八八年）。

53. 《鄭堂讀書記》，（清）周中孚（北京中華書局，一九九三年）。

54. 《漢學商兌》，（清）方東樹（商務印書館，民國五九年）。

55. 《鄭珍集·經學》，（清）鄭珍（貴州人民出版社，一九九一年）。

56. 《東塾讀書記》，（清）陳澧（臺灣中華書局，民國五九年）。

57. 《書目答問》，（清）張之洞（漢京文化事業有限公司，民國七三年）。

58. 《書林清話》，（清）葉德輝（北京中華書局，一九五七年）。

59. 《經學歷史》，（清）皮錫瑞撰·民國周予同注（藝文印書館，民國七六年）。

60. 《經學通論》，（清）皮錫瑞（臺灣商務印書館，民國七八年）。

61. 《經學源流考》，甘鵬雲（維新書局，民國五七年）。

62. 《王柏之生平與學術》，程元敏師（學海出版社，民國六四年）。

63. 《中國經學史》，本田成之（古亭書屋，民國六四年）。

64. 《歷史與思想》，余英時（聯經出版社，民國六五年）。

65. 《古文字學導論》，唐蘭（洪氏出版社，民國六七年）。

66. 《經學研究論集》，王靜芝等著（黎明文化事業公司，民國七〇年）。

67. 《中國經學史的基礎》，徐復觀（學生書局，民國七一年）。

68. 《舊學輯存》，張舜徽（明文書局，民國七一年）。

69. 《管錐篇》，錢鍾書（北京中華書局，一九七九年）。

70. 《周予同經學史論著選集》，周予同（上海人民出版社，一九八三年）。

71. 《清代揚州學記》，張舜徽（木鐸出版社，民國七二年）。

72. 《清代史家與史學》，杜維運（東大圖書公司，民國七三年）。

73. 《章學誠和文史通義》，倉修良（北京中華書局，一九八四年）。

74. 《夏小正析論》，莊雅州師（文史哲出版社，民國七四年）。

75. 《清代學術概論》，梁啓超（商務印書館，民國七四年）。

76. 《中國經學史》，馬宗霍（臺灣商務印書館，民國七五年）。

77. 《中國聲韻學》，姜亮夫（文史哲出版社，民國七五年）。

78. 《古籍辨偽學》，鄭良樹（學生書局，民國七五年）。

79. 《經今古文字考》，金德建（齊魯書社，一九八六年）。

80. 《中國語言學史》，王力（谷風出版社，民國七六年）。

81. 《漢語音韻學》，董同龢（文史哲出版社，民國七六年）。

82. 《南谷類稿》，蔣逸雪（齊魯書社，一九八七年）。

83. 《中國文化問題》，中國近代文化史叢書編委會編（北京中華書局，一九八七年）。

84. 《中國經學發展史論（上冊）》，李威熊（文史哲出版社，民國七七年）。

85. 《清代學術史研究》，胡楚生（學生書局，民國七七年）。

86. 《中國近三百年學術史》，梁啓超（華正書局，民國七八年）。

87. 《兩漢經學今古文平議》，錢穆（東大圖書公司，民國七八年）。

88. 《清乾嘉時代之史學與史家》，杜維運（學生書局，民國七八年）。

89. 《訓詁學要略》，周大璞（新文豐出版公司，民國七八年）。

90. 《古籍整理研究（八種）》，李國祥主編（武漢工業大學出版社，一九八九年）。

91. 《應用訓詁學》，程俊英等著（華東師範大學出版社，一九八九年）。

92. 《中國近三百年學術史》，錢穆（臺灣商務印書館，民國七九年）。

93. 《中國學術思想史論叢（八）》，錢穆（東大圖書公司，民國七九年）。

94. 《兩漢思想史》，徐復觀（學生書局，民國七九年）。

95. 《訓詁通論》，吳孟復（東大圖書公司，民國七九年）。

96. 《訓詁學大綱》，胡楚生（華正書局，民國七九年）。

97. 《訓詁學概論》，齊佩瑢（華正書局，民國七九年）。

98. 《清初的群經辨偽學》，林慶彰（文津出版社，民國七九年）。

99. 《清代名人傳略》，恒慕義主編（青海人民出版社，一九九○年）。

100. 《明末清初學術思想研究》，何冠彪（學生書局，民國八○年）。

101. 《明清政治社會史論》，陳文石（學生書局，民國八○年）。

102. 《校讎新義》，杜定友（上海書店，一九九一年）。

103. 《校讎學史》，蔣元卿（上海書店，一九九一年）。

104. 《清儒學記》，張舜徽（齊魯書社，一九九一年）。

105. 《中國文獻學新探》，洪湛侯（學生書局，民國八一年）。

106. 《明末清初儒學之發展》，李紀祥（文津出版社，民國八一年）。

107. 《經學通論》，王靜芝（國立編譯館，民國八一年）。

108. 《詩補傳與戴震解經方法》，岑溢成（文津出版社，民國八一年）。

109. 《清代人物研究》，戴逸等著（巴蜀書社，一九九二年）。

110. 《清代哲學》，王茂等著（安徽人民出版社，一九九二年）。

111. 《清初學術思辨錄》，陳祖武（中國社會科學出版社，一九九二年）。

112. 《訒庵學術講論集》，張舜徽（岳麓書社，一九九二年）。

113. 《清代經學史通論》，吳雁南主編（雲南大學出版社，一九九三年）。

114. 《王伯厚及其玉海藝文部研究》，陳仕華（臺灣商務印書館，民國八二年）。

115. 《訓詁與訓詁學》，陸宗達、王寧（山西教育出版社，一九九四年）。

116. 《清代經學與文學的嬗變》，學峰國學文化編（學峰文化，一九九四年）。

117. 《西漢經學源流》，王葆玹（東大圖書公司，民國八三年）。

四、重要論文、期刊

1. 〈敦煌本尚書述略〉，陳鐵凡（《大陸雜誌》第二二卷第八期，民國五○年，四月）。

2. 〈尚書假借字集證〉，周富美師（《大陸雜誌》第三六卷第六、七期合刊，民國五七年，四月）。

3. 〈兩漢經學思想的變遷──書經部分〉，戴君仁（《大陸雜誌》第三九卷第九期，民國五八年，十一月）。

4. 〈尚書鄭氏學〉，陳品卿（《國立臺灣師範大學國文研究所博士論文》，民國六二年。

5. 〈嘉道史學——從考據到經世〉，陸寶千（《中央研究院近代史研究所集刊》第四分（下），民國六三年，十二月）。

6. 〈馬融之經學〉，李威熊（《國立政治大學中文所博士論文》，民國六四年，六月）。

7. 〈清代尚書著述考〉，古國順（《國立政治大學中文研究所碩士論文》，民國六四年，六月）。

8. 〈兩漢尚書學的演變過程〉，李偉泰（《孔孟學報》第三十期，民國六四年，七月）。

9. 〈王肅之經學〉，李振興（《國立政治大學中文所博士論文》，民國六五年，五月）。

10. 〈經學之發展與今古文之分合〉，盧元駿（《孔孟月刊》第十五卷第四期，民國六五年，十二月）。

11. 〈漢宋書經學〉，宋鼎宗（《中國學術年刊》第一期，民國六五年，十二月）。

12. 〈「清代漢學」衡論〉，徐復觀（《大陸雜誌》第五四卷第四期，民國六六年，四月）。

13. 〈尚書通說〉，程元敏師（《幼獅月刊》第四七卷第二期，民國六七年，二月）。

14. 〈清代經今文學述〉，李新霖（《國立臺灣師範大學國文研究所集刊》第二二號，民國六七年，六月）。

15. 〈清代漢宋之爭平議〉，何佑森師（《文史哲學報》第二七期，民國六七年，十二月）。

16. 〈清儒校勘尚書之成績〉，古國順（《孔孟月刊》第十八卷第六期，民國六九年，二月）。

17. 〈清儒輯佚尚書今成績（一）、（二）〉，古國順（《孔孟月刊》第十九卷第六、七期，民國七〇年，二、三月）。

18. 〈「乾嘉學派」的興衰〉，李映發（《歷史知識》，一九八一年，第一期）。

19. 〈如何應用與看待考據〉，來新夏（《南開學報》（哲學社會科學版），一九八三年，第三期）。

20. 〈訓詁與義理〉，龔鵬程（《鵝湖》第九卷第十一期，民國七三年，五月）。

21. 〈訓詁學與清儒訓詁方法〉，岑溢成（《私立新亞研究所博士論文》，民國七三年，十二月）。

22. 〈晚明經學的復興運動〉，林慶彰師（《書目季刊》第十八卷第三期，民國七三年，十二月）。

23. 〈論清代經學——以考據治經之起源及其成就之限度〉，陸寶千（《國立臺灣師範大學歷史學報》第三期，民國七四年）。

24. 〈清代前期的輯佚書活動〉，白新良（《南開學報》，一九八六年，第二期）。

25. 〈明代的漢宋學問題〉，林慶彰（《東吳文史學報》第五號，民國七五年，八月）。

26. 〈劉歆移太常博士書中有關今古文經之探討〉，朱廷獻（《孔孟學報》第五二期，民國七五年，九月）。

27. 〈陳澧治經方向與顧亭林之關係——兼論顧氏「經學即理學」之意義〉，胡楚生（《書目季刊》第二十卷第三期，民國七五年，十二月）。

28. 〈孫星衍藏書研究〉，劉玉（《東海大學中國文學研究所碩士論文》，民國七六年，六月）。

29. 〈王謨及其文獻輯佚活動評述〉，褚贛生（《文獻》，一九八七年，第二期）。

30. 〈清代吳派經學評述〉，李威熊（《中華學苑》第三六期，民國七七年，四月）。

31. 〈闡釋與批評〉，李耀宗（《九州學刊》第二卷第一期，一九八八年，十二月）。

32. 〈出土發現與古書年。代的再認識〉，李零（《九州學刊》第三卷第一期，一九八八年，十二月）。

33. 〈論兩漢博士家法及其株生原因〉，羅義俊（《中國文化月刊》第一一六期，民國七八年，六月）。

34. 〈清乾嘉時代流行於知識分子間的隱退思想〉，杜維運（《國立政治大學歷史學報》第七期，民國七九年）。

35. 〈乾嘉考據學興起的一些線索——兼論顧炎武、錢大昕學術思想的發展關係〉，黃啟華，民國八十年，春季號。

36. 〈乾嘉學術成因新探〉，漆永祥（《西北師大學報》（社會科學版），一九九一年，第二期）。

37. 〈訓詁的文化鏡象作用〉，詹緒佐‧朱良志，天津師大學報（社會科學版），一九九一年，第一期）。

38. 〈尚書「三科之條五家之教」稽義〉，程元敏師（《孔孟學報》第六一期，民國八十年，三月）。

39. 〈尚書輯逸徵獻——併論輯逸書非始於唐宋〉，程元敏師（《國立中央圖書館館刊》第二四卷第一期，民國八十年，六月）。

40. 〈閻若璩與古文尚書辨偽——一個學術史的個案研究〉，劉人鵬（《國立臺灣大學中文研究所博士論文》，民國八○年，六月）。

41. 〈錢大昕經學要旨述評〉，黃啟華（《故宮學術季刊》第九卷第一期，民國八十年，八月）。

42. 〈乾嘉考據學流派辨析——「吳派」、「皖派」說質疑〉，暴鴻昌（《史學集刊》，一九九二年，第三期）。

43. 〈關於古籍整理中異體字的研究〉，楊應芹（《江淮論壇》，一九九二年，第六期）。

44. 〈五經正義研究〉，張寶三（《國立臺灣大學中文研究所博士論文》，民國八一年，六月）。

45. 〈近代經學之復興〉，金炯均（《輔仁大學中國文學研究所碩士論文》，民國八一年，六月）。

46. 〈乾嘉實學研究展望〉，張壽安（《中國文哲研究通訊》第二卷第四期，民國八一年，十二月）。

47. 〈乾嘉學派吳皖分野說商榷〉，陳祖武（《中央研究院中國文哲研究所「清代經學國際會議」論文》，民國八一年，十二月）。

48. 〈清代吳派經學研究〉，孫劍秋（《國立政治大學中文研究所博士論文》，民國八一年，十二月）。

49. 〈淮南子洪保評議〉，蔣秋華（《中央研究院中國文哲研究所「清代經學國際會議」論文》，民國八一年，十二月）。

50. 〈詮釋與考證──閻若璩辨偽論據分析〉，劉人鵬（《中央研究院中國文哲研究所「清代經學國際會議」論文》，民國八一年，十二月）。

51. 〈注釋訓詁同異辨〉，董洪利（《中國典籍與文化》，一九九三年，第一期）。

52. 〈袁枚與乾嘉考據學〉，暴鴻昌（《史學月刊》，一九九三年，第一期）。

53. 〈訓詁傳注與專著散論〉，康建常（《殷都學刊》，一九九三年，第二期）。

54. 〈尚書通假字研究〉，姜允玉（《國立政治大學中文所碩士論文》，民國八二年，三月）。

55. 〈從德法之爭談到儒學現代詮釋學課題〉，傅偉勳（《二十一世紀雙月刊》，一九九三年，四月）。

56. 〈格物觀的嬗變與清代考據方法〉，高源（《二十一世紀雙月刊》，一九九三年，八月）。

57. 〈古文尚書之壁藏發現獻上及篇卷目次考〉，程元敏師（《孔孟學報》第六六期，民國八二年，九月）。

58. 〈清學史：漢學與反漢學一頁（上）、（下）〉，朱維錚（《復旦學報》（社會科學版），一九九三年，第五、六期

59. 〈乾嘉考據學者的理想追求〉，李葆華（《求是學刊》，一九九三年，第五期）。

60. 〈清乾嘉學術研究之回顧座談會紀要──乾嘉學者治學方法之探討〉，岑溢成等（《中國文哲研究通訊》第四卷第一期，民國八三年，三月）。

61. 〈訓詁資料所見到的幾個音韻現象〉，梅廣（《清華學報》第廿四卷第一期，民八三年，三月）。

62. 〈中國經學的常與變〉，曹尚斌（《中原文獻》第廿六卷第二期，民八三年，四月）。

63. 〈王先謙對經學研究貢獻〉，許維萍（《東吳中文研究集刊》第一期，民八三年，五月）。

64. 〈訓詁與句讀〉，翁世華（《中國書目季刊》第廿八卷，第一期，民八三年，六月）。